Das Mädchen im Schnee

Maureen Jennings

Das Mädchen im Schnee

Roman

Deutsch
von
Evelin Sudakowa-Blasberg

Weltbild

Für Iden.
Ohne deine Liebe und Unterstützung
Wäre ich nie so weit gekommen.

Originaltitel: Except the Dying

Besuchen Sie uns im Internet:
www.weltbild.de

Genehmigte Lizenzausgabe für
Verlagsgruppe Weltbild GmbH
Steinerne Furt 67, 86167 Augsburg

2. Auflage 2005

Projektleitung: Gerald Fiebig
Umschlag: Hauptmann & Kompanie Werbeagentur GmbH, München
Umschlagabbildung: *Frozen Out* von George Dunlop Leslie
(Getty Images/The Bridgeman Art Library)
Satz: Uhl + Massopust, Aalen
Druck und Bindung: GGP Media GmbH,
Karl-Marx-Straße 24, 07381 Pößneck
Printed in Germany

Gedruckt auf chlorfrei gebleichtem Papier

ISBN 3-89897-219-4

Danksagung

Zunächst möchte ich Eric Wright danken, der auf dieser langen Reise bei mir war und mir mehr geholfen hat, als ich es ausdrücken kann. Ein großes Dankeschön auch an Robert Wright von Robert Wright Books, der mich mit unschätzbarem authentischem Material versorgt hat. Die Archivare des Ontario Archivs, dem faszinierendsten Ort in der Stadt, waren immer höflich und hilfsbereit, vor allem Leon, und ich danke ihnen. Zu guter Letzt möchte ich meiner Agentin, Teresa Chris, und meiner Lektorin, Ruth Cavin, meine tiefe Dankbarkeit aussprechen, weil sie an mich geglaubt haben.

Die letzte Nacht, in der sie lebte,
war eine ganz gewöhnliche Nacht.
Bis auf das Sterben; dies
machte sie für uns anders.

Emily Dickinson

Prolog

Sie begannen bei den Stiefeln, die neu aussahen. Zwar versuchten sie, sich zu beeilen, doch ihre Finger waren vor Kälte steif und ungelenk, und die Knöpfe waren unhandlich. Der zweite Stiefel war besonders schwierig. Das Mädchen lag seitlich zusammengerollt neben dem Zaun, und das Leder war am Boden festgefroren. Um den Stiefel vom Fuß zu lösen, mußten sie beide zupacken; die eine hielt das erfrorene Bein fest, das bereits völlig starr war, die andere zerrte so lange, bis sie den Stiefel abgestreift hatte. Nun war die Bluse aus solidem schwarzem Baumwollsatin an der Reihe, doch in ihrer Hast zogen sie zu heftig am Arm des Mädchens – und hörten das scharfe Knacken, als der Ellbogen aus dem Gelenk sprang. »Sei etwas respektvoller«, sagte die jüngere Frau.

Der Geruch der ausgelöschten Kerze hängt scharf und schwefelig in der kalten Luft. In dem hohen, kleinen Fenster erscheint die Nacht als bleiches Viereck, doch im Zimmer kann Therese lediglich die massigen Umrisse des Schranks und der Kommode neben der Tür erkennen. Seit Mrs. Foy aus dem Zimmer gegangen ist, liegt sie wie jetzt, um Beistand betend, unter der Bettdecke.

Es ist nicht die Haushälterin, die Therese fürchtet, es ist die andere Person, die voller Rastlosigkeit – und voller Wein – bereits zweimal in dieser Woche zu ihr gekommen ist. Die Erinnerung daran läßt sie erschauern, und sie fährt ruckartig in die Höhe, als sie glaubte, das Knarren der Stiegen gehört zu haben. Aber sie hat sich getäuscht, es ist nur die Stalltür, die unten im Hof geöffnet wird. Aus dem Speisezimmer klingt schwach die dröhnende Stimme des Gastes zu ihr herüber, durchsetzt von den matten Antworten ihrer Herrin.

Sie schiebt die Steppdecke zurück und steigt aus dem Bett. Bis auf ihre Überkleidung ist sie vollständig angezogen, doch sie zittert. Rasch, um kein Bedauern aufkommen zu lassen, packt sie ihre wenigen Habseligkeiten in die Reisetasche: ihr zweites Paar Unterhemden und Schlüpfer, die graue Seidenbluse für die Kirche, die sie selbst genäht hat, und den karierten Wollrock. Ansonsten besitzt sie an Kleidungsstücken nur die, die sie am Leib trägt. Auf dem Nachtkästchen liegt die Bibel, die ihr Claudette gegeben hatte, als sie die Farm verließ. Es ist ein Geschenk, das ihr viel Trost spendet, auch wenn sie nicht ein Wort lesen kann. Daneben befindet sich ihr Rosenkranz; sie nimmt ihn und führt das Kreuz an die Lippen. Dann kniet sie vor dem Bett nieder und beginnt den Rosenkranz zu beten.

»Heilige Maria voll der Gnaden
du bist gebenedeit unter den Weibern
und gebenedeit ist die Frucht deines Leibes, Jesu …«

Als nächstes entfernten sie den Pelzhut. Die rosa Samtblumen entlang der Krempe waren durch das Gewicht des Kopfes zerdrückt und mit Schnee, fein wie Zucker, bestäubt worden. Der Rock ließ sich leicht herunterziehen, ebenso die wollenen Stiefel. Handschuhe trug sie nicht, und leider auch keinen nennenswerten Schmuck – ein Paar kleine silberne Ohrringe, die sie ihr ließen, und eine hübsche Kette mit grünen Glasperlen, die gerissen und um die steifen Finger gewickelt war. Die eine Frau begann die Holzkämme herauszuziehen, mit denen die Haare des Mädchens hochgesteckt waren. »Nein, laß das«, sagte die andere Frau. »Wieso? Die braucht sie doch jetzt nicht mehr«, entgegnete ihre Gefährtin. In der Dunkelheit quoll der Atem wie Rauch aus ihren Mündern.

Sie nimmt die Sergejacke vom Haken an der Tür. In dem kalten Zimmer kann sie ihren Atem sehen, und sie wickelt sich ihren dicken Schal fest um das Gesicht. Im Verlauf des Abends war der schneebeladene Wind immer heftiger geworden, war vom dunklen See her über die Stadt gefegt und hatte am Haus gerüttelt. In der Zimmerecke steht ein tragbarer Ölofen, doch sie hat ihn heute abend nicht benutzt, um keine zusätzlichen Ausgaben zu verursachen. Sie will das Haus verlassen, ohne daß irgendein Makel ihren Namen befleckt.

Pater Alphonse hatte zu ihr gesagt: »Wenn du Probleme hast, sprich mit dem Priester, Pater Corbiere. Er ist mein Freund und wird dir beistehen.« Wie sich jedoch herausstellte, war dieser Priester fortgegangen, und sein Nachfolger ein Engländer. Er wirkte gehetzt und hatte keine Geduld mit ihrer Sprache. Sie konnte ihm ihre Probleme nicht anvertrauen, auch nicht im Beichtstuhl. Aber letzten Sonntag hatte sie eine frankokanadische Kirche entdeckt und beim Klang der vertrauten Muttersprache vor Freude geweint. Vielleicht kann sie dort Beistand finden.

Sie kehrt noch einmal zu dem schmalen Bett zurück, bauscht das Kissen auf und schiebt es unter die blaue Steppdecke. Von der Tür aus erscheint es im Dunkeln wie ein schlafender Mensch.

Die Leiche war jetzt nur noch mit einem weißen Flanellschlüpfer und Unterhemd bekleidet; die bläulich-graue Hautfarbe ihrer Arme und Beine ging nahtlos in die Farbe des sie umgebenden Schnees über. Sie erwogen, sie so liegenzulassen, schreckten vor der letzten Erniedrigung zurück, doch der Stoff der Unterkleidung schien gut, und nachdem sie schon so weit gegangen waren... Ungeschickt drehten und wendeten sie den Körper, der unbiegsam wie der einer großen Puppe war. Die eine Frau fühlte sich peinlich berührt vom Anblick des dreieckigen Haarbüschels zwischen den leicht gespreizten Beinen, und sie versuchte, ein Knie des Mädchens hochzubiegen, um ihm einen Rest an Würde zu lassen, doch es war unmöglich. Sie bündelten die Kleidungsstücke zusammen und stahlen sich in der Dunkelheit davon.

Die Bibel wie ein Schild an ihre Brust gepreßt, schleicht sie über den nackten Fußboden zur Tür, öffnet sie und späht hinaus.

Sie läuft zu der schmalen Hintertreppe, die für die Dienstboten bestimmt ist, und rennt hinunter. Die Angst verleiht ihren Schritten Flügel.

1

Samstag, 9. Februar 1895

Der Wind ging durch Mark und Bein, und Alice Black zog ihren Schal fest um Gesicht und Hals. Der scharfe Gin brannte wie Feuer in ihrem Magen, bot aber keinen Schutz gegen die Kälte der Winternacht. Leise vor sich hin murrend, vergrub sie sich in ihren Schal, bedeckte ihr Gesicht, so gut es ging. Sie hatte damit gerechnet, im John O'Neil etwas Umsatz zu machen, aber heute abend war mal wieder keine der Pißnelken bereit gewesen, für ein Schäferstündchen zu bezahlen. Verärgert wischte sie sich mit dem Handrücken über ihre tropfende Nase. Sie konnte nur hoffen, daß Ettie mehr Erfolg gehabt hatte, andernfalls stand für die nächsten Tage Kartoffelschalensuppe auf dem Speiseplan.

Es war spät geworden. Offiziell wurde im Hotel zwar die gesetzliche Sperrstunde um neunzehn Uhr eingehalten, doch es gab noch ein Hinterzimmer, in das sich die Stammgäste auf ein paar letzte Drinks zurückziehen konnten. Da Alice und Ettie für Umsatz sorgten, hatte der Besitzer, James McCay, in der Regel nichts dagegen, wenn sie ebenfalls blieben.

Alice drückte sich enger an die Hausmauern. Sie fürchtete sich jedesmal, wenn sie am Kirchhof vorbeikam, wo die Leichen der irischen Einwanderer in ihren Ewigkeitskisten aufgebahrt lagen. Die Epidemie mochte zwar beinahe fünfzig Jahre zurückliegen, doch gewiß gab es hier Geister. Wenn nicht gar die Cholera. Sie hielt sich immer die Nase zu, wenn sie hier vorbeihuschte. An diesem Abschnitt der Queen Street waren die Ladenreihen von freistehenden verlassenen Gebäuden unterbrochen, und die mit Brettern vernagelten Fenster stierten blind in die Nacht. Die wenigen Gaslaternen standen in weitem Abstand voneinander; außerdem war Alice so tief in ihren Schal vermummt, daß sie die junge Frau, die vor ihr ging, erst bemerkte, als sie beinahe mit ihr zusammenstieß.

»Paß auf, wo du hinläufst!« herrschte Alice die Frau an; mit einem gedämpften »Pardon« wich die Passantin zur Seite. Sie hatte ebenfalls einen dicken Schal um ihr Gesicht gewickelt, aber Alice spürte die Jugend dahinter und fragte sich, wohin das Mädchen um diese späte Stunde und so ganz allein wohl gehen mochte. Noch dazu ein Landei, ihrem Hut und ihrer Reisetasche nach zu urteilen.

Im Weitergehen blickte sich Alice noch einmal um. Das Mädchen stand unschlüssig auf dem Bürgersteig. Es wirkte verloren, und Alice überlegte kurz, ob sie stehenbleiben und der Kleinen ihre Hilfe anbieten sollte. Aber, Teufel noch mal, es war einfach zu kalt. Eine Windbö wirbelte ihr den Rock bis zu den Knien hoch, und sie mußte ihn mit beiden Händen festhalten. In diesem Moment ertönte das Klingeln eines Pferdegeschirrs, und gleich darauf bog eine Kutsche um die Ecke, die die Queen Street in östlicher Richtung entlangfuhr und angesichts des schlechten Straßenzustands ein waghalsiges Tempo vorlegte. Die eisenharten Fahrrinnen waren mit einer dünnen Lage Neuschnee bedeckt und rutschig und gefährlich für Pferde.

»Aus dem Weg, dummes Frauenzimmer!« brüllte der Kutscher.

Alice sprang gerade noch rechtzeitig auf den Bürgersteig zurück, geriet aber auf einer Schneeverwehung ins Rutschen, fiel nach hinten und landete unsanft auf ihrem Steiß. Einen Moment blieb sie stöhnend auf dem harten Boden liegen, doch dann packte sie die Wut. Sie formte blitzschnell einen Schneeball und warf ihn in Richtung der Kutsche. Der Wind blies ihr den Schnee ins Gesicht zurück. »Mieser Dreckskerl!« zischte sie und schüttelte die Faust. Plötzlich zügelte der Kutscher das Pferd zu einem abrupten Halt, wendete und kam wieder auf Alice zu. Sie schreckte zurück und legte sich schon ein paar erklärende Worte zurecht, doch die Kutsche fuhr an ihr vorbei und blieb neben dem Mädchen stehen. Die Tür öffnete sich, und eine behandschuhte Hand streckte sich heraus. Nach kurzem Zögern ergriff das Mädchen die dargebotene Hand und stieg ein. Im flackernden gelben Licht der Gaslaterne bemerkte Alice, daß es eine vornehme Kutsche war, burgunderrot, mit

Messingbeschlägen und einem rassigen hellen Pferd, doch die Fensterblenden waren heruntergezogen, so daß Alice die Insassen nicht sehen konnte.

Der Kutscher knallte mit der Peitschte, lenkte das Pferd herum, und die Kutsche jagte wieder in schneidigem Kanter die Queen Street hinunter.

Alice rappelte sich hoch und rieb sich ihren schmerzenden Hintern. Sie fegte den Schnee von ihrem Rock, ordnete ihren Schal und ging weiter. Ihr Magen tat höllisch weh, und sie mußte so schnell wie möglich nach Hause. Warum war sie nur so dumm gewesen und hatte wider besseres Wissen diese ekligen Schweinswürstchen bei McCay gegessen? Es würde sie wundern, wenn die Dinger auch nur ein Bröckchen echtes Schweinefleisch enthalten hatten. Ihren Magenkrämpfen nach zu urteilen, war es eher vergammeltes Pferdefleisch gewesen.

Nun kam sie an der Dominion Brauerei vorbei, dem angenehmsten Abschnitt ihres Heimwegs. Trotz ihrer Bauchkrämpfe und dem immer drängender werdenden Bedürfnis in ihren Gedärmen blieb sie kurz vor dem Eingang stehen. Der Geruch nach Hopfen hing schwer und süß in der Nachtluft. Sie sog ihn gierig in sich ein, doch die Kälte verursachte ihr einen Hustenreiz. Verdammt! Sie setzte ihren Weg über die Sumach Road fort. Ihre Zehen waren mittlerweile taub. Obgleich sie Zeitungspapier in ihre Stiefel gestopft hatte, war das Leder so morsch und brüchig, daß die Schuhe letztlich nutzlos waren.

»Was für ein Glück für das kleine Apfeltittchen, wer immer sie sein mag. Hat eine kostenlose Fahrt an einen warmen Platz gekriegt. Warum passiert das nie der guten alten Alice?«

Constable Oliver Wicken freute sich schon auf das Ende seiner Schicht, wenn er sich die Füße am Holzofen der Polizeiwache aufwärmen könnte. Die dicke Serge-Uniform und der Umhang hielten seinen Körper zwar ausreichend warm, doch seine Füße waren eisig, und an der rechten Ferse plagte ihn eine schmerzende Frostbeule. Einen Augenblick blieb er stehen und stampfte mit den Füßen auf, um die Blutzirkulation anzuregen. Seit den frühen Morgenstunden war der Schnee in weichen weißen Flocken gefallen und hatte den grauen Schmutz der Woche milde unter sich begraben. Jetzt war mit dem Herannahen der Dämmerung wieder Wind aufgekommen; er biß in Oliver Wickens Gesicht und ließ den Schnee an seinem schmalen Schnurrbart zu winzigen Eiskristallen gefrieren.

Um diese Zeit waren die Straßen wie ausgestorben. Er hatte im Verlauf seiner gesamten Runde keine Menschenseele gesehen, bis auf einen Brotverkäufer, der in seinem Rollwagen die River Street entlanggerumpelt war. Insgeheim hoffte der junge Wicken immer auf ein spannendes Ereignis, über das er seiner Liebsten berichten könnte. Sie war ein romantisches Mädchen und drängte ihn oft, ihr seine Abenteuer zu erzählen. Er hatte ihr bereits gesagt, daß die Kirchhof-Wachrunde im Winter nicht besonders viel hergab, weil sich die Bürger alle in ihren warmen Häusern verschanzten. Im Sommer war es anders. Diebstahl, jede Menge Taschendiebe, Verletzung der sonntäglichen Verordnungen. Und natürlich die Flut von Betrunkenen und Störenfrieden. 1884 waren über dreitausend Fälle von alkoholbedingten Straftaten und Erregung öffentlichen Ärgernisses registriert worden. Da würde man am liebsten dem Alkohol abschwören. Wenigstens teilweise.

Seine Hauptaufgabe bestand diesen Monat darin, die leerstehenden Gebäude zu überprüfen, um sicherzustellen, daß keine Landstreicher eingebrochen waren, die für die Nacht einen Unterschlupf suchten. Toronto hatte schwere Zeiten hinter sich, und in der Stadt standen an die eintausend Häuser leer. Die Polizei hatte den Befehl, diese Gebäude zu observieren.

Er bog in die Sumach Street ein. Eigentlich mußte er sich dringend erleichtern und wußte nicht so recht, ob er es aushalten könnte, bis er wieder auf der Wache wäre. Direkt vor ihm befand sich eine dunkle Gasse, und kurzentschlossen ging er ein paar Meter hinein, um zu den Außenaborten zu gelangen, die zu den Häusern in der Luke Street gehörten. Doch der Druck in seiner Blase wurde zu übermächtig, und so blieb er an dem baufälligen Zaun stehen.

In der Eile, seine Hose aufzuknöpfen, bemerkte er die Leiche nicht sofort, da deren Weiß sich kaum vom Schnee abhob. Doch zwei große Ratten schnüffelten an dem Kopf des Mädchens, huschten aufgeschreckt durch Wickens Erscheinen wie Schatten davon und erregten seine Aufmerksamkeit. Er hatte seine Laterne neben sich auf den Boden gestellt, und erst als er sie hochhob, wurde ihm vollends bewußt, was er da sah.

Hastig ging er nah genug heran, um sich zu vergewissern, daß das Mädchen tatsächlich tot war, dann wirbelte er herum und rannte so schnell er konnte zum Fernmeldekasten, der an der Ecke Wilton und Sumach Street stand. Keuchend zerrte er seinen Schlüssel heraus, schloß den Kasten auf und riß den Hörer von der Gabel. Er drehte die Kurbel und wartete, wie es ihm schien, endlose Momente, bis der Vermittler im Polizeihauptquartier antwortete. Wicken konnte ihn über das übliche Knistern und Rauschen hinweg kaum hören. »Verbinden Sie mich mit Polizeiwache Nummer vier!« brüllte er. »Ein Notfall!«

2

Sonntag, 10. Februar

Detective William Murdoch kauerte neben der Toten und hob das dunkle Haar von ihrem Gesicht. Trotz der wächsernen Totenblässe lag nach wie vor eine liebliche Süße im Schwung ihrer Wangen und der Zartheit ihrer Haut, die von den Erfahrungen des Lebens noch nicht gezeichnet war. Ein schmerzhafter Stich durchzuckte ihn bei dem Anblick. Hinter ihm trat Constable Crabtree nervös von einem Bein auf das andere, und der Ambulanzfahrer beugte sich neugierig von seinem Kutschbock hinunter, um besser sehen zu können. Zum Glück hielt der junge Wicken die Menschenansammlung am Eingang der Gasse in Schach, denn trotz der frühen Stunde am Tag des

Herrn hatte sich, angelockt durch das Bimmeln der Alarmglocken, ein bunt zusammengewürfelter Haufen aus Gaffern gebildet. Ein Mann hatte sich sogar einen Stuhl geholt, auf dem er wie auf einem Logenplatz stand.

»Bringen Sie mir eine Decke, Crabtree!« rief Murdoch seinem Constable über die Schulter hinweg zu.

Er setzte sich auf den Absätzen zurück und schirmte die Leiche mit seinem Körper so gut es ging ab. Das Mädchen lag auf dem Rücken neben einem wackligen Holzzaun. An der linken Seite des Körpers hatten sich purpurne Leichenflecken gebildet. Die Totenstarre war bereits fortgeschritten, der Kopf unbeweglich, Arme und Beine steif, die Augen geschlossen. Murdoch hob das linke Lid an. Die Pupille zeigte sich nur als feiner Nadelstich in der hellblauen Iris. Beim rechten Auge verhielt es sich genauso. Er beugte sich vor und roch am Mund der Toten, doch es war kein Alkoholgeruch feststellbar. Auf den ersten Blick war die Todesursache nicht zu erkennen; kein Blut, keine sichtbaren Verletzungen. Er inspizierte die Leiche genauer. Am linken Handgelenk befanden sich drei kleine Blutergüsse. Er legte seine Finger auf die Male. Sie paßten. An der Innenseite des Unterarms war eine größere Quetschung auszumachen, am Ellbogen ebenfalls. Behutsam untersuchte er ihre Hände. Die Nägel waren kurz geschnitten, aber sonst wiesen die Hände keine sichtbaren Besonderheiten auf. Als er mit dem Finger über die kalte Haut der Handfläche strich, spürte er die leichte Rauhheit. Er fegte den Schnee weg und inspizierte ihre Füße. Die Zehennägel waren sauber, an den Sohlen gab es weder Kratzer noch irgendwelche Male.

»Hier, bitte, Sir.« Crabtree reichte ihm eine graue Krankenhausdecke. »Das Mädchen scheint mir so alt zu sein wie meine Schwester«, sagte er. »Um die vierzehn.«

»Ich persönlich würde sie älter schätzen.«

Das Gesicht war jung, vor allem mit den dichten schwarzen Haaren, die offen über ihre Schultern fielen, doch ihr Körper war von sinnlicher Reife, die Brüste voll, Hüften und Pobacken wohlgerundet. Murdoch legte die Decke über das Mädchen und erhob sich stirnrunzelnd.

»Merkwürdige Sache, Crabtree, ihre Augen…«

Er hielt inne, da plötzlich das Polizeipferd laut wieherte, was von der Straße her mit einem zweiten Wiehern beantwortet wurde. Wicken drängte die Zuschauer zurück, um Platz für die Zweiradkutsche zu schaffen, die in die Gasse einbog. Der Constable sprang vor, um das Pferd festzuhalten, während der ältere Fahrer steifbeinig von seinem Gefährt herunterkletterte. Er trug einen Umhang mit altmodischem Hahnentrittmuster und einen Zylinder; seine untere Gesichtshälfte war mit einem weißen Seidenschal umwickelt. Als er bei Murdoch angekommen war, murmelte er: »Abszeß. Zahn«, und deutete auf den Schal. Er blickte zu der Leiche hinunter.

»Was ist… äh!… passiert?«

»Ich weiß nicht, Sir«, erwiderte Murdoch. »Einer unserer Constables hat sie vor etwa vierzig Minuten gefunden.«

Er zog die Decke weg, damit der Leichenbeschauer sich das Mädchen ansehen konnte.

»Wer… au!… ist sie?«

»Das konnten wir noch nicht feststellen.«

»Dirne?«

»Ich denke nicht, Sir. Sie scheint ziemlich ordentlich, und der für diesen Bezirk zuständige Constable sagt, er habe sie noch nie zuvor gesehen.«

Der Leichenbeschauer deutete auf die purpurnen Flecken an der linken Körperseite. »Haben Sie sie bewegt?«

»Nein, Sir, das war jemand anderer.«

»Kleider?«

»Nirgendwo im Umkreis. Wurden wahrscheinlich ausgezogen.«

»Verfluchte Heiden!« Er versuchte, sich tiefer hinunterzubeugen, doch die Bewegung verursachte ihm Schmerzen in seinem Kiefer, und er richtete sich rasch wieder auf. »Sie ist tot… uuh… gut, aber ich…« Stirnrunzelnd sah er Murdoch an. »Sind wir uns… au!… nicht schon einmal begegnet?«

»Letzten Dezember, Sir. Der Merishaw-Fall.«

»Richtig, ich entsinne mich. Verdammte … oi! … Heiden!«

Das Dienstmädchen der Merishaws hatte ein totes Kind zur Welt gebracht und die Leiche im Vordergarten des Nachbarhauses verbuddelt, wo ein paar Kinder sie fanden. Arthur Johnson war in diesem Fall der einbestellte Leichenbeschauer gewesen und hatte sich genauso nichtssagend geäußert, obwohl ihm damals kein Zahnabszeß als Entschuldigung diente.

»Bringen Sie die Leiche … oooh … ins Leichenschauhaus zur Untersuchung … brr! – zu kalt … Bericht folgt …«

Murdoch wurde aus seinen Worten nicht ganz klug. »Verzeihung, Sir?«

Johnson zog den Seidenschal von seinem Mund und winselte auf, als die kalte Luft an seinen Zahn gelangte. Einen Moment roch es intensiv nach Nelkenöl. »Ich werde sofort eine Obduktion vornehmen und Ihnen den Bericht schicken.«

Rasch wickelte er sich wieder ein und ging, etwas Unverständliches vor sich hin murmelnd, zu seiner Kutsche zurück. Crabtree half ihm auf seinen Sitz, und Johnson schlug mit den Zügeln auf die lammfromme braune Stute, die sogleich munter lostrabte.

Murdoch deckte das Mädchen wieder zu. Eine Situation wie diese hatte er noch nie erlebt, und obgleich er Mitleid für das tote Mädchen empfand, war er sich durchaus bewußt, daß sich dieser Fall als große Chance für ihn erweisen könnte. Eine Beförderung war bei der hiesigen Polizei nur schwierig zu erlangen. Die letzten Jahre waren für die Stadt in wirtschaftlicher Hinsicht äußerst hart gewesen, und der Stadtrat hatte Chief Grasetts Gesuch um ein größeres Budget abgelehnt. Die Polizei konnte ihren Mitarbeiterstab also nicht erweitern. Murdoch war nun seit drei Jahren Detective, und auf dieser Stufe würde er hängenbleiben solange niemand aus einem ranghöheren Dienstgrad starb oder in den Ruhestand ging. In letzter Zeit zermürbte es ihn immer mehr, unter diesem Joch zu stehen und vor Leuten, die er verachtete, Kotau machen zu müssen. Jetzt bot sich ihm die Chance, durch das tote Mädchen etwas Ruhm zu ernten, vorausgesetzt natürlich, er würde den Fall erfolgreich lösen.

Der für die Ambulanz verantwortliche Constable rief ihm zu: »Glauben Sie, es wird noch sehr viel länger dauern, Mr. Murdoch? Es ist scheußlich kalt für die Pferde!«

»Dann legen Sie ihnen Decken über.«

Richmond war ein chronischer Jammerer und faul obendrein. Murdoch wollte seine Zeit nicht an ihn verschwenden.

Murrend stieg der Constable vom Kutschbock, holte zwei Decken aus dem hinteren Teil der Kutsche und warf sie über die Pferde. Als sie schnaubten, stieg Dampf in die kalte Luft. Es schneite immer noch, und Murdochs Atem gefror auf seinem Schnurrbart zu winzigen Eisklümpchen. Er war froh um seinen warmen, langen Seehundfellmantel und die Feldmütze, die er beide von einem todkranken Gefangenen gegen drei Prieme Kautabak eingetauscht hatte. Unter den Mantelärmeln war das Fell abgetragen, doch das sah man nicht, und die Flecken an der ledernen Außenseite hatte Murdochs Hauswirtin zum größten Teil entfernen können.

Er winkte Constable Crabtree zu sich.

»Wir sollten rasch herausfinden, wer sie war. Schreiben Sie bitte mit.«

Crabtree zog ein schwarzes Notizheft heraus und schob zwischen zwei Seiten ein Blatt Kohlepapier. Er war ein Riese von Mann, der durch den hohen runden Helm noch größer und durch das Cape aus grobem Serge noch breiter wirkte. Sein breites, rotbackiges Gesicht war arglos wie das eines Bauern, doch er war ein wacher Bursche, und Murdoch mochte und respektierte ihn.

»Bin soweit, Sir.«

»Die Leiche ist die einer jungen Frau zwischen vierzehn und sechzehn Jahren. Hellblaue Augen und dunkelbraunes, gewelltes Haar. Ungefähr einen Meter fünfundfünfzig groß und etwa hundert Pfund schwer. An der rechten Seite der Nase befindet sich eine kleine Schwellung. Keine Pocken- oder andere Narben. Sie trägt silberne Ohrringe. – Haben Sie das mitbekommen? Gut. Vor der Obduktion werden wir ein paar Fotografien machen lassen, einfach nur, um sicherzugehen. Cavendish ist dafür der beste Mann, und Foster kann eine Zeichnung anfertigen, für den Fall, daß wir ihr Bild in der Zeitung veröffentlichen müssen. Wenn die Totenstarre abgeklungen ist, werden wir eine Bertillonage vornehmen.«

Crabtree war überrascht. »Ist es das wert, Sir? Sie sagten doch, Sie halten sie nicht für eine Dirne.«

»Gut, aber was spricht gegen eine Bertillonage? Sie wissen ja, wie der Chief denkt.«

Chief Constable Grasett war ein begeisterter Anhänger der Bertillonage und hatte alle Detectives im Jahr zuvor auf einen speziellen Lehrgang geschickt. Alphonse Bertillon, ein französischer Anthropologe und Kriminalist, hatte ein anthropometrisches System zur Identifizierung entwickelt, das sich elf verschiedener Körpermaße und beschreibender Merkmale bediente, die nach einem bestimmten Schlüssel zusammengefaßt wurden. Murdoch war zwar der Meinung, daß dieses mühsame System seine Fehler hatte, andererseits war es besser als nichts, und es gab Berichte – so übertrieben diese auch sein mochten – über einige beachtliche Erfolge. Murdoch hatte gehört, daß die amerikanische Polizei gerade eine neuartige Methode zur Identifizierung ausprobierte, die sich auf Fingerabdrücke stützte, doch dieses Verfahren war hierzulande noch unbekannt.

»Bringen Sie die Trage her!« rief er Richmond zu.

Der Constable holte die Bahre aus der Kutsche und stellte sie neben der Leiche ab. Crabtree kam hinzu, um ihm zu helfen. Als sie die Leiche hochhoben, verrutschte die Decke und entblößte Unterarm und Hand, die wie in einem stummen Flehen zum Himmel emporzeigte. Hastig versuchte Richmond, den Arm wieder abzudecken.

»Seien Sie vorsichtig!« herrschte Murdoch ihn an. »Sie werden ihr noch den Arm brechen!«

Richmond stieß einen leisen Fluch aus, doch schließlich gelang es ihnen, das Mädchen auf die Bahre zu legen. Crabtree packte die hinteren Griffe und trug sie zusammen mit Richmond zur Ambulanz-Kutsche. Der Kutscher sprang auf seinen Sitz, schnalzte den Pferden zu und fuhr die schmale Gasse hinunter. Aus den Reihen der Gaffer erhob sich aufgeregtes Geschnatter, das gleich darauf vom lauten Glockengeläut der St. Paulskirche übertönt wurde, die zur Messe rief. Murdoch stieß einen stummen Seufzer aus. Er war Katholik, doch letzten Sonntag war er im Bett geblieben und hatte gelesen, und es sah ganz so aus, als würde er auch diesen Sonntag die Messe versäumen. Pater Fair würde darüber nicht glücklich sein; und auch nicht Mrs. Kitchen, seine fromme Hauswirtin.

Als Crabtree neben ihn trat, deutete Murdoch auf die Vertiefung im Boden, die die Leiche hinterlassen hatte.

»Ehe sie bewegt wurde, lag sie auf der rechten Seite, mit dem Gesicht zum Zaun. Ihr Kopf Richtung Westen, zur Sackville Street hin, die Füße Richtung Osten, zur Sumach Street. Die Beine waren eng an den Körper gezogen und die Arme über der Brust verschränkt.«

Er ging einen Schritt zur Seite, legte sich auf den Boden und nahm dieselbe zusammengerollte Haltung ein, die er bei dem Mädchen vermutete.

»Wie sieht das aus, Crabtree?«

»Als hätte sie versucht, hier, wo das Brett herausragt, ein wenig Schutz vor dem Wind zu finden.«

»Genau das habe ich mir auch gedacht.«

Murdoch stand wieder auf und klopfte sich den Schnee vom Mantel.

»War sie angetrunken?« fragte der Constable.

»Ich glaube nicht. Es war kein Alkohol zu riechen. Um sicher zu sein, müssen wir freilich die Obduktion abwarten. Aber irgend etwas stimmt nicht. Mir gefällt das alles nicht. Wenn man eines natürlichen Todes stirbt, hat man, soweit ich weiß, keine stecknadelkopfgroßen Pupillen. Außerdem hat sie blaue Flecken, die darauf zurückzuführen sein könnten, daß jemand sie am Arm festgehalten hat. Sollte hier ein Verbrechen vorliegen, werden wir sehr behutsam vorgehen müssen. Wir dürfen keine Fehler machen, sonst kann ich demnächst meine Stempelfarbe dafür benutzen, Seiner Hoheit, unserem hochverehrten Chief, die Stiefel zu putzen. In jedem Fall haben wir es mit Leichenfledderei zu tun. Drüben im Osten pflegen die Leute zu sagen, wenn du dir nicht sicher bist, aus welcher Richtung der Wind blasen wird, dann halte dein Deck sauber, dein Segel hoch und deinen Bruder Johannes unten.«

Crabtree grinste.

Murdoch zog ein zusammengerolltes Maßband aus seiner Innentasche.

Der Schnee der letzten Stunden sowie das Kommen und Gehen der Polizisten hatten alle früheren Spuren getilgt. Doch am Rand der Vertiefung, wo das tote Mädchen gelegen hatte, entdeckte Murdoch einen deutlichen Abdruck. Er war schmal und spitz zulaufend, wie von einem modischen Schuh. Sorgfältig maß er den Abdruck.

»Lassen Sie uns einen Blick in die Gasse werfen.«

»Halten wir nach etwas Bestimmtem Ausschau, Sir?«

»Abfall jeder Art. Da hier nichts länger als zwei Tage liegenbleibt, brauchen wir uns keine Gedanken darüber machen, ob der Abfall neu ist oder nicht.«

Die ungepflasterte Gasse verlief von der River Street parallel zur Shuter Street bis zur Yongue. Weiter westlich, im Umkreis der Kirchen, zeigte sich die Shuter Street ehrbar und gut gepflegt; dort wohnten hauptsächlich Männer mit akademischen Berufen. Man konnte in der Shuter und der angrenzenden Mutual Street auf einer Strecke von zwanzig Metern mehr Ärzte finden als Wanzen auf einem Kopfkissen im Armenhaus. Doch hier, im Bereich der Gasse, waren die Häuser klein und schäbig und von Arbeiterfamilien bewohnt, die zu erschöpft oder zu gleichgültig waren, um sie in Schuß zu halten. Nicht einmal die weiche Decke aus Schnee vermochte die schmalen, heruntergekommenen Gebäude mit ihren verwahrlosten Hinterhöfen zu verschönern.

Langsam gingen die beiden Polizisten die Gasse hinunter, konnten aber nichts entdecken, was irgendwie auffällig gewesen wäre. Am Ausgang zur Sumach Street blieben sie stehen, und die Gaffer, die sich hinter dem Absperrungsseil drängten, reckten die Hälse. Eine Frau hatte unter einem Tuch ihr Kind dabei, das sich schlafend an ihre Brust klammerte. In der Luft hing der typisch säuerliche Geruch von Kleidern, die nie gewaschen oder gewechselt wurden.

»Was geht hier vor, Officer?« rief der Mann auf dem Stuhl.

Murdoch erkannte ihn wieder. »Hallo, Tinney. Schon so zeitig auf den Beinen?«

»Ich wollte nichts verpassen, Sergeant. Was ist passiert? Wir haben gehört, eine Dirne hat eine vor den Latz gekriegt.«

»Da haben Sie etwas Falsches gehört.«

»Aber sie ist doch tot, oder?« mischte sich ein magerer rotnasiger Jugendlicher ein.

»Ja, leider. Und jetzt hört mir alle mal gut zu, Leute. Die Polizei wird eure Mitarbeit brauchen. Ich werde euch eine Beschreibung der jungen Frau geben, und wenn ihr sie kennt, etwas über sie wißt oder sie gestern abend irgendwo gesehen habt, dann sagt mir sofort Bescheid. Habt ihr das verstanden?«

Aller Augen waren auf ihn gerichtet, und ein paar Leute nickten eifrig.

»Gibt es eine Belohnung?« fragte ein kleiner dicker Mann, der sich gegen die Kälte mit einem langen, mottenzerfressenen Waschbärenpelzmantel und einer Pelzmütze mit Ohrenschützern gewappnet hatte.

»Schäm dich, Wiggins!« zischte einer der Umstehenden dem Dicken zu.

»Du mußt gerade reden, Driscoll. Für einen Dollar würdest du sogar deine eigene Mutter erschlagen!«

Mr. Driscoll blickte finster drein, doch die anderen Leute, die den Wortwechsel vernommen hatten, lachten.

»Schluß mit dem dummen Gequatsche!« donnerte Wicken. »Ihr seid hier nicht in einem Varieté-Theater!«

Murdoch ergriff wieder das Wort. »Wäre es nicht Belohnung genug, wenn ihr eine arme Mutter, die ihre Tochter vermißt, von den bangen Stunden des Wartens erlösen könntet? Also hört zu. Das Mädchen ist um die fünfzehn oder sechzehn Jahre alt, hat dunkle Haare und blaue Augen. Die Größe beträgt etwa einen Meter fünfundfünfzig, also ungefähr so groß wie Wiggins. An der einen Seite der Nase findet sich eine kleine Geschwulst. Kennt ihr jemanden, auf den diese Beschreibung zutrifft?«

Ein Raunen und Summen wurde laut, aber niemand gab eine Antwort.

»Nun? Das arme Mädchen ist in eurer Gasse gestorben, ihr müßt es kennen.«

Schließlich sagte Tinney: »Da gab's eine Witwe, die vor einigen Monaten an der Ecke Sackville und St. Luke gewohnt hat. Die könnte es vielleicht sein.«

Mindestens vier Stimmen brüllten ihn nieder.

»Du hast sie ja nicht alle, John Tinney«, spottete sein Freund Driscoll. »Erstens war diese Frau weit jenseits der Vierzig, und zweitens war sie so groß wie der Polizist hier. Sicher an die einsachtzig. Der Sergeant sagte aber, das Mädchen wäre klein.«

Tinney zuckte die Schultern. »Man kann nie wissen.«

»Wann soll sie denn hier vorbeigekommen sein?« erkundigte sich eine Frau bei Murdoch.

»Gestern abend, vermutlich zwischen elf und zwölf.« Er deutete auf Crabtree. »Dieser Polizist wird eure Namen und Adressen aufschreiben sowie sämtliche Informationen, die ihr ihm geben könnt. Nachprüfbare Informationen, wohlgemerkt. Keine Ammenmärchen, sonst könnt ihr euch auf eine saftige Strafe gefaßt machen. Wenn ihr lieber eine vertrauliche Aussage machen wollt, dann kommt auf die Wache. Wo die ist, wißt ihr ja alle, nicht wahr?«

Auf diese Frage folgte eine gemischte Reaktion. Manche unter ihnen kannten den Weg nämlich nur allzu gut.

Murdoch wandte sich an Crabtree. »Wenn Sie mit dieser Meute hier fertig sind, rütteln Sie Cavendish wach und lassen Sie sich von ihm auf die Wache fahren, für den Fall, daß jemand mit einer Vermißtenmeldung auftaucht. Sobald es geht, kommen Sie wieder zu mir zurück. Ich werde schon einmal damit anfangen, an die Türen zu klopfen.«

Er ging die Gasse wieder hinunter bis zu der Stelle, wo das Mädchen gelegen hatte. Direkt gegenüber befand sich eine Reihe aus sechs schmalen, zweigeschossigen, spitzgiebligen Häusern, ein jedes leicht gegen seinen Nachbarn gelehnt, als würde es Trost suchen. In allen Häusern brannten Kerzen oder Öllampen, nur das letzte Haus lag im Dunkeln. Vielleicht hatten die Bewohner einfach nur einen tiefen Schlaf, überlegte Murdoch. Er beschloß, der Sache auf den Grund zu gehen.

Vor dem Haus stand ein wackliger Zaun, der mehr fehlende als intakte Bretter hatte. Ein Tor gab es schon lange nicht mehr, und Murdoch ging durch die Lücke in den Innenhof und achtete dabei sorgfältig auf Spuren im Schnee. Vom Zaun bis hin zur Hintertür war der Schnee zu einem schmalen Pfad niedergetrampelt worden, die Fußabdrücke zu dicht neben- und übereinander, als daß man sie hätte unterscheiden können. Murdoch vermeinte, da und dort einen spitzen Stiefelabdruck zu erkennen, aber er konnte sich genausogut täuschen. Er richtete sich auf und drehte sich mit dem Rücken zum Haus. Der Ort, an dem das Mädchen gestorben war, ließ sich von hier aus gut einsehen.

Plötzlich ertönte eine wütende Stimme.

»Heda! Was haben Sie hier zu suchen? Verschwinden Sie!«

In der Hintertür stand eine Frau und beobachtete ihn. Sie trug einen abgedeckten Nachttopf, den sie offenbar gerade zum Außenabort bringen wollte.

»Ich bin Detective Murdoch – und würde Ihnen gern ein paar Fragen stellen.«

Die höfliche Anrede wäre nicht nötig gewesen, überlegte Murdoch, als er erkannte, welche Sorte von Frau er da vor sich hatte. Ihr fleckiger gelber Morgenmantel war nachlässig zugebunden, ihr Haar ungekämmt und zerzaust und ihr Gesicht nicht allzu sauber. Sie war jung, doch ihr schmales Gesicht wirkte ausgezehrt.

»Was für Fragen?« brummte sie, ohne sich von der Türschwelle wegzubewegen.

»Brr, hier draußen friert man sich ja förmlich den Hintern ab. Wollen Sie mich nicht hereinbitten? Das wäre für uns beide angenehmer. Und wenn Sie mir noch eine Tasse Tee anbieten könnten, wäre ich richtig dankbar.«

»Ich habe den Herd noch gar nicht angeheizt.« Sie gähnte ausgiebig und zeigte dabei ihre verfärbten und teilweise abgebrochenen Zähne. »Ich bin nämlich gerade erst aufgestanden.«

»Sie Glückliche. Ich bin bereits so lange auf, daß ich schon wieder reif fürs Bett bin.«

»War das etwa eine Aufforderung, Sergeant?«

Murdoch grinste, nach wie vor bemüht, die Frau bei Laune zu halten, doch er blieb außerhalb ihrer Reichweite, für den Fall, sie könnte sich entschließen, den Inhalt ihres Nachttopfs in seine Richtung zu gießen. Es wäre nicht das erste Mal.

»Was wollen Sie wissen?« fragte sie, während sie den Nachttopf neben der Tür ausleerte und den Schnee damit gelb färbte.

»Wie gesagt, drinnen hätten wir es gemütlicher.«

»Mir egal. Wie Sie meinen.«

Sie drehte sich um, und Murdoch folgte ihr in die düstere Diele. Auf der rechten Seite befanden sich zwei geschlossene Türen, und am hinteren Ende gab es einen Bogengang mit einem Vorhang davor, durch den der schwache Lichtschein einer Kerze hindurchschimmerte. Die Luft war kalt und abgestanden.

Die Frau öffnete eine der Türen und stellte den Nachttopf in ihrem Zimmer ab.

»Da rein«, sagte sie beim Herauskommen und führte ihn in die Küche. Dort beugte sich gerade eine andere Frau über einen großen schwarzen Herd und fächelte dem kläglichen Feuer, das sie entfacht hatte, Luft zu. Ihre Bemühungen hatten aber nur dichte Rauchschwaden zur Folge, die sich im ganzen Zimmer verteilten. Hustend drehte sie sich um, als Murdoch und die Frau hereinkamen.

»Verflucht, Ettie, kannst du mal nach diesem dämlichen Herd sehen? Er funktioniert einfach nicht.« Ihr Blick fiel auf Murdoch. »Wer ist das?«

»Ein Schnüffler. Er möchte uns ein paar Fragen stellen.«

»Worüber?«

»Was weiß ich? Tee will er auch.« Sie ging zum Herd und spähte in das Feuerloch. »Herrgott noch mal, Alice, wie oft habe ich dir schon gesagt, du sollst erst dann Kohle nachlegen, wenn genügend Zug da ist. Du hast das Feuer erstickt.«

Murdoch trat vor. »Lassen Sie mich mal ran. Ich bin gut im Feuermachen.«

»Komisch, ich hätte nie gedacht, daß Schnüffler für irgendwas gut sind.« Alice zog eine finstere Miene. Sie war ebenfalls nur mit einem Morgenmantel bekleidet, ein schmuddeliges Teil aus schmutziggrünem Flanell. Er klaffte am Ausschnitt auseinander und enthüllte ihre Brüste, was sie aber nicht zu stören schien. Sie sah gute zehn Jahre älter aus als die andere Frau, die sie Ettie genannt hatte.

In einem Eimer neben dem Herd entdeckte Murdoch eine Zange, mit der er nun den großen Kohleklumpen entfernte. Dann schob er die spärlichen Späne auf einen Haufen zusammen und blies gleichmäßig auf die glimmende Glut, bis eine helle Flamme aufflackerte. Als das Holz zu knistern begann, fischte er aus dem Eimer einige kleinere Kohlestücke, legte sie auf das Feuer und schloß die Herdtür.

»Noch ein paar Minuten, dann brennt es richtig«, sagte er, während er den Kohlestaub von seinen Händen wischte.

Die beiden Frauen hatten ihm schweigend zugesehen.

»Schätze mal, damit hat er sich sein Plauderstündchen verdient«, sagte Alice. Sie ging zum Ausguß und pumpte Wasser in einen rußgeschwärzten Topf. »Mit dem Tee wird es eine Weile dauern. Der Herd ist noch nicht heiß.«

»Setzen Sie sich lieber, bevor Sie uns noch die Decke kaputt machen«, sagte Ettie. Die Zimmerdecke war niedrig und Murdoch gute einsachtzig groß.

»Hier.« Sie zog einen Holzstuhl näher, der so gut wie keine

Rückenlehne mehr hatte. Murdoch war nicht unbedingt darauf erpicht, auf einem Stuhl zu sitzen, der sicher unter ihm zusammenbrechen würde.

»Ich bleibe stehen«, sagte er, knöpfte jedoch den Mantel auf und legte seinen Hut auf den Stuhl. Dann zog er Notizheft und Füllfederhalter aus seiner Innentasche. Den Füllfederhalter mit der silbernen Kappe hatte ihm Elizabeth vor ihrem Tod zu Weihnachten geschenkt, und er war sein ganzer Stolz. Beide Frauen sahen ihn mißtrauisch an.

»Zunächst mal brauche ich die Namen von Ihnen beiden.«

»Wieso?« fragte Ettie.

»Deshalb, Miss, weil in dieser Gasse die Leiche einer weiblichen Person gefunden wurde. Also gewissermaßen in Ihrem Hinterhof.«

Er wartete auf eine Reaktion, doch es kam keine. Keinerlei Gemütsregung, nur Schweigen. Die Frauen erinnerten ihn an die beiden Katzen, die im vergangenen Winter im Garten seiner Unterkunft aufgetaucht waren. Mager und verwahrlost, mit fahlen, wachsamen Augen. Als er versucht hatte, sich den ausgehungerten Tieren zu nähern, hatten sie geknurrt und ihn angefaucht und hätten ihn, wäre er nicht zurückgewichen, auch in die Hand gebissen.

Alice zuckte die Schultern. »Die Kälte kann einen umbringen, keine Frage. Armes altes Mädchen.«

»Von wem sprechen Sie, Miss?«

»Von der toten Landstreicherin.«

»Ich bezweifle, daß sie eine Landstreicherin war, und alt war sie auch nicht. Vermutlich nicht älter als fünfzehn oder sechzehn.«

»Eine Schande.«

Sie starrten ihn an, doch er schwieg.

»Und was hat das mit uns zu tun?« fragte Ettie schließlich.

»Das wird sich herausstellen.« Abermals schwieg er eine Zeitlang. »Wir wissen bisher noch nicht, wer die Tote ist. Ich stelle die Ermittlungen an.«

Er wollte abwarten, ob die Frauen sich vielleicht verplappern oder ob sie versuchen würden, ihn auf eine falsche Fährte zu locken. Wieder war es Ettie, die das Schweigen brach.

»Was war sie dann für eine? Eine Arbeiterin, zum Beispiel, oder eine junge Dame?«

Alice brach in schallendes Gelächter aus. »Teufel noch mal, Ettie! Eine junge Dame! Was sollte eine Dame in dieser dreckigen Gasse zu suchen haben?«

Ettie hob die Schultern. »Was weiß ich? Irgendein Grund ließe sich gewiß finden.«

Murdoch war sich bewußt, daß er aus der Unterhaltung der beiden Frauen nur profitieren konnte. Er beschloß, den Bogen noch etwas weiter zu spannen.

»Wir haben diesbezüglich keine Anhaltspunkte. Das Mädchen war nackt wie ein Neugeborenes.«

Alice zog eine Grimasse. »Kann nicht viel im Hirnkästchen gehabt haben, wenn sie bei diesem Wetter nackt rumlief.«

Sie wurde von einem Hustenanfall übermannt, schnappte sich eine Tasse vom Tisch und spuckte hinein. Mit Kennermiene musterte sie ihren Auswurf.

»Nur Schleim.«

»Wie lautet Ihr Nachname, Alice?« fragte Murdoch.

»Ich heiße Alice Black.« Sie deutete auf ihre Mitbewohnerin. »Und das ist Ettie Weston.«

»Bernadette Weston«, wurde sie von der anderen Frau berichtigt. »Aber alle nennen mich Ettie.«

»Sie sind noch nicht lange hier, nicht wahr?« fragte er Alice.

Sie zuckte mit den Schultern, worauf Ettie zu lachen begann. »Sie ist bloß schon als kleines Gör hergekommen, man merkt es ihr bloß nicht an.«

»Und Sie?«

»Ich bin ebenfalls eine Einheimische.«

»Sie wohnen beide hier?«

»Ja. In dem kleinen gemütlichen Zimmer da drüben.« Sie deutete in den Flur hinaus.

»Und dürfen die Küche mitbenutzen?«

Alice schnaubte empört. »Mitbenutzen! Das soll wohl ein

Witz sein? Es ist eher so, daß wir die ganze restliche Bagage dieses Scheißhaushalts mitversorgen. Wir müssen nachts den Kohleeimer in unser Zimmer stellen, andernfalls wäre er am nächsten Morgen leer wie der Bauch eines verkrüppelten Bettlers. Oder hast du schon einmal erlebt, Ettie, daß dieser Trottel von Mr. Quinn ein Stück Kohle hergeschafft hätte? Aber sobald wir ein Feuer gemacht haben, kommt er angetrabt, um seine Frostbeulen zu wärmen.«

»Ach, komm, Alice, dafür ist er uns anderweitig behilflich.«

»Dir vielleicht, aber mir nicht.«

»Wer ist dieser Mr. Quinn?« warf Murdoch ein.

»Eine der Nieten, die hier wohnen. Er hat das Zimmer neben uns.«

»Und welche Mieter gibt es noch?«

»Oben wohnen zwei Brüder«, antwortete Ettie. »Behaupten, sie seien Holzfäller. Allerdings frage ich mich, was sie dann hier zu suchen haben. Die werden doch wohl nicht die Bäume im Viertel fällen wollen? Außerdem sind sie üble Raufbolde. Poltern da oben herum, daß man meinen könnte, das ganze Haus stürze ein.«

Sie machte den Eindruck, als wollte sie ihre Schmährede gegen die abwesenden Brüder fortsetzen, doch Murdoch bremste sie.

»Was für einen Beruf haben Sie?«

Ettie grinste ihn an. Wenn sie lächelte, hatte sie trotz ihrer schlechten Zähne ein anziehendes Gesicht. Es lag noch immer ein Hauch von Jugend darüber.

»Ich bin Handschuhmacherin. Genau wie Alice.«

»Und wo arbeiten Sie?«

»Hier. Wir arbeiten zu Hause, stimmt's Alice? Wir reparieren und säubern Handschuhe.«

»Richtig. Wir sind auf Männerartikel spezialisiert. Aus bestem Schweinsleder.« Sie sah Murdoch herausfordernd an. »Wir passen sie an.«

Murdoch wußte, daß die Schutzhüllen für den Beischlaf aus feinem Schweinsleder gefertigt wurden, doch er biß nicht auf den Köder an. Die beiden spielten mit ihm, und das geringste Anzeichen von Verärgerung oder Verlegenheit seinerseits würde als Sieg betrachtet werden, über den sie sich noch wochenlang amüsieren könnten.

»Wer ist Ihr Dienstherr?«

»Mr. Webster, der Schneider. Er wohnt drüben, in der Queen Street.«

»Wir sind sehr gefragt«, fügte Alice hinzu. »In den Geschäften werden heutzutage ja Maschinen benutzt, aber wir stellen fest, daß die meisten Herren nach wie vor großen Wert auf Handarbeit legen, nicht wahr, Ettie?« Sie lachte. »Es ist harte Arbeit, Sergeant. Am Ende eines Arbeitstages sind wir oft völlig ausgepumpt und ausgelutscht.«

»Alice, sei nicht vulgär! Was soll der Sergeant von uns denken?«

»Ich denke, daß ich von euch beiden langsam genug habe! Ich ermittle schließlich in einem ernsten Fall.«

Trotz seines Vorsatzes konnte er seinen Ärger nicht länger unterdrücken.

Alice lachte noch immer. Ihr Gelächter ging in einen Hustenanfall über, der ihren mageren Körper so erschütterte, daß Murdoch erschrak.

»Einen üblen Husten haben Sie da, Alice. Haben Sie schon einen Arzt konsultiert?«

Sie pochte sich auf die Brust. Vor Atemnot war ihr Gesicht blau angelaufen. »Es ist nur eine Erkältung. Die fängt man sich im Winter schnell ein.«

Murdoch kehrte wieder zu seinen Aufzeichnungen zurück.

»Also, weiß jemand von euch beiden etwas über das junge Mädchen?« Er blätterte durch sein Notizheft. »Füllige Figur, aber, ziemlich klein. Etwas kleiner als Sie, Ettie.«

»Kennen wir nicht, oder Alice?«

»Nein.«

»Haben Sie gestern nacht irgend etwas gehört? Schreie oder Rufe?«

Beide schüttelten nachdrücklich den Kopf.

»Sie waren den ganzen Abend zu Hause?«

»Ja«, sagte Alice. »Brav im Bett, wie es sich gehört.«

»Nein, Alice!« entgegnete die jüngere Frau scharf. »Er meint früher. Du warst bis kurz vor zehn im Hotel.« Sie bedachte ihre Freundin mit einem strengen Blick, der keinen Widerspruch duldete.

»Ich werde das überprüfen«, sagte Murdoch.

»Siehst du? Bring ihn nicht durcheinander.«

»Oh, sicher. Ich hatte Ihre Frage nicht richtig verstanden, Constable. Den frühen Abend habe ich mit Freunden im John O'Neil verbracht. Aber danach war ich die ganze Nacht hier bei Ettie. Ich habe mich keinen Schritt nach draußen bewegt.«

»Was ist mit Ihnen, Ettie?«

»Ich war um acht im Bett. Ohne einen Mucks, bis vor einer halben Stunde.«

»Und Sie sind durch nichts aufgeschreckt?«

Ettie ging zum Herd und stocherte im Feuer, bis es hell aufflackerte. Sie drehte sich nicht um. »Nein, da war nichts.«

Alice kicherte. »Komm schon, Ettie. Laß ihn nicht so hängen!«

Ettie wirbelte herum und funkelte Alice wütend an.

Alice redete weiter. »Die Wahrheit ist, wir sind nachts hochgeschreckt. Gegen zwei Uhr.« Erwartungsvoll sah sie Murdoch an.

Er seufzte. »Erzählen Sie weiter, Alice. Was hat Sie geweckt?«

»Schreckliche Schreie.«

»Ach ja? Und wer hat geschrien?«

»Wahrscheinlich die Jungfrau Maria.«

Sie lachte so herzhaft über ihren schwachen Witz, daß sie erneut von einem Hustenanfall gepackt wurde. Den dadurch hervorgerufenen Schleimklumpen wollte sie wieder in die Tasse spucken, erwischte diesmal aber nur den Tassenrand.

Murdoch sah sie durchdringend an. Über seine Konfession konnte sie nichts wissen, worüber spottete sie dann?

»Würden Sie bitte erklären, was …«

In diesem Moment ertönte in der Diele ein lautes Jaulen.

Ein mitleiderregendes Winseln und Heulen. Es klang nicht menschlich, sondern so, als wäre ein Tier in Not. Alice und Ettie grinsten einander an.

»Gütiger Jesus!« sagte Alice. »Da ist es wieder. Genau dieselben Laute wie letzte Nacht.«

»Hört sich nach einem Hund an«, sagte Murdoch. »Er scheint verletzt zu sein.«

Er ging in die Diele. Der Lärm kam aus dem hinteren Zimmer. »Wer wohnt dahinten?« rief er den beiden Frauen zu. Arm in Arm erschienen sie im Bogengang.

»Samuel Quinn«, gab Alice zur Antwort.

»Besitzt er einen Hund?«

»Ja. Er ist ein echter Hundeliebhaber.« Sie lächelte, doch Murdoch entging nicht, daß Ettie ihr einen warnenden Knuff versetzte.

»Ich bin gleich wieder zurück«, sagte er.

Der Lärm brach schlagartig ab, und gleich darauf ertönte ein leises, klagendes Heulen, gespenstisch und voller Kummer. Er klopfte energisch an die Tür.

»Aufmachen! Polizei! Aufmachen!«

Das traurige Wimmern schlug unvermittelt in ganz normales Hundegebell um. Ein helleres Bellen kam hinzu, eigentlich eher ein Kläffen, von dem das laute, tiefe Anschlagen des ersten Hundes ergänzt wurde. Murdoch trat gegen die Tür.

»Aufmachen, oder ich schlage die Tür ein!«

Das tat seine Wirkung. Binnen weniger Momente, die es für den Bewohner womöglich bedurft hatte, um aus dem Bett zu springen, wurde die einen Spalt weit geöffnet. Ein junger Mann im Nachthemd stand da. Er hielt einen kleinen schwarzbraunen Hund am Halsband fest. Es war kaum vorstellbar, daß von einem Tier dieser Größe derart laute Töne ausgehen konnten.

»Stimmt etwas nicht mit dem Hund?« knurrte Murdoch.

Ehe der Mann antworten konnte, wandte der Hund rasch den Kopf, glitt zurück und ließ den Mann mit dem leeren Halsband in der Hand zurück. Gleich darauf schlüpfte er blitzschnell durch die Beine des Mannes hindurch und rannte auf die Küche zu.

»Prinzessin, hiergeblieben!« schrie der Mann. Nun kam ein weiterer Hund, winzig und langhaarig, aus dem Zimmer geschossen und setzte mit aufgeregtem Gekläffe zur Verfolgung der Hündin an.

»Ettie, fang ihn ein!« brüllte der Mann.

Auf der Küchenschwelle blieb die Hündin stehen, sprang aufgeregt hin und her und bellte mit voller Lautstärke. Der kleine Hund war direkt hinter ihr angelangt, richtete sich auf den Hinterbeinen auf und versuchte, sie zu besteigen. Sein Penis stand leuchtend rot hervor. Die Hündin drehte ihren Kopf und schnappte so gleichgültig nach ihm, als wäre er eine Fliege. Unverdrossen umklammerte er sie fester, was angesichts der Tatsache, daß sie mindestens doppelt so groß war wie er, ein schwieriges Unterfangen darstellte. Ettie und Alice, die ihrer Freundin über die Schulter spähte, brachen in schallendes Gelächter aus. Der junge Mann im Nachthemd schob sich an Murdoch vorbei und rannte in die Diele hinaus. Mit geübtem Griff packte er den winzigen Hund und nahm ihn auf den Arm, wo er sich heftig wand, um wieder zurück zu seiner Angebeteten zu gelangen.

»Fang Prinzessin ein, Ettie!« rief der Mann.

Ettie versuchte ihr Bestes, doch es war leichter gesagt als getan; die Hündin tänzelte um ihre Beine und bellte ununterbrochen… Ettie mußte brüllen, um sich über das Getöse hinweg verständlich zu machen. »Vielleicht will sie ein Stück Fleisch?«

Die Hündin hörte zu bellen auf, als hätte jemand einen Schalter gedreht, und setzte sich schwanzwedelnd und mit heraushängender Zunge hin. Ettie lächelte zärtlich und sagte so sanft, als würde sie zu einem geliebten Kind sprechen: »Na, dann komm, meine Süße, ich werde nachsehen, was ich für dich finde.«

Sie ging zu dem Kiefernholzschrank neben dem Ausguß.

Der Hund in Quinns Armen winselte und jaulte noch immer,

doch Quinn verpaßte ihm einen Nasenstüber, worauf er verstummte und verblüfft schnüffelte.

»Gott sei Dank!« rief Alice. »Den Krach hält ja kein Mensch aus!«

Nun wurde Quinn auf Murdoch aufmerksam, der hinter ihm stand, und lächelte entwaffnend. »Entschuldigen Sie das Durcheinander.«

»Es klang, als würde die Hündin gequält...«

»Ich weiß. Das kommt daher, daß ihre Vorfahren Jagdhunde waren. Sie wollte eigentlich nur raus und sehen, ob Ettie irgendwelche Leckereien für sie hat.«

Alices Miene verfinsterte sich. »Der Köter hat ein besseres Leben als ich«, schimpfte sie. »Ständig dieses Theater!«

Quinn stand, nur mit seinem Nachthemd bekleidet, barfuß in der kalten Diele und hüpfte von einem Fuß auf den anderen.

»Habe ich vorhin richtig gehört, daß Sie ›Polizei‹ gerufen haben?« fragte er Murdoch.

»Er ist Detective – heißt Mr. Mockloch oder so ähnlich. Er möchte dir ein paar Fragen stellen«, sagte Alice. »Du hast doch hoffentlich eine saubere Weste?« Ihr Blick war voller Bosheit.

»Oh...? Worum geht's?« Quinn wirkte eindeutig unsicher.

»Unterhalten wir uns lieber in Ihrem Zimmer«, sagte Murdoch. Er wollte die Situation unbedingt wieder in den Griff bekommen.

Gefolgt von Prinzessin, kam Ettie aus der Küche zurück.

»War das alles, was Sie von uns wissen wollten?«

»Fürs erste ja. Aber Mr. Quinn wird sich den Tod holen, wenn er sich nicht rasch etwas überzieht.«

Der kleine Hund kämpfte wild darum, wieder heruntergelassen zu werden. Kurzentschlossen drückte ihn Quinn dem Detective in den Arm.

»Nehmen Sie ihn kurz. Aber gut festhalten!«

Murdoch mußte sich wohl oder übel fügen. So klein der Hund auch war, wog er dennoch sicher an die zehn Pfund, die vor allem in seinem stattlichen Bauch steckten. Das lange seidige Fell war karamelfarben und roch nach Veilchen, als wäre der Hund vor kurzem mit parfümierter Seife gewaschen worden. Er hatte eine eingedrückte Schnauze, lange Ohren und hervortretende Augen, deren helles Funkeln Klugheit verriet. Oder Lust. Sein Hauptziel schien es nämlich im Moment zu sein, sich wieder der Hundedame zu nähern. Quinn nahm Prinzessin am Genick und zerrte und schob sie gleichzeitig durch die Diele zu seinem Zimmer hinüber. An der Tür trat er zur Seite, um Murdoch einzulassen.

»Willkommen in meiner bescheidenen Klause.«

In dem Zimmer war es stickend heiß, und die warme Luft strömte in die frostig kalte Diele hinaus. Im Ofen brannte ein Feuer, und eine Kerze war entzündet. Vor dem langen, schmalen Fenster hing ein zerschlissenes Tuch, das einstmals vielleicht einen Tisch verschönert hatte. Seit der Erbauung des Hauses war durch dieses Fenster gewiß keine frische Luft mehr gelangt, doch Murdoch hatte nichts anderes erwartet. Frische Luft war ein Privileg der Wohlhabenden, die sich im Winter genügend Kohle zum Heizen kalter Räume und im Sommer genügend Dienstboten leisten konnten, um den Kohlestaub, der sich überall festsetzte, zu beseitigen.

Quinn zog eine Holzkiste heran, die früher einmal Wäschebleiche enthalten hatte, und legte ein rotes Plüschkissen darauf.

»Setzen Sie sich«, sagte er und nahm Murdoch den Hund aus dem Arm. Ohne sich um die Proteste des Tieres zu kümmern, verfrachtete er es in eine alte Hutschachtel, die neben dem Bett lag. In die Seiten waren Luftlöcher gebohrt, und Murdoch konnte ein waches braunes Auge erkennen, als der Hund aus der Schachtel lugte. Die Hündin ließ sich mit einem Seufzer zu Boden sinken, schmatzte noch einmal und schloß dann die Augen.

»Wie heißt er?« fragte Murdoch, auf die Schachtel deutend.

Quinn blickte verwirrt auf. »Heißen? Ich … äh, ach ja, sicher, Prinz – sein Name ist Prinz. Prinz Albert.« Er grinste. »Sieht ihm sogar ein wenig ähnlich, meinen Sie nicht? Glupschaugen, fetter Bauch.«

»Auf jeden Fall hat er dasselbe ausgeprägte Interesse am weiblichen Geschlecht«, erwiderte Murdoch. »Er scheint ein Rassehund zu sein. Woher haben Sie ihn?«

»Eigentlich gehört er nicht mir, sondern einem Kumpel. Ich passe nur ein paar Tage auf ihn auf.«

»Das ist aber nett von Ihnen.«

»Häh?«

»Nun, es muß doch recht mühsam sein...«

»Ach nein. Bist ein braves Hündchen, was, Bertie?«

»Sagten Sie nicht eben, sein Name wäre Prinz?«

»Was? Ach ja. Ja. Prinz Albert, Bertie. Hat einen richtigen Stammbaum, der Knirps.«

Er hatte sich auf der Bettkante niedergelassen, sprang aber nervös sofort wieder auf und ging zum Ofen, wo ein Eisenkessel mit wütendem Zischen Wasserdampf hervorstieß. »Ich werde mir einen Tee aufbrühen. Darf ich Ihnen eine Tasse anbieten?«

»Danke, das wäre sehr freundlich.«

Quinn griff unter das Bett und zog eine weitere Kiste hervor. Sie war aus Pappe und warb für Handschuhe. Er holte eine Teebüchse heraus, eine angeschlagene Porzellankanne und zwei Tassen und stellte alles neben Murdoch auf seinem Lacktischchen ab, auf dem sich bereits ein silbernes Milchkännchen und eine Zuckerdose befanden.

»Womit kann ich Ihnen dienen, Officer?«

»Warten wir damit noch, bis der Tee fertig ist.«

»Wird gleich soweit sein.«

Quinn gab aus der Büchse ein paar Löffel Zucker in die Kanne, kippte aus dem Kessel kochendes Wasser darüber und bedeckte die Kanne mit einem blauen, gestrickten Wärmer. Seine flinken Bewegungen waren die eines in häuslichen Dingen erprobten Junggesellen. Er war ein kleiner, untersetzter Mann mit ziemlich ausgeprägten O-Beinen. Sein Gesicht war dunkelhäutig und schwer von Pockennarben gezeichnet, doch er strahlte Offenheit und Humor aus. Murdoch konnte nicht anders, als ihn zu mögen.

»Hätten Sie was gegen ein Brötchen zum Tee einzuwenden? Ich bin Bäcker und darf die Reste mitnehmen.«

»O nein, da hätte ich gar nichts dagegen.«

Murdoch spürte, wie ihm eine Schweißperle den Nacken hinunterrollte. Zwei Menschen in diesem ohnehin schon überheizten kleinen Zimmer waren zuviel; es wurde nahezu unerträglich heiß.

»Geben Sie mir Ihren Mantel«, sagte Quinn. Er nahm den Seehundsfellmantel und legte ihn auf das Bett. Eine alte Armeedecke, schwer und schmierig aussehend, schien ihm als Zudecke zu genügen. Murdoch konnte nur hoffen, daß sich keine kleinen Lebewesen in seinem Mantel einnisten würden.

Quinn zog den einzigen Stuhl im Zimmer heran, nahm die Hose weg, die über der Lehne hing, und setzte sich. Vom Fenstersims hatte er eine Keksdose geholt, aus der er nun zwei Rosinenbrötchen sowie eine angebissene Scheibe Brot zu Tage förderte. Prinzessin öffnete die Augen und hob, in Erwartung eines Leckerbissens, den Kopf. Murdoch nahm ein Brötchen und biß hinein. Seine Zähne trafen auf Stein. Quinn grinste.

»Sie sollten es in Ihren Tee tunken, damit es weicher wird.«

Er schenkte starken schwarzen Tee in eine Tasse, fügte zwei Löffel Zucker und einen Spritzer Milch hinzu und reichte die Tasse Murdoch. Prinzessin saß auf ihren Hinterbeinen und bettelte, doch erst als ihr Winseln in ein forderndes Jaulen überging, brach Quinn ein Stück von seinem Brötchen ab und gab es ihr. Murdoch tat es ihm nach.

»Alice nannte sie die Jungfrau Maria«, sagte er.

Quinn grinste nervös. »Ach ja?«

Murdoch nippte an dem heißen Tee, der ihm beinahe die Zunge verbrühte. Ohne Murdoch anzusehen, nahm auch Quinn einen Schluck Tee. Murdoch überließ Prinzessin den Rest seines Brötchens.

»Gut, kommen wir zur Sache.«

Er berichtete Quinn von dem toten Mädchen.

Der Mann stellte seine Tasse ab. »O Gott, das ist ja schrecklich. Einfach schrecklich. Jung, sagten Sie?«

»Nicht älter als sechzehn.«

Die Kerze und die Feuerglut warfen zu viele Schatten, als daß Murdoch seinen Gesichtsausdruck genau erkennen konnte, doch es hatte ganz den Anschein, als wäre Quinn ehrlich geschockt.

»Wie ist sie gestorben?«

»Das wissen wir erst, wenn wir das Ergebnis der Obduktion vorliegen haben.«

Quinn schüttelte ungläubig den Kopf.

»Ich will wissen, ob jemand gestern nacht irgend etwas gesehen oder gehört hat. Vor allem zwischen zehn Uhr und Mitternacht.«

»Was mich betrifft, so war ich gar nicht da. Wie gesagt, ich bin Bäcker. Ich arbeite von halb elf Uhr abends bis sieben Uhr morgens und bin erst vor kurzem nach Hause zurückgekehrt.« Er zeigte auf sein Nachtgewand. »Ich schlafe tagsüber.«

»Verlassen Sie das Haus normalerweise durch die Hintertür?«

»Was? Oh, äh… nein. Durch die Vordertür. Zur Wilton Street hinaus. Das Mädchen lag in der Gasse, sagten Sie? Dann hätte ich es gar nicht sehen können.«

»Müssen Sie nicht vor der Arbeit Ihre Hunde ausführen?«

»Ja, das ist richtig. Das habe ich auch getan. Ja, ich bin mit ihnen hinausgegangen, aber das war früher. Zu der Zeit lag noch keine Leiche in der Gasse, das können Sie mir glauben.«

Murdoch machte sich eine Notiz. »Können Sie eine genaue Zeitangabe machen?«

»Ja, das kann ich. Also gestern abend dachte ich mir irgendwann, daß es langsam Zeit wird, mich für die Arbeit fertigzumachen. Ich habe auf die Uhr gesehen. Es war genau zehn vor zehn. ›Komm, Prinzessin‹, habe ich gesagt, ›laß uns eine Runde drehen.‹ Und das taten wir dann auch. Aber, wie gesagt, ich habe nichts und niemanden gesehen.« Plötzlich klatschte er sich auf den Schenkel. »Nein, was rede ich da? Ich habe Alice heimkommen sehen.« Er zwinkerte und tippte sich an die Nase. »Voll wie eine Strandhaubitze, um Alices Worte zu gebrauchen.«

Murdoch schrieb das auf. Es bestätigte die Aussage, die Alice über den Zeitpunkt ihres Heimkommens gemacht hatte.

»Wo arbeiten Sie, Mr. Quinn?«

»Im Union Hotel in der King Street. Ich backe dort die ganzen Dinnerbrötchen. Und die Pasteten und Kuchen. Sehr geschmackvoll, wenn ich das mal anmerken darf. Nicht wie das Brötchen, das Sie eben hatten, das war schon ziemlich altbacken. Kommen Sie doch in den nächsten Tagen mal zum Frühstück vorbei. Ich werde Ihnen ein Rosinenbrötchen servieren, wie Sie es noch nie erlebt haben. Es zerschmilzt auf der Zunge.«

»Danke, vielleicht komme ich darauf zurück.« Murdoch wischte über sein verschwitztes Gesicht. »Jetzt werde ich besser mal aufbrechen. Ich habe noch etliche Leute zu befragen.«

»Ich überlege die ganze Zeit, was das arme Mädchen um diese späte Stunde in unsere Gasse geführt haben könnte. Noch dazu bei dieser höllischen Kälte. War sie … äh, eine Schönheit der Nacht?«

»Ich glaube nicht. Obwohl das, ohne die Kleidung gesehen zu haben, schwer feststellbar ist. Sie war nackt.«

»Gütiger Heiland, was Sie nicht sagen! Wie kommt das?«

»Wahrscheinlich wurde die Kleidung gestohlen. Was in den Augen des Gesetzes ein schweres Vergehen ist.« Er steckte sein Notizheft ein und stand auf. »Übrigens, haben Sie Prinz Albert gestern abend nicht mehr ausgeführt?«

»Was?«

»Sie wissen schon, zum Gassigehen. Er mußte doch sicher auch mal raus. Und Sie haben vorhin nur erwähnt, daß Sie mit Prinzessin draußen waren.«

»Oh, äh, nein … Ich habe den Kleinen erst heute morgen bekommen. Von meinem Kumpel.«

»Muß ein ziemlich reicher Schnösel sein, wenn er sich so einen edlen Hund hält. Mit Stammbaum und so.«

Quinn zupfte an seinem Backenbart. »Nein, nein. Der Hund ist keinen Penny wert. Wer würde schon für einen so komisch aussehenden Knirps wie ihn Geld bezahlen?« Er trommelte mit den Fingern auf die Armlehne. »Tatsache ist, daß dieser Mann, mein Kumpel, in die Flitterwochen reist. Na ja, und er wollte das Kerlchen nicht bei seiner Mutter lassen, weil die so schlecht sieht. Teufel noch mal! Mir hat der Mann leid getan. Und wie Sie sicher bemerken konnten, mag ich Hunde nun mal. Und da habe ich eben angeboten, solange auf ihn aufzupassen.«

Die Worte waren stockend herausgekommen, und nun hielt er inne und sah Murdoch abwartend an. Seine runden Backen glänzten im Schein des Feuers.

Murdoch ging zur Tür.

»Falls Ihnen noch irgend etwas einfällt, dann kommen Sie bitte auf der Polizeiwache vorbei. Sie wissen, wo das ist?«

»Klar. Ecke Parliament und Wilton.«

»Genau.«

»Das werde ich tun. Ganz bestimmt. Schreckliche Geschichte.« Quinn strich durch sein ohnehin schon zerzaustes Haar. »Viel Glück!«

Murdoch trat in die Diele hinaus, die nach der Bullenhitze in Quinns Zimmer wundersam erfrischend wirkte. Er ging zur Küche zurück. Der Mann mochte vielleicht ein netter Kerl sein, aber sein schlechtes Gewissen hatte genauso spürbar im Raum gestanden wie der muffige Hundegeruch.

3

Sonntag, 10. Februar

Donalda Rhodes schreckte abrupt aus dem Schlaf hoch und zwang sich gewaltsam zum Wachbleiben. Nur weg von den Schrecknissen ihres Traums. Es war immer und immer derselbe Alptraum. Sie spaziert an dem Fluß entlang, der am Ende des Feldes, wo sie aufwuchs, entlangströmte. Eine andere Frau begleitete sie. In der Regel ist es ihre geliebte Freundin Marianne, aber diesmal handelt es sich um Harriet Shepcote. Owen, noch ein Kind im Röckchen, springt vor ihnen her. Plötzlich fällt er und verschwindet. Sie rennt hinüber und entdeckt, daß er in einen alten Brunnen gestürzt ist. Sie kann ihn am Grund des Brunnens sehen, hört ihn weinen. Verzweifelt beugt sie sich hinunter, kann ihn aber nicht erreichen. »Hilf mir, Harriet!« schreit sie, doch die junge Frau steht nur starr vor Angst da. Als Donalda abermals in den dunklen Schlund des Brunnens blickt, bemerkt sie, daß nicht mehr ihr Sohn dort unten herumkriecht, sondern ein kleines Mädchen mit langem dunklem Haar. Es schluchzt, und seine Angst geht auf Donalda über und nimmt von ihr Besitz.

Mühsam setzte sie sich auf. Wie spät mochte es sein? In ihrem Schlafzimmer war es dunkel, die Vorhänge zugezogen und das Kaminfeuer zu Glutasche heruntergebrannt.

Sie tastete auf dem Nachttisch nach der Schachtel mit den Streichhölzern, entzündete eines und hielt es an den Lampendocht. Ein wenig schämte sie sich, weil sie sich wie ein verängstigtes Kleinkind benahm.

Sie stieg aus dem Bett und schlüpfte in ihren Samtmorgenmantel und ihre Pantoffeln. Die Kaminuhr zeigte Viertel nach neun an. Sie ging zum Fenster und zog die Vorhänge zurück. Die Straße draußen war leer, und die kahlen Äste des Ahornbaums hoben sich wie eine Kohlezeichnung gegen den grauen Himmel. Zarte Schneeflocken tanzten vor dem Fenster. Während sie die Stirn an die kalte Scheibe lehnte, bildete ihr Atem einen dunstigen Flecken darauf.

An der Tür ertönte ein diskretes Klopfen, und Edith Foy kam herein, den Teewagen mit dem Frühstück vor sich her schiebend.

»Guten Morgen, Mrs. Rhodes.«

»Guten Morgen.«

Edith rollte den Wagen zum Kamin, wo ein chinesischer Lacktisch mit geschwungenen Beinen und ein mit Plüsch bezogener Armsessel standen.

»Ich hoffe, Sie haben gut geschlafen, Madam.«

»Ja, danke.«

»Soll ich das Feuer anfachen?«

»Ja, wenn Sie so freundlich wären.«

Donalda schenkte sich aus der Silberkanne eine Tasse Tee ein und gab eine Zitronenscheibe und ein Stück Zucker dazu. Auf ihrem Frühstückstablett befanden sich neben dem Tee noch ein Brötchen und eine Schale mit Kompott.

»Ist Master Owen schon aufgestanden?«

»Bisher noch nicht. Soll mein Mann ihn wecken?«

»Nein, das werde ich tun. Aber Sie können schon einmal sein Bad einlassen.«

Sie trank ihren Tee und genoß die Wärme der Tasse in ihren Händen. »Wo ist Therese? Fühlt sie sich noch immer unwohl?«

Den Rücken Donalda zugewandt, stocherte die Haushälterin im Feuer.

»Um die Wahrheit zu sagen, Madam, ich weiß es nicht.«

Sie drehte sich um; ein seltsamer Ausdruck lag in ihrem Gesicht, eine Art geheime Freude, die ihre Mundwinkel umspielte. »Sie ist fort.« Donalda starrte sie an. »Ich verstehe nicht ganz… Sie meinen, in der Kirche?«

»Nein, Madam.« Edith zog ein zusammengefaltetes Stück Papier aus ihrer Schürzentasche. »Ich bin in ihr Zimmer gegangen, weil sie sich nicht in der Küche sehen ließ und ich nachschauen wollte, ob sie sich noch immer unwohl fühlt.« Sie reichte Donalda den Zettel. »Das lag auf ihrem Bett.«

Donalda faltete den Zettel auf. Die Nachricht war mit einem Stift in großen kindlichen Buchstaben geschrieben:

ICH BIN ZURÜCK NACH HAUSE GEGANGEN. ICH VERMISSE ALLE SO SEHR. IHRE ERGEBENE DIENSTMAGD, Therese Laporte.

»Gütiger Heiland! Was bedeutet das?«

»Wohl genau das, was es besagt, Madam. Sie ist wahrscheinlich zurück nach Chatham gegangen.«

»Aber warum?«

»Wie sie geschrieben hat. Sie hatte Heimweh.«

»Ich weiß, sie hatte anfangs Heimweh, aber in letzter Zeit nicht mehr. Sie schien sich sehr gut eingelebt zu haben.«

»Nicht wirklich, Madam. Sie hat sich zusammengerissen, weil sie wußte, es würde Sie beunruhigen, wenn sie ständig mit einer Trauermiene herumliefe, aber ich habe gehört, wie sie nächtelang weinte.«

»Das hätten Sie mir sagen müssen!«

»Ich wollte Sie nicht mit so dummen Angelegenheiten belästigen, Madam. Ich dachte, sie würde darüber hinwegkommen.«

»Wann ist sie fortgegangen?«

»Das kann ich nicht so genau sagen. Ich habe mir Sorgen um sie gemacht und gestern nacht nach ihr gesehen, was sich auch als ganz richtig erwies. Im Zimmer war es dunkel – ich nahm an, daß sie schläft, und wollte sie nicht stören. Heute morgen entdeckte ich freilich, daß sie ein Kissen unter die Decke geschoben hatte, damit es so aussah, als würde sie im Bett liegen. Offenbar wollte sie verhindern, daß man ihr Weggehen zu zeitig entdeckt. Ganz schön ausgekocht, die Kleine. Scheint ihr völlig egal zu sein, daß andere Leute sich um sie Sorgen machen könnten.«

»Es fällt mir so schwer zu glauben, daß sie ohne ein Wort gegangen ist.«

»Undankbar, wenn Sie mich fragen. Sie hätte es Ihnen mitteilen müssen. Zumal Sie das Mädchen doch unter Ihre Fittiche genommen hatten, Madam.«

Donalda wollte ihre Haushälterin schon in ihre Schranken verweisen und das Mädchen verteidigen, doch das wäre töricht gewesen. Es gab schon genug ungute Gefühle.

Donalda hatte Therese von Anfang an gemocht. Sie war von sanfter Wesensart und leicht zufriedenzustellen gewesen, wohingegen Mrs. Foy, so fleißig sie auch war, die unangenehme Eigenschaft hatte, sich als Opferlamm aufzuspielen, das von allen nur ausgenutzt wurde.

Die Haushälterin ging zum Teewagen und schenkte Donalda unaufgefordert eine neue Tasse Tee ein.

»Ich wollte ja nichts sagen, Madam, weil ich wußte, wie gern sie das Mädchen hatten, aber die Kleine war ziemlich durchtrieben …«

»Warum behaupten Sie so etwas?«

»Sie sah aus, als könnte sie kein Wässerchen trüben, tja …«

»Ja? Reden Sie schon weiter!« Donalda konnte ihren Ärger nicht verbergen.

Edith kniff die Lippen zusammen. »Die kleine Miss Laporte war eine Diebin.«

»Das glaube ich nicht!«

»Es ist aber die Wahrheit, Madam. Letzten Donnerstag war plötzlich meine silberne Brosche aus meinem Zimmer verschwunden, und außerdem die Taschenuhr meines Mannes. Das gute Stück ist aus echtem Gold, und er ist ziemlich stolz darauf. Ich fand beides im Zimmer des Mädchens. Versteckt im hintersten Schrankwinkel.«

»Woher wissen Sie, daß die Sachen gestohlen wurden?«

»Verzeihen Sie, Madam, aber die Brosche und die Uhr sind ja kaum von selbst in das Zimmer gelangt.«

»Warum sollte jemand Schmuck stehlen und ihn dann zurücklassen?«

»Die Gedankengänge einer Diebin sind mir nicht vertraut, Madam. Ich erzähle nur, was ich entdeckt habe … Da war noch etwas, Madam.«

Edith hörte sich an, als hätte sie einen köstlichen Leckerbissen im Mund. Donalda war sich sogar sicher, ein genießerisches Schmatzen zu vernehmen.

»In ihrer Kommode habe ich eine Schachtel mit Taschentüchern gefunden. Unangetastet. Ich habe sie sofort wiedererkannt. Es waren die Taschentücher, die Ihnen Dr. Rhodes zu Weihnachten verehrt hat. Die aus dem hübschen irischen Leinen. Wenn das kein Beweis sein soll, was dann?«

»Unsinn! Ich selbst habe sie Therese geschenkt.«

»Oh, verstehe. Verzeihung, Madam, mir war nicht klar …«

»Mir lag nichts an den Taschentüchern.«

»Selbstverständlich, Madam. Sie können mit Ihrem Eigentum tun, was immer Sie wünschen.«

»Danke, Edith, das werde ich mir merken.«

»Ja, Madam. Werden Sie noch weitere Schritte unternehmen?«

»Sie meinen, ob ich wegen der Diebstähle die Polizei informieren sollte?«

Edith schlug rasch die Augen nieder. »Ich möchte nicht unnötig hart sein. Ich habe die Stücke wieder, und solange nichts anderes fehlt, bin ich bereit, die Sache zu vergessen.«

»Wir müssen noch den Doktor und Mr. Owen fragen. Bislang hat noch keiner einen Verlust gemeldet, aber vielleicht sollten die beiden ihre Manschettenknöpfe und Krawattennadeln überprüfen.«

»Ja. Madam. Wünschen Sie, daß ich die freie Stelle bekanntgebe?«

»Ja, sicher.«

»Vielleicht können wir diesmal um ein Waisenmädchen anfragen? Die wissen heutzutage eine gute Anstellung besser zu schätzen als die meisten anderen jungen Frauen. Die Wrights haben eines aus dem Bernardo Heim in Peterborough und sind ausgesprochen zufrieden damit.«

»Meinetwegen.«

»Ich werde mich gleich morgen darum kümmern.« Edith nahm den Zettel mit der Nachricht vom Teewagen. »Das brauchen wir ja nicht mehr, oder?« Ehe Donalda einen Einwand machen konnte, warf sie den Zettel ins Feuer, wo ihn die Flammen sofort verschlangen.

»Welches Kleid soll ich Ihnen bereitlegen, Madam?«

Donalda starrte die verkohlten Papierreste an, die im Kamin nach oben schwebten. »Was haben Sie gesagt?«

»Ihr Kleid, Madam. Welches soll ich Ihnen herauslegen?«

»Mein kariertes Wollkleid. In der Kirche ist es nie warm genug.«

»Vielleicht noch Ihr Kaschmirunterhemd, Madam?«

Edith ging in die angrenzende Ankleidekammer. Donalda war froh, endlich allein zu sein. Sie mußte gewaltsam gegen die Tränen ankämpfen, die ihr in den Augen brannten. Unangemessene Tränen, sie wußte das, doch ihr schrecklicher Alptraum saß ihr noch in den Gliedern, und sie war von Thereses gefühllosem Verhalten tief verletzt. Trotz des Standesunterschiedes hatte sie angenommen, es bestünde eine echte Zuneigung zwischen ihnen. Sie hatte sich offenbar getäuscht.

Als Edith mit dem Frühstückstablett in die Küche zurückkehrte, saß ihr Gatte mit Joe, dem Stallburschen, am Tisch. Der Junge schlang gerade heißen Haferbrei in sich hinein, und John Foy schlürfte geräuschvoll seinen dampfenden Tee.

»Wurde ja langsam Zeit, daß du aus deinem Verschlag herauskriechst«, sagte sie zu ihrem Mann.

Foy gab noch einen Löffel Zucker in seine Tasse, nahm einen weiteren Schluck, schmatzte zufrieden und wischte sich mit dem Handrücken den Mund ab.

»Ich sagte, es wurde Zeit, daß du aus deinem Verschlag herauskommst«, wiederholte sie.

»Bin nicht taub«, grunzte er.

»Es ist gleich Viertel vor zehn. Für Master Owen muß das Bad eingelassen werden, und der Doktor braucht sein Frühstück.«

Langsam trank Foy seinen Tee. Seine Frau funkelte ihn wütend an. »Was ist los? Du siehst aus wie Braunbier mit Spucke!«

»Laß mich in Frieden, Frau. Ich war gestern lange auf.«

»Ach?«

»Ja, ach! Was weißt du schon? Du hast gesägt wie ein Holzfäller.«

»Und warum warst du so lange auf, Mr. Wichtigtuer?«

»Weil der Doktor nicht hereingelangen konnte.«

»Was heißt das, er konnte nicht hereingelangen?«

Ihr Gatte ließ sich Zeit, wußte er doch, wie sehr es sie ärgerte, wenn er in irgend etwas eingeweiht war, wovon sie keine Ahnung hatte.

»Die Tür war verriegelt. Sein Glück, daß ich wach im Haus umherging.«

»Um wieviel Uhr war das?«

»Muß so gegen zwei Uhr morgens gewesen sein.«

»Wo, um alles in der Welt, war er denn so lange?«

»In seinen Ordinationsräumen. Er ist gern dort. Da hat er es ruhig und friedlich.«

»Woher willst du das wissen?«

»Was denkst du denn? Weil der Doktor der Sprache mächtig ist und ich nicht taub bin. Er hat es mir erzählt.«

»Und wer hat den Riegel vor die Tür geschoben?«

»Ich schätze mal, Master Owen. Er hat Miss Shepcote nach Hause gebracht. Dem armen Ding ging es wirklich schlecht, hat den ganzen Abend geniest. Vermutlich wußte Master Owen nicht, daß der Doktor noch ausgegangen ist, und hat beim Heimkommen die Tür verriegelt.«

Edith holte ein Paar Handschuhe aus ihrer Tasche und schlängelte ihre Finger hinein. Sie saßen sehr knapp.

»Woher hast du die?« fragte Foy.

»Ich habe sie gefunden.«

»Wo?«

»Das spielt keine Rolle.« Sie strich die Falten aus den schwarzen Lederhandschuhen. »Was hat dich denn dazu getrieben, um zwei Uhr morgens durch das Haus zu wandern?«

»Ich konnte nicht schlafen; du hast zu laut geschnarcht. Also bin ich wieder aufgestanden. Das war auch gut so. Sonst wäre der Doktor draußen gestanden und hätte sich die Knöchel blutig geklopft. Bei der Kälte hätte er sich den Tod holen können.«

In scharfem Ton entgegnete sie: »Ich hoffe, du reißt dich zusammen, John Foy. Wir haben hier eine gute Anstellung.«

Keiner der beiden achtete auf Joe Seaton, der kein einziges Mal von seiner Schüssel mit Haferbrei aufgeblickt hatte. Nun war er fertig, nahm die Schüssel und ging damit zum Ausguß. Endlich bemerkte ihn Edith.

»Sieh zu, daß du sie ordentlich ausspülst.«

Er gab keine Antwort. Er redete nie, und so hatten sich die Foys angewöhnt, ihn wie einen Taubstummen zu behandeln, der er jedoch nicht war.

»Und jetzt troll dich und mach die Kutsche fertig«, fügte Edith hinzu. »Sie werden bald aufbrechen. Ich weiß nicht, wo ihr Stallburschen euren Kopf habt. Ihr könntet nicht einmal dann aus einem Irrgarten herausfinden, wenn eine Schnur an euer Dings gebunden wäre.«

Joes Vorgänger hatte letzten Sommer seinen Dienst bei den Rhodes ohne jede Vorankündigung quittiert. Obwohl Joe diesen Jungen nie zu Gesicht bekommen hatte, redete Edith immer so, als bestünde zwischen ihm und dem anderen Jungen eine geheime Absprache.

Sie tippte ihrem Gatten auf die Schulter. »Und was dich betrifft – wenn du dich mit dem Bad nicht eilst, werden sie noch alle den Kirchgang versäumen. Und das wollen wir doch nicht, oder?«

»Ich habe meinen Tee noch nicht ausgetrunken. Wo ist Tess? Soll doch sie das Bad anrichten.«

Edith strich über das glatte Ziegenleder ihrer Handschuhe, ganz langsam, Finger um Finger.

Foy beobachtete sie über den Rand seiner Tasse hinweg. »Fühlt sie sich noch unwohl?«

»Sie ist fort. Weggegangen.«

»Weggegangen? Gütiger Jesus, was meinst du damit?«

»Genau das, was ich gesagt habe. Und ich würde dich bitten, den Namen des Herrn nicht zu mißbrauchen ... Sie hatte Heimweh. Konnte es hier keine Minute mehr aushalten. Also ist sie nach Hause zurückgekehrt.«

»Nach Hause?«

»Spielst du neuerdings Papagei?«

»Du meinst, sie ist zurück nach Chatham?«

»Daher kommt sie, und so wird sie wohl dorthin zurückgegangen sein.«

»Würdest du dich, um Christi willen, bitte etwas genauer

ausdrücken? Woher willst du wissen, daß sie nach Hause gegangen ist?«

Edith beugte sich vor und legte ihre Hand auf die ihres Mannes. Die Geste war bar jeder Zuneigung. »Ich habe der Herrin erzählt, daß Therese weggelaufen ist, weil sie Heimweh hatte. Und ich habe ihr von dem Brief erzählt, den sie hinterlassen hat. Auf dem Bett. Damit ich ihn finde. Darin steht, daß sie ihr Zuhause vermißt. Du weißt doch, wie sie unentwegt über ihre Schwester gesprochen hat…«

Joe gab einen seltsamen, schnaubenden Laut von sich, und die Foys starrten ihn an.

»Was hast du? Klagst wohl um dein Liebchen, was?« fragte John gehässig.

»Laß ihn in Ruhe.«

»Es stimmt aber. Ich habe doch gesehen, wie er sie schmachtend angeglotzt hat.«

»Das interessiert niemanden. Hör zu. Ich habe der Herrin außerdem erzählt, daß Therese etwas von unserem Schmuck gestohlen hat.«

»Das hat sie nicht!«

»O doch, mein Lieber. Ich habe deine Taschenuhr in ihrem Zimmer gefunden.«

»Ach, hör doch auf…«

Mit hartem Griff umfaßte sie seine Hand. »Diese hübsche goldene Uhr ist schon seit Wochen verschwunden. Du sagtest, du hättest sie in unserer Wohnung abgelegt. Aber sie war in Thereses Zimmer. Wie soll sie dahin gekommen sein, wenn das Mädchen sie nicht gestohlen hat?«

Er sah sie an und riß seine Hand los. »Du hast für alles immer eine Lösung parat, was?«

Langsam schälte sie sich aus den engen schwarzen Handschuhen. »Einer von uns beiden muß das doch… So, und jetzt kümmere dich um das Bad. Und du, Joe, spül deine Schüssel aus und zieh Leine. Wenn man euch beide so ansieht, könnte man meinen, die allerdurchlauchtigste Prinzessin wäre verschwunden.«

Joe pumpte etwas Wasser hoch und wusch seine Schüssel und den Löffel ab. Hätten die beiden andern ihm anfangs auch nur einen Hauch von Beachtung geschenkt, wäre ihnen sofort aufgefallen, wie niedergeschlagen er war. Sie hätten die Trauer auf seinem schmalen, blassen Gesicht bemerkt.

Joe hatte bereits gewußt, daß Therese fort war.

4

Sonntag, 10. Februar

Um achtzehn Uhr wies Murdoch Constable Crabtree an, Cavendish zum Leichenschauhaus zu bringen, damit dieser ein Porträt des toten Mädchens anfertigen konnte. Zusammen mit zwei anderen Polizisten hatte Murdoch bei sämtlichen Häusern der Umgebung vorgesprochen, allerdings ohne Erfolg. Es hatte die übliche Anzahl von fragwürdigen Hinweisen gegeben, die allesamt unbrauchbar waren. In Station Nummer vier war keine Meldung eingegangen, und auch die Telegramme an andere Polizeistationen hatten bislang noch nichts ergeben. Als sich Murdoch schließlich auf den Heimweg machte, war der kurze graue Wintertag schon längst der Dunkelheit gewichen. Die Straßenlaternen brannten; um die Pfosten wirbelten die Schneeflocken und leuchteten im Schein des Gaslichtes hell auf. Seine Unterkunft befand sich in der Ontario Street, in bequemer Gehweite von der Station. Er war müde und hungrig und froh, keinen weiten Fußmarsch vor sich zu haben.

Vor drei Jahren hatte ihn Pater Fair, der Priester der St. Paulskirche, an die Familie Kitchen vermittelt, die gleichfalls dem römisch-katholischen Glauben angehörte. Davor hatte er ein Zimmer bei einer presbyterianischen Witwe gehabt, deren Glaube so hart und unnachgiebig war wie der Fels, auf dem sie ihre Kirche erbaut sah. Es war für Murdoch eine Erleichterung, daß er nun bei Glaubensgenossen wohnte. Dort erntete er kein mißbilligendes Stirnrunzeln, wenn er zur Messe aufbrach. Kein murmelndes Angstgebet, wenn er sein Kruzifix über dem Bett aufhängte. Und er brauchte auch nicht mehr nach Mitteln und Wegen zu suchen, sich des Roastbeefs zu entledigen, das seine frühere Hauswirtin jeden Freitag aufgetischt hatte.

Die Kitchens bewohnten die Hälfte eines Doppelhauses mit weißen Giebelschutzbrettern entlang der braunen Giebel. Im Sommer waren beide Haushälften mit Weinlaub überzogen, doch jetzt, im Winter, wirkten die kahlen Kletterranken auf den orangefarbenen Ziegeln wie eine wirr hingekritzelte Zeichnung. Er schloß die Tür auf und trat ein.

In der Diele duftete es nach gebratenem Fleisch, und Murdoch merkte, wie ihm das Wasser im Mund zusammenlief. Sonntags waren alle Restaurants und Geschäfte geschlossen, und die einzige Nahrung, die er heute zu sich genommen hatte, war das halbe Käsebrot, das ihm der Constable abgegeben hatte. Sein Magen knurrte. Er freute sich schon auf seinen Tee.

Die Tür am anderen Ende der Diele öffnete sich, und Beatrice Kitchen kam heraus, um ihn zu begrüßen. Sie war eine zierliche Frau, adrett und gepflegt, mit feinem grauem Haar, das sie im Nacken zu einem flachen Knoten zusammengesteckt hatte.

»Mr. Murdoch, Sie sind aber spät dran! Sie müssen halb verhungert sein! Ich wette, Sie haben den ganzen Tag nichts gegessen.«

»Da haben Sie in jedem Punkt absolut recht.«

Sie nahm ihm Hut und Mantel ab und hängte beides an die Garderobe. »Bestimmt waren Sie mit dem Fall des armen ermordeten Mädchens beschäftigt, nicht wahr?« zwitscherte sie, während sie den Schnee von seinem Mantel und dem Hut klopfte.

»Demnach haben Sie davon gehört?«

»Ja. May Brogan – ich habe sie Ihnen gegenüber sicher schon einmal erwähnt; sie war den ganzen Winter über kränklich ... nun, jedenfalls kam sie zu spät zur Messe und war völlig durcheinander, das konnte ich sofort erkennen. Nach der Messe erzählte sie mir, daß die Polizei ein totes Mädchen in der St. Luke gefunden hat. May wohnt Ecke St. Luke und Sumach Street, und deshalb hat sie den ganzen Aufruhr mitbekommen. Sie dachte, ich wüßte vielleicht etwas, weil Sie ja bei mir wohnen, aber ich sagte, ich hätte auch keine Ahnung. Mir wäre nur bekannt, daß Sie heute zeitig in der Früh von einem Constable abgeholt wurden, mehr nicht.«

Murdoch stand linkisch in der Diele herum, festgenagelt von dem aufgeregten Geschnatter seiner Hauswirtin.

»Nicht, daß ich May etwas erzählen würde, was ich nicht darf... Aber das wissen Sie ja. Ach, du liebe Güte, da halte ich lange Vorträge, während Sie vor Kälte zittern! Alles zu seiner Zeit. – Jetzt kommen Sie erst mal in die Küche und wärmen sich auf. Ich habe Ihnen ein feines Stück Leber aufgehoben.«

Murdoch rieb sich die Hände, um den Blutkreislauf wieder anzukurbeln. »Danke, Mrs. Kitchen. Im Moment würde ich sogar das Moos von einem Felsen abnagen.« Er nickte in Richtung des Salons. »Wie geht es ihm?«

»Heute nicht besonders. Aber seine Stimmung wird sich aufhellen, sobald er erfährt, daß Sie zurück sind. Er war sehr interessiert an der Geschichte über das tote Mädchen. Und hat bereits alle möglichen Ideen im Hinblick darauf entwickelt. Na, Sie wissen ja, wie er ist.«

»Ich werde mir seine Ideen gern anhören. Bisher sind wir noch nicht weit gekommen.«

Murdoch meinte, was er sagte. Er hatte Arthur Kitchens scharfsinnigen Verstand zu bewundern gelernt, und die täglichen Gespräche über Murdochs Fälle waren mittlerweile zu einer Gewohnheit geworden, die sie beide schätzten.

Letzten Winter war Arthur Kitchen von einem trockenen Husten befallen worden. Und schon bald stellte sich heraus, daß er die Schwindsucht hatte. Bis dahin hatte er eine gute Stellung als Eisenbahnangestellter bekleidet, doch als sein Zustand bekannt wurde, war er unter fadenscheinigem Vorwand gefeuert worden. Die winzige Pension einer Versicherungsgesellschaft war alles, was ihm zum Leben blieb. Im Verlauf der vergangenen sechs Monate hatte sich sein Gesundheitszustand so verschlechtert, daß er das Haus nicht mehr verlassen konnte und sich nur noch in dem kleinen Salon aufhielt. Murdoch war inzwischen der einzige Untermieter; die anderen waren ausgezogen, als sie bemerkten, um welche Art von Krankheit es sich handelte.

Murdoch folgte seiner Hauswirtin zur Küche. Als sie am Salon vorbeikamen, vernahm er den gurgelnden Husten.

»Ich möchte ihn nur rasch begrüßen«, sagte er. Nach einem Klopfen öffnete er die Tür zum Salon.

Im Zimmer war es eisig kalt. Mrs. Kitchen hatte gehört, daß frische Luft gut für Tuberkulosekranke war und ließ das Fenster Tag und Nacht offen. Murdoch bezweifelte zwar, daß die rußige Luft, die von Torontos Straßen hereinwehte, dieselbe heilende Wirkung wie eine frische Hochlandbrise hatte, doch Arthur empfand die kalte Luft als Linderung, da sie sein ständiges Fieber erträglicher machte. Als er Murdoch entdeckte, hellte sich sein ausgemergeltes Gesicht auf.

»Guten Abend, Will. Spät dran heute.«

Er saß, in eine Steppdecke gewickelt, in einem weidengeflochtenen Rollstuhl. In Reichweite neben ihm befand sich sein Spucknapf. Der für Schwindsüchtige typische faulige Geruch hing in der Luft.

»Guten Abend, Arthur. Sie haben von dem Fall gehört, der mich heute ...«

Beatrice fiel ihm ins Wort. »Das hat Zeit bis nach dem Tee. Kommen Sie.«

Murdoch grinste. »Nun gut. Bis später dann.«

Er ging mit Beatrice in die Küche, die wunderbar warm und vom köstlichen Duft gebratener Zwiebeln erfüllt war. An dem kleinen Kiefernholztisch war ein Platz gedeckt, an den er sich folgsam setzte, während Beatrice seinen Teller aus dem Warmhalftefach des Herds nahm. Die Kitchens und er waren gute Freunde geworden, gleichwohl war er nach wie vor Pensionsgast und als solcher einer gewissen Etikette unterworfen. Er bekam seine Mahlzeiten gesondert serviert und erhielt immer die besten Fleischstücke und das frischeste Gemüse. Inzwischen hatte er es aufgegeben, zu protestieren. Arthur ernährte sich fast ausschließlich von Brühe und Dickmilch, aber Murdoch machte sich Sorgen, daß Beatrice nicht genügend aß. Nicht einmal Vögel konnten nur von Luft leben.

»Das Wasser kocht, falls Sie es brauchen, und zum Nachtisch steht ein Zitronenpudding bereit. Ich hoffe, Sie leisten uns anschließend etwas Gesellschaft.«

Sie verließ die Küche, damit er ungestört essen konnte.

Er zog die Stiefel von seinen eisigen Füßen, schlüpfte in die Pantoffeln, die sie für ihn vorgewärmt hatte, und machte sich über seine Mahlzeit her. Die Leber war zu einem recht harten, zähen Klumpen geworden, doch er war zu hungrig, um wählerisch zu sein. Er schnitt ein Stück ab, schaufelte eine Ladung Zwiebeln darauf und schob es in den Mund. Nachdem er sein Essen in Windeseile vertilgt hatte, sägte er von dem Brotlaib neben seinem Teller eine dicke Scheibe ab und tunkte damit die Soße vom Teller. Dann nahm er den pfeifenden Wasserkessel vom Herd und brühte sich eine Kanne Tee auf. Der Nachtisch war klumpig, aber er schlang ihn hinunter, und lehnte sich anschließend behaglich in seinem Stuhl zurück, um seinen Tee zu trinken. Normalerweise las er beim Essen die Zeitung, doch heute gab es keine. Also schlug er statt dessen das Buch auf, das er sich letzte Woche aus der Bibliothek geholt hatte. Es war eine Biographie über den Forscher Henry Stanley.

Als er die Seiten umblätterte, wurde ihm bewußt, daß er den Inhalt gar nicht wirklich aufgenommen hatte. Es fiel ihm schwer, sich zu konzentrieren. Immer wieder drängten sich ihm die Bilder eines nackten jungen Körpers auf. Bilder von rohem Fleisch an Knien und Ellbogen, wo die Haut aufgerissen war, als sie das Mädchen aus der tödlichen Umarmung des Frosts zogen.

Murdoch und die Kitchens saßen im Salon. Das Fenster war ausnahmsweise geschlossen, und Beatrice hatte ein Kaminfeuer entfacht, das die eisige Luft aber kaum noch erwärmte.

Arthur, das ausgezehrte Gesicht wie von dunklen Narben zerfurcht, hatte sich unter einer Decke vergraben. Die Öllampe war kaum mehr als ein matter Lichtfleck in dem dämmrigen Raum. Seit einer Stunde unterhielten sie sich nun schon über das Tagesgeschehen. Murdoch machte sich um die Verschwiegenheit der beiden keine Sorgen. Arthur verließ das Haus ohnehin nicht, und Beatrice hörte Klatsch zwar gern, aber einzig wegen ihres lebhaften Interesses an der menschlichen Natur und nicht, um sich am Unglück anderer Menschen zu weiden. Er wußte, daß sie aus ihren gemeinsamen Gesprächen noch nie eine Information ausgeplaudert hatte. Und er wußte auch, wie sehr sie von ihren Freunden und Nachbarn bedrängt wurde, etwas zu erzählen. Doch sie blieb standhaft.

»Was wollen Sie als nächstes unternehmen?« fragte Beatrice.

»Erst mal abwarten. Cavendish hat ein gutes Porträt angefertigt, und ich werde die Zeichnung an alle Zeitungen verschicken. Der *Herald* und die *News* können es vermutlich schon in der morgigen Ausgabe drucken. Mit etwas Glück werden wir schon sehr bald Genaueres wissen.«

»Und was meint Euer Hochwohlgeboren dazu?«

»Er hatte noch keine Gelegenheit, sich zu äußern. Er war nicht da. Mal wieder den Magen verdorben.«

Inspector Thomas Brackenreid war der Leiter von Murdochs Abteilung, und sie hatten beide nichts füreinander übrig. Etliche Abende schon hatte Murdoch bei seinen mitfühlenden Freunden seiner Wut und seiner Enttäuschung Luft gemacht.

Mrs. Kitchen schob ihren Arbeitstisch näher an die Lampe und leerte auf der Platte eine Schachtel mit Muscheln aus. Dann holte sie ein kleines Holzkästchen hervor und ordnete die Muscheln auf dem Deckel an. Sie besserte das geringe Familieneinkommen mit der Herstellung von kunsthandwerklichen Gegenständen auf, die sie an die Geschenkartikelläden in der King Street verkaufte.

»Wie sieht das aus?« fragte sie die beiden Männer.

»Sehr künstlerisch«, erwiderte Murdoch.

»Die Kammuschel würde besser in die Mitte passen«, meinte Arthur.

»Ich glaube, du hast recht.« Sie tunkte den Pinsel in den Leimtopf.

»Es wäre gut, wenn Sie die Kleider des Mädchens finden könnten«, nahm Arthur das Thema wieder auf.

»Sicher wäre das gut, aber er weiß ja nicht einmal, wonach er suchen soll«, entgegnete seine Frau.

»Du hast recht, Mutter. Das habe ich nicht bedacht.«

Er hustete heftig und spuckte den Auswurf in den Spucknapf. Auf seiner Unterlippe blieb ein Blutfleck zurück, und seine Frau beugte sich zu ihm und wischte den Fleck so ruhig weg, als würde sie einem Kind eine Brotkrume von den Lippen streichen.

»Nun, wer oder was auch immer sie war, mir tut sie jedenfalls leid«, fuhr Beatrice fort. »So jung. Bestimmt macht sich gerade irgendwo jemand große Sorgen um sie.«

Sie klebte eine braune Schneckenmuschel an den Rand.

»Das muß gar nicht sein, Mutter«, wandte Arthur ein. »Vielleicht war sie vom Land. In dem Fall wäre es für ihre Familie ganz normal, wenn sie einen Monat oder länger nichts von ihr hört.«

»Das ist gut möglich, Vater. Gott sei ihrer Seele gnädig«, sagte Beatrice und bekreuzigte sich.

»Amen«, fügte Murdoch hinzu und bekreuzigte sich ebenfalls. Eine tiefe Stille trat ein, nur unterbrochen vom leisen Knistern der glühenden Kohlen und dem gleichmäßigen Ticken der Kaminuhr. Murdoch blickte zu Arthur hinüber, der ins Feuer starrte.

»Beinahe hätte ich es vergessen«, sagte Murdoch zu Arthur. »Ich habe da noch eine Frage. Was ist das für ein Hund? Ungefähr so groß.« Er deutete die Größe mit den Händen an. »Mit langem Fell, karamelfarben, Glupschaugen, eingedrückte Schnauze. Ach ja, und lange Ohren.«

Vor seiner Erkrankung war Arthur ein ziemlicher Hundenarr gewesen. Er dachte eine Weile nach. »Hört sich nach Pekinese an. Meinst du nicht auch, Mutter?«

Beatrice nickte. »Ja, oder ein King Charles.«

»Nicht bei der Farbe. Warum fragen Sie, Will?«

»Nur so, aus Neugierde.«

Er berichtete über Samuel Quinn und die Jungfrau Maria, wiewohl er letztere aus Gründen der Pietät bei ihrem richtigen Namen, Prinzessin, nannte. Mrs. Kitchen stieß mißbilligende Laute aus und rief mehrfach »Das ist ja unerhört!«, aber beide waren von der Geschichte gefesselt.

»Ich hätte gern wieder einen Hund«, sagte Mrs. Kitchen. »Arthur wollte immer einen Windhund, nicht wahr, mein Lieber? Sobald es ihm besser geht, holen wir uns einen.«

Arthur nickte, doch die Lüge hing wie erstickender Nebel im Raum.

Murdoch gähnte. Zeit zum Schlafengehen. »Soll ich noch etwas Kohle nachlegen?« fragte er.

»Wenn Sie so freundlich wären. Ich muß das Kästchen noch fertigmachen, und Arthur hat versprochen, mir etwas vorzulesen.«

Arthur stieß einen knurrenden Laut aus. »Sie möchte unbedingt *Das verlorene Paradies* kennenlernen. Ich habe ihr erzählt, daß es von einem Protestanten geschrieben wurde und daß sie kein Wort verstehen wird, aber sie besteht darauf.«

»Du kannst es mir ja erklären, wenn es nötig sein sollte. Das tust du doch gern.«

Lächelnd stand Murdoch auf und kippte eine Ladung schimmernd schwarzer Kohle in die gierig züngelnden Flammen. Der Kohleeimer war fast leer, und er machte sich in Gedanken die Notiz, eine neue Fuhre Kohlen zu besorgen. Dann verabschiedete er sich von den beiden mit Händeschütteln und verließ den Salon.

Beatrice hatte auf dem Dielentisch eine Kerze für ihn bereitgestellt. Er zündete sie an dem brennenden Wandleuchter an und ging nach oben.

Letzten Sommer hatte Murdoch die Kitchens überredet, ihm im ersten Stock noch einen zusätzlichen Raum als Wohnzimmer zu vermieten. Es war mit seinem Gehalt zwar schwierig zu bewerkstelligen, doch zum einen unterstützte er damit die Kitchens, zum anderen genoß er es, einen abgetrennten Bereich zu haben, wo er sitzen und lesen konnte, wenn ihm danach war. In dieses Zimmer ging er nun zuerst.

Es war schlicht eingerichtet mit einem geblümten Plüschsamtsessel, einer Kommode und zwei Lampentischchen. Um den mit Wachstuch bedeckten Boden etwas freundlicher zu gestalten, hatte Mrs. Kitchen netterweise einen gewebten Flikkenteppich zur Verfügung gestellt.

Er stellte den Kerzenleuchter auf der Kommode ab, bückte sich dann und rollte den Teppich an die Wand. Trotz der späten Stunde wollte er vor dem Zubettgehen noch seine Übungen machen.

Im Juni vor zwei Jahren war seine Verlobte, Elizabeth Miler, an Typhus erkrankt. Binnen fünf Tagen war sie gestorben, war so rasch wie ein Schatten auf der Wiese verblichen. Er hatte stumm und tief getrauert. Und trauerte nach wie vor. Aber er war ein gesunder, vitaler Mann, und in letzter Zeit begehrte sein Körper wieder auf, schrie nach normaler Befriedigung. Nachts warf er sich oft schlaflos im Bett herum und lauschte auf die Kirchenglocken, wie sie Stunde um Stunde schlugen, bis dann langsam der Morgen über der schlafenden Stadt graute, die Dunkelheit zerriß und er sich schließlich jene Erleichterung verschaffte, der er sich selbst auf die Gefahr der ewigen Verdammnis hin nicht mehr entziehen konnte.

Kurz vor Weihnachten hatte er beschlossen, wieder ein gesellschaftliches Leben aufzunehmen und sich für einen Tanzkurs unter der Leitung eines gewissen Professor Mansfield Otranto eingeschrieben. Der Professor hielt sich über seine akademischen Qualifikationen mehr als bedeckt, doch da er lediglich Tanzunterricht gab und manchmal phrenologische Beratungsstunden abhielt, war es Murdoch gleichgültig, daß seine Kenntnisse in Griechisch und Latein womöglich nur dürftig waren und daß seine bemühte Sprache immer wieder in die flachen Vokale des Londoner Cockney-Akzents abglitt. Bislang hatte er drei Walzerstunden gehabt. Nach fünf Stunden würde er die Erlaubnis erhalten, der Abendgesellschaft beizuwohnen, die der Professor an jedem zweiten Samstag im Monat für seine besten Schüler veranstaltete.

Er nahm seine Wildledertanzschuhe aus dem Schuhkarton und zog sie an. Bereit? Arme in Schulterhöhe heben, rechte Hand ruht leicht auf dem Rücken der Dame...

»Mr. Murdoch, füüüh-ren! Nicht drängen. Sie haben keine Kuh vor sich, die Sie in den Stall zerren. Damen sind wie Vollblüter. Kapriziös und sensibel. Sie müssen sie mit sanfter Hand dirigieren! Und noch einmal von vorn! Füüüh-ren, Sir, und nicht stampfen. Man könnte meinen, Sie wollten Kakerlaken zertreten. Gleiten, immer gleiten. Als würden Sie eislaufen... Jetzt mit dem rechten Bein... Und eins, zwei, drei, und eins, zwei drei...« Die Gattin des Professors, eine plumpe, gut frisierte Frau, klimperte den Walzer mit militärischer Präzision auf dem verstimmten Klavier, das in einer Ecke des im dritten Stock gelegenen Tanzstudios stand. Otranto übernahm den weiblichen Part, und zwar verblüffend anmutig für einen so korpulenten Mann. Er war von kleiner Statur, so daß Murdoch beim Tanzen jedesmal der schier überwältigende Geruch seiner Veilchenpomade in die Nase stieg. Die Pomade täuschte freilich nicht über seine spärlichen Haare hinweg, die ihm in dünnen Flusen am Schädel klebten, wie auch die süßen Cachou-Pastillen, die er unentwegt lutschte, seinen zigarrengeschwängerten Atem nicht überdecken konnten.

Trotz alledem genoß Murdoch die Tanzstunden ungemein, und er freute sich schon darauf, wenn er endlich eine richtige Frau im Arm halten würde.

Einige Takte von Strauss vor sich hin summend, tanzte er nun durch seinen winzigen Raum.

»Gleiten! Eins, zwei, drei. Und eins, zwei, drei. Leichter, leichter, als würden Sie durch die Luft schweben. Stellen Sie sich Wolken vor, zarte, duftige Wolken...«

Er tanzte zwanzig Minuten durch das Zimmer, vollführte zum Abschluß eine kunstvolle Halbdrehung und begab sich dann, zufrieden mit seinem Erfolg, zu Bett.

5

Er erkannte das Porträt sofort, obwohl Therese darauf älter aussah und obwohl es dem Künstler natürlich nicht möglich gewesen war, jenen Schimmer praller Gesundheit auf ihren leicht sommersprossigen Wangen einzufangen, der sie so anziehend gemacht hatte. Angst wallte in ihm auf. Hatte ihn jemand beobachtet? Könnte man ihn mit dem toten Mädchen in Zusammenhang bringen? Er senkte die Zeitung und bemühte sich, die Fassung wiederzuerlangen. Die Schuld lag ihm wie Säure im Magen, aber stärker als alles andere war die Angst, die ihn im Würgegriff hielt. Falls dagegen ein Funke von Reue über dieses durch seine Schuld so jäh unterbrochene junge Leben in ihm sein sollte, dann so flüchtig, daß er es nicht wahrnahm.

Montag, 11. Februar

Wie alle anderen Polizeibeamten verbrachte Murdoch viel Zeit auf der Wache. Als er an diesem Tag frühmorgens die Station betrat und im Besucherraum die übliche Dunstwolke aus Sägemehlstaub, Kohlenfeuer und feuchter Winterkleidung in sich einsog, war das so vertraut, als würde er nach Hause kommen.

»Guten Morgen, Sergeant«, grüßte Murdoch den diensthabenden Beamten, der auf einem hohen Stuhl hinter dem Schalter thronte. Die mürrische Miene des Mannes hellte sich auf und machte einem Grinsen Platz.

»Stellen Sie sich vor: Ich bin heute auf dem Singer hierhergefahren!«

»Nein! Sie haben das gute Stück sicher den ganzen Weg über geschoben!«

»Ach was! Ich sagte Ihnen doch, daß ich nie aufgebe.«

In diversen Varianten führten sie diese Unterhaltung schon den ganzen Winter über. Da in der Dienststelle die Einführung der Detectives so neu war, herrschte über deren Status noch völlige Unklarheit... Theoretisch stand Murdoch in der Rangordnung über den anderen Polizeibeamten, aber unter den beiden Sergeants und dem Inspector. Als einziger Detective fühlte er sich oft isoliert. Letzten Sommer hatte sich dann zufällig zwischen Sergeant Seymour und ihm ein Gespräch über die Vorzüge des Singer-Fahrrads im Vergleich zu denen des Ideal-Fahrrads ergeben. Dabei war klar geworden, daß Seymour gleichfalls ein begeisterter Radfahrer war, und auf dieser Grundlage hatten die beiden Männer Freundschaft geschlossen. Die Konkurrenz zwischen ihnen war nicht ernsthaft, und wenn ihrer beider freie Tage zusammenfielen, unternahmen sie hin und wieder anstrengende Radtouren.

»Irgendwas Neues für mich?« fragte Murdoch.

»Foster hat ein Foto geschickt. Ich habe es auf Ihren Schreibtisch gelegt.«

Dann deutete er mit dem Kopf auf drei zerlumpte Männer, die auf der Bank saßen und die beiden Polizisten aufmerksam beobachteten. »Die sind wegen des Mädchens hier.« Plötzlich hob der Sergeant die Stimme. »He, du! Ja, du mit der Schottenmütze! Habe ich euch nicht gesagt, ihr sollt nicht auf den Boden spucken? Beim nächsten Mal gibt's eine Geldstrafe!«

Der betreffende Mann scharrte wie ein gescholtener Schuljunge mit seinem Stiefel im Sägemehl. Die beiden anderen blickten betont unschuldig in die Luft.

»Ich hole mir noch rasch eine Tasse Tee und seh mir das Foto an, bevor ich mit den Leuten spreche«, sagte Murdoch. Er schob sich durch die Schwingtür und ging nach hinten in die Dienststube.

Die Station war nicht groß. Im ersten Stock befand sich der öffentliche Besucherraum mit schmalen, rußigen Fenstern, durch die kaum ein Lichtstrahl hindurchsickerte. Während der meisten Monate des Jahres mußten die Wandleuchter entzündet werden, und die Luft war sommers wie winters unerträglich stickig. In der Mitte ragte ein großer schwarzer Ofen empor, und entlang der Wände verliefen Holzbänke, die im Lauf der Jahre von den Hinterteilen zahlloser nervöser Besucher blankpoliert worden waren. Eine Wandseite wurde von einem hohen Schalter dominiert, der die Grenze zwischen Polizei und Öffentlichkeit markierte. Dahinter saß der diensthabende Sergeant mit seinem großen, in Stoff gebundenen Eintragungsbuch, und hinter ihm befand sich ein Schreibtisch mit einem Telefon und dem Telegraphen, der an diesem Morgen von einem jungen Constable namens Graham bedient wurde. Im rückwärtigen Teil des Raums gab es zwei kleine Arrestzellen für aufgegriffene Trunkenbolde oder Unruhestifter. In manchen Nächten mußten die Zellen auch als Notunterkunft für Obdachlose und Landstreicher herhalten, da es zu den Pflichten der Polizei gehörte, den Heimatlosen ein zeitweiliges Obdach zu gewähren. Im vergangenen Jahr hatte die Station Nummer vier mehr als hundertzwanzig arme Seelen aufnehmen müssen, zum Großteil alleinstehende Männer, die zwar keine Vagabunden waren – zumindest bisher noch nicht –, aber kein Heim hatten, in das sie gehen konnten.

Der hintere Raum, in dem die Polizisten ihre Mahlzeiten einnahmen oder gelegentlich auch Verdächtige verhörten, war ebenfalls ziemlich dunkel, doch im Kamin flackerte immer ein fröhliches Feuer, und auf dem Kaminvorsprung befand sich meist ein Kessel mit heißem Wasser. Murdoch goß etwas davon in eine Teekanne. Die alten Teeblätter in der Kanne wurden immer wieder benutzt; man gab nur frische Blätter hinzu, wenn es unbedingt notwendig war. Je nachdem variierte der Tee also von einem hundserbärmlichen schwachgelben Aufguß bis hin zu einem fast schwarzen Gebräu, das einem den Schmelz von den Zähnen fraß. An diesem Morgen war er von erträglicher Stärke.

Während sich Murdoch eine Tasse einschenkte, rieb sich die rötlichbraune Stationskatze an seinen Beinen und schnurrte wie ein Schwarm Bienen. Er beugte sich hinunter und kraulte ihren Kopf.

»Nein, du bekommst nichts zu fressen, du alter Faulpelz. Siehst du die Mäuseköttel auf dem Tisch? Wie kommt das? Bei einer Katze im Haus dürfte es hier keine einzige Maus mehr geben!«

Die Katze grinste selbstzufrieden und stieß ihren pelzigen Kopf fester gegen sein Bein.

»Ich meine es ernst, Puss. Los, besorg dir dein Frühstück selber.«

Er nahm die Tasse und ging in seine Dienststube.

In dem Raum, kaum größer als eine Abstellkammer, war gerade genügend Platz für einen angeschlagenen und zernarbten Schreibtisch, einen Stuhl, aus dessen Sitzpolster die Füllung hervorquoll, und einen hölzernen Aktenschrank mit zwei kaputten Schubladen. Gegenüber vom Schreibtisch hingen die Plakate vom letztjährigen Leichtathletikturnier der Polizei, das einmal im Jahr stattfand. Murdoch hatte trotz harter Gegner das Fahrradrennen über eine Meile gewonnen, und wann immer sein Blick auf die Siegerurkunde fiel, freute er sich daran. Hinter dem Schreibtisch hingen die obligatorischen Porträts. Das eine zeigte Ihre Majestät Königin Victoria in zeremonieller Tracht, das andere Chief Constable Grasett, dessen Patriziergesicht der Amtsstube eine gewisse Würde verlieh und gleichzeitig einen Riß im Verputz überdeckte.

Er nahm Platz und zog, wie jeden Tag, zunächst die obere Schreibtischschublade auf, um das silbergerahmte Foto von Elizabeth herauszunehmen. Er hatte es kurz nach ihrer Verlobung mit seiner neuen Premo-Kamera aufgenommen. Leider hatte sie sich bewegt, so daß ihr Gesicht etwas unscharf war, doch dies war das einzige Foto, das er von ihr hatte. Er betrachtete es, sprach sein Gebet, drückte einen Kuß auf das Glas und legte das Foto wieder in die Schublade zurück.

Mit einem Seufzer griff er schließlich nach dem Umschlag und zog das Foto des toten Mädchens heraus. Zur besseren Identifizierung hatte Foster ihre Augenlider hochgeschoben und etwas Farbe verwendet, um ihre natürliche Gesichtsfarbe einigermaßen wiederzugeben. Über der geraden Nase zeigte sich ein zartes Gespinst aus hellen Sommersprossen, und die Wangen waren rosa gefärbt. Foster hatte sich dabei auf Mutmaßungen verlassen, doch auch Murdoch war der Ansicht, daß das Mädchen, ausgehend von seinem kräftigen, sinnlichen

Körper, sehr wahrscheinlich eine rosige Haut gehabt hatte. Vermutlich war sie frisch vom Land gekommen. Er war erleichtert, nicht derjenige sein zu müssen, der die Familie verständigen mußte.

Bis um neun Uhr dreißig hatte er vier Leute vernommen, und es kamen ständig neue hinzu. Einzig Seymours furchterregender Gegenwart war es zu verdanken, daß im Besucherraum keine Jahrmarktsstimmung herrschte.

Murdoch wußte, daß es sich nicht um die Leiche von Simon Poyners Gattin handeln konnte, die nie von ihrem Besuch bei ihrer Tante in Detroit zurückgekehrt war und inzwischen etwa vierzig Jahre alt sein mußte. Doch als Mr. Poyner das Foto sah, verlor er jedes Zeitgefühl und behauptete, es könne durchaus Agnes sein, wenn auch mit etwas fülligerem Gesicht. Genausowenig war das Mädchen Martha Stone, die Tochter Ezekiels, die das elterliche Haus vor zehn Jahren verlassen hatte. Falls sie noch unter den Lebenden weilte, wäre sie jetzt fünfundfünfzig. Eine alte Frau, vor Aufregung ganz aus dem Häuschen, schwor Stein und Bein, daß es sich bei der Toten um eine Lehrerin aus Kingston handele, die letztes Jahr bei ihr zur Untermiete gewohnt habe. »Eine hübsche junge Frau, sehr hübsch. Was für eine Tragödie!« Unglückseligerweise widersprach sich die alte Dame unentwegt, je nachdem, was Murdoch, wie sie glaubte, hören wollte. Einmal hatte die Lehrerin braune Augen, dann wieder blaue, ja, blau, natürlich. Das Alter paßte auch nicht, aber dennoch beschloß Murdoch, der Polizei in Kingston ein Telegramm zu schicken. Man konnte nie wissen. Es bestand eine geringe Chance, daß die Tote tatsächlich jene »hübsche Lehrerin« war.

Er überlegte gerade, ob er sich noch einen Tee holen solle, als draußen jemand an die Wand klopfte. Da die Amtsstube für eine normale Tür zu klein war, mußte Murdoch mit einem Vorhang aus Schilfrohr vorliebnehmen. Auf sein knappes »Herein« hin schob sich Constable Crabtree durch den Vorhang, der sich klappernd hinter ihm schloß.

»Draußen wartet ein Herr, Sir. Er kommt wegen der Zeitungsmeldung. Das Mädchen war angeblich seine Dienstmagd. Er sagt, sie sei am Samstag verschwunden. Die Beschreibung paßt.«

»Wer ist dieser Mann?«

»Ein ziemlich vornehmer Pinkel. Dr. Cyril Rhodes. Lebt oben in der Lowther Avenue.«

»Führen Sie ihn herein. Bisher hatte ich noch nicht viel Glück. Wie viele sind es noch?«

»Ein gutes Dutzend, würde ich sagen. Constable Graham und ich versuchen gerade, die Spreu vom Weizen zu trennen.«

Der Constable ging hinaus, wieder begleitet vom Klappern des Schilfrohrs. Murdoch blätterte eine neue Seite in seinem Notizbuch auf und legte den Füllfederhalter bereit.

Kurz darauf klopfte es erneut, und Crabtree schob den Vorhang zur Seite.

»Dr. Rhodes, Sir.«

Hinter Crabtree erschien ein kleiner Mann mittleren Alters. Murdoch stand auf und reichte dem Mann über den Schreibtisch hinweg die Hand.

»Detective William Murdoch.«

Sie gaben sich die Hand; der Griff des Doktors war kaum zu spüren. Murdoch deutete auf den Stuhl, und Rhodes setzte sich rasch. Er zog seine Handschuhe aus, legte seinen Seidenzylinder ab und spielte mit seinem silberbeschlagenen Spazierstock, als wüßte er nicht, wo er ihn anlehnen könnte. Ganz offensichtlich war er es nicht gewöhnt, von Polizisten in schäbigen Stuben verhört zu werden, wo von den Arrestzellen her der saure Geruch nach Erbrochenem hereinwehte, den der Zellenbewohner der vergangenen Nacht als Andenken hinterlassen hatte. Direkt neben der Polizeistation befanden sich außerdem die Ställe, die ihre eigene Duftnote hinzufügten.

»Darf ich Ihnen eine Tasse Tee anbieten, Sir?«

Der Doktor schüttelte den Kopf und griff in die Innentasche seines teuren Schafschurwollmantels.

»Meine Karte.«

Murdoch besah sich das längliche Stück Pappe. Gediegen, leuchtend weiß, schlichter schwarzer Schriftzug.

DR. CYRIL RHODES
Spezialist für Nervenleiden
387 Church Street

Er ließ sich Zeit, damit der Doktor Gelegenheit hätte, sich zu sammeln.

»Man sagte mir, Sie können das tote Mädchen, über das wir Auskünfte suchen, identifizieren?«

Rhodes nickte. »Ich denke, sie ist, eh... sie war unsere Dienstmagd Therese.«

Murdoch hielt die Fotografie hoch. »Ist sie das?«

Rhodes schluckte nervös. »Ja. Bedauerlicherweise, wie ich hinzufügen möchte.«

»Wie lautet ihr voller Name?«

»Therese Laporte.«

»Frankokanadierin?«

»Ja. Sie kommt, glaube ich, irgendwo aus der Gegend von Chatham.« Rhodes zupfte an seinem Stutzbart. »Wa-was ist passiert?«

»Das wissen wir noch nicht. Einer unserer Constables hat ihre Leiche am Sonntag in den frühen Morgenstunden gefunden. In der Nähe der Sumach Street. Sie leben in Yorkville Village, Sir?«

»Richtig. Birchlea House in der Lowther Avenue.«

Murdoch schrieb sich das auf. »Sie war also ziemlich weit von zu Hause entfernt. Was könnte sie in diese Gegend geführt haben?«

»Ich w-weiß nicht. Am Sonntagmorgen habe ich erfahren, daß sie weggegangen ist. Eigentlich eher weggelaufen. Sie war sechs Monate bei uns, aber offenbar hatte sie H-H..., eh, Heimweh. Unsere Haushälterin, Mrs. Foy, fand eine Nachricht, die Therese hinterlassen hat. Meine Gattin war sehr betrübt, als sie das hörte. Sie mochte d-das Mädchen. Hat viel

Zeit mit ihr verbracht. Sie ausgebildet und so... alles mögliche...«

Seine Stimme verlor sich, und er sah Murdoch ängstlich an. Unvermittelt klopfte er auf seinen Mantel. »Sie müssen entschuldigen, aber ich kann mich nicht lange aufhalten. Ich war in meinen Ordinationsräumen, als ich die Zeitungsmeldung las, und mußte alle Termine verschieben. A-aber ich dachte, dies sei wi-wichtig. Ich nehme an, Sie werden mich noch zu einer formalen Identifizierung vorladen.«

»Ja, das ist richtig.«

Rhodes wollte schon aufstehen, doch Murdoch warf ihm einen unwilligen Blick zu.

»Ich habe noch einige Fragen an Sie, Sir.«

»Aber ich weiß nicht mehr als das, was ich bereits gesagt habe.«

»Was genau war der Inhalt der Nachricht?«

»Wie?«

»Die Nachricht, die Ihre Haushälterin gefunden hat – was stand darin?«

»Ich habe sie selbst nicht gesehen, aber anscheinend stand darin, daß sie zurück nach Hause wollte. Wissen Sie, das Mädchen kam vom Land. Die kriegen leicht Heimweh. Ja, die-diese Mädchen, di-die neigen dazu.«

»Das ist nur allzu verständlich. Toronto muß für die Mädchen eine große Veränderung bedeuten. Wann haben Sie Miss Laporte zuletzt gesehen?«

»Hmm. Ich glaube, es war kurz vor dem Abendessen. Gegen fünf am Sa-Samstag. Sie hat den Tisch gedeckt.«

»Wirkte sie ganz normal?«

»Wie meinen Sie das?«

»Schien sie irgendwie krank oder bekümmert zu sein?«

»Ist mir nicht aufgefallen – allerdings hat sie an diesem Abend nicht bei Tisch bedient. Mrs. Foy sagte, sie wäre nicht ganz auf der Höhe. Offenbar war das nicht die Wahrheit. Sie hat vermutlich ihre Flucht geplant. Und ihr Unwohlsein nur vorgetäuscht. Meine Gattin hat beträchtliche Zeit mit ihrer

Ausbildung verbracht. Sie wirkte recht gelehrig. Jetzt müssen wir wieder ganz von vorn beginnen.«

»Das müssen Sie wohl.«

Murdoch dachte, er würde seinen Ton neutral halten, doch der Doktor sah ihn aufmerksam an und errötete plötzlich wie ein Schuljunge. Er war bei weitem nicht so ichbezogen und gleichgültig, wie er auf den ersten Blick wirkte.

»Sie ver-ver… Sie verstehen nicht«, sagte er.

»Ich verstehe was nicht, Sir?«

Rhodes machte eine abwehrende Handbewegung. »E-egal. Ist nicht wichtig.«

Er klopfte abermals auf seinen Mantel, was offenbar eine nervöse Angewohnheit von ihm war. »Ich habe Termine…«

»Selbstverständlich. Ich werde ohnehin zu Ihnen nach Hause kommen müssen, um mit Ihrem Personal zu sprechen.« Murdoch hielt dies für einen guten Zeitpunkt, den Doktor mit einer weiteren Information zu füttern, und berichtete, daß die Leiche nackt gewesen war. Rhodes wirkte angemessen geschockt.

»Wir werden eine Beschreibung ihrer Kleidung benötigen«, fügte Murdoch hinzu. »Ich nehme an, Sie können uns in dieser Beziehung nicht weiterhelfen, Doktor?«

»Bedaure. Schließlich war sie die… eh, Dienstmagd.«

»Sie trug eine Uniform, nicht wahr, Sir?«

»Ja, na-natürlich. Dunkler Rock oder dunkles Kleid, weiße Schürze, weiße Haube. Das Übliche eben.«

Draußen an der Wand ertönte wieder ein Klopfen, und Crabtree kam herein und reichte Murdoch einen Umschlag.

»Der Obduktionsbericht, Sir. Gerade eingetroffen.«

Murdoch zögerte einen Moment. »Haben Sie etwas dagegen, wenn ich da rasch einen Blick hineinwerfe, Doktor?«

Rhodes zog seine Uhr hervor und blickte prüfend darauf. »Wenn es sein muß…«

Murdoch hatte bereits zu lesen begonnen.

Toronto, 11. Februar 1895

Hiermit wird bescheinigt, daß ich, Robert Moffat, qualifizierter Gerichtsmediziner der Stadt Toronto, heute eine Obduktion an einer noch nicht identifizierten weiblichen Leiche vorgenommen habe. Es handelt sich um die Leiche einer wohlgenährten jungen Frau von etwa fünfzehn oder sechzehn Jahren. Die Leiche wurde in unbekleidetem Zustand in die Leichenhalle gebracht. Eingeweide, Nieren und Leber sind von normaler Größe. Die Harnblase ist zusammengezogen und leer. Unmittelbare Todesursache war Ersticken. Ursache dafür ist das extrem kalte Wetter, welches zu einer Kontraktion der Lungen führte, so daß die Sauerstoffversorgung von Gehirn und Herz unterbrochen wurde. Das linke Ellbogengelenk war ausgerenkt, der linke Fußknöchel wies starke Quetschungen auf. Diese Verletzungen haben sich wohl nach dem Tod ereignet und stimmen überein mit dem Erscheinungsbild von Gliedmaßen, die während des Zustands der Totenstarre in eine andere Position gebracht wurden.

Murdoch las den Brief noch zu Ende, obwohl Rhodes vor Nervosität kaum ruhig sitzen konnte.

»Schlechte Nachrichten?« fragte er schließlich. »Sie wurde doch hoffentlich nicht… eh, überfallen?«

Murdoch legte den Bericht auf den Schreibtisch. »Nein, sie ist erfroren. Andererseits werden Sie mir sicher beipflichten, Doktor, daß sich ein Mensch nicht einfach so auf die Straße legt und bei klirrender Kälte ein Schläfchen macht.«

»Gütiger Himmel, sie war doch nicht etwa betrunken?«

»Nein, anscheinend nicht. Hat sie denn getrunken?«

»Nicht, daß ich wüßte. War schließlich noch blu-blutjung.«

»Das hat nichts zu bedeuten. Nun ja, darum geht es auch gar nicht…« Er blickte Rhodes direkt in die Augen. »Sie erwartete ein Kind. Es dürfte etwa die sechste Woche gewesen sein.«

Rhodes zuckte zusammen. »Gütiger Gott!«

»Ich vermute, das kommt für Sie überraschend, Sir?«

»Na-natürlich. Ich meine, sie wi-wirkte gar nicht wie diese Sorte Mädchen, ganz und gar nicht. Liebe Güte, meine Gattin wird sehr enttäuscht sein.«

»Vielleicht war dies der wahre Grund dafür, daß Miss Laporte Ihr Haus so plötzlich verlassen hat.«

»Ich… nun, das ist gut möglich.«

»Wissen Sie, ob Miss Laporte einen Liebsten hatte, Sir?«

Rhodes blinzelte verständnislos. »Mr. Murdoch, es tut mir schrecklich leid um das arme Mädchen, aber es war lediglich meine Dienstmagd. Ich befasse mich nicht mit dem Privatleben meiner Dienstboten.«

»Hat Ihre Gattin jemals etwas im Hinblick darauf erwähnt?«

»Nein, das hat sie nicht.«

Murdoch nahm seinen Füllfederhalter. »Würden Sie mir bitte die Namen der anderen Haushaltsmitglieder nennen?«

»Sind Sie nur an den männlichen Mitgliedern interessiert?« In Rhodes' Stimme schwang ein unerwarteter Sarkasmus mit, doch Murdoch nahm ihm das nicht übel. Es machte ihn menschlicher.

»Von allen, wenn Sie so freundlich wären«, sagte er höflich.

»Da ist meine Gattin, Donalda, und mein Sohn, Owen. Dann der Butler, John Foy, und seine Gattin, Edith. Ein Stallbursche, Seaton… eh, an seinen Vornamen erinnere ich mich nicht. Das ist unser ganzes Personal. Wir leben recht bescheiden.«

»Wie alt ist Ihr Sohn?«

Rhodes zog die Augenbrauen hoch und machte ein Gesicht, als empfände er diese Frage als Unverschämtheit, antwortete aber dennoch: »Zweiundzwan-zwanzig.«

»Und der Stallbursche?«

»Keine Ahnung. Ich schätze so um die dreizehn.«

Rhodes klopfte auf seine Taschenuhr. Wenn er so weitermachte, würde er das Glas noch zerbrechen.

»Doktor, Sie sagten, Sie haben Miss Laporte kurz vor dem Abendessen gesehen. Verbrachten Sie den restlichen Abend dann zu Hause?«

»Bedaure, Mr. Murdoch, ich verstehe nicht ganz… Warum fragen Sie?«

»Beantworten Sie bitte meine Frage, Sir.«

Dem Doktor schoß bei Murdochs Ton die Röte ins Gesicht. »Nun, lassen Sie mich nachdenken… In der T-Tat war ich an diesem Abend nicht zu Hause. Miss Shepcote war etwas unpäßlich, und der Abend endete ziemlich früh. Ich h-hatte in meinen Ordinationsräumen noch wichtige Arbeiten zu erledigen, und so bin ich anschließend dort hingegangen.«

»Miss Shepcote?«

»Sie und ihr Vater, Ratsherr Shepcote, waren unsere Dinnergäste. Mein Sohn und seine Tochter… sind, eh, nun ja, wir… eh, hoffen, die beiden werden sich demnächst verloben.«

»Um wieviel Uhr haben Sie das Haus verlassen?«

»So genau weiß ich das nicht. Irgendwann nach neun Uhr, Owen hat Miss Shepcote in unserer Kutsche nach Hause gebracht, und ich bin kurz darauf mit Mr. Shepcote aufgebrochen, der mich vor meinen Ordinationsräumen abgesetzt hatte.«

»Und wann sind Sie zurückgekommen?«

»Detective Murdoch, ich m-muß sagen, Ihre Fragen werden zunehmend impertinent. Was hat das mit dem Tod des Mädchens zu tun?«

»Gestatten Sie mir, Ihnen diesen Abschnitt des gerichtsmedizinischen Berichts vorzulesen.«

»Die Pupillen der Toten, die zur Größe von Stecknadelköpfen zusammengezogen waren, erregten meinen Argwohn. Von den Organen ging ein charakteristischer Geruch aus, den ich als den von Opium wiedererkannte. Als ich mittels einer Lupe die Quetschung am rechten Unterarm studierte, wurde mein Verdacht bestätigt. Über der Vene befand sich ein winziges Loch, das mit dem Einstich einer Spritze übereinstimmt. Daraufhin habe ich Blutproben genommen und bedeutsame Rückstände von Opium oder einem Opiumderivat wie Morphin entdeckt…«

Rhodes keuchte hörbar auf, doch Murdoch las weiter.

»Meiner Einschätzung nach war die Dosis des Arzneimittels nicht ausreichend, um den Tod herbeizuführen, aber sicher hoch genug, um zur Bewußtlosigkeit zu führen. Es ist schwierig zu sagen, wann diese eingetreten ist; es dürfte zwischen zehn Minuten und einer halben Stunde nach Verabreichen der Injektion geschehen sein. Falls die junge Frau auf der Straße das Bewußtsein verloren haben sollte, was wohl der Fall gewesen ist, wäre sie nicht mehr in der Lage gewesen, den eisigen Temperaturen zu widerstehen. Der Magen war leer. Sie hatte in jüngster Zeit nichts gegessen, was zu der intensiven Wirkung des Arzneimittels beitrug. An ihrem Arm befanden sich außerdem Quetschungen wie von einem Handgriff. Meine Vermutung ist, daß man sie gewaltsam festhielt, während die Injektion verabreicht wurde. Somit ist ihr Tod auf Fremdverschulden einer oder mehrerer Personen zurückzuführen.

Ihr ergebener Diener, R. D. Moffat, M. d.«

Murdoch senkte das Blatt und blickte zu Rhodes auf.

»Vielleicht sehen Sie nun die Notwendigkeit meiner Fragen ein, so impertinent Ihnen diese auch vorkommen mögen.«

Ehe der Doktor antworten konnte, klopfte es abermals, und Crabtree steckte den Kopf durch den Schilfrohrvorhang.

»'tschuldigen Sie, Sir, aber draußen im Besucherraum ist ein Herr. Ein gewisser Mr. Shepcote. Er will nicht warten.«

Murdoch sah Rhodes fragend an. »Könnte das Ihr Dinnergast sein?«

In diesem Moment tauchte der betreffende Mann auch schon selbst auf. Er war nicht ganz so groß wie der Constable, aber genauso breit, und sein schwerer Waschbärpelzmantel ließ ihn noch wuchtiger erscheinen. »Rhodes?«

Er hatte eine dröhnende Stimme, und Murdoch entging nicht, wie Dr. Rhodes unwillkürlich zurückzuckte und über sein Gesicht ein Ausdruck tiefer Abneigung huschte. Doch gleich darauf hatte er sich wieder unter Kontrolle und stand höflich auf.

»Shepcote, Sie hier?«

Crabtree schob sich an dem Neuankömmling vorbei nach draußen, während gleichzeitig Shepcote in die winzige Stube drängte. Ohne Murdoch eines Blickes zu würdigen, wandte er sich an Rhodes.

»Dann stimmt es also? Es ist tatsächlich Ihr Dienstmädchen, das gefunden wurde. Harriet hat das Bild sofort erkannt. Was, zur Hölle, ist dem Mädchen zugestoßen?«

Murdoch mischte sich ein. »Mr. Shepcote, ich bin Detective Murdoch, der Ermittler in diesem Fall.«

Der Ratsherr hatte ein rotes, wettergegerbtes Gesicht, einen dichten blonden Backenbart und stechende blaue Augen. Einen Moment musterte er Murdoch nachdenklich, ehe er ihm die Hand entgegenstreckte.

»Bitte vielmals um Vergebung, daß ich hier so hereinplatze. Aber es war ein Schock. Schließlich habe ich die Kleine letzten Samstag noch lebend gesehen. Ich hielt es für meine Pflicht, sofort herzukommen. Was, zur Hölle, ist dem Mädchen zugestoßen?« fragte er erneut.

Murdoch wandte sich an Rhodes. »Dürfte ich Sie bitten, draußen zu warten, Doktor? Ich möchte mit Mr. Shepcote einen Moment allein sprechen.«

»Draußen? Im Be-Besucherraum?«

Rhodes reagierte, als hätte Murdoch ihm vorgeschlagen, er solle sich auf den öffentlichen Abort begeben.

»Sind Sie mit der Kutsche hier? Dann warten Sie dort, wenn Ihnen das lieber ist.«

Sobald Rhodes die Stube verlassen hatte, nahm Shepcote auf dem Stuhl Platz und knöpfte seinen Pelzmantel auf. Murdoch wußte, wer er war. Ihm gehörte die *Signal*, eine bekannte Morgenzeitung, die er auch als Medium benutzt hatte, um in den Stadtrat gewählt zu werden.

Einen Monat lang waren die Titelseiten mit seinem Konterfei nebst höchst schmeichelhaften Kommentaren ansässiger

Geschäftsmänner geschmückt gewesen. Soweit Murdoch informiert war, hatte man den Mann im Rathaus mit offenen Armen aufgenommen.

Den Kopf leicht zur Seite geneigt, als sei sein eines Auge schärfer als das andere, beobachtete Shepcote ihn.

»Was ist vorgefallen? Was ist mit diesem armen Ding passiert?«

Murdoch vermied eine direkte Antwort. »Wie ich hörte, haben Sie mit Dr. Rhodes am Samstag zu Abend gegessen. Sahen Sie bei dieser Gelegenheit Therese Laporte?«

»Jawohl. Sie ist das Dienstmädchen der Rhodes, besser gesagt, sie war es.«

»Welchen Eindruck machte sie an jenem Abend?«

»Darauf habe ich nicht geachtet. Ich habe ihr Hut und Mantel übergeben und bin dann in den Salon gegangen.«

»Wirkte sie bekümmert? Krank? Oder irgendwie verstört?«

Shepcote gab ein wütendes Schnauben von sich. »Komische Fragen. Ich sagte doch, ich habe sie nicht weiter beachtet. Ich war gekommen, um Dr. Rhodes und seine Gattin zu besuchen, und nicht, um mit den Dienstboten Vertraulichkeiten auszutauschen.«

Ohne aufzublicken, machte sich Murdoch Notizen. »Darf ich das dann als ein Nein auffassen, Sir?«

»Sie dürfen.«

»Sie haben Dr. Rhodes anschließend in Ihrer Kutsche mitgenommen und ihn vor seinen Ordinationsräumen abgesetzt?«

»Richtig.«

»Um wieviel Uhr war das, Sir?«

»Keine Ahnung. Auf jeden Fall noch vor zehn Uhr.«

»Was haben Sie danach gemacht?«

Shepcotes Gesicht lief noch röter an, als es ohnehin schon war. »Das ist ja die Höhe! Ich bin als guter Bürger hier, weil ich denke, die Identität eines armen toten Mädchens zu kennen. Warum, zur Hölle, verhören Sie mich, als wäre ich ein Kandidat für das St. Vincent's?«

Murdoch hätte ihm liebend gern gesagt, er solle hier nicht

den Maulhelden spielen, sondern seine Fragen beantworten, doch das durfte er sich bei einem Ratsherrn nicht erlauben.

»Weil ich in einem ernsten Fall ermittle. Es handelt sich hier um Körperverletzung mit Todesfolge, wenn nicht gar um Mord.«

Das hatte gesessen. Murdoch nahm den Obduktionsbericht vom Schreibtisch und las ihn noch einmal vor.

Shepcote zog ein großes Taschentuch mit Rautenmuster aus der Manteltasche und wischte sich damit über das Gesicht. »Großer Gott! Da sieht man es mal wieder, daß man bei Frauenzimmern nie weiß, woran man ist? Hat sich ein Kind machen lassen! Sie wirkte gar nicht wie ein williges Täubchen.«

»Wir sollten uns darüber kein Urteil anmaßen. Man könnte sie zu geschlechtlichen Handlungen gezwungen haben.«

»Hätte sie dann nicht etwas gesagt? Sich ihrer Herrin anvertraut?«

»Nicht unbedingt. Vielleicht hatte sie Angst, ihre Anstellung zu verlieren.«

Der Ratsherr starrte ihn einen Moment auf seine schiefe Art an und schüttelte dann wild den Kopf. »Schreckliche Sache, schrecklich! Sie können auf meine Unterstützung zählen, Sergeant. Ich werde die Geschichte auf der Titelseite bringen.«

Um dadurch die Verkaufszahlen zu steigern, dachte Murdoch.

»Danke, Mr. Shepcote. Sobald Dr. Rhodes die Identifizierung in der Leichenhalle bestätigt hat, werde ich eine Beschreibung der Kleidung anfertigen, die das Mädchen trug. Vielleicht können wir so die Schritte des Mädchens zurückverfolgen. Kann ich die Beschreibung noch heute, im Lauf des Tages, bei Ihrer Zeitung vorbeibringen?«

»Selbstverständlich.«

Murdoch blätterte eine Seite seines Notizhefts um. »Und wohin sind Sie gegangen, nachdem Sie Dr. Rhodes abgesetzt haben?«

»Was? Oh, ja. In meinen Club.«

»Welcher ist das, Sir?«

»Der Yeoman Club in der River Street. Ich bin ungefähr bis Mitternacht geblieben und dann nach Hause gegangen. Sie wollen doch bestimmt meine Adresse? Berkeley Street einhundertzwanzig.«

»Haben Sie die Kutsche selbst gefahren?«

»Nein, bewahre! Die Zeiten sind längst vorbei! Ich habe einen Kutscher, George Canning. Sie können ihn fragen, wenn Sie an meinem Wort zweifeln.«

»Das hat nichts mit Zweifel zu tun, Sir.«

Von draußen näherten sich Schritte, und gleich darauf zeichnete sich Constable Crabtrees riesiger Schatten hinter dem Vorhang ab. »Dr. Rhodes möchte wissen, ob es noch lange dauert. Dem Pferd wird es allmählich zu kalt.«

»Ich bin gleich da.«

Shepcote erhob sich zum Gehen.

»Nur noch eine Frage, Sir«, sagte Murdoch. »Haben Sie irgendeine Vorstellung, wer geschlechtliche Verbindungen zu dem Mädchen gehabt haben könnte?«

»Sie stellen Fragen!«

»Sie sind ein scharfsinniger Mann, Mr. Shepcote. Ist Ihnen denn gar nichts aufgefallen? Irgend jemand, der das Mädchen auffällig angesehen hat? Verstohlene Blicke, ein Streifen der Hände, irgend etwas in der Art?«

»Sie hören sich an wie ein Romanschreiber, Sir. Ich habe dem Mädchen lediglich meinen Mantel überreicht. Danach habe ich es nicht mehr gesehen. Aber wenn Sie nach einem Schuldigen suchen, sollten Sie sich einmal mit dem Stallburschen der Rhodes unterhalten. Er ist ein Heimjunge, und wir wissen alle, daß die Moral dieser Burschen mit denen von Hunden gleichzusetzen ist.« Seine Stimme wurde lauter und nahm einen beschwörenden Unterton an, als würde er vor einem breiten Publikum sprechen. »In der Tat werde ich, sobald ich kann, dem Stadtrat einen Gesetzesantrag vorlegen. Wir müssen unsere Aufnahmebedingungen verschärfen. Diese Kinder, die man uns schickt, sind die Abkömmlinge von Schwachsinnigen und Verbrechern. Die haben das im Blut. Sie brauchen nur einen

Blick auf diesen Stallburschen zu werfen, und Sie wissen, was los ist. Haben alle denselben verschlagenen Ausdruck im Gesicht.«

»Ich habe gehört, der Junge ist erst dreizehn.«

»Na und? Ich habe Kerle wie ihn und noch jünger kennengelernt, die sich wie geile Köter gepaart haben.«

»Ich werde mit ihm sprechen, Sir. Danke für Ihr Kommen.«

»War doch selbstverständlich. Grausige Geschichte, das Ganze. Aber ich wette einen Monatsverdienst, daß der Junge der Übeltäter ist.«

Und ich wette, daß wir das morgen in deiner Zeitung lesen werden, dachte Murdoch. *Und etliche Menschen werden nur allzu gern bereit sein, dir zu glauben.*

Mehr als dies gab ihm freilich zu denken, daß sich weder Rhodes noch Shepcote zu dem Opium im Körper des Mädchens geäußert hatten.

6

Montag, 11. Februar

Owen Rhodes befestigte die Eislaufkufen an Harriets Stiefeln.

»So, das hätten wir. Bist du bereit?«

Er zog ihren Arm durch den seinen, und sie glitten auf das Eis hinaus. Die Eisbahn war ein freigeräumter Abschnitt auf dem zugefrorenen Fluß Don. Später würde es voller werden, wenn junge Männer und Frauen nach der Arbeit hier eintrafen, um im Schein der Fackeln Schlittschuh zu laufen, doch jetzt, am Morgen, trieben sich nur ein paar Jungen herum, die die Schule schwänzten. Am Ufer stand eine Gruppe zerlumpter Knaben, die nur ein Paar Eislaufkufen besaßen, und es entbrannte ein heftiger Streit, als entschieden werden sollte, wer als nächster an die Reihe käme. Einige andere Jungen schlitterten auf Pappestücken über das Eis und kreischten vor Vergnügen.

Owen und Harriet glitten an ihnen vorbei.

»Deine Erkältung scheint sich gebessert zu haben«, sagte Owen.

»Ja. Manchmal denke ich, es ist besser, wenn man Erkältungen einfach ignoriert.«

»Da kann ich dir nur recht geben.«

Als er ihr heute Vormittag seine Aufwartung gemacht hatte, war sie in der Tat nicht gut beieinander gewesen, doch sie hätte sich niemals die Gelegenheit entgehen lassen, mit ihm zusammenzusein und hatte sofort eingewilligt, mit ihm ein paar Stunden auf dem Fluß eiszulaufen.

»Du bist eine erstklassige Schlittschuhläufern, Harriet.«

»Ach, nein. Du führst einfach gut.« Die körperliche Bewegung hatte ihre Wangen rosig gefärbt, und ihre Augen blitzten vor Freude. Owen verspürte einen jähen Anflug von Zuneigung für sie. Er drückte ihren Arm.

»Wollen wir eine Runde Walzer tanzen?«

»Ich bin bei den Drehungen noch etwas unsicher.«

»Keine Sorge, ich bin ein Meister im Walzertanzen.«

Das war nicht übertrieben. Sein Griff um ihre Taille war fest und vertrauenerweckend, seine Gleitschritte mühelos. Sie blickte zu ihm auf. Obwohl die Nähe seines Körpers sie beinahe atemlos machte, gefiel es ihr. Er vollführte eine geschmeidige Halbdrehung und lächelte sie an.

»Siehst du, es war ganz einfach... Harriet, Liebes, ich möchte dich um einen kleinen Gefallen bitten. Allerdings – es ist vielleicht etwas viel verlangt, weil du unter Umständen ein wenig flunkern müßtest, also sag sofort, wenn du es nicht tun willst.«

»Ja?«

Sie war entzückt, daß er sie um etwas bat. Daß sie ihm in irgendeiner Sache helfen konnte.

»Ich habe dir gegenüber schon mehrfach meine Freunde erwähnt, Sprague und McDonough. Es sind nette Burschen. Die besten. Und, nun ja, wir haben alle drei eine echte Leidenschaft für das Billardspiel entwickelt. Ab und zu muß man sich ein kleines Vergnügen gönnen, meinst du nicht? Huups!«

Sie wäre beinahe gestolpert, doch er zog sie mühelos in einen Gleitschritt herum.

»Ich finde, Billard ist eine schöne Beschäftigung.«

»Das finde ich auch. Aber um zu meinem Anliegen zu kommen: Nachdem ich dich am Samstagabend heimgebracht hatte, habe ich noch bei Hugh vorbeigeschaut, und wir haben ein paar Runden gespielt. Es war ein harter Wettkampf, bei dem wir uns beide nichts schenkten. Nun, ehe ich mich versah, schlug die Uhr Mitternacht. Und wie Aschenputtel wußte ich, ich sollte eigentlich schon zu Hause sein... Falls dich jemand fragen sollte, könntest du dich dann zu der kleinen Flunkerei durchringen, daß wir beide, du und ich, noch zusammen waren und geplaudert haben?«

Harriet sah ihn verwirrt an. »Wer sollte danach fragen?«

»Um die Wahrheit zu sagen, Mutter mißbilligt diesen Zeitvertreib ganz und gar. Sie fürchtet, es könnte mich von meinem Studium ablenken; nun ja, Mutter... Wollen wir eine kleine Atempause einlegen?« Er dirigierte sie zu einer Bank hinüber. »Würdest du das für mich tun, Harriet? Würdest du bestätigen, daß ich euer Haus nicht vor Mitternacht verlassen habe?«

»Das wäre sehr spät, meinst du nicht?«

»Wir waren die ganze Zeit über im Salon.«

Sie setzte sich auf die Bank, und sogleich tauchte neben ihr ein Junge auf. Seine Kleider waren schmutzig und zu groß für ihn, und er zitterte vor Kälte. Unter dem Arm trug er ein Bündel Zeitungen.

»Das Neueste vom Tag, Miss. Ein Cent.«

»Nein, nein, die Lady will keine Zeitung kaufen. Husch, weg mit dir!«

»Spannende Geschichten heute... Die *Gascoyne* ist sicher in New York angekommen...«

»Nein!«

»Eine Frau wurde mausetot aufgefunden. Niemand weiß, wer sie ist. Für Hinweise gibt es eine hohe Belohnung...«

»Die junge Dame will nichts von diesen schmutzigen Dingen hören. Verschwinde!«

Der Zeitungsjunge hielt den Blick fest auf Harriet gerichtet.

»Wenn ich nichts verkaufe, habe ich nichts zu essen, allergütigste Miss.«

»Ach! Für mich siehst du ganz gutgenährt aus«, höhnte Owen.

Das entsprach nicht der Wahrheit. Das Gesicht des Jungen war schmal und bleich. Nicht einmal der Wind vermochte Farbe in seine Wangen zu bringen.

»Bitte, Mister...« Seine Stimme senkte sich zu einem Wispern. »Ich habe gehört, das Mädchen war nackt wie ein frischgeschlüpfter Eichelhäher...«

»Verschwinde endlich! Wir wollen nichts davon hören.« Owen gab dem Jungen eine Fünfcentmünze. »Nein, behalte deine Zeitung. Verkauf sie an jemand anderen.«

Der Junge strahlte ihn an. »Danke, Mister.« Er trottete zu der Stelle hinüber, wo die anderen Jungen standen, und bettelte sie an, ihn einmal eislaufen zu lassen.

Stirnrunzelnd wandte sich Harriet an Owen. »Ich frage mich, was da passiert ist. Mit dem toten Mädchen, meine ich.«

»Ach, nur die übliche Sensationshascherei. Diese Bengel sind wahre Meister im Aufbauschen von Geschichten.«

Er setzte sich neben sie auf die Bank und nahm ihre Hand. »Verzeih mir, ich hätte dich das vorhin nicht fragen dürfen. Es ist zu...«

»Nein, ist es nicht. Ich verstehe dich gut. Vater kann mitunter auch sehr streng sein. Du bittest mich ja nur um eine klitzekleine Schwindelei. Das macht gar nichts.« Sie senkte den Kopf, und Owen sah, wie ihr die Röte in Hals und Wangen schoß. »In meinen Gedanken waren wir ohnehin zusammen.«

Er wandte sich ihr zu und gab ihr einen raschen Kuß auf die kalte Wange.

»Auch in meinen Gedanken. Hab Dank. Das Thema kommt vielleicht gar nicht zur Sprache, aber falls doch, dann weißt du Bescheid. Wenn Mutter sich etwas in den Kopf gesetzt hat, kann sie sogar eine Auster zum Sprechen bringen.«

Sie lächelte. »Ich kann mich recht gut verstellen… So zum Beispiel.«

Um ihm eine Kostprobe ihres Könnens zu geben, kräuselte sie die Stirn und schürzte die Lippen. Er brach in Gelächter aus. »Diese Antwort verdient eine Tüte Maronen. Bleib sitzen.«

Auf einer anderen Bank hatte ein Mann seine Kohlepfanne aufgestellt und rief seine Waren aus. »Heiße Kartoffeln, Maronen!«

Harriet beobachtete, wie Owen auf dem Eis davonglitt. Er trug dunkelbraune Knickerbocker, einen braunen gerippten Baumwollpullover und eine dazu passende Mütze, und sie dachte bei sich, daß er der bestangezogenste und gutaussehendste Mann auf der Eisbahn war. Und der vollendetste Eisläufer. Natürlich könnte sie für ihn etwas flunkern. Das war gar keine Frage.

Um sechzehn Uhr saßen Murdoch und Constable Crabtree in Brackenreids Büro. Der Inspector hatte sich angeblich mit Müh und Not von seinem Krankenlager hierher geschleppt, um sich des jüngsten Falls anzunehmen. Sicher, seine Hände zitterten, und das Weiß seiner Augen hatte einen Stich ins Gelbliche, doch Murdoch zweifelte, daß seine Motive so edel waren. Er ahnte, in welchem Zwiespalt sich Brackenreid befand, wie er zwischen Ehrgeiz und Nervosität hin- und hergerissen war, da dieser Fall in direkter Verbindung mit einer so angesehenen Familie wie den Rhodes stand. Murdoch ging es da ähnlich.

Thomas Brackenreids Vater war 1851 während der irländischen Kartoffelhungersnot aus County Cork eingewandert und hatte sich mit Glück und Skrupellosigkeit eine Existenz als Tuchhändler aufgebaut. Der junge Thomas hatte von Kindheit an Härte kennengelernt und schon früh beschlossen, sich auf der sozialen Leiter nach oben zu ziehen, ohne sich darum zu kümmern, welche Köpfe er als Sprossen benutzte. Als junger Mann trat er in den Polizeidienst ein und arbeitete sich in der Hierarchie beständig nach oben. Spät im Leben heiratete er die verwöhnte Tochter eines ansässigen Anwalts, und auf der Polizeiwache machte bald der Klatsch die Runde, daß sie ihn zum Trinken verleitet habe. Bevor seine Dämonen von ihm Besitz ergriffen hatten, war er ein kluger, hart arbeitender Mann gewesen, mit einem ausgeprägten Sinn für Detailarbeit, was ihm sehr dienlich gewesen war. Nun traten diese Eigenschaften immer mehr in den Schatten.

Seinem Rang als Inspector gemäß trug Brackenreid eine feine Wolljacke mit Brokat-Epauletten und Schnurbesatz an der Vorderseite. Doch Murdoch entdeckte Flecken auf dem Brokat, und sogar noch über den Tisch hinweg konnte er den schalen Bieratem seines Vorgesetzten riechen.

Im Kamin flackerte ein Feuer, das in dem kleinen Zimmer eine unangenehme Hitze verbreitete. Brackenreid hatte ihnen jedoch nicht die Erlaubnis erteilt, die Jacken zu öffnen. Über Crabtrees Stirn rannen Schweißperlen, so daß er sich ständig das Gesicht abwischen mußte, und auch Murdoch fühlte sich unbehaglich. Der Zellstoff an der Innenseite seines Kragens klebte ihm am Nacken. Der Inspector war ebenfalls bis zum Hals zugeknöpft, schien aber unempfindlich gegen die Hitze zu sein. Er schlürfte geräuschvoll an der Tasse, die er in der Hand hielt. Sein Gesicht entspannte sich etwas, und Murdoch fragte sich, was außer Tee wohl noch in der Tasse sein mochte.

»Nun, laut Ihrem Bericht hat niemand das Mädchen nach siebzehn Uhr gesehen. Zuletzt Mrs. Rhodes, als sie sich überzeugen wollte, ob das Mädel den Tisch ordentlich gedeckt hat.«

Er hatte sich immer sehr bemüht, seinen penetrant irischen Akzent abzustreifen, doch hin und wieder brach er durch, vor allem bei den Rs.

Stirnrunzelnd blätterte er eine Seite um. »Sie sagen, Sie wollen die Listen der Droschkenfahrer überprüfen, um herauszufinden, ob sie sich eine Droschke genommen hat.«

»Ja, Sir. Sie hat sich recht weit von Birchlea entfernt.«

»Das muß nichts heißen. Scheint mir ein strammes Mädel gewesen zu sein. Sie hätte die Strecke leicht zu Fuß zurücklegen können.«

»Das stimmt.« Murdoch tastete sich nun vorsichtig in einen sensiblen Bereich vor. »Sie könnte natürlich auch in einer privaten Kutsche mitgefahren sein.«

Brackenreid hob die Brauen. »Ihrem Bericht zufolge kommen die beiden Kutschen, die Birchlea an jenem Abend verlassen haben, nicht in Frage. Keiner der Fahrer hat die Kleine gesehen.«

»Wenn Sie die Wahrheit sagen, Sir.«

»Herrgott noch mal, Murdoch, mit derlei ekelhaftem Zeug fangen wir besser gar nicht erst an. Das würde uns nicht gut tun. Ich weiß genau, daß Colonel Grasett und Shepcote ebenso vertraut miteinander sind wie ein Eitergeschwür mit dem Arsch eines Bettlers. Der Colonel besucht regelmäßig die Empfänge des Ratsherrn.« Er schlürfte an seinem Tee. »Außerdem muß die Tatsache, daß die Kleine ihre Schürze gelüpft hat, nicht unbedingt etwas mit der Opium-Geschichte zu tun haben.«

»Das ist mir klar, Inspector.«

»Hat von den Befragten keiner eine Ahnung, wer das Mädel besprungen haben könnte?«

»Anscheinend nicht. Mrs. Rhodes war geschockt. Sie konnte nicht fassen, daß sich das Mädchen ihr nicht anvertraut hat.«

Brackenreid schüttelte den Kopf. »Eine kuriose Ansicht. Die Herrin wäre die letzte, der sich eine Dienstmagd anvertrauen würde. So ein Mädel würde es sogar dann noch abstreiten, wenn der kleine Bastard herausgepurzelt käme.«

»Mrs. Rhodes sagte, das Mädchen habe nie irgendwelche Besucher gehabt. Die Kleine war Katholikin und hatte die Erlaubnis, Sonntagmorgens zur Messe zu gehen. Die Rhodes setzten sie immer an der St. Michaelskirche ab, während sie selbst zur St. James gingen. Anschließend sammelten sie sie an der Ecke wieder auf und nahmen sie mit nach Hause zurück. Einen anderen freien Tag hat sie nie gehabt, und Mrs. Rhodes zufolge hat sie auch nie über irgendwelche Begegnungen oder Bekanntschaften berichtet.«

Brackenreid grinste. »Vielleicht war es ja der Heilige Geist, der sich die Kleine geschnappt hat. Bezeichnen das die Katholiken nicht als Unbefleckte Empfängnis?«

»Ja, so bezeichnen wir das«, bemerkte Murdoch.

»Oh, bitte um Verzeihung, Murdoch. Sollte keine Beleidigung sein. Ich habe gerade nicht daran gedacht.«

»Ich habe es nicht als Beleidigung aufgefaßt, Sir.«

Brackenreid wußte durchaus um den Glauben seines Detectives, versuchte aber bei jeder sich bietenden Gelegenheit, ein, zwei Späße auf Murdochs Kosten zu machen. Seine Familie hatte die Politik ihrer irischen Heimat mit nach Kanada gebracht, und er war ein eiserner Orangist.

Crabtree warf Murdoch einen kurzen Blick zu und wischte sich verstohlen über den Hals. Er fand, daß sich der Detective mitunter auf recht dünnes Eis vorwagte und daß Brackenreid und er sich wie zwei kämpfende Hunde belauerten. Murdoch rieb sich einen Schweißtropfen von der Nase.

»Können wir unsere Jacken aufknöpfen, Inspector? Hier drinnen ist es sehr warm«, sagte Murdoch.

»Wie? Oh, sicher. Ziehen Sie die Jacken aus, wenn Sie möchten. Es ist tatsächlich recht heiß, jetzt, da Sie es erwähnen, fällt es mir auch auf.«

Murdoch knöpfte den obersten Jackenknopf auf.

Crabtree öffnete seine Uniformjacke und gewährte einen kurzen Blick auf rotes Flanellunterzeug und beachtlich entwickelte Muskeln. Er war in Station Nummer vier der beste Athlet in der Schwergewichtsklasse für Kugelstoßen und Tauziehen, und obwohl die nächsten Wettkämpfe erst im August stattfinden würden, waren seine Chancen bei den Polizisten ein allseits beliebtes und eifrig diskutiertes Thema. Murdoch bemerkte das interessierte Aufflackern in Brackenreids Augen, doch hatte er keine Lust, die nächste halbe Stunde über die körperliche Verfassung von Sergeant Anstell, dem ganzen Stolz von Station Nummer eins, fachzusimpeln. Also schnipste er seine Kragenknöpfe auf und kam wieder zum Thema zurück.

»Ich war heute nachmittag bei dem Priester der St. Michaelskirche, doch er kannte das Mädchen nicht. Die Gemeinde ist recht groß. Nun, er gab mir jedenfalls die Liste, in der die Abgaben des Kirchenzehnts namentlich verzeichnet sind, und morgen können wir mit der Befragung der Gemeindemitglieder beginnen.«

»Womöglich ist sie gar nicht dorthin gegangen. Sie könnte gelogen und die Zeit dazu genutzt haben, irgendwelche Dummheiten zu treiben.«

»Das wäre möglich, Sir. Aber in Anbetracht der Tatsache, daß sie Katholikin war, halte ich es eher für wahrscheinlich, daß es ihr in einer andersgläubigen Familie widerstrebte, allzu viel über ihre Kirche zu sprechen. Die Menschen haben oft Vorurteile.«

Gereizt winkte Brackenreid ab. »Ja, ja, schon gut. Was ist mit dem Opium? Gibt es da irgendwelche Hinweise?«

»Dr. Rhodes gibt zu, daß er es für seine Arzneien verwendet, die er selbst in seinem Ordinationszimmer zusammenstellt.«

Der Inspector starrte Murdoch an. »Das heißt noch gar nichts.«

»Ich habe auch keinerlei Folgerungen angestellt. Ich führe lediglich Tatsachen an. Der Sohn, Owen, ist Student der Medizin und könnte sich die Droge wohl beschaffen, wenn er es wollte.«

»Das klingt mir ganz so, als wollten Sie mit aller Gewalt die Pferde scheu machen. Finden Sie einfach heraus, wer das Mädchen gesehen hat, und wir werden mehr wissen. Warum gehen Sie nicht durch die Gegend und stellen ein paar passende Fragen?«

»Genau das haben wir in den vergangenen eineinhalb Tagen getan, Inspector.«

Crabtree wischte sich einen feuchten Fleck unterhalb seines Kinns ab und rutschte unbehaglich auf seinem Stuhl herum. Er kannte das Ausmaß von Brackenreids Wutausbrüchen nur allzu gut. Das Gesicht des Inspectors verfärbte sich bereits, und das lag nicht allein an der Hitze und seinem wie auch immer zusammengesetzten Tee.

»Sind Sie wegen der fehlenden Kleidungsstücke bei den Juden gewesen?«

»Ja, Sir. Zwei Beamte haben sämtliche jüdische Händler in der Queen und King Street abgeklappert, aber keiner hat etwas erhalten, was auf die Beschreibung passen würde. Das Mädchen ließ ihre Uniform im Haus zurück und trug laut Mrs. Foy einen grauen Sergerock, eine dazu passende Jacke mit blauer Samteinfassung...«

»Genug, genug. Können wir fortfahren? Falls Sie es vergessen haben sollten, ich fühle mich noch immer ziemlich elend. Constable, was ist mit Ihnen?«

»Sie haben auch meinen Bericht vorliegen, Sir«, antwortete Crabtree rasch. »Ich habe die Dienstboten befragt, und es ist genau dasselbe. Keiner weiß etwas.«

»Was ist mit dem Stallburschen? Er kommt doch aus dem Barnardo-Heim, nicht wahr? Wenn Sie mich fragen, käme er durchaus in Frage.«

»Er ist ein schüchternes kleines Bürschchen. Fürchtet sich vor seinem eigenen Schatten und sieht einen unentwegt mit ängstlichen Augen an. Erinnert irgendwie an einen geprügelten Hund.« Crabtree schien über seinen Vergleich etwas verlegen zu sein. »Er ist erst dreizehn und obendrein sehr schmächtig.«

»Das ist alt genug. Im Dorf meines Vaters hat ein Junge zwei Bälger gezeugt, als er gerade mal elf Jahre alt war. Burschen wie er haben weniger christliche Werte in sich als ein Köter.«

Murdoch fühlte sich an Ratsherr Shepcotes Worte erinnert. Vielleicht hatten er und Brackenreid auf einem der Abendempfänge bei Miss Flo Wortley einmal darüber geplaudert.

»Mit Burschen wie er, meinen Sie da Waisenjungen, Sir, oder verängstigte Jungen, oder Jungen aus Irland? Wie ich erfahren habe, ist dieser Junge Engländer.«

Brackenreid sah Murdoch scharf an, offenbar unschlüssig, ob er verärgert sein sollte oder nicht. »Gassenjungen, das meine ich damit.« Versonnen betrachtete er seine inzwischen leere Teetasse. »Ist das alles, Constable?«

»Ich würde sagen, ja, Sir. Die Foys geben an, das Haus den ganzen Abend nicht verlassen zu haben, und auch der Junge war nicht weg.«

Der Inspektor angelte sich eine Zigarre aus dem silbernen Etui auf seinem Schreibtisch und zündete sie an. »Ist bei der Bertillonage etwas herausgekommen?«

»Bisher nicht. Der entsprechende Gelehrte ist wegen Krankheit verhindert, und wir haben niemand sonst, der das System versteht. Bis Freitag sollten wir erfahren haben, ob es eine Akte über sie gibt.«

Brackenreid blies eine dicke Rauchwolke in Richtung der beiden Polizeibeamten. »Ich nehme an, wir werden versuchen, uns mit der Familie in Verbindung zu setzen?«

»Ich habe ein Kabel an die Polizei in Windsor geschickt, und die will mit dem Priester in Chatham Kontakt aufnehmen. Wir wissen nicht genau, wo das Mädchen wohnte. Es muß auf irgendeiner Farm in der Nähe von Chatham gewesen sein. Allerdings gab es in der Gegend ein schweres Unwetter, und die Kollegen glauben, daß sie nicht vor Donnerstag oder Freitag durchkommen werden.«

Murdochs Umschlag lag auf dem Schreibtisch, und Brackenreid nahm das Foto heraus und musterte es eine Weile.

»Vielleicht war sie ja ein leichtfertiges Mädel, aber sie sieht nicht so aus. Sie hat ein süßes Gesicht.« Nachdenklich zog er an seiner Zigarre. »Selbstredend würde ich gern beweisen, daß diese Station genauso gute Arbeit leisten kann wie jede andere, wenn nicht gar bessere. Ich will rasche Erfolge, aber ich will mir nicht durch übertriebenen Diensteifer irgendwelchen Ärger einhandeln. War das deutlich genug?«

Murdoch biß sich auf die Zunge. »Mehr als deutlich, Sir.«

Der Inspector schnippte seine Zigarrenasche in einen Teller auf dem Schreibtisch. »Wegtreten!« brummte er.

Bald darauf saßen Murdoch und Crabtree wieder in der Schreibstube, wo Murdoch für sie beide Tee einschenkte. Der Tee hatte schon eine Zeitlang gezogen und war dunkel wie Melasse. Puss hockte unter dem Tisch und putzte sich gewissenhaft. Crabtree gab zwei Löffel Zucker und etwas Milch in seine Tasse und nahm einen Schluck.

»Als ich dort in der Küche war und über die Schwangerschaft des Mädchens berichtete, war die Luft so dick, daß man sie mit dem Buttermesser hätte schneiden können«, sagte er. »Der Junge sah aus, als würde er gleich sein Essen ausspucken, und die Haushälterin verschluckte sich fast an der Suppe, die sie gerade kostete.«

»Bei den Rhodes hatte ich ein ähnliches Gefühl. Der Sohn stammelte und stotterte, als wolle er seinen eigenen Vater imitieren. Schließlich gestand er, bis Mitternacht bei Harriet Shepcote gewesen zu sein. Die beiden sind noch nicht verlobt, vielleicht reagierte er deshalb so schuldbewußt. Seine Mutter war außer sich. In meiner Gegenwart hat sie sich zwar zusammengerissen, aber ihr gestrenger Blick sprach Bände.«

»Glauben Sie, daß der junge Herr dem Mädchen an die Wäsche gegangen ist, Sir?«

»Durchaus möglich. Er ist ein gutaussehender Bursche. Wäre sicher ein Leichtes für ihn gewesen, einem jungen Mädchen vom Land das Herz zu brechen. Andererseits könnte sie auch jemanden in der Kirche kennengelernt haben. Es dauert zwar neun Monate, um ein Kind auszutragen, aber nur Minuten, um es einzupflanzen. Wie Sie ja selbst am besten wissen«, fügte er hinzu.

Der Constable hatte vier Kinder, ein fünftes war unterwegs.

»Damit haben Sie recht, Sir«, erwiderte Crabtree mit einer derart bedrückten Miene, daß es Murdoch leid tat, ihn gehänselt zu haben. Er bedeutete ihm, fortzufahren.

»In der Küche gibt es ein rückwärtiges Fenster. Es hat Ausblick auf die Stallungen und führt auf den Durchgang hinter der Küche hinaus. Man könnte dort hineinklettern und wie der Blitz die paar Stiegen nach oben erklimmen.«

Schweigend nippten beide Männer an ihrem Tee. Schließlich sagte Murdoch feierlich: »Wir können die andere Möglichkeit nicht völlig ausklammern.«

»Welche, Sir?«

»Na, den Heiligen Geist.«

Crabtree grinste.

7

Montag, 11. Februar

Owen lehnte in einer Ecke des Sofas, wippte nervös mit einem Fuß und sah seiner Mutter zu, wie sie schwarze Kreppbänder am Sims des Wohnzimmerkamins befestigte. Die Bilder waren gleichermaßen mit Trauerflor geschmückt, die Spiegel verhängt, die Vorhänge bereits den ganzen Nachmittag über zugezogen.

»Soll ich noch eine Lampe anzünden?« fragte er.

»Nein danke, Owen. Das Licht ist ausreichend.«

Unvermittelt hielt sie in ihrem Tun inne und hob vom Kaminsims eines der gerahmten Fotos herunter.

»Owen, sieh doch! Wieso ist mir das nicht schon vorher aufgefallen?«

Sie brachte das Foto zum Sofa. »Erkennst du die Ähnlichkeit?«

Verwundert betrachtete er das Foto und schüttelte den Kopf. »Ich weiß nicht, was du meinst, Mutter.«

»Therese und Marianne! Das mußt du doch sehen!«

Er zuckte die Schultern. »Tut mir leid, Mutter, ich sehe nichts.«

»Es sind weniger die Gesichtszüge, die sich ähneln, als der Ausdruck. Da, sieh, die Offenheit im Blick. Der Mund. Marianne sah immer aus, als würde sie jeden Moment in Lachen ausbrechen. Therese hatte manchmal denselben Ausdruck.«

»Wenn du das sagst... Ich selbst kann es leider nicht feststellen.«

Donalda stellte das Foto wieder auf den Kaminsims zurück. »Marianne war nicht viel älter als Therese. Viel zu jung zum Sterben. Beide.«

Sie hatte das Bild lange nicht mehr betrachtet, und nun sah sie es mit neuen Augen. Das Foto war eigentlich eine kleine *Carte de visite,* zu ihrer Jugendzeit noch üblicher als heute. Sie waren dafür nach London gereist, in das beste Fotoatelier in Belgravia. Beide Mädchen hatten ihre modernsten Kleider angezogen. Kleider aus changierendem Seidentaft mit hohem Kragen und rüschenbesetztem Mieder und den brandneuen hautengen Ärmeln. Ihre Haare hatten sie beide erst seit jenem Monat hochgesteckt getragen, erinnerte sich Donalda. Marianne hatte, wie sie es immer tat, die Führung übernommen, hatte über Donalda befunden, die Kleidung bestimmt, die sie für die Fotoaufnahme tragen würden, und sogar eigenhändig den Hauch von Rouge auf Donaldas Wangen aufgetragen.

Donalda strich über das Glas des Bilderrahmens. Auf der Unterseite des Fotos kringelte sich eine dunkle Haarlocke. Wer hätte damals geahnt, daß Marianne noch vor Ende jenes Sommers tot sein würde; das Opfer eines dummen Unfalls? All ihre Träume und Wünsche von einem erfüllten Leben und einem würdevollen Tod im hohen Alter, »voller Stolz über unsere edlen Taten«, wie Marianne es ausgedrückt hatte, waren mit einem Schlag zunichte gemacht worden.

»Woran denkst du, Mutter?«

»Daran, daß sich die Träume der Jugend so selten erfüllen.«

»Liebe Güte, wie deprimierend.«

»Ich fühle mich heute so.«

»Das ist verständlich. Seit ich denken kann, hast du mir von deiner Freundin und dir erzählt.« Er zögerte. »Vielleicht bist du wegen Therese deshalb so betrübt. Weil du das Gefühl hast, du hättest Marianne ein zweites Mal verloren.«

Donalda schaute ihn an. »So habe ich es noch gar nicht gesehen.«

Sie setzte sich Owen gegenüber in den Armlehnstuhl, starrte

in das Feuer, beobachtete, wie die Flammen um die Kohle tanzten und hüpften ... und erzählte ihrem Sohn die Geschichte noch einmal, denn das brauchte sie.

Es war an einem jener herrlichen Augustnachmittage gewesen, wie es sie nur in England gibt. Der blaue Himmel war mit flauschig weißen Wölkchen gesprenkelt, und die Luft schimmerte golden im Sonnenlicht. Marianne wollte zu der baufälligen Hütte am Flußufer gehen. Sie spielten dort seit ihrer Kindheit, und Marianne bezeichnete die Hütte scherzhaft als ihr Sommerhaus. »Wie hochgestochen«, hatte Donalda verächtlich dazu bemerkt. Sie mochte weder die Spinnen, noch das modrige Halbdunkel im Inneren. Viel lieber würde sie im schattigen Wohnzimmer sitzen und zusammen mit Marianne etwas lesen. Doch wie immer setzte sich Marianne über ihre Einwände hinweg. »In der Hütte ist es angenehm kühl. Komm schon, es ist ein Abenteuer, Addie. Sei nicht so lahm.« Zu guter Letzt willigte Donalda ein, unter der Voraussetzung, daß sie etwas aus »Jane Eyre«, ihrer beider Lieblingsbuch, spielen würden. Sie spielten das öfter, und Marianne wollte immer die wahnsinnige Mrs. Rochester sein. Beim ersten Mal hatte sie so überzeugend geweint und gejammert, daß Wilson, der Gärtner, zur Hütte hinuntergeeilt war, um nach dem Rechten zu sehen. Donalda bevorzugte die Rolle der Jane, doch sie bekamen sich jedesmal über Donaldas Interpretation in die Haare. »Sie ist ängstlich, schüchtern«, pflegte Marianne zu sagen. »Du mußt die Hände ringen. Etwa so. Vielleicht auch in Ohnmacht fallen. Danach hebt dich Mr. Rochester hoch und trägt dich weg.« Donalda widersprach dann: »Sie ist nicht so eine Zimperliese«, und bestand ihrerseits darauf, die verrückte Berta mit lauter, herrischer Stimme anzusprechen. »Hör sofort damit auf!« schalt Marianne sie verärgert. »Nein, Addie, so nicht! Du klingst haargenau wie Miss Thompson. Aber du sprichst nicht mit einem ungezogenen Schüler, sondern mit einer Frau, die sich in den Klauen des Wahnsinns befindet.«

Doch Donalda änderte ihre Tonlage jedesmal nur wenig, und

so spielten sie die Szene wieder und wieder, schmückten sie immer weiter aus, bis sie schließlich, des Schauspielens müde, ermattet zu Boden fielen.

An diesem Nachmittag rannte Marianne voraus und nahm schon einmal ihre Position im scheibenlosen Fenster der Hütte ein. Donalda folgte gemächlicher über den Treidelpfad und durch die Trauerweiden hindurch, die sich zum sanft fließenden Wasser hinunterneigten. Selbst an heißen Tagen war die Luft in dem grünen Tunnel kühl und feucht und roch nach Fluß. Sie lächelte, als sie ihre Freundin entdeckte, wie sie mit offenen, wild zerzausten Haaren und übermütigem Funkeln in den Augen dasaß und sie mit einer theatralischen Geste zu sich winkte. »Laß mich ein!« schrie sie. »Laß mich ein!« Plötzlich heulte sie auf und zog ihre Hand zurück. Ein rostiger Nagel hatte die Haut ihres Daumens aufgerissen. Donalda eilte zu ihr, um die Wunde zu begutachten. Es war nur ein winziger Blutstropfen zu erkennen. »Das ist harmlos«, beruhigte Donalda ihre Freundin. »Bei weitem nicht so schlimm wie mein Knie, als ich letzte Woche hingefallen bin.« Großmütig spendete sie ihr neues Leinentaschentuch als Verband. »Hoffentlich läßt sich das Blut wieder herauswaschen.«

Nachdem Marianne ihren Daumen eingewickelt hatte, begannen sie mit ihrem Spiel, wobei Marianne dramatisch mit ihrem verbundenen Daumen herumwedelte.

Als sie am frühen Abend nach Hause zurückkehrten, klagte Marianne indes über Schmerzen. Ihr Daumen pochte und war rot und angeschwollen. Donalda empfand kein übermäßiges Mitleid, da ihr der ausgeprägte Hang ihrer Freundin zu Übertreibungen bekannt war.

Am nächsten Morgen kam sie auf einen Besuch vorbei, und Marianne zeigte ihr die flammend roten Streifen, die an ihrem Unterarm entlangliefen. »Betsy meint, wenn sie über den Ellbogen wandern, ist es um mich geschehen«, sagte sie.

»Das ist ein dummes Ammenmärchen«, empörte sich Donalda.

Doch Betsy hatte recht, und weder Nichtbeachtung, noch

Vernunft vermochten die geliebte Freundin zu schützen. Die Blutvergiftung raste durch den Körper des jungen Mädchens, der Arzt konnte das Geschehen nicht mehr aufhalten, und noch vor Ablauf der Woche war sie tot.

Donalda stand auf, griff hinter das Bild und zog ein winziges, wunderschön bemaltes Glasfläschchen hervor.

»Was ist das?« fragte Owen.

»Eine Tränenschale. Wir pflegten unsere Tränen darin aufzufangen und als Erinnerung zu bewahren.«

»Zeig mal.« Er hielt das Fläschchen in den Schein des Kaminfeuers. »Ich glaube, auf dem Boden ist sogar noch irgend etwas zu sehen. Wie schön.«

Er gab seiner Mutter das Fläschchen zurück, und sie führte es an ihre Lippen. Dann strich sie sich mit der Hand über den Nacken.

»Brauchst du deine Medizin? Ich kann sie dir holen.«

»Nein, danke.«

»Vielleicht solltest du dich eine Weile hinlegen. All die Fragen heute nachmittag, die Neuigkeiten … das kann einen ganz schön aus der Fassung bringen.«

»Owen, bitte hör auf, mit mir zu reden, als wäre ich eine gebrechliche Alte.«

»Das ist nicht fair, Mutter …«

Mit einem Stirnrunzeln brachte sie ihn zum Schweigen. »Ich hoffe, du wirst diesen Anzug gegen eine angemessenere Garderobe auswechseln.«

»Was? Oh, ja, ja, natürlich. Ich hatte noch keine Gelegenheit zum Umkleiden.«

Sie selbst trug ein schlichtes, dunkelgraues Gewand, das ihre Blässe gespenstisch hervorhob. Ihr von Erschöpfung gezeichnetes Gesicht wirkte in dem düsteren Licht noch gramzerfurchter. Angstvoll musterte er sie.

»Das war wirklich ein Schock! Man hätte mich mit einer Gänsefeder umwerfen können, als der Detective … Wie war sein Name?« – »Murdoch.«

»Ja, Murdoch, als er sagte, sie sei, eh, sie sei ... sie sei in gesegneten Umständen gewesen. Ich hatte keine Ahnung.«

»Das will ich auch hoffen, Owen«, erwiderte seine Mutter trocken.

»Verzeihung? Oh, verstehe ... sicher. Wer, meinst du, ist der Schuldige?«

»Das ist mir egal. Es spielt keine Rolle mehr.«

Die Stille senkte sich wie ein dichter Vorhang über den Raum, und Owen rutschte unruhig auf dem Sofa umher.

Er hätte gern auf seine Taschenuhr geblickt, doch das wagte er nicht. Donalda starrte gedankenverloren ins Feuer.

»Da gibt es so vieles, was ich nicht begreife. Warum wollte sie nach Hause zurück? Sie hat mir erzählt, daß sie dort niemanden mehr hat, außer ihrem Vater, zu dem sie in einem sehr angespannten Verhältnis stand. Er war schrecklich streng.«

»Ihr Zustand ließ ihr vermutlich keine andere Wahl. Ein unverheiratetes junges Mädchen und diese Schande. Wohin hätte sie sonst gehen sollen?«

»Sie hätte hierbleiben können.«

»Mutter, das wäre nicht richtig gewesen.«

»Ich sehe nicht ein, weshalb.« Wieder rieb sie sich den Nacken. »Und das Opium! Die Vorstellung, was ihr zugestoßen sein mag, ist nahezu unerträglich.«

»Ich ... eh, ich sage es nur ungern, aber möglicherweise war sie gar nicht so unschuldig, wie du glaubst ...«

»Nein! Ich kenne Therese! Ihr ist etwas Schreckliches passiert, gegen das sie sich nicht zur Wehr setzen konnte.«

»Wenn du es sagst, Mutter.«

Donalda sah ihn scharf an. »Du schienst mir recht nervös zu sein, als Mr. Murdoch uns befragte.«

»Ach ja? Nun, ich bin nicht gerade daran gewöhnt, daß sich Polizisten auf unseren besten Stühlen herumlümmeln und über jeden einzelnen unserer Schritte Bescheid wissen wollen. Das ist in der Tat entnervend.«

Donalda seufzte und lehnte sich wieder in ihren Sessel zurück. »Ich hätte gedacht, daß Harriet zu krank war, um noch so lange zu plaudern.«

»Als sie zu Hause war, ging es ihr wieder besser.«

Donalda sah ihrem Sohn in die Augen, graublaue Augen, wie die ihren.

»Ist das die Wahrheit, Owen?«

»Natürlich. Hör auf, dir Sorgen zu machen. Du kannst sie selbst fragen.« Er klopfte auf den freien Platz neben sich. »Komm, sei so lieb und setz dich neben mich.«

Sie setzte sich neben ihn auf das Sofa, und er lehnte den Kopf an ihre Schulter.

Sie strich durch sein Haar, schob ihn dann abrupt weg und schüttelte ihre Hand. »Iih, Owen. Du benutzt viel zu viel Pomade.«

Er lächelte zu ihr empor, froh, daß die Gefahr vorerst vorüber war. »Tut mir leid. Wenn du es möchtest, verspreche ich dir, daß ich fortan kein bißchen mehr auf mein Haar streiche und mit wirren Locken wie ein Wilder aus Borneo herumlaufe.«

Schweigend musterte sie ihn. Seine unrasierten Wangen waren rauh, und um seine Augenwinkel zeichneten sich feine Falten ab. Sie fühlte eine jähe Sehnsucht nach dem Knaben, der er nicht mehr war.

Er zog eine übertrieben schmollende Miene. »Verdiene ich denn wenigstens einen Kuß?«

Sie lachte, zog ihn an sich und küßte ihn. »Tut mir leid, mein Lieber.«

In diesem Moment ging die Tür auf, und Cyril kam herein. Sobald er die beiden sah, versteifte er sich merklich.

»Solltest du nicht im H-H-Hörsaal sein?« fragte er seinen Sohn.

»Nicht um diese Uhrzeit, Vater. Ich habe mich gerade ein wenig mit Mutter unterhalten.«

»J-ja, natürlich. Ja. Deshalb bin ich ja auch heruntergekommen. Wie fühlst du dich, Donalda?«

Der zärtliche Gesichtsausdruck, den sie für ihren Sohn bereit gehalten hatte, verschwand schlagartig. Sie hatte die Eifersucht in Cyrils Miene wahrgenommen, und das schürte eine alte Wut.

»Was erwartest du denn?« herrschte sie ihn an.

»Verzeihung?«

»Was erwartest du, wie ich mich fühle, Cyril? Ich bin extrem erschöpft.«

Er deutete auf die Zeichen der Trauer im Zimmer. »Aber sie war doch lediglich unser Die-Dienstmädchen, Donalda. Findest du dies hier nicht ein wenig exaltiert?«

Owen stöhnte im stillen auf. Er wußte, was für eine Antwort seine Mutter geben würde. Sie legte die Hände in den Schoß und verschränkte die Finger fest ineinander. »Therese war ein ganz außergewöhnliches junges Mädchen, und ich habe sie sehr liebgewonnen. Ich kann ihren Tod nicht einfach abstreifen, als wäre sie ein kränkliches Kätzchen gewesen. ›Ach, wie schade! Laß uns ein anderes holen.‹«

»Bitte, Do-Donalda, solch eine Übertreibung ist nicht gerechtfertigt. Ich be-bemühe mich ja, dir gegenüber Mitgefühl zu zeigen. So wie du dich gehen läßt, könnte man aber meinen, ich sei für den Tod des Mädchens verantwortlich.«

In ihren Augen brannte Wut, doch ihre Stimme war nach wie vor beherrscht, die messerscharfe Spitze nur angedeutet. »Wie könntest du? Du warst ja in der stillen Abgeschiedenheit deiner Ordinationsraume, nicht wahr? Wo wir jederzeit gewiß sein können, dich zu finden.«

Owen stand abrupt auf. »Ich muß los. Ich habe Hugh versprochen, mit ihm für morgen noch ein paar Eselsbrücken einzupauken.«

»Du g-gehst doch wohl nicht in diesem Aufzug?« fragte Cyril.

Owen war in einen hellen karierten Anzug gekleidet, mit eng sitzenden Hosen und hohem steifem Kragen. Dazu trug er einen zur Krawatte gebundenen goldgestreiften Seidenschal. Nervös strich er nun über seinen Schal.

»Alle jungen Männer tragen so etwas, Vater.«

»Du siehst damit a-absolut lächerlich aus.«

»Er wird sich umziehen«, warf Donalda ein. »Angesichts der schrecklichen Tragödie geziemt sich das auch.«

Owen beugte sich vor und gab ihr einen raschen Kuß auf die Wange, die sich unter seinen Lippen heiß anfühlte.

»Es wird nicht spät werden, versprochen. Wenn ich zurück bin, werde ich noch kurz bei dir hereinschauen und gute Nacht sagen. Guten Abend, Vater.«

Er nickte Cyril zu und ging hinaus. Donalda wartete noch, bis sich die Tür hinter ihm geschlossen hatte, ehe sie sich wütend an ihren Gatten wandte.

»Mußt du ihn immer behandeln, als wäre er ein unartiges Kind?«

»Nicht ich bin es, der unseren Sohn in ewiger Kindheit hält.«

»Hör auf, Cyril, bitte!«

Er ließ sich jedoch nicht bremsen. »Du weißt, i-ich sage die Wahrheit, Donalda. Er ist für sein Alter ausgesprochen unreif.«

»Das ist er nicht. Du stimmst diese immer gleiche Leier schon seit seiner Geburt an. ›Du stillst ihn viel zu lange, Donalda. Warum läuft er noch nicht, Donalda? Was? Er kann noch nicht lesen?‹ Wenn es nach dir gegangen wäre, hätte er schon mit sechs Monaten am Schreibtisch sitzen und studieren müssen.«

»Sei nicht albern.«

»Es ist nicht albern, sein Kind zu lieben, Cyril. Und ihm vor den Härten des Lebens etwas Schutz geben zu wollen.«

»Du hast ihm keinen Schutz gegeben, du hast ihn verweichlicht.«

»Er scheint sein Leben aber ganz gut zu meistern.«

Rhodes zupfte verärgert an seinem Schnurrbart und sagte schmallippig: »Ich bin da weniger zuversichtlich als du, meine Liebe. Neulich bin ich D-Davidson im Club begegnet. Er sagte, er mache sich Sorgen um Owen. Offenbar hat er etliche Vorlesungen versäumt. Und seine Arbeiten nicht erledigt.«

»Das hat Davidson gesagt? Aber... Nein, das kann nicht

sein. Du hast Owen doch gehört. Zwei-, dreimal die Woche bleibt er bis spätabends in der Hochschule und lernt.«

»Laut seinem Lehrer ist das nicht der Fall.«

Sprachlos starrte Donalda ihren Gatten an. Sie hätte gern weiter gestritten, um seine Worte zu widerlegen, doch sie wußte, es war sinnlos. In seinen Augen lag ein triumphierendes Glimmen, was bedeutete, daß er sich für unangreifbar hielt. Steif sagte sie: »Es muß eine Erklärung dafür geben. Vielleicht ist er gelegentlich mit einem Freund zusammen. Er ist ein junger Mann und kann nicht unentwegt lernen. Vielleicht...«

»Vielleicht sieht die Wahrheit so aus, daß wir einen Taugenichts herangezogen haben. Der harte Arbeit scheut. Und sich lediglich für die Details seiner Toilette interessiert.«

»Cyril! Wie kannst du deinem eigenen Sohn gegenüber nur so grausam sein?«

»Im Gegensatz zu dir, Do-Donalda, ziehe ich es vor, mich der Wahrheit zu stellen.«

»Wie jammerschade, daß du dir diese Tugend erst in späten Jahren angeeignet hast.«

Er schloß die Augen und hob, wie in einem stummen Gebet, das Gesicht zur Decke. »Verstehe. Folgt jetzt meine jährliche Züchtigung?«

»Wie kannst du es wagen, meine Gefühle in dieser Angelegenheit derart zu verhöhnen?«

»Donalda, ich habe dich wieder und wieder um Ver-Verzeihung gebeten. Aber genauso gut hätte ich zu einem Stein sprechen können. Es gibt nichts mehr, was ich in dieser Sache sagen oder tun könnte.«

Er ging auf die Tür zu, doch sie rief ihn zurück.

»Wie schön für dich, daß du bei einem solch armseligen Eheleben wenigstens in deiner Arbeit Befriedigung finden kannst. Wo du uneingeschränkt bewundert wirst. Wenn nicht sogar *vergöttert!*«

Rhodes schoß die Röte ins Gesicht. Er verbeugte sich mit kühler Förmlichkeit, als wäre sie eine unliebsame Bekannte, der er rasch entkommen wollte. »Sag Edith bitte Bescheid, daß ich im Club speisen werde.«

Damit ging er hinaus. Donalda blieb sitzen und bemühte sich, ihr inneres Zittern zu bezähmen. Seit langem hatte sie mit Cyril keinen so heftigen Streit mehr gehabt. Seine Worte kreisten unentwegt in ihrem Kopf. Sie wußte, was er gesagt hatte, entsprach der Wahrheit, und dieser Gedanke stieß ihr bitter wie Galle auf. Hätte eine andere Frau ihm vergeben? Hätte eine andere die Liebe und die Achtung zwischen ihnen wiederhergestellt? Sie sog scharf die Luft ein. Diese Fragen waren sinnlos. Tatsache blieb, daß ihre Ehe vor vielen Jahren zerbrochen war, und ob das nun in erster Linie sein Fehler war oder der ihre, spielte keine Rolle mehr. Für einen Neubeginn war es bereits viel zu spät.

Sie stand auf, um das Feuer nachzuschüren, und dabei blieb ihr Blick an dem silbergerahmten Hochzeitsfoto am hinteren Ende des Kaminsimses hängen. Sie hatte Cyril Rhodes, einen jungen kanadischen Medizinstudenten, im Jahr nach Mariannes Tod kennengelernt. Damals war sie gerade achtzehn Jahre alt gewesen, und heute wußte sie, daß sie sich in seine Arme geflüchtet hatte, in der törichten Erwartung, daß ein Leben in einem neuen Land ihr das Glück bringen würde, nach dem sie sich verzehrte. War die junge Braut denn jemals glücklich gewesen? fragte sie sich nun. Auf dem Foto schien sie es zu sein: lächelnd und liebreizend in ihrem taubenfarbenen Seidenkleid mit den feinen Spitzen und Bändern. Auch Cyril strahlte vor Stolz.

Seufzend stellte sie das Foto zurück. Es war so lange her, und diese beiden jungen Menschen, voller Erwartung und Hoffnung, gab es nicht mehr.

Owen war achtzehn Monate nach der Hochzeit zur Welt gekommen, und als er zwei Jahre alt war, ging sie mit ihrem zweiten Kind schwanger. Wäre es am Leben geblieben, hätte sie es Marianne genannt.

Sie wandte ihre Aufmerksamkeit wieder der *Carte de visite* zu. Da gab es eine Ähnlichkeit, ganz zweifellos. In dem vollen

Mund, dem runden Kinn. Vielleicht hatte sie Therese deshalb so ins Herz geschlossen und sich ihr eines Nachts anvertraut, so wie sie es früher bei Marianne getan hatte? Sie hatte ihrem Dienstmädchen das alte, traurige Geheimnis ins Ohr geflüstert, das sie niemandem sonst erzählte.

Erschöpft lehnte sie den Kopf gegen den Kaminsims. Das Kreppband roch etwas modrig, und die Hitze des Feuers brannte an ihren Beinen, doch sie war unempfindlich dagegen.

Wie konnte sich Cyril nur fragen, weshalb sie ihm niemals verzieh?

8

Dienstag, 12. Februar

Mit einem Ruck, würdig eines Baumstammwerfers, hob Crabtree die Matratze hoch und schleuderte sie auf den Boden.

»He, was tun Sie da?« kreischte Alice. »Beinahe hätten Sie meine Statue zerbrochen. Die ist verdammt viel wert!«

Sie riß eine angeschlagene Gips-Figur an sich, die fröhlich in Gold und Blau bemalt war.

»Scheißblöde Franzmänner«, maulte sie.

»Achten Sie auf Ihre Sprache, sonst können Sie sich auf eine saftige Strafe gefaßt machen«, warnte Murdoch.

Alice funkelte ihn an. Als die Polizisten eingetroffen waren, hatten Bernadette und sie geschlafen, obwohl es schon weit nach elf Uhr war. Ettie hatte sich ihren schäbigen Satinmorgenmantel umgeworfen, aber Alice war in ihrem schmuddeligen Flanellnachthemd geblieben, dessen Knöpfe schon seit langem abgerissen waren.

Murdoch begutachtete die verrosteten Eisensprungfedern. Außer ein paar zerquetschten Kakerlaken und einer zerknüllten Fünfdollarnote war hier nichts versteckt. Bernadette Weston schnappte sich den Geldschein und stopfte ihn in ihr Mieder.

»Ich sagte doch, hier ist nichts.«

»Filzen Sie lieber mal die anderen Kerle«, fügte Alice hinzu und winkte in Richtung der Wand, um auf ihre nächsten Nachbarn hinzuweisen.

»Ja, warum haben Sie sich gerade uns ausgesucht?« fiel Ettie mit ein. »In dieser verfluchten Gasse gibt es noch ein halbes Dutzend anderer Häuser mit Hintereingang. Verdammte Schnüffler!«

»Ich sagte doch, Sie sollen auf Ihre Sprache achten«, fuhr Murdoch sie an. »Noch so eine Bemerkung, und Sie werden die Nacht in der Zelle verbringen.«

Alice legte die Hand auf Etties Arm. »Laß gut sein, Ettie. Die beiden tun nur ihre Pflicht. Die können nicht anders. Männer sind nun mal so.«

Ihre Stimme hatte plötzlich einen raffinierten Unterton angenommen, und sie beugte sich in ihrem Stuhl nach vorn, so daß die Knopfleiste ihres Nachthemdes verrutschte und eine schlaffe Brust mit einer rosa Spitze enthüllte. Ettie lachte, ging zum Kaminsims und rieb gemächlich am Zeigefinger eines der hölzernen Handmodelle, die sie als Halterungen beim Reinigen von Handschuhen benutzten. Verlegen konzentrierte sich der Constable auf die hochkant stehende Kiste, die den Frauen als Kommode diente. Triumphierend hielt er eine Karte in die Höhe.

»Bei F. und J. gewesen, was?«

Er reichte die Karte an Murdoch weiter. Es war ein Pfandschein von Farrance und Jenkinson, einem gutbesuchten Leihhaus in der Queen Street.

Ettie zog eine finstere Miene. »Ist ja kein Verbrechen, oder?«

»Was haben Sie verpfändet?« fragte Murdoch.

Alice verdrehte die Augen. »Meine besten Schlüpfer.« Sie grinste anzüglich. »Ich komme gut ohne sie aus. Sehen Sie?«

Crabtree fuhr sich mit dem Finger an seinem engen Kragen entlang. Er war ein junger Mann, und die aufreizenden Bemerkungen der beiden Prostituierten gingen ihm unter die Haut. Murdoch weigerte sich, ihnen diese Befriedigung zu geben. Außerdem war auf der Rückseite des Pfandscheins ein zwei Wochen zurückliegendes Datum vermerkt, was bedeutete, daß es sich bei den verpfändeten Gegenständen nicht um Thereses Besitz handeln konnte.

Die wenigen Kleidungsstücke der Frauen hingen an Haken an der gegenüberliegenden Wand. Unter dem Bett befanden sich, neben dem vollen Nachtgeschirr, zwei Paar Stiefel, eines davon aus neuerem Leder mit spitz zulaufenden Kappen. Die Enden waren etwas abgestoßen, und es fehlte ein Knopf, doch die Sohlen waren nicht abgenutzt und das Leder noch steif.

»Ich muß dieses Paar Stiefel beschlagnahmen.«

»Nein, das tun Sie nicht. Sie gehören mir!« rief Alice.

»Woher haben Sie sie?«

»Von Mr. Eaton.«

»Was haben Sie dafür bezahlt?« hakte Murdoch nach.

»Drei Dollar. Habe ich mir zusammengespart.«

»Die Stiefel sind mir bei meinem letzten Besuch nicht aufgefallen.«

»Was weiß ich, wo Sie Ihre Augen hatten? Sie waren da.«

»Ich muß sie überprüfen lassen.«

»Und was soll ich ohne meine Stiefel tun?« jammerte Alice. »Auch wenn Sie es nicht glauben, aber es gibt Menschen, die arbeiten gehen müssen. Ich habe keine anderen Stiefel.«

Murdoch runzelte die Stirn, nahm dann sein Maßband heraus, maß die Stiefel ab und notierte sich gewissenhaft Länge und Aussehen.

»In Ordnung. Ich lasse sie Ihnen da. Danken Sie Ihrem Schöpfer.«

»Spielen wir jetzt Nikolaus?« spottete Alice.

Murdoch sah sich noch einmal im Zimmer um, entdeckte aber nichts, was sie nicht schon überprüft hätten. Trotz der armseligen Verhältnisse war da und dort mit bescheidenen Mitteln versucht worden, das Zimmer wohnlich zu gestalten. Ein geblümter Baumwollstoff diente als Vorhang vor dem einzigen Fenster, und der Kerzenstumpf saß in einem Zinndeckel in der Mitte eines selbstgebastelten papierenen Zierdeckchens.

Auch über die Kiste war ein buntes, billiges Stück Stoff drapiert worden.

»Hübsches Bild«, sagte Murdoch, während er auf eine an die Wand geheftete Seite aus einer bekannten Damenzeitschrift deutete. Es war das Bild eines goldhaarigen kleinen Mädchens, das an den Knien der Mutter lehnte und offenbar einer Geschichte lauschte. Die Hand der Frau ruhte auf den Locken des Kindes, und ihr Gesichtsausdruck war voller Zärtlichkeit.

»Ettie hat es entdeckt«, erklärte Alice mit einem Anflug von Stolz. »Weil sie sehr viel von Kunst versteht.« Sie hustete und hielt Ausschau nach einem Gefäß, in das sie spucken konnte.

Ettie thronte auf dem Bett. »Sind wir hier auf einer dämlichen Ausstellung, oder was?« fragte sie. »Warum belästigen Sie uns so? Das tote Mädchen hatte nichts mit uns zu tun.«

»Das hoffen wir. Sie ist nämlich keines natürlichen Todes gestorben. Vor ihrem Tod hat sie eine Droge zu sich genommen, was dazu führte, daß sie das Bewußtsein verlor. Danach ist sie erfroren. Also handelt es sich hier zumindest um Körperverletzung mit Todesfolge.«

»Was meint er mit Droge?« wandte sich Alice an Ettie. Sie schien aufrichtig verwirrt zu sein.

»Frag Euer Hoheit, er wird es dir sicher mitteilen.«

»Sie hat Opium genommen oder verabreicht bekommen«, sagte Murdoch.

»Oho, na, dann ist sie wenigstens glücklich gestorben!«

»Alice!« mahnte Ettie ihre Freundin. »Das ist geschmacklos.«

Murdoch wandte sich an Crabtree. »Lassen Sie uns jetzt die Küche überprüfen.«

Er nahm Bernadette Westons erleichtertes Aufatmen eher intuitiv wahr, als daß er es sah. Es war wie bei diesem Kindersuchspiel: »Warm … wärmer; nein, kalt … ganz kalt.« In diesem Moment wußte er ganz genau, daß sie in der Küche nichts Verdächtiges finden würden. Wo immer die Beute versteckt sein mochte, die Küche war »kalt«. Er war sich sicher, daß diese beiden Frauen die Tote zwar entkleidet hatten, aber nicht weiter in die Sache verwickelt waren. Zu Frauen ihrer Art gehörten billiger Fusel und Eintopf, nicht Opium.«

Ettie sagte in scharfem Ton: »Vergessen Sie nicht, im Zimmer wieder Ordnung zu machen.«

Crabtree hievte die fleckige Matratze auf die Bettfedern zurück. Es gab nur eine schmierige Bettdecke und eine gesteppte Tagesdecke, die früher vielleicht ganz hübsch gewesen, inzwischen jedoch so zerfetzt war, daß sich die Füllung fast gänzlich verflüchtigt hatte. Eine winzige Feder schwebte durch die Luft.

Murdoch nickte dem Constable zu. »Machen wir weiter. Und, Alice Black, denken Sie daran, wir haben es hier mit einem ernsten Fall zu tun. Falls Sie etwas wissen, das für uns hilfreich sein könnte, ist es Ihre Pflicht, uns dies mitzuteilen.«

»Selbstverständlich«, erwiderte Alice und spreizte provozierend obszön die Beine. Crabtree errötete und stieß in seiner Eile, aus dem Zimmer zu gelangen, gegen den Türpfosten. Als sie den Flur entlanggingen, hörten sie Alices Gelächter.

Wie Murdoch erwartet hatte, ergab die Durchsuchung der Küche nichts. Als nächstes durchstöberten sie Samuel Quinns Zimmer, doch außer einer mit stinkendem, verrottetem Fleisch gefüllten Tasche, die unerklärlicherweise hinter die Rückseite seines Waschgestells gestopft war, fanden sie nichts Auffälliges. Weder Quinn noch die Hunde waren irgendwo zu sehen.

Die beiden arbeitslosen Brüder im ersten Stock protestierten mit so viel Aggression und Angst gegen die Durchsuchung, daß Murdoch beschloß, einen Steckbrief der beiden nach Musoka zu übersenden. Wie sie sich benahmen, hatten sie bestimmt etwas auf dem Kerbholz. Doch er fand keine Frauenkleider in dem dreckigen, von Schweißgeruch getränkten Zimmer, in dem die beiden kräftigen Kerle wohnten. Um vierzehn Uhr mußte er schließlich die Durchsuchung für beendet erklären. Als sie wieder nach unten kamen, saßen Alice und Ettie in der Küche und tranken Tee. Bereitwillig geleiteten sie die Polizisten zur Haustür. Alice trällerte unbefangen vor sich hin, ein

Lied, das Crabtrees Ohren purpurrot färbte und selbst Murdoch peinlich berührte. Ettie war stiller, wenngleich ihre Augen den wachsamen Ausdruck beibehielten. Die Spur war kalt, aber nicht ganz kalt.

Im Sommer standen zu beiden Seiten der St. Luke Zuckerahornbäume, deren üppiges Laubwerk die Baufälligkeit der Häuser überdeckte, doch jetzt waren die Bäume kahl, und die Äste zeichneten sich dunkel gegen den trüben Winterhimmel ab. Eine von vier massigen Percherons gezogene Karre ruckelte vorbei, beladen mit Fässern für die Dominion Brauerei, doch sonst war die Straße leer.

Murdoch wickelte sich bis zum Kinn in seinen Schal ein, und Constable Crabtree zog den Kragen seines Umhangs höher um den Hals.

»Das war's dann wohl, Sir. Ich war der festen Überzeugung, wir würden etwas finden. Enttäuschend, nicht wahr?«

»Es war eigentlich zu erwarten. Die beiden Frauen sind äußerst gerissen. Vor allem diese Ewe. Sie hatten noch gar keine Zeit, die Kleider zum Juden zu bringen, und sie sind zu schlau, sie bis dahin selbst anzuziehen. Nur Alice hat einen Fehler mit den Stiefeln gemacht, die ganz sicher gestohlen sind.«

»Könnten die beiden einen Komplizen haben, Sir?«

»Vielleicht, aber es ist niemand aus dem Haus. Wir sollten mal die Nachbarn überprüfen, aber irgendwie glaube ich nicht, daß jemand diesen beiden Dirnen helfen würde. Bei unseren anfänglichen Befragungen hatte ich den Eindruck, daß Miss Weston und Miss Black nicht sonderlich beliebt sind.«

»Frauen wie die sind eine Schande für ihr Geschlecht, wenn Sie mich fragen«.

Murdoch erwiderte darauf nichts. Wie er wußte, hatten viele seiner Kollegen eine ähnliche Auffassung im Hinblick auf Prostituierte.

»Wollen wir gleich beim Nachbarhaus beginnen?« fragte Crabtree.

Murdoch zögerte. »Gehen wir noch einmal kurz in die Gasse zurück.«

Sie spazierten die Sumach hinunter. Der Tatort war noch mit Seilen gesichert, doch die Neugierde der Anwohner schien mittlerweile gestillt zu sein, da sich niemand mehr herumtrieb und unsinnige Behauptungen ausstreute. Allerdings war es auch ein Arbeitstag.

Sie bückten sich unter der Absperrung hindurch und gingen zu der Stelle, wo das Mädchen gestorben war. Murdoch blickte zum Hinterhof jenes Wohnhauses, das genau gegenüber lag. Ein weicher Lichtschimmer drang durch einen Spalt im Vorhang des hinteren Zimmers. Wüßte er es nicht besser, würde er das Zimmer für warm und einladend halten.

»Versetzen Sie sich einmal in die Lage der beiden Frauen, Crabtree. Sie haben Angst, beobachtet zu werden, Sie wissen, es wird eine Hausdurchsuchung geben... Wo würden Sie ein paar Kleidungsstücke verstecken?«

Ehe der Constable die Möglichkeit zu einer Antwort hatte, rief Murdoch aus: »Jesus, Maria und Josef, ich frage mich...« Er streckte die Hand aus. »Leihen Sie mir Ihre Laterne, Crabtree. Ich möchte, daß Sie Wache stehen. Dort drüben, wo Sie außer Sichtweite des Zimmers sind. Falls eine der Frauen das Haus verläßt, halten Sie sie auf.«

»Was haben Sie vor, Sir?«

»Ich werde auf den Außenabort gehen.«

»Das würde ich nicht empfehlen, Sir.«

Murdoch lachte. »Keine Sorge. Ich will mich dort nur umsehen.«

»Ich habe den Abort bereits überprüft, Sir.«

Crabtrees Miene drückte Mißbilligung aus. Seiner Meinung nach hatten sie ihre Arbeit erledigt. Gleichwohl folgte er der Anweisung und bezog in der Nähe des Aborts, wo er nicht gesehen werden konnte, Stellung. Murdoch eilte in den Hinterhof zurück und schlüpfte rasch in den Außenabort. Es gab nur einen schmalen Lüftungsschlitz an der Tür, und im Inneren war es düster und so übelriechend, daß er Angst hatte, zu tief einzuatmen.

Er entfachte ein Streichholz und zündete den Docht der Laterne an; sogleich wurde der enge Raum in ein warmes Licht getaucht. Die Bretterbude war lediglich ein kahler Verschlag, an dessen rückwärtiger Wand eine Planke mit zwei Löchern verlief, eines davon mit einem Deckel darauf. Er beugte sich über das offene Loch und senkte die Laterne hinein. Alles, was er sehen konnte, waren nicht allzu tief liegende Exkremente. Zum Glück war das meiste davon gefroren, so daß der stechende Geruch etwas abgemildert wurde.

Murdoch richtete sich auf und nahm den Deckel von dem anderen Loch. Nichts! Verdammt! Er war fest davon überzeugt gewesen, das richtige Versteck gefunden zu haben. Die Laterne in der Hand, beugte er sich tiefer über das Loch.

Volltreffer!

Unterhalb der Plankenhalterung konnte er den Zipfel eines karierten Stoffes erkennen. Er nahm den Hut ab, wickelte den Schal auf, damit dieser außer Gefahr wäre, und streckte die behandschuhte Rechte in das Loch. Der Stoffzipfel war Teil eines Bündels, das an einem Nagel hing. Leise vor sich hin fluchend zerrte er daran, bis es ihm schließlich gelang, es nach oben zu ziehen. Das Bündel war dicht geschnürt und bekam auf seinem Weg nach oben einige unangenehme Schmierspuren ab, doch Murdoch kümmerte das nicht.

Der Stoffzipfel, den er zuerst gesehen hatte, erwies sich als ein karierter, zusammengeknoteter Wollschal. Murdoch zog die Handschuhe aus und öffnete das Bündel.

In den Schal waren Kleidungsstücke eingewickelt: ein grauer Sergerock, ein Baumwolleibchen, ein Unterrock, eine schwarze Satinbluse. In der Mitte befand sich, ziemlich zerquetscht, ein schwarzer Pelzhut, appliziert mit rosa Seidenblumen.

Er legte alles wieder zurück, verknotete den Schal und ging nach draußen, um frische Luft zu schnappen. Constable Crabtree tauchte aus seiner Deckung auf und kam auf ihn zu.

»Ich habe sie gefunden, Crabtree! Da sind die Kleider!«

Das Licht im Fenster hinter ihnen blinkte plötzlich auf, als hätte jemand den Vorhang gelüpft. Am Fenster war nur ein Umriß zu erkennen, aber Murdoch wußte, daß es Bernadette

Weston war, die hinter dem Vorhang stand und ihn beobachtete.

Mrs. Letitia Wright und Mrs. Mathilda Kleiser legten ihre Karten auf den silbernen Teller in der Empfangshalle.

»Richten Sie Mrs. Rhodes bitte mein Beileid aus. Ich bedaure, daß Sie unpäßlich ist«, sagte Mrs. Wright.

»Dem schließe ich mich an«, sagte Mrs. Kleiser.

»Sie läßt bestellen, daß Sie Ihnen beiden für Ihr freundliches Mitgefühl dankt«, erwiderte Foy. »Und sie hofft, bis spätestens nächste Woche wieder Besucher empfangen zu können.«

Bei den letzten Worten geriet seine Zunge ein wenig ins Holpern, und Mrs. Wright entging diese Schwierigkeit nicht. Sie sah es sofort, wenn ein Dienstbote dem Trunk zugeneigt war.

»Liebe Güte, so lange noch? Nun, Mrs. Kleiser und ich werden dann zu einem passenderen Zeitpunkt wiederkommen. Ich vermute, sie hat bereits eine Reihe von Besuchern abgewiesen?«

»Ja, Madam. Die Leute waren sehr aufmerksam.«

Foy öffnete die Tür, doch die Frauen blieben zögernd auf der Schwelle stehen.

»Was für eine Tragödie! Der ganze Haushalt muß unter Schock stehen.«

»Ja, wir sind alle sehr betroffen, Madam.«

»Wissen Sie, was dem armen Mädchen passiert ist?« erkundigte sich Mrs. Wright.

»Nein, bedaure.«

Letitia hätte zu gern mehr Informationen aus ihm herausgekitzelt, doch der Butler starrte betont auf einen Punkt irgendwo über ihren Köpfen. Ihre Röcke raffend und ihre Handtäschchen umklammernd, ließen sie sich schließlich von ihm hinausgeleiten. Als sie die Auffahrt hinuntergingen, fuhr gerade eine Kutsche vor. Der Kutscher sprang herunter und half einer jungen Frau heraus. Die beiden Damen sahen sie einen Moment unentschlossen an, ehe sie sie schließlich mit einer leichten Verbeugung begrüßten.

»Guten Tag, Miss Shepcote.«

»Guten Tag«, sagte Harriet und schritt selbstbewußt zur Vordertür. Die beiden älteren Frauen setzten ihren Weg fort.

»Dieses arme, mutterlose Mädchen ist so ziemlich das plumpeste Geschöpf, das ich kenne, obwohl ich das nur ungern sage. Und erst ihr Hut! Wie bei einer Vogelscheuche! Ein Gemüsehändler könnte mit dem Hut ein Vermögen verdienen.«

Mathilda nickte. »Ganz offen gestanden, kann ich mir nicht vorstellen, was Owen Rhodes an ihr findet. Donalda hat durchblicken lassen, daß sich die beiden im Frühjahr verloben werden. Sicher, das wäre nur in Donaldas Interesse. Harriet ist ein formbares kleines Ding.«

Sie hakten sich unter, so daß ihre beiden großkrempigen Hüte fast aneinanderstießen.

»Sollen wir eine Droschke mieten?« fragte Mrs. Wright.

»Nein, laß uns ein wenig spazierengehen. Heute ist es ausnahmsweise einmal nicht so kalt.«

»Der Trauerflor an der Tür war eine Spur übertrieben, meinst du nicht? Schließlich war sie nur das Dienstmädchen.«

»Ja und nein.«

»Was willst du damit sagen, Mathilda?«

»Ich bin mir nicht sicher, ob ich es weitererzählen soll... du mußt schwören, daß du es für dich behältst.«

»Natürlich, du kennst mich doch.«

»Unser Kindermädchen, Mabel, hat von der Köchin der Felkins gehört, daß das tote Mädchen Cyril Rhodes Tochter war, ein Kind der Liebe sozusagen.«

»Nein!«

»Das habe ich jedenfalls gehört. Wie soll man sich sonst den ganzen Wirbel erklären?«

»Aber Donalda hätte sie doch niemals akzeptiert!«

»Du und ich, wir hätten das nicht getan, aber sie ist eine eigenartige Person, findest du nicht auch? Das sind Engländerinnen oft... Sie kamen an einem großen, dunkelhaarigen Mann vorbei, der höflich den Hut zog. Er trug einen Mantel aus Seehundfell und hatte ein braunes Päckchen unter dem

Arm. Hätten die beiden Damen gewußt, daß es sich bei dem Fremden um Detective Murdoch handelte, der auf dem Weg nach Birchlea war, um Therese Laportes Kleidungsstücke identifizieren zu lassen, hätten sie zweifellos einen Grund gefunden, um schnurstracks nach Birchlea zurückzukehren.

9

Dienstag, 12. Februar

Als Murdoch die Temperance Hall, den Versammlungsraum der Abstinenzler, betrat, sangen die Zeitungsjungen gerade voller Begeisterung, wenn auch nicht unbedingt richtig »We Shall Gather at the River«. Einige stampften mit ihren genagelten Stiefeln auf den Holzboden, andere klatschten im Takt. Er quetschte sich in eine der hinteren Bankreihen. Die Jungen um ihn herum waren in das abenteuerlichste Sammelsurium von Kleidern gehüllt, das Murdoch jemals gesehen hatte: übergroße Stoffkappen mit grellem Karomuster, Fellzylinder, pelzgefütterte Hüte, sowie Mäntel und Hosen, denen allen einstmals bessere Tage beschieden gewesen waren. Laut Gesetz mußten Zeitungsjungen mindestens vierzehn Jahre alt sein, um eine Verkaufslizenz zu bekommen, doch viele unter ihnen waren jünger. Durch Elend vielerlei Art ihrer Kindheit beraubt, zeigten ihre Gesichter einen ihrem Alter unangemessenen Zynismus, der nur gelegentlich von kindlicher Einfalt gemildert wurde. In der Halle hing in dichten Schwaden der Rauch ihrer Tonpfeifen und der Geruch nach schmutzigen Kleidern und Körpern.

Murdoch holte seine Bruyèrepfeife heraus und zündete sie an. Sogleich zupfte ihn jemand am Arm.

»Haben Sie ’n paar Krümel übrig, Mister?«

Der Junge neben ihm auf der Bank war noch jung und so klein, daß er mit den Stiefeln kaum auf den Boden hinunterreichte. Seine Stoffmütze war zu groß, und sein dünnes blondes Haar fiel ihm bis über die Augen. Murdoch gab ihm eine Portion, doch gleich darauf streckten sich ihm drei, vier weitere schmutzstarrende Hände entgegen.

»Was für mich, Mister?« – »He, was ist mit mir?«

Er verteilte den restlichen Tabak aus seinem Beutel und atmete erleichtert auf, als von der Bühne her ein Trommelwirbel ertönte, der den Beginn der Versammlung anzeigte. Die neben ihm sitzenden Jungen entzündeten ihre Pfeifen, freilich nicht ohne sich vorher bei ihm ein Streichholz geborgt zu haben, und dann wurde gepafft, daß die Bankreihe in einer riesigen Rauchwolke zu verschwinden drohte.

»Wer sin' Sie?« fragte ihn sein Nachbar, während er zufrieden an seiner kurzen, geschwärzten Pfeife nuckelte. Ehe Murdoch antworten konnte, kam der Zeremonienmeister auf die Bühne getrottet, ein rundlicher Mann, dessen kahler Schädel im Schein der Gaslampen weiß schimmerte.

Murdoch war zur Versammlung der Zeitungsjungen gekommen, weil er sich von ihnen Hilfe erhoffte. Sie waren die Herren der Straße, wachsam, skrupellos und für den täglichen Überlebenskampf gerüstet wie junge Wölfe. Wenn jemandem ein junges Mädchen aufgefallen wäre, das in einer Winternacht allein durch die Straßen ging, dann ihnen. Der Zeremonienmeister hatte eingewilligt, daß Murdoch von der Bühne aus einen Appell an die Jungen richten dürfe, allerdings erst, wenn der Gastredner mit seiner Ansprache fertig wäre. Dessen gloriosen Auftritt konnte man nicht durch aufgeregtes Gerede über verschwundene Mädchen stören. Murdoch war das nur recht. Bei dem Redner handelte es sich um keinen geringeren als Godfrey Shepcote, und Murdoch begrüßte die Gelegenheit, ihn genauer unter die Lupe zu nehmen.

Shepcote stand auf Abruf bereit hinter der Bühne. Das Stimmengewirr der Jungen peitschte ihn auf, und seine runden Wangen waren noch röter als gewöhnlich. Sein Hausdiener und Kutscher Canning, stand neben ihm und bürstete ihm noch einmal kurz über die Schultern. Shepcote hatte seine rehbraune Weste, beigefarbene Knickerbocker und hohe braune Stiefel, die sein Diener zu spiegelartigem Schimmer poliert hatte, an. Er verkörperte den Eindruck von Wohlstand und Unbekümmertheit. Seine in der Welt erlangten Verdienste thronten sichtbar, aber wie selbstverständlich auf seinen breiten Schultern.

In der Tat bot die jährliche Versammlung der Zeitungsjungen in der Temperance Hall einen der Glanzpunkte in Shepcotes Jahresablauf. Nach ihm stand ein Geiger auf dem Programm, danach ein Jongleur und ein Gedankenleser, doch zunächst kam sein großer Moment, und er wußte, daß die Jungen seinem Auftritt entgegenfieberten.

Dem Zeremonienmeister gelang es schließlich, das Publikum etwas zu beruhigen, um sich Gehör zu verschaffen.

»Danke, meine Herren, danke. Ich muß sagen, so eine unerschrockene Gruppe von Chorsängern habe ich noch nie gehört...«

Dies rief Jubelrufe und ohrenbetäubende Pfiffe hervor. »Nun gut, ich weiß, ihr wartet alle gespannt auf unseren nächsten Redner. Zumindest nehme ich an, daß dies der Grund ist, weshalb ihr so unruhig herumzappelt...«

Auf diese Bemerkung folgte schallendes Gelächter. Von Würmern und Läusen geplagt, waren die Zeitungsjungen notorisch unruhig.

»Eigentlich braucht unser Mann gar nicht vorgestellt zu werden. Ihr habt ihn letztes Jahr gehört, und ihr habt ihn bewundert; ihr habt ihn vorletztes Jahr gehört, und ihr habt ihn bewundert; ihr habt ihn angefleht, auch dieses Jahr zu kommen. Und hier ist er, meine Herren. Bühne frei für Mr. Shepcote!«

Der Lärm war gewaltig; froh über die Gelegenheit, einmal Dampf abzulassen, brüllten die Jungen mit ihren durchdringenden Stimmen, die sie sich durch lange Übung auf der Straße erworben hatten.

Shepcote ging zum Vortragspult hinaus, verbeugte sich, sonnte sich einen Moment in dem Getöse und hob dann einhaltgebietend die Hand. Ein paar Pfiffe noch, und die Menge beruhigte sich, bereit zum Zuhören. Als er sicher war, die volle Aufmerksamkeit gewonnen zu haben, begann er:

»Liebe Kollegen – ich kann das in aller Aufrichtigkeit sagen, denn ihr Zeitungsjungen seid meine Kollegen ...« Er wartete, bis der Jubel abgeklungen war. »Und wenn auch viele Jahre vergangen sind, seit ich an diesen zugigen Straßenecken stand, betrachte ich mich nach wie vor als einen Zeitungsjungen... einfach als einen erwachsenen Zeitungsjungen.« Er hielt inne und deutete auf jemand in der vorderen Reihe. »Ich sehe Zweifel in diesem Gesicht... und ich kann es dem jungen Mann nicht verübeln. Wer bin ich, daß ich es wage, hier oben zu stehen und solche Dinge zu behaupten?« Er tätschelte seinen dicken Wanst. »Ich sehe nicht aus wie ein Zeitungsjunge. Ja, ihr mögt lachen, ihr mögt skeptisch sein, aber ich sage euch, *wir sind Kollegen!«* Er beugte sich über das Pult nach vorn. »Ich weiß, wie es ist, zu frieren, daß die Finger und Zehen abgestorbenen Ästen gleichen, so zu frieren, daß die Ohren abzubrechen drohen wie gefrorene Kohlstrünke. Ich weiß das, weil ich es erlebt habe. Ich kenne den allgegenwärtigen Gefährten der Zeitungsjungen, den Schakal namens Hunger. Er nagt an deinen Eingeweiden, bis du mit ihm zusammen heulen könntest..., aber das tust du nicht, weil du Stolz besitzt. Den Stolz jener, die sich allein durchs Leben schlagen müssen und niemanden um ein Almosen anbetteln.«

Nun herrschte völlige Stille in der Halle.

»Ich erinnere mich an die Stimme der Angst. Ich kenne den Teufel, der auf deiner Schulter hockt und dir ins Ohr flüstert: ›Woher bekomme ich mein nächstes Stück Brot?‹«

Ein Seufzer ging durch die Menge wie Wind durch eine Sommerwiese. Shepcote spähte in die Bankreihen, und es war, als würde sein Blick jeden einzelnen erfassen. Sogar die Tabakspfeifen wurden niedergelegt. Shepcote hatte alle in seinen Bann gezogen.

Murdoch merkte, daß ein Mann dicht neben ihm stand und bewegte sich etwas zur Seite, um ihm Platz zu machen. Es war Shepcotes Diener, der mit seinem ordentlichen schwarzen Anzug, den grauen Handschuhen und dem dunklen, mit Pomade sorgfältig zurückgekämmten Haar völlig unpassend in dieser bunten Menge wirkte. Er nickte in Richtung der Bühne.

»Er ist gut in Form heute, was?«

»Sehr fesselnd«, stimmte Murdoch zu.

Shepcote trank einen Schluck Wasser, seine Bewegungen waren langsam und überlegt. Er wußte, wie man ein Publikum ködert, überlegte Murdoch. Genauso wie ein Fischer im Osten wissen mußte, wie man einen großen Fisch ködert.

Shepcote senkte die Stimme. »Ich sagte *Kollegen,* und ich *meine Kollegen,* weil ich diese vielen Nächte nicht vergessen habe und niemals vergessen werde, als das harte Pflaster mein Bett war, der weite Himmel mein Dach und meine einzige Decke eben jene Zeitungen, die ich verkaufte ...«

Einige Jungen stöhnten auf, erkannten in den Worten ihre eigene Situation wieder. Shepcote trat näher an den Rand der Bühne. Sein Gesicht glänzte vor Schweiß. »In diesen Mauern habe ich meine Geschichte schon einmal erzählt, doch mit eurer Erlaubnis würde ich sie gern noch einmal vortragen. Denn obwohl es meine ganz persönliche Geschichte ist, sehe ich sie nicht als einzigartig an. Es könnte deine Geschichte sein, John Travis, oder deine, Tim Black. Ihr alle, die ihr heute abend hier versammelt seid, habt einen ähnlichen Weg noch vor euch, habt ein Leben zu meistern, das vielleicht härter sein wird, als es bei mir war. Und wenn ich euch ein Führer sein kann, eine Leitfigur, dann werde ich auf die Knie sinken und Unserem Herrn dafür danken, daß mein Schmerz und meine Leiden nicht vergebens waren. Und so frage ich euch, Brüder, darf ich meine Geschichte noch einmal erzählen?«

Der Junge neben Murdoch pfiff schrill auf zwei Fingern, und andere taten es ihm nach. Shepcote winkte ab und wartete, bis wieder Ruhe eingekehrt war. Es dauerte nur einen Moment.

»Als ich ein kleiner Junge war, noch kaum den Röcken der Mutter entwachsen, starb mein Vater. Er war ein guter Christenmensch, ein wirklich harter Arbeiter, doch seine Krankheit war langwierig, und als er schließlich zu unserem Schöpfer gerufen wurde, stand meine Mutter völlig mittellos da. Ich hatte eine Schwester, ein Mädchen von feiner Wesensart, mit einer edlen Seele, für das es auf dieser Erde keinen Platz gab. Meine Mutter hatte kaum ihre Witwenkleidung abgelegt, als sie erneut von Leid heimgesucht wurde. Meine Schwester war gegangen, um fortan bei den Engeln zu weilen, ein weitaus besserer Ort für sie als dieses Sündental, das wir Sterblichen Heimat nennen.«

Er zog ein weißes Taschentuch aus der Brusttasche und wischte sich über das Gesicht. »Im zarten Alter von vier Jahren war ich die einzige Stütze einer vom Schicksal geschlagenen armen Frau. Meine Mutter war so von ihrem Kummer übermannt, daß sie sich nicht mehr aus dem Bett erheben konnte, unbeweglich dalag, Tag um Tag. Was sollte ich tun? Ich betete jeden Abend um Beistand, bis meine Knie schmerzten. Es war ein bitter kalter Winter, und ich verdiente ein paar Pennys mit Schneeschaufeln und indem ich für die reichen Frauen, die in der King Street einkauften, die Tüten trug. Manche von ihnen waren freundlich, manche sahen durch mich hindurch, als wäre ich ein Schubkarren …«

»Gemeinheit!« kreischten die Jungen. »Buh! Buh!«

»Ach kommt, Jungs, was soll's? Wir müssen diese Menschen dem Urteil des Allmächtigen überlassen. Laßt mich fortfahren … Es war Dezember, eine Woche vor Weihnachten. Ich war bis spät abends draußen geblieben, weil ich gegen alle Wahrscheinlichkeit hoffte, etwas mehr Geld zu verdienen, damit ich meiner Mutter ein Geschenk zur Geburt Unseres Herrn machen konnte. Doch es war so kalt, daß niemand mehr unterwegs war. Ich konnte keine Arbeit finden, hatte nichts gegessen und war erschöpft. Außerstande, noch einen Schritt weiterzugehen, rollte ich mich schließlich in einer Schneewehe an der Kirchenmauer zusammen. Und ich sage euch, meine lieben, lieben Kollegen, in diesem Moment kümmerte es mich nicht, ob ich am Leben war oder tot. Vielleicht bin ich eingeschlafen, ich weiß es nicht, aber plötzlich hörte ich eine Stimme, eine gütige, tiefe Stimme. Ich öffnete die Augen, und da stand ein Mann vor mir. ›Kind, du kannst hier nicht schlafen. Es ist zu kalt‹, sagte er. ›Du mußt nach Hause gehen.‹ Vielleicht war es seine Güte, der freundliche Ausdruck in seinem Gesicht, woran ich nicht gewöhnt war. Was immer es auch war, es berührte mein Herz. Tränen schossen mir in die Augen, und Schluchzer, wilde Schluchzer entrangen sich meiner Kehle. Ich weiß, was ihr jetzt denkt: Was ist das nur für ein unmännliches Verhalten? Aber vergeßt nicht, ich war noch ein kleines Kind, und ich war kurz vor dem Verhungern. Ich werde die Worte übergehen, die der Mann und ich wechselten. Nur so viel: Er schwor, mir zu helfen. Nicht durch bloße Mildtätigkeit, wiewohl er mir auch diese zukommen ließ, sondern durch die Möglichkeit, mir meinen Lebensunterhalt selbst zu verdienen, damit ich stolz und aufrecht durchs Leben gehen könnte. Er hieß mich, zeitig am nächsten Morgen zu einer bestimmten Ecke zu kommen. Dort würde ich Zeitungen finden, die zum Verkauf bestimmt waren. Ich beschloß, seinen Anweisungen genau zu folgen, und sobald der Morgen herandämmerte, stand ich auf und begab mich an jene Ecke. Der Fremde war nirgends zu sehen, doch wie er versprochen hatte, lag da ein Stapel Zeitungen, ordentlich zusammengebündelt …«

In der Halle war kein Mucks zu hören. Murdoch konnte die würdevolle Ruhe, die von Shepcotes Diener, Canning, ausging, fast greifbar spüren. Shepcote blickte zur Decke empor.

»Wer war er? Ich weiß es nicht. Ich habe ihn nie wieder gesehen, und manchmal frage ich mich, ob er wirklich aus Fleisch und Blut war … nun, wie auch immer. Ich hatte meine Zeitungen und ergriff die Chance, mir meinen erbärmlichen Lebensunterhalt zu verdienen. Keine Spielkameraden für mich, kein Reifen und kein Ball, um mir sorglos die Zeit zu vertreiben. Ich war noch so klein, daß die Anzeigenschilder an Brust und Rücken größer waren als ich. An Regentagen verkroch ich mich sogar darunter und suchte Schutz …«

Dies erregte lautes Gelächter. Viele der Anwesenden hatten dasselbe getan.

»Aber ich arbeitete hart. Wenn andere Jungen eine Meile gingen, um ihre Zeitungen zu verkaufen, ging ich zwei. Andere standen um sechs auf, um sich die erste Auflage zu schnappen, ich war um fünf schon da. Wenn sie abends um neun nach Hause gingen, blieb ich bis zehn. Und so schlugen wir uns mühsam durch. Ich brachte meine Einnahmen nach Hause zu meiner Mutter, die uns mit diesen kläglichen Pennys ernährte.«

Scherzhaft drohte er seinem Publikum mit dem Finger. »Anders als einige meiner Freunde hier, habe ich nicht einen Penny für Bier oder Tabak vergeudet.«

Noch mehr Gelächter und gutgelaunte Buhrufe. Shepcote fuhr fort:

»Trotz all meiner Bemühungen wirkte meine Mutter immer schwächer, immer hinfälliger. Jeden Abend fand ich beim Heimkommen eine nahrhafte Brühe vor, manchmal sogar einen heißen Eintopf. Oh, kein Bankett, wie die Reichen es kennen, nein, für die wäre es ein armseliges Mahl, doch es war mit so viel Liebe zubereitet, daß es mir wie himmlisches Ambrosia vorkam, und ich stand immer gesättigt vom Tisch auf. Jeden Abend bat ich sie, mir beim Essen Gesellschaft zu leisten, aber sie sagte immer, sie habe bereits gegessen. Naives Kind, das ich war, glaubte ich ihr.« Er preßte das Taschentuch an seine Augen. »Verzeiht mir, Jungs, ich kann diesen Teil der Geschichte nicht ohne Tränen erzählen... O ja, ich hatte Glück, so eine Mutter zu haben. Ich weiß, vielen unter euch wurde niemals diese Gnade zuteil... sie haben nie das zärtliche Lächeln einer Mutter kennengelernt, oder den süßen Schmerz, wenn ihre liebenden Tränen die eigenen Wangen netzen. Meine geliebte Mutter starb. Denn ich hatte keine Ahnung, daß sie, aufopfernd, wie es nur Mütter sein können, alle Nahrung mir überließ und selbst Hunger litt.«

Er hielt inne und spähte in die Bankreihen, um zu sehen, ob seine Worte Wirkung zeigten. Er entdeckte sie auf mehr als einem schmalen Gesicht. Manche Jungen weinten still vor sich hin. Andere legten beschützend die Arme um jüngere Kameraden. Selbst Murdoch spürte einen Kloß im Hals. Der kleine Junge neben ihm schniefte vernehmbar, und Murdoch drückte tröstend seine Schulter, worauf ihn der Junge dankbar anlächelte. Canning hielt den Blick starr auf die Bühne gerichtet.

»Meine geliebte Mutter hauchte ihr Leben aus. Friedlich und voller Gottvertrauen, so wie sie gelebt hatte. Nach ihrem Begräbnis schlug ich von Schmerz überwältigt, ihre abgenutzte alte Bibel auf, um zu beten, und dort lag, fein säuberlich zwischen den Seiten versteckt, ein Umschlag. Verwundert öffnete ich ihn... und fand...« Er legte eine Pause ein, und ein beherzter Junge rief: »Fünfzig Dollar!«

Shepcote lächelte gutmütig. »Richtig. Fünfzig Dollar. Sie hatte geknausert und gespart und auf alles verzichtet, damit sie mir dieses Erbe vermachen konnte. Keine fürstliche Summe im herkömmlichen Sinn – nicht genug, um eine Bank zu eröffnen...«

Gelächter brandete auf; die Jungen waren froh, von ihren traurigen Gedanken abgelenkt zu werden.

»Durch einen mehr als glücklichen Zufall wurde in meiner Straße gerade ein Laden zum Verkauf angeboten, dessen Besitzer alt und müde geworden war. Als ich mit meinen fünfzig Dollar in der Hand zu ihm ging, lachte er mir ins Gesicht. ›Schick deinen Vater vorbei, Junge‹, sagte er, ›dann kommen wir vielleicht ins Geschäft.‹ Es dauerte einige Zeit, bis er begriff, daß ich den Laden selbst erwerben wollte.«

Wenn er richtig mitgerechnet hatte, überlegte Murdoch, dann müßte Shepcote zu diesem Zeitpunkt etwa sechs Jahre alt gewesen sein. Doch das Publikum war nicht kritisch und hinterfragte Shepcotes Geschichte nicht.

»Und so begann es. Ich arbeitete hart und ehrlich. Verschwendete mein Geld nicht im Würfelspiel... ja, ja, ihr – wißt, worüber ich rede. Mein Geschäft blühte. Ich kaufte noch einen Laden und noch einen, und schließlich kaufte ich die Zeitung selbst.«

Er wartete, bis der lautstarke Beifall abgeklungen war.

»Inzwischen habe ich die große Ehre, die guten Bürger unserer schönen Stadt als Ratsherr zu vertreten. Neulich besuchte mich einer meiner Ratskollegen. Wenn ich seinen Namen nicht preisgebe, so deshalb, weil ihm das, was er sagte, zur ewigen Schande gereicht. ›Erklären Sie mir doch mal, Shepcote‹, sagte er, ›weshalb Sie, ein Geschäftsmann und Ratsmitglied, zu dem so viele Menschen aufblicken, weshalb also gerade Sie Ihre kostbare Zeit damit vergeuden, vor einer Bande von nichtsnutzigen Halunken eine Rede zu halten?‹ Es ist die Wahrheit, Freunde, dies waren die Worte, die er gebrauchte, so ungern ich das auch sage. Ich sah im direkt in die Augen. ›Weshalb? Ich werde es Ihnen erzählen. Weil unter diesen sogenannten nichtsnutzigen Halunken die zukünftigen Führer unserer Stadt sein könnten.‹ Wartet… wartet! Und weiter sagte ich: ›Unter diesen Halunken sind ebenso gute Menschen, wie man sie in Banken und Gerichtshöfen findet. Unter diesen ungeschliffenen Burschen verbirgt sich so manch ein Diamant.‹«

Gellende Pfiffe und Rufe hinderten ihn am Weitersprechen. Schließlich brüllte er: »Man muß ihnen nur eine Chance geben, damit sie zeigen können, aus welchem Stoff sie gemacht sind!«

Die Jungen trampelten mit den Füßen, wurden von einer Woge der Begeisterung mitgerissen, die sie ihre leeren Bäuche vorübergehend vergessen ließ.

Shepcote wußte, daß der Stadtrat plante, den Zuschuß für die Zeitungsjungen-Herberge noch in diesem Jahr zu streichen. Sie würden es früh genug erfahren, spätestens dann, wenn sich die Herbergstüren vor ihnen schließen und das Straßenpflaster wieder ihre Bettstatt sein würde.

Er winkte und verneigte sich vor der jubelnden, pfeifenden Menge. Schließlich tauchte der Zeremonienmeister wieder auf. Er schüttelte Shepcote die Hand, und begleitet von Stampfen und Klatschen verließ der Ratsherr die Bühne.

Murdoch wandte sich Canning zu. »Ausgezeichnete Rede. Ist diese Geschichte denn wahr?«

Der Mann entspannte seine konzentriert gespitzten Lippen zu einem kleinen Lächeln. »Manches davon.«

Murdoch hätte gern mehr erfahren, doch Canning stand mit einem Nicken auf.

»Ich gehe besser mal zu ihm«, sagte er und verließ die Halle.

Murdochs Pfeife war ausgegangen, und er stopfte sie in seine Jackentasche, um nicht das Verlangen seiner Nachbarn zu erregen, die allmählich wieder aus dem Bann erwachten, in den Shepcote sie geschlagen hatte. Selbst Murdoch mußte sich eingestehen, daß er im Verlauf der Rede mehr als einmal feuchte Augen bekommen hatte. Mr. Shepcote war in der Tat ein überzeugender Redner. Der Zeremonienmeister bat um Ruhe, und Murdoch wurde bewußt, daß er als nächster aufgerufen würde. Er stand auf und bahnte sich, an den Bankreihen vorbei, den Weg zur Bühne. In einer Ecke begannen ein paar Jungen zu singen. Murdoch meinte, »Land of Hope and Glory« herauszuhören, doch er war sich nicht sicher.

Hinter der Bühne wischte sich Shepcote das schweißnasse Gesicht und den Hals ab und nahm einen raschen Schluck Whisky aus seiner Taschenflasche. Canning näherte sich ihm mit einem Handtuch über dem Arm.

»Gut gemacht, Sir. Ich wünschte, ich hätte auch so eine Geschichte zu erzählen.«

Shepcote entging die Ironie im Ton seines Dieners keineswegs, und er knurrte: »Ich bezweifle, ob Sie Ihre Lebensgeschichte irgendwo erzählen könnten, außer in einer Sträflingskolonie.«

Der Großteil dessen, was Shepcote erzählt hatte, entsprach tatsächlich der Wahrheit. Er war in jungen Jahren vaterlos geworden, allerdings war der Mann, den er allgemein als seinen Vater bezeichnete, bei einer Wirtshausrauferei umgekommen. Und seine Schwester hatte sich in der Tat mit sechzehn Jahren den Engeln zugesellt, nämlich als sie an einer Geschlechtskrankheit starb. Nur in Bezug auf seine Mutter war das meiste pure Erfindung. Verarmt, ja, doch in keiner Sekunde ihres Lebens aufopfernd. Ihre letzten Worte an ihn waren schändliche Flüche gewesen, weil er ihr keinen Gin mehr besorgen wollte. Es stimmte, daß er nach der Bestattung Geld gefunden hatte; versteckt unter der Matratze. Geld, das sie systematisch aus seinen Hosentaschen gestohlen und es dann in ihrem alkoholvernebelten Hirn vergessen hatte. Mit dem Geld, zwanzig Dollar, hatte er eine Anzahlung auf einen Zeitungsstand geleistet und den fast blinden alten Mann betrogen, indem er vorgab, ihm mehr Geld zu geben, als er es tat. Der Wahrheit entsprach auch, daß er sich durch harte Arbeit und verbissenen Ehrgeiz aus der Gosse herausgekämpft hatte, getrieben von dem Verlangen nach einem besseren Leben mit all jenen Annehmlichkeiten, wie er sie bei seinen Kunden vorfand, deren Welt für den mageren Jungen so weit entfernt war wie die Sterne am Himmel.

Und er hatte es geschafft. Er besaß eine schöne Kutsche. Ein Pferd. Ein großes Haus. Er hatte eine Frau aus einer angeseheneren Gesellschaftsschicht geheiratet; seine Tochter würde sogar noch höher einheiraten. Immerhin enthielt die Mischung aus Lügen und Halbwahrheiten, die er heute nachmittag von sich gegeben hatte, eine absolute Wahrheit. Er hatte nie vergessen, daß er einst ein Zeitungsjunge gewesen war. Manchmal wachte er nachts schweißgebadet auf, gepeinigt von der Angst, er könnte alles, was er sich aufgebaut hatte, verlieren und müßte wieder ein Leben in Armut fristen.

Beatrice Kitchen stopfte Strümpfe und blickte nun, die Nadel in der Luft haltend, zu Murdoch auf.

»Hört sich für mich ziemlich unwahrscheinlich an. Als würden sich die Engel mit dem Verkauf von Zeitungen die Hände schmutzig machen. Wahrscheinlich war es irgendein Methodist, der sich die Not eines hungrigen Kindes zunutze gemacht hat.«

Ihr Gatte schmunzelte. »Komm schon, Mutter, laß Will seine Geschichte zu Ende erzählen.«

Murdoch war spät nach Hause gekommen, doch die Kitchens hatten auf ihn gewartet. Beatrice hatte ihm eine würzige Bouillon vorbereitet, an der er jetzt nippte.

»Viel mehr gibt es eigentlich gar nicht zu berichten. Mr. Shepcote kämpfte sich mittels harter Arbeit und Tugendhaftigkeit auf der Erfolgsleiter nach oben. Ich glaubte ihm. Er brachte mich sogar zusammen mit all den anderen zum Weinen.«

Arthur begann zu husten, und Murdoch wartete, bis er wieder Luft bekam. Beatrice reichte ihrem Gatten ein Tuch, damit er sich den Mund abwischen konnte.

»Und konnten die Jungen Ihnen weiterhelfen?«

»Ich denke, ja. Natürlich waren mindestens ein Dutzend bereit zu schwören, Therese Laporte gesehen zu haben, falls man ihnen eine Belohnung in Aussicht stellen würde, aber zwei von ihnen klangen recht glaubwürdig. Ein Junge beschrieb sie ganz genau. Er hatte versucht, seine restlichen Zeitungen vor dem Somerset Hotel, an der Ecke Church und Carlton Street, zu verkaufen. Kurz nach neun Uhr wurde er verjagt und ging die Church Street hinunter. Er sagte, daß sie an der Gerrard Street genau vor ihm die Straße überquert habe und in östliche Richtung weitergegangen sei. Er meinte, sie wäre ihm, ich zitiere, wie ›eine appetitliche Mieze‹ vorgekommen.«

»Frecher Lümmel!« rief Beatrice aus. »Ich hoffe, Sie haben ihm einen Klaps gegeben, damit er sich auf seine Manieren besinnt.«

»Ja, das habe ich«, grinste Murdoch. »Sie hätten ihn sehen sollen, Mrs. Kitchen. Sein Name ist Charles Elrod, aber wegen seines roten Haarschopfs wird er von allen nur Karotte genannt, so daß er sich kaum an seinen wirklichen Namen erinnern kann. Der andere Junge ist etwas einfältiger und hat sich nur vage ausgedrückt. Er behauptet, daß er auf dem Heimweg das Mädchen an der Ecke Berkeley und Queen Street gesehen hat. Sie ging in Richtung Sumach Street, was ganz in der Nähe der Stelle ist, wo sie gefunden wurde. Auch seine Beschreibung paßte einigermaßen. Das Problem ist nur, er kann die Uhr nicht lesen und weiß nicht, wann er sie sah, doch seiner Aussage zufolge hat die Glocke von St. Paul gerade ein Viertel geschlagen.«

»Falls es Therese war, die der Rotschopf gesehen hat, und falls sie in der angegebenen Richtung weiterging, müßte sie, meiner Schätzung nach, gegen Viertel vor zehn an der Ecke

Berkeley und Queen gewesen sein, also stimmt das überein«, bemerkte Mr. Kitchen.

Murdoch grinste ihm zu. »Wir könnten Sie gut bei der Polizei brauchen. Ja, dasselbe habe ich mir auch überlegt.«

»Sie könnte eine Droschke genommen haben«, sagte Beatrice.

»Das ist möglich. Wir überprüfen gerade die Droschkenfahrer, die in diesem Gebiet arbeiten.«

»Wo wollte dieses arme Kind nur hin?« fragte Beatrice. »Die Queen und Berkeley Street liegen weit entfernt von der Bahnstation.«

»Ich wünschte, ich wüßte es. Ich werde mich jedenfalls mal in der Französisch-Kanadischen Kirche in der King Street nach ihr erkundigen.«

»Ist das die ehemalige Methodisten-Kirche?«

»Ja. Aus Quebec hat sich eine ansehnliche Gruppe von Gerbern hier angesiedelt, und die gehen alle in diese Kirche.«

»Seltsam, wie wir immer von unseresgleichen angezogen werden«, sagte Beatrice.

»Ich spekuliere mit dem Gedanken, daß sie dorthin wollte. Morgen werde ich den Priester aufsuchen. Mr. Shepcote sagt, wir könnten in seiner Zeitung ein Bild von ihr veröffentlichen, ohne Bezahlung und so lange wie nötig. Irgend jemand wird sich bestimmt melden. Zumindest haben wir jetzt eine genaue Beschreibung ihrer Kleidung.«

Beatrice durchtrennte den Wollfaden mit den Zähnen und holte das hölzerne Stopfei unter der Strumpfferse heraus. Sie nahm einen weiteren Strumpf von dem Stapel im Korb und musterte ihn prüfend.

»Ich ärgere mich immer noch maßlos über diese zwei jungen Frauen, die einer Toten die Kleider stehlen. Sogar Heiden benehmen sich besser.«

Ihr Gatte schnaubte verächtlich. »Ich wette, die beiden haben alles abgestritten. Stimmt's, Will?«

Murdoch nickte. »Stimmt genau. Ihnen zufolge hätte jeder die Kleider im Außenabort verstecken können.«

»Womit sie recht haben, das muß man ihnen zugestehen.«

»Man sollte die beiden in ein Verlies stecken und den Schlüssel wegwerfen.«

»Wir können nichts tun, solange nicht mehr Beweise vorliegen. Wir haben sie zur Polizeistation gebracht, und Crabtree und ich haben sie den ganzen Nachmittag verhört, aber sie rückten nicht von ihrer Behauptung ab. Das Problem ist, daß der Abort auch von den anderen Hausbewohnern benutzt wird und daß er für jedermann in der Gasse zugänglich ist. Das Bündel war gut versteckt, aber es dürfte nur Sekunden gedauert haben, es dort zu verstauen. Wir mußten sie gehenlassen. Wenigstens vorerst.«

Beatrice hatte ein Loch entdeckt und machte sich eifrig mit ihrer Nadel darüber her. »Haben Sie alle Kleidungsstücke sichergestellt?«

»Es gab keine, eh… Unterwäsche.«

»Schlüpfer oder Leibchen?«

»Keinen Schlüpfer.«

»Hmm. Der ist leicht zu verstecken. Man zieht ihn einfach an.«

Daß Alice ihn nicht trug, wußte Murdoch genau. Aber vielleicht hatte Ettie ihn angezogen.

Er nieste. Heute abend fühlte er sich angeschlagen und fiebrig; seine Nase lief. Beatrice beobachtete ihn über ihre Brillengläser hinweg wie ein Vogel, der einen schmackhaften Bissen beäugt.

»Oje, oje. Sie sehen aus, als bekämen Sie eine Erkältung.«

Er nieste wieder. »Puh, das fürchte ich auch.«

Sie stand auf. »Bleiben Sie einfach sitzen. Wäre ja gelacht, wenn wir Sie nicht gesund bekämen.«

»Machen Sie sich keine Umstände, Mrs. Kitchen. Ich gehe ohnehin bald ins Bett.«

»Das sind keine Umstände. Ich muß Vater ja ebenfalls versorgen.«

Sie ging hinaus, und Murdoch zog eine Grimasse. Er war bereits mit Mrs. Kitchens Hausmittelchen vertraut, von denen manche schlimmer waren als die Krankheit, die sie heilen sollten.

Arthur bemerkte Murdochs säuerliche Miene und begann zu lachen. Sogleich verwandelte sich sein Lachen in einen heftigen Hustenanfall, der ihn schwächte und blutigen Schleim produzierte, den er in seinen Napf spuckte. Murdoch dachte bei sich, daß der Geruch mit jedem Tag übler wurde.

»Kann ich etwas für Sie tun?« fragte er.

»Eine neue Lunge wäre das einzige, was mir helfen könnte, und ich bezweifle, daß Sie eine in Ihrer Tasche stecken haben.«

»Leider nicht.«

Mr. Kitchen deutete zur Tür. »Habe ganz vergessen, es Ihnen zu erzählen: Mutter probiert gerade ein neues Heilmittel an mir aus.«

In diesem Moment öffnete sich die Tür, und Mrs. Kitchen kam zurück, in den Händen eine Emailleschüssel mit dampfendem Wasser. Murdoch sprang auf, um ihr zu helfen.

»Lassen Sie mich machen.« Er nahm ihr die Schüssel ab.

»Stellen Sie sie dorthin, neben den Kamin. Arthur, wir werden mehr Kohlen auflegen müssen. Mr. Murdoch soll es warm haben.«

Murdoch setzte zum Protest an, doch sie unterbrach ihn. »Ziehen Sie Ihre Pantoffeln und Socken aus. Nur zu!«

Sie streute etwas Senfpulver in das heiße Wasser. »Und jetzt tauchen Sie Ihre Füße ein. Vorsicht, es ist heiß.«

Er senkte seine Füße in die Schüssel und sah zu, wie sich die Haut augenblicklich rosa verfärbte.

»Lehnen Sie sich zurück«, sagte sie und wickelte einen Mohairschal um seine Schultern.

Er grinste. »Ich fühle mich wieder wie ein kleiner Junge.«

Sie tätschelte seine Schulter. »Schön. Ein wenig mütterliche Fürsorge würde Ihnen ab und zu ganz gut tun.«

Sie ging wieder zu ihrem Stuhl zurück, nahm dabei unauffällig den zinnernen Spucknapf ihres Mannes vom Beistelltischchen und stellte einen neuen hin.

»Arthur erzählte, Sie probieren gerade ein neues Heilmittel aus.«

Sie nickte. »Ich war heute morgen auf dem Markt, und an Mr. Howards Stand bediente eine neue Eierverkäuferin. Offenbar ist Mr. Howard mittlerweile zu alt, um den langen Weg von der Farm auf sich zu nehmen, und deshalb verkauft nun diese Frau die Eier und Hühner für ihn. Merkwürdiges Ding, braun wie eine Kaffeebohne. Hat vermutlich Zigeunerblut. Wie auch immer, jedenfalls kamen wir ins Gespräch, und ich erzählte ihr über Arthur und seine Krankheit. ›Das kriegt man leicht wieder hin‹, meinte sie. ›Geben Sie ihm täglich zwölf rohe Eier mit etwas dickem Rahm. Lassen Sie ihn nachts bei offenem Fenster schlafen, und beenden Sie die Kur erst dann, wenn er gesund ist.‹ Ich dachte mir natürlich, du als Eierverkäuferin kommst dabei gut weg und machst ein Riesengeschäft. Sie muß meine Gedanken gelesen haben, denn sie sagte: ›Mein Vater und meine Schwester wurden so geheilt. Wissen Sie was – ich verkaufe Ihnen ein Dutzend für den Preis von zehn. Was halten Sie davon?‹«

»Mutter hat selbstverständlich eingewilligt«, warf Arthur ein. »Obwohl wir es uns nicht leisten können.«

»Das schaffen wir schon. Ich werde eine Anzeige für einen weiteren Mieter aufgeben. Wenn er für sich bleibt, dürfte es eigentlich keine Probleme geben.«

»Jeder, der hier wohnt, kann sich glücklich schätzen«, sagte Murdoch. Er bewegte seine Füße in dem Senfwasser, so daß sich in der Schüssel eine hin- und herschwappende Welle bildete. Vergnügt lächelte er die beiden an. »Das habe ich immer als Junge in Nova Scotia gemacht, wenn bei Ebbe kleine Teiche mit Meerwasser zurückblieben. Ich setzte mich dann auf einen Fels, tauchte die Füße in so ein Becken und stellte mir vor, ich wäre Gott und würde einen Sturm schicken.«

Während er das schwappende Wasser in der Emailleschüssel betrachtete, kehrte die Erinnerung an dieses alte Kinderspiel in lebhaften Bildern zurück. In der Mitte des Beckens hatte er ein Stück Treibholz schwimmen lassen, das die *Bluebell* darstellen sollte, jenen Fischtrawler mit dem unpassenden Namen, auf dem sein Vater fuhr. Langsam hatte er das Wasser immer stärker aufgewühlt, bis die Wellen das wacklige Boot überspülten und es mitsamt seiner Mannschaft kenterte. Dieses Szenario hatte er wieder und wieder nachgespielt, jedesmal mit einer Mischung aus katholisch geprägtem Schuldgefühl und einer heidnischen Freude, weil so der verhaßte Vater vernichtet wurde.

»... armes Kind, Gott sei seiner Seele gnädig.«

Mrs. Kitchen hatte etwas gesagt, wovon Murdoch nur noch den Schluß mitbekam. Seit Beatrice wußte, daß Therese rechten Glaubens gewesen war, hatte sich ihre Einstellung geändert. Das Mädchen war von einem zweifelhaften Charakter zu einem armen Kind aufgestiegen, das wohl bald den Stand der Heiligkeit erreicht haben würde.

»Verzeihen Sie, Mr. Kitchen?«

»Sie waren in Gedanken ganz woanders, nicht wahr? Ich fragte gerade, ob noch irgend etwas fehlt. Wenn die Kleine weggelaufen ist, würde sie doch ihren gesamten Besitz mitnehmen, oder?«

»Da haben Sie recht. Die Haushälterin ist sicher, daß sie eine Segeltuchreisetasche und einige zusätzliche Kleidungsstücke besaß. Zumindest noch einen Rock und eine Bluse. Ihre Jacke und ihre Handschuhe fehlen ebenfalls. Angeblich besaß sie auch einen Rosenkranz und eine Bibel, aber bei der Durchsuchung ihres Zimmers habe ich nichts gefunden.«

Hastig bekreuzigte sich Beatrice. »Was für eine verderbte Person würde derart heilige Gegenstände stehlen?«

»Ich werde Crabtree noch einmal zu den Pfandleihern schicken.«

»Wird sie eine christliche Bestattung erhalten?« fragte Beatrice.

»Möglicherweise, aber wir haben die Familie noch nicht benachrichtigen können. Sie sind eingeschneit.«

»Die bedauernswerten Menschen. Schrecklich, ein so reines, unschuldiges Kind zu verlieren.«

Murdoch hatte den Kitchens den Obduktionsbericht mitgeteilt, doch Beatrice schien dessen volle Tragweite nicht ganz begriffen zu haben. Aber wie so oft überraschte sie ihn auch diesmal. Sie hielt in ihrer Näharbeit inne und sah ihn an.

»Es wird Leute geben, die sagen, sie sei eine Sünderin, weil sie ja in gesegneten Umständen war, aber ich pflichte dem nicht bei. Es ist meine feste Überzeugung, daß sie sowohl zu der unziemlichen Verbindung als auch zu der Einnahme von Opium gezwungen wurde. Wer immer das gewesen ist – Gottes Strafe wird ihn treffen. Und falls Er in Seiner Weisheit es nicht für angebracht hält, den Schuldigen zu Lebzeiten zu bestrafen, so hoffe ich doch, daß das weltliche Gericht seiner Pflicht nachkommen wird.«

10

Er blickte zu der Hure auf, die über ihm stand. Ihr nackter Fuß war erhoben, und er konnte den Schmutz unter ihren eingerissenen Zehennägeln erkennen. Sie hatte sich mit Unmengen von billigem Parfüm besprüht, und wie immer verursachte ihm die Mischung aus abgestandenem Schweiß, aufdringlichem Parfüm und Abscheu vor sich selbst einen Brechreiz. Er hatte gegen sein Verlangen, sie zu besuchen, angekämpft, aber schließlich kapituliert. Die Niederlage, auch wenn sie seinem eigenen Tun entsprang, machte ihn wütend. Mit dem Zeh stupste sie leicht an seine Nase. »Du mußt dich hier nicht um Namen sorgen. Es ist mir gleichgültig, wie du heißt. Von mir aus könntest du der Prinz von Wales persönlich sein.«

Er setzte sich in die Hocke auf und nahm ihren Fuß in beide Hände. »Das macht mich froh. Es könnte uns beiden sehr schaden, wenn jemand das herausfände. Hast du verstanden?«

Das Gesicht vor Schmerz verzerrt, nickte sie.

Mittwoch, 13. Februar

Den ganzen Mittwoch über fiel der Schnee in dicken, behäbigen Flocken, die die Kinder mit den Zungen auffingen und sich vorstellten, es wäre Eiscreme. Als die Nacht hereinbrach, lagen die von Unrat übersäten Straßen unter einer Decke aus sauberem, frischem Schnee, der im Licht der Gaslaternen glitzerte. Bis um acht Uhr hatten sich die meisten Bürger in ihre Häuser zurückgezogen, und selbst entlang der Queen Street war die weiche Oberfläche nicht durch Fußabdrücke zerstört. Nur vor der Tür des John O'Neil war der Schnee schmutzig und festgetreten.

Samuel Quinn schob, dicht gefolgt von Prinzessin, die große Tür zur Schankstube auf, und ein Schwall aus Alkoholdunst und Rauch strömte in die kalte Nacht hinaus. Am hinteren Ende des Schankraums hämmerte ein Buckliger bekannte Varietélieder in die Tasten eines angeschlagenen, verstimmten Klaviers, und eine Gruppe Männer und Frauen stand, die Arme untergehakt, um ihn herum und grölte die Liedertexte mit:

»Und, ho, es war ihr Vater
Rum-ti-tiddel, he ho,
und, ho, es war ihr Vater…

Eine der Frauen war Bernadette Weston. Sie sang aus vollem Halse, den Kopf im Nacken und den Mund weit offen. Ihr Hut hatte so viel tatkräftiger Mitwirkung nicht standgehalten und saß ihr schräg über der rechten Augenbraue; die mickrige grüne Feder wippte und tanzte im Takt zur Musik. Als sie Quinn bemerkte, zwinkerte sie ihm zu, kam aber nicht einen Moment aus dem Rhythmus.

Er winkte, zerrte an der Schnur, die am Halsband seines Hundes befestigt war, und drängte sich durch die Menge zu einem der langen Holztische an der rückwärtigen Wand, da er dort

Alice sitzen sah. Prinzessin versuchte irgendeine klebrige Masse vom Fußboden aufzulecken, aber er zog sie weg. Die herumstehenden Spucknäpfe wurden nur von wenigen benutzt, und das frisch ausgestreute Sägemehl hatte sich mit Tabaksaft, schmelzendem Schnee und Schleim zu Klumpen verdichtet.

»Achtung! Köpfe einziehen!«

Ein schwitzender Kellner in Hemdsärmeln, dessen Lederschürze fleckig und feucht von Spritzern war, preßte sich, sein vollbeladenes Tablett in die Höhe haltend, an Quinn vorbei. Das Bier, das im John O'Neil gebraut wurde, war meist sauer und schwach, doch das schien nichts auszumachen. Die Gäste kamen der Gesellschaft, nicht des Bieres wegen.

»Kann ich mal durch? 'tschuldigung.« Quinn setzte zur Verstärkung die Ellbogen ein, und die Leute wichen widerstrebend zurück. Er war bekannt hier, und etliche Männer klopften ihm auf die Schulter. Frauen gab es nur wenige. Eine von ihnen, die in der Seitenbank eingezwängt war, lächelte und winkte ihn zu sich, doch er ging weiter. Seine Augen tränten bereits von dem dichten Rauch aus den zahllosen Pfeifen und billigen Zigarren.

Alice hatte ihn noch nicht bemerkt; sie war vollauf mit ihrem Gefährten beschäftigt, einem Mann, den Quinn nicht kannte. Er war stämmig, glattrasiert und hatte kurzgeschorenes Haar. Sein Gesicht wirkte plattgedrückt, so daß sich Samuel unwillkürlich an einen Preisboxer erinnert fühlte.

Er glitt neben Alice auf die Bank, wickelte die Leine um das Tischbein und schob Prinzessin unter den Tisch. Interessiert schnüffelte sie an den Schuhen des Fremden.

»Oi, wen haben wir denn da?« rief Alice. »Wo hast du dich herumgetrieben?«

»Ich war arbeiten. Im Gegensatz zu manch anderen Leuten.« Er knuffte Alice freundschaftlich in die Rippen, was ihr ein lautes Quietschen entlockte. Sie war bereits alkoholisiert und entsprechend ausgelassen.

»Wo bleiben deine Manieren, Alice? Willst du mich nicht vorstellen?«

»Das ist Jack«, sagte sie, auf den Mann neben ihr deutend. »Er ist auf der Durchreise. Jack ist nämlich Matrose.«

»Hallo«, sagte Samuel. Er rief den umlagerten Kellner herbei. »Was wollt ihr haben?« fragte er die beiden anderen. »Ich gebe eine Runde aus.«

»Wohl zu Geld gekommen, was? Du Glückspilz. Wie hast du das angestellt?«

»Mach dir darüber mal keine Gedanken. Also, wollt ihr jetzt einen Drink oder nicht?«

»Noch so ein kleines Schnäpschen wäre nicht schlecht«, sagte sie.

Der Mann nickte. »Für mich dasselbe. Danke.« Seine Stimme war heiser und gepreßt, als litte er an einer Halsentzündung.

Samuel gab die Bestellung an den Kellner weiter und orderte für sich ein Glas Bier. Er nahm eine zusammengefaltete Zeitung aus seiner Jackentasche und legte sie auf den Tisch.

»Schau mal, Alice. Da geht es um das junge Mädchen, nach dem uns die Polizei gestern gefragt hat...«

»Ich will kein einziges Wort mehr über diesen Quatsch hören. Bei dem Wirbel, der veranstaltet wird, könnte man meinen, es handelt sich um die Tochter der Königin.«

»Worum geht es denn? Ich weiß von nichts«, wandte ihr Gefährte ein.

Alice rümpfte die Nase. »Ist auch besser so. Diese verdammten Schnüffler, sie hacken ständig auf Frauen herum. Ettie und ich haben gestern den ganzen Nachmittag auf der scheißblöden Polizeistation verplempert, nur weil die Kerle meinten, wir hätten die Kleider des Mädchens geklaut.«

Sie verstummte, behielt ihre empörte Miene jedoch bei, während der Kellner zwei Glas Gin, einen Krug heißes Wasser und ein Pint Bier auf den Tisch knallte. Dann gab sie einige Spritzer Wasser in ihren Gin und nahm einen tiefen Schluck. »Als könnten wir so etwas tun! Wofür halten sie uns? Können ohnehin nichts beweisen – wir haben geschlafen...«

»Jetzt reg dich ab, Alice. Ich möchte dir kurz vorlesen, was hier steht«, sagte Quinn. »Sie bieten für sachdienliche Hinweise eine Belohnung an.«

Er nippte an seinem Bier, wischte sich den Schaum vom Schnurrbart und machte sich zum Lesen bereit. In diesem Moment tauchte über seiner Schulter ein Arm auf.

»Krieg ich einen Schluck, Sam? Meine Kehle ist völlig ausgedörrt.«

Bernadette wartete seine Antwort nicht ab, sondern ergriff das Glas und nahm einen Schluck.

»Er hat heute abend die Spendierhosen an, Ettie«, bemerkte Alice. »Bestell dir doch eines.«

»Da sage ich nicht nein.«

Gutmütig gab Quinn dem Kellner ein Zeichen, und gleich darauf landete ein Krug Bier spritzend auf dem Tisch.

»Setz dich, Ettie, und hör dir das an«, sagte Alice. »In der Zeitung steht etwas über das tote Mädchen.«

Bernadette warf Alice einen kurzen Blick zu, ehe sie den Stuhl zurückzog und Platz nahm. Sie legte den Hut ab und fächelte sich Luft zu.

»Ganz schön anstrengend, diese Singerei.« Prinzessin schob ihren Kopf unter dem Tisch hervor und legte eine Pfote auf Bernadettes Knie. »He, wen haben wir denn da?« Liebevoll rubbelte sie Prinzessins Ohren. Dann beugte sie sich hinunter und hielt ihr den Bierkrug entgegen. Durstig schleckte der Hund an dem Getränk. Quinn sah besorgt zu.

»Genug jetzt. Ich will nicht, daß sie besoffen wird.«

»Sehe ich zum ersten Mal, daß ein Hund Bier trinkt«, sagte Jack.

Bernadette hob das Glas wieder hoch und trank es aus. »Dann haben Sie wohl noch nicht viel gesehen, was?«

»Ettie, sei nicht frech. Jack ist ein weitgereister Mann.«

»Ach ja? Und? Wo sind Sie gewesen?«

Er lächelte; es war ein Lächeln, das seine Augen nicht erreichte. »England, Frankreich, zweimal China. Welches Land auch immer Sie wollen.«

»Was sind Sie? Matrose?«

»Richtig. Viel Kartoffeln, wenig Spinat.«

»Was?«

»Erster Maat.«

»Er hat einen Dialekt, bei dem man in Reimen redet«, sagte Alice. »Die Cockneys in London machen das.«

»Hört sich für mich eher nach gequirltem Schwachsinn an.«

»Ettie!« mahnte Alice. »Jack ist fremd hier. Du bist nicht gerade sehr freundlich.«

»Wollen Sie meine Registrierung sehen?« fragte der Matrose.

»Nein.«

»Ich meine, meine Tätowierung.«

»Au ja! Zeigen Sie sie uns, Jack!« rief Alice.

Er zog den rechten Handschuh aus und schob den Ärmel hoch.

»Ach, du dickes Ei, seht euch das an!« keuchte Alice.

Eine rote Schlange ringelte sich um seinen Unterarm und sein Handgelenk. Das Maul klaffte offen, und die Fangzähne, die entlang seiner Daumen- und Zeigefingerwurzeln verliefen, hielten eine nackte und blutüberströmte Frau fest. Er spreizte die Finger, worauf sich die Beine der Frau öffneten.

»Gewagt«, sagte Alice.

»Was meinen Sie?« wandte sich der Matrose an Ettie.

Ettie zuckte die Schultern. »Nichts Besonderes. Habe schon bessere gesehen.« Sie drehte sich zu Quinn um und deutete auf das kleine weiße Band, das an ihre Jacke geheftet war. »Wie gefällt dir meine Schleife, Sam?«

Er feixte. »Erzähl mir bloß nicht, du bist den Abstinenzlern beigetreten.«

»Doch. Nächste Woche lege ich mein Gelübde ab und entsage dem Alkohol. Die spendieren dir prima Tee, Kuchen, Sandwiches, soviel du essen kannst. Ich habe schon einmal geübt.«

Sie schürzte die Lippen wie ein kleines Mädchen und legte einen Finger auf den Mund. »Ich gelobe, daß Lippen, die Alkohol berühren, niemals... meine Lippen berühren werden.«

Der Matrose grinste. »Da möchte ich am liebsten sofort Abstinenzler werden.«

Quinn schüttelte die Zeitung. »Wollt ihr den Bericht jetzt hören oder nicht?«

Jack grinste erneut. »Lassen Sie uns vorher noch eine Runde bestellen. Auf meine Rechnung.«

Ettie schüttelte den Kopf. »Ich gehe gleich wieder zum Singen. Komm, Sam, leg endlich los!«

Quinn kippte sein restliches Bier hinunter, um das Angebot des Fremden wahrnehmen zu können. Er war froh, daß Ettie zu dem Mann so grob war. Er war auch ein ziemlich merkwürdiger Geselle. Aber so war Ettie. Entwickelte sofort starke Zuneigung oder Abneigung. Gott steh dem Menschen bei, der sie zum Feind hatte. Wenn sie wollte, könnte sie mit einem Blick sogar die Hölle zu Eis erstarren lassen.

Er griff nach der Zeitung und las vor:

»Hinweise gesucht: Die Ermittlungen über den Tod von Therese Laporte, der hübschen jungen Frau, die letzten Samstag so tragisch gestorben ist, dauern an. Jeder, der die junge Frau am Samstagabend zwischen siebzehn Uhr und Mitternacht gesehen hat, wird gebeten, sich unverzüglich auf der Polizeistation Nummer vier bei Detective Murdoch zu melden. Die junge Frau trug ein ...«

»Ach, Scheiße, Sam, laß die Stelle aus. Wir haben das bereits oft genug gehört, nicht wahr, Ettie? Lies lieber über die Belohnung vor.«

»Im Interesse der Öffentlichkeit bietet der Besitzer des Signal eine Belohnung von fünfzig Dollar für einen Hinweis, der unseren Polizeibeamten zur Klärung der Hintergründe dieses tragischen Geschehens dienlich ist.«

»Fünfzig Dollar!« kreischte Alice. Ettie runzelte die Stirn. »Wenn schon? Wir haben sie ja nicht gesehen. Zu schade.«

Quinn fuhr fort:

»Wir müssen alles dafür tun, daß unsere Straßen für unsere Lieben und für diejenigen, die sich allein durchs Leben schlagen, sicher bleiben. Wenn wir uns des Gesindels nicht entledigen, das in unsere Stadt strömt, verdammen wir das schwache Geschlecht zu einem Leben in ständiger Angst.«

»Was meint er damit?« rief Alice verwirrt. »Wer ist das Gesindel? Die Holzfäller?«

Der Matrose schüttelte den Kopf. »Haben Sie noch nicht von den Einwanderern aus Moldawien gehört?«

Alice lachte. »Wo, in Gottes Namen, soll das denn sein? Oh, nur keine Umstände. Ich bezweifle, daß ich in naher Zukunft dorthin reisen werde. An meiner Kutsche fehlt ein Rad.« Sie kaute nachdenklich auf ihrer Lippe. »Lies die Stelle noch mal vor, Sam. Über die Belohnung. Fünfzig Dollar ...«

Bernadette packte ihre Freundin am Ärmel. »Alice! Komm lieber mit zum Singen.«

Alice machte sich los. »Ich will aber nicht, Ettie, Jack und ich haben so nett miteinander geplaudert, was, Jack?«

Sie beugte sich zu ihm, so daß ihre Brüste seinen Arm streiften.

»Warum bist du so an dem Geld interessiert? Weißt du etwas über das Mädchen?« fragte er.

»Nein, sie weiß nichts«, warf Ettie ein. »Sie träumt einfach nur, stimmt's, Alice?«

»Nein, ich ...«

»Du hast gehört, was ich gesagt habe.«

Mürrisch sah Alice ihre Freundin an. »Schon gut. Ich weiß nichts. Hab' noch nie was gewußt«, maulte sie.

Bernadette stand abrupt auf. »Jetzt spielt er mein Lied. Sam, danke für das Bier. Gute Fahrt, Käpt'n. Bis dann, meine Süße.«

Letzteres galt der Hundedame unter dem Tisch. Ettie zauste ihr noch einmal liebevoll das Fell und ging dann zum Klavier zurück, wo der Bucklige wehmütige Akkorde anzustimmen begann. Ergeben faltete Quinn seine Zeitung zusammen und lehnte sich zum Zuschauen zurück.

Alice drängte sich enger an den Arm des Fremden. »Kümmer dich nicht um sie. Sie ist ein launisches Wesen.«

Der Klavierspieler schlug einen lauten Akkord an, um Aufmerksamkeit zu erlangen. Der Lärm in der Bar klang etwas ab, und Ettie begann zu singen. Ihre Stimme war klar und rein wie Wasser:

»Ich steh in einem Garten voller Rosen
und träum von einem schneebedeckten Land …«

In der Schankstube wurde es noch stiller.

»… wo du und ich einst glücklich waren,
ach, verweht ist die Zeit wie Sand.«

Alice Black beugte sich vor, winkte ihren Gefährten zu sich, als wollte sie ihm etwas zuflüstern, und leckte dann verstohlen über die Innenseite seines Ohrs. Er lachte. »He, das kitzelt!«

»Ich bin gut im Kitzeln, wirklich. Da, ich beweise es dir.«

Sie schritt wieder zur Tat, diesmal langsamer. Er wich nicht zurück. »Gefällt dir das?« fragte sie.

»Puh, ja. Das war sehr angenehm, Elaine.«

»Alice. Nicht Elaine. Ich heiße Alice.«

Er streckte die Hand aus und berührte die Glasperlenkette, die sie um den Hals trug. »Hübsch. Sehr ungewöhnlich. Woher hast du sie?«

Sie packte seine Hand und führte einen seiner Finger an ihren Mund. »Wen kümmert das schon?«

Sie schob die Zunge zwischen seine Finger, und er grinste.

»Was hältst du davon, Alice, wenn wir uns an einen ungestörten Ort zurückziehen? Wo du nach Herzenslust kitzeln kannst?«

Sie feixte. »Zwei Dollar?«

»Ein stolzer Preis.«

»Ich bin es wert, wirst schon sehen. Wohin willst du, nach oben oder in unsere Wohnung?«

»Ich habe einen besseren Vorschlag. Wir gehen in meine vornehme Kammer. Sehr privat. Ich habe dort ein paar gute Flaschen versteckt, die nur darauf warten, geöffnet zu werden. Sind aus der Türkei.«

»Überredet. Türkischen Schnaps habe ich noch nie getrunken.«

»Du wirst ihn mögen. Komm, heb deinen hübschen Hintern und laß uns verschwinden.«

Sie kippte ihren restlichen Gin hinunter, und dann standen beide auf. Quinn hatte nur Augen für Bernadette und schenkte ihnen keine Beachtung. Alice ging voran und drängte sich energisch durch die erhitzten Gäste, die den Weg zur Tür verstellten.

»Weg da! Bewegt eure Kadaver, ihr Lumpenpack!«

Als sie sich dem Klavier näherten, beendete Ettie gerade ihr Lied. Der Klavierspieler schlug noch ein paar letzte hohe Töne an. Ein Beifallssturm brach unter denjenigen aus, die die Hände zum Klatschen freihatten. Ettie verbeugte sich überschwenglich, die Wangen vor Stolz und Aufregung gerötet. Der Bucklige ging zu einem neuen Stück über, und ein stämmiger Mann, dessen rußbefleckte Kleidung sein Gewerbe verriet, begann eine alte Ballade zu singen:

»Wo warst du heute, Randall?
Wo warst du heute, mein Sohn?«

Ettie wollte gerade in das Lied einstimmen, als sie Alice entdeckte. Sofort trat sie einen Schritt zurück.

»Wohin gehst du?« fragte sie und hielt sie am Arm fest.

Alice versuchte, Etties Hand abzuschütteln, schaffte es aber nicht. »Mit ihm.« Sie nickte mit dem Kopf in Jacks Richtung. Er beobachtete die beiden Frauen mit seinen flachen, kalten Augen, konnte aber nicht zu ihnen gehen, da der Kellner vor ihm stehengeblieben war, um an einem Tisch zu bedienen.

»Ich mag ihn nicht«, zischte Ettie.

»Dann ist's ja gut, daß du nicht mit ihm zusammen bist.«

»Alice, geh nicht. Ich würde ihm nicht über den Weg trauen.«

»Ha! Seit wann bist du so wählerisch? Wenn wir nur mit Kerlen mitgehen würden, die uns gefallen, hätten wir gar nichts mehr zu tun.«

»Was hinterläßt du deiner Mutter, Randall?
Was hinterläßt du deiner Mutter, mein Sohn?«

Der Schornsteinfeger trällerte in einem lieblichen Alt. Die Männer in der Schankstube lachten und beachteten ihn kaum.

Ettie sah ihre Freundin finster an.

»Er ist ein Lügner. Der Kerl ist kein Matrose, seine Hände sind viel zu weich. Ich hatte mal einen Matrosen. Seine Hände waren ganz hart und voller Schwielen. Das bekommt man von den Tauen, erklärte er mir.«

»Was ist er dann deiner Meinung nach?«

»Wahrscheinlich ein Polizeispitzel.«

Alice blickte kurz zu Jack hinüber, der durch den Kellner, der mit einem Gast über die Rechnung diskutierte, nach wie vor am Weitergehen gehindert war.

»Nein! Unmöglich.«

»Und ob das möglich ist! Und du hast ihn ständig mit diesem Mädchen vollgequatscht. Wir werden noch im Gefängnis enden, wenn du die Klappe nicht hältst... Außerdem habe ich dir gesagt, du sollst die Kette nicht tragen. Nicht zu diesem Zeitpunkt. Wir müssen vorsichtig sein.«

Jack war es endlich gelungen, sich am Kellner vorbeizuschieben. »Ahoi. Bereit zum Landgang?«

Alice sah von ihm zu Ettie und hakte sich dann bei ihm unter. »Aye, aye Käpt'n, kann es gar nicht erwarten.«

Sie drängten sich zur Tür weiter. Ettie sah ihnen nach, zuckte die Schultern und ging wieder zum Klavier zurück. Der Schornsteinfeger streckte ihr seine rußigen Hände entgegen, und sie ergriff sie mit theatralischer Gebärde und fiel in die

Ballade mit ein:

»Was hinterläßt du deiner Liebsten, Randall?
was hinterläßt du deiner Liebsten, mein Sohn?«

Nun sang auch der Bucklige mit tiefer, volltönender Stimme mit.

»Einen Strick zum Erhängen, Mutter,
einen Strick zum Erhängen, Mutter.
Ach, mach mir mein Bett, denn mein Herz ist krank,
und ich möchte ruh'n, möchte ruh'n.«

Draußen auf der Straße zitterte Alice vor Kälte und wickelte sich ihr Wolltuch fester um die Brust. Der Matrose nahm ihren Arm.

»Ich habe einen Freund, mit dem ich dich gern bekanntmachen möchte. Wir gehen zuerst dorthin.«

»Ich dachte, da wäre nur etwas zwischen dir und mir...«

»Später. Erst ist er dran.«

»Meinetwegen, mir soll's recht sein«, sagte Alice.

11

Mittwoch, 13. Februar

Die Kutsche holperte und geriet ins Schlingern. Alice fiel nach vorn und wäre beinahe auf dem Schoß des ihr gegenüber sitzenden Mannes gelandet.

»Hoppla! Was war das denn? Ein toter Hund auf der Straße?«

»Nur ein Klumpen Eis.«

Er schob sie auf ihren Sitz zurück. Der Matrose hatte sie zu diesem Mann gebracht, aber der gefiel ihr gar nicht. Er war verklemmt wie ein Schuljunge, weigerte sich, ihr seinen Namen zu nennen und hatte die ganze Fahrt über kaum ein Wort gesprochen.

Sie richtete sich auf, lehnte sich zurück und fächelte sich Luft zu. »Ziemlich stickig hier drinnen.«

Langsam begann sie, ihre Jacke aufzuknöpfen.

»Was dagegen, wenn ich es mir ein wenig gemütlich mache?« Sie kicherte unkontrolliert und bekam dann einen Schluckauf. »He, was haben Sie in den Drink gemischt? Ich kann meine Nase nicht mehr fühlen.«

Der Mann nahm einen Schluck aus der silbernen Taschenflasche, die er in der Hand hielt. »Das ist einfach nur erstklassiger Scotch. Wahrscheinlich sind Sie so etwas nicht gewöhnt.«

Obwohl sie auf dem besten Weg war, völlig betrunken zu werden, hörte Alice den verächtlichen Unterton heraus. Sie warf ihm einen finsteren Blick zu.

»Ich habe schon öfter guten Schnaps getrunken. Mindestens genauso guten wie Ihr türkisches Gebräu.«

Jetzt schwitzte sie. »Können wir das verfluchte Fenster aufmachen? Ich komme um vor Hitze.«

Sie machte sich daran, die Blende an dem Fenster neben ihr hochzuziehen, doch der Mann hielt ihren Arm fest.

»Tun Sie das lieber nicht.«

»Warum?«

»Ich schätze meine Privatsphäre.«

»Dort draußen wird Sie niemand sehen, außer vielleicht ein paar Enten.«

Sie hatte die Blende weit genug geöffnet, um erkennen zu können, daß sie sich in der Nähe des Sees befanden und in gemächlichem Trab entlang einer schmalen Landzunge fuhren.

Der Mann beugte sich vor und drehte den Docht der Porzellanlampe herunter, die von einer Halterung über der Tür herabhing.

In der Kutsche wurde es dunkel, und die Schatten so tief, daß Alice sein Gesicht kaum noch erkennen konnte.

»So ist es doch viel angenehmer, finden Sie nicht?«

Sie zuckte die Schultern. »Meinetwegen.«

Natürlich hatte sie schon alle möglichen Männer erlebt; manche mochten das Tageslicht, andere nicht. Und dieser hier schien offenbar eine Vorliebe für irgendwelche Spielchen zu haben. Solche Männer wollten immer eine Bestätigung dafür, daß es einem auch selbst Spaß machte. Erwarteten viele Ooohs und Aahs und lustvolles Krümmen. Während man selbst nur an das Stück Fleisch dachte, das man sich zum Abendessen braten wollte. Und daran, wann er endlich fertig wäre. Diese Sorte von Männern brach hinterher meist hastig auf und warf einem mit rotem Gesicht ein paar Dollar auf das Kopfkissen. »Kauf dir was Nettes.« Zur Hölle mit den Idioten? Sie kicherte leise vor sich hin. Gut, daß die Kerle nicht Gedanken lesen konnten.

»Darf ich mitlachen, Alice?«

Sie gähnte. Plötzlich war sie so müde, daß sie das Gefühl hatte, auf der Stelle einschlafen zu können.

»War nichts Besonderes. Aber ich bin ordentlich geschafft. Fahren wir jetzt zurück?«

»Ich dachte, der Ausflug macht Ihnen Spaß.«

Alice seufzte. »Ja, es ist ganz wunderbar.«

Er beugte sich vor und verströmte einen unangenehmen Geruch. Offensichtlich schwitzte er. Vielleicht war sie seine erste Bordsteinschwalbe. Die Neulinge machten sich beim ersten Mal immer vor Angst in ihre schicken Hosen.

»Wie mir zu Ohren gekommen ist, haben Sie Informationen über jenes Mädchen, das erfroren ist...«

»Hat Jack Ihnen das erzählt? Es sollte eigentlich ein Geheimnis bleiben.«

»Er erzählt mir alles. Werden Sie zur Polizei gehen und Ihre Belohnung einfordern?«

»Gut möglich. Es sei denn, Ettie macht einen Aufstand. Sie will nicht, daß ich was erzähle, weil sie denkt, es bringt uns nur in Schwierigkeiten.«

»Ich verstehe nicht, weshalb Sie in Schwierigkeiten geraten sollten, wenn Sie der Polizei Informationen geben. Sie erfüllen nur Ihre Bürgerpflicht.«

»Tu ich doch immer.«

»Was haben Sie denn beobachtet? Vielleicht kann ich beurteilen, ob es das wert ist, die Polizei damit zu belästigen.«

Alice hatte Mühe, einen Sinn aus seinen Worten herauszuhören. Seine Stimme kam wie aus weiter Ferne.

»Reden Sie doch bitte etwas deutlicher«, sagte sie. »Natürlich ist es das wert. Die Polizei wäre mir dankbar. Sie ist in eine Kutsche gestiegen, das ist doch was, oder?«

»Wer ist in eine Kutsche gestiegen?«

»Die Tote, das Mädchen, wer denn sonst?«

»Ach wirklich? Und wo?«

»Ja, wirklich. Ich habe sie in der Queen Street gesehen. Gleich hinter dem Hotel.«

»Wann war das?«

»Am Samstagabend, so gegen zehn.«

»Sind Sie sicher, daß es dieses Mädchen war? Vielleicht war es eine andere Frau.«

»Natürlich bin ich mir sicher. Es gibt in der Stadt keine zweite Frau mit so einem Hut. Und direkt an der Ecke der Straße ist sie in eine Kutsche eingestiegen.«

»Das ist in der Tat seltsam. Andererseits gibt es in Toronto so viele Kutschen, daß ich bezweifle, ob Ihre Information besonders hilfreich sein wird.«

»Da täuschen Sie sich aber, Mr. Schlaumeier. Diese gehörte nämlich einem reichen Pinkel. Ich würde sie sofort wiedererkennen …« Benommen schüttelte sie den Kopf. »Ich habe schon zuviel geredet … Ettie sagte, ich soll es für mich behalten …«

»Also haben Sie es Ettie erzählt?«

»Klar! Sie ist meine beste Freundin! Ich liebe Ettie!«

Sie hatte große Mühe, aufrecht zu sitzen.

»Sie wirken so erschöpft, Alice. Warum legen Sie Ihre Füße nicht hoch? Kommen Sie, ich helfe Ihnen mit Ihren Stiefeln … Liebe Güte, die sind ganz schön eng.«

Er zog an den Stiefeln, bis sie mit einem dumpfen Geräusch auf den Boden plumpsten.

Der strenge Geruch von Alices schmutzigen Strümpfen durchzog die Kutsche.

»Es ist verflucht heiß hier drin. Sehen Sie sich an, Sie schwitzen wie ein Schwein.« Sie kicherte abermals. »Schwitzen Schweine denn? Ist mir bisher eigentlich noch nicht aufgefallen ... Jetzt rücken Sie doch endlich mit der Sprache heraus! Es ist so dunkel. Befinden wir uns im Jenseits, in der Welt der Schatten? Sie sind doch nicht der Teufel, oder?«

»Ganz im Gegenteil. Ich bin Ihr Schutzengel. Ja, ich werde Sie geradewegs ins Paradies führen.«

Er drehte sich um und zog an einem kurzen Lederriemen, der am Polster des hinter ihm befindlichen Sitzes befestigt war. Ein Stück Polster klappte auf, hinter dem sich ein eingebautes Fach verbarg.

Alice hob den Kopf. »Ui! Was haben Sie denn da versteckt? Den Familienschmuck?«

»Etwas mindestens ebenso Wertvolles.«

Er holte eine Glasphiole und ein burgunderrotes Lederkästchen heraus. Dann klopfte er kräftig gegen das Dach der Kutsche. Alice hörte, wie der Kutscher dem Pferd etwas zurief, worauf das gut gefederte Gefährt mit leichtem Schaukeln zum Halten kam. Nun schnippte ihr Reisegefährte den Schließhaken des Lederkästchens auf und öffnete es. In dem rosa Satinfutter lag etwas, was wie ein Stahlröhrchen aussah. Er hob es hoch, holte eine lange Nadel heraus, die sich daneben befand, und befestigte die beiden Teile aneinander. Dann legte er das Instrument auf den Sitz und drehte den Korken aus der Phiole.

»Was ist das?«

»Nun, nennen wir es einfach Paradiesmilch.«

Er tauchte die Nadelspitze in die Phiole und zog eine bräunliche Flüssigkeit auf. »Rollen Sie den Ärmel hoch, Alice. Ich werde Sie glücklicher machen, als Sie es jemals waren.«

Sie schüttelte den Kopf. »Nix da! Ich habe von diesem Zeug gehört. Führt zur Verblödung.«

»Nein, nicht, wenn man es klug benutzt. Es ist der Nektar der Götter.«

»Tatsächlich? Dann lassen Sie mich doch zusehen, wie der Nektar bei Ihnen wirkt.«

»Gleich, aber Damen haben Vorrang. Strecken Sie Ihren Arm aus.«

Mit der freien Hand packte er ihr Handgelenk, doch sie riß sich los. »Nein. Ich will nicht.«

Die Spritze fiel hinunter. Die Nadel bohrte sich zur Hälfte in den Boden, und die braune Flüssigkeit verteilte sich auf dem beigefarbenen Mattenbelag. Der Mann jaulte auf.

»Verdammt! Das hätten Sie nicht tun dürfen! Das Paradies ist teuer.«

Alice sah seine Wut, erkannte seine Absicht. Eine jähe Angst durchströmte sie; ihre Nerven vibrierten; sie witterte die Gefahr.

Ehe er sie daran hindern konnte, drückte sie die Klinke hinunter, stieß die Tür auf und warf sich aus der Kutsche. Halb fiel, halb rollte sie über den Boden, rappelte sich verzweifelt hoch und spürte schmerzhaft das scharfkantige Eis unter ihren bloßen, nur mit Strümpfen bedeckten Füßen. Sie befanden sich an einem abgelegenen Uferstreifen. Im Westen konnte sie die Silhouette der Brennerei erkennen, doch sie war viel zu weit entfernt. Auch wenn sie schrie, würde niemand sie hören. Sie rannte los, ohne zu bemerken, daß sie direkt auf den zugefrorenen See hinauslief.

Der Mann beugte sich aus der Kutsche heraus. »Fang sie!« schrie er dem Kutscher zu. Der Befehl war überflüssig. Jack hatte die Situation augenblicklich begriffen; er war bereits von seinem Sitz gesprungen und stürzte der fliehenden Frau hinterher. Trotz seines schweren Umhangs holte er sie mühelos ein.

»He, warte! Wohin willst du?«

Keuchend drehte sie sich zu ihm um. »Das ist ein gottverdammter Irrer...«

»Sei nicht dumm, das ist er ganz bestimmt nicht. Komm zurück, du wirst dir noch den Tod holen.«

Alice blickte über seine Schulter zur Kutsche hinüber, die sie nun erstmals richtig sah. Am Himmel hing der volle Mond und warf sein helles Licht auf die verschneite Landschaft. Die burgunderrote Kutsche war deutlich zu erkennen, und auch das graue Pferd, das seine Mähne schüttelte und im Schnee scharrte.

»Mein Gott, das ist dieselbe verfluchte Kutsche! Ihr beiden wart es... ihr wart diejenigen, die das Mädchen mitgenommen haben...«

Sie bemerkte, wie sich sein Ausdruck veränderte, doch ehe sie sich bewegen konnte, packte er sie mit einer Hand an der Schulter, drehte sie herum und legte eine Schlinge um ihren Hals. Als er die Schlinge zuzog, taumelte Alice langsam zu Boden.

12

Donnerstag, 14. Februar

Joe Seaton sprang eilig aus dem Bett. Er hatte vergessen, den Alarmhebel an seinem Wecker hinunterzudrücken und eine Stunde länger geschlafen als er sollte. Am Fenster dämmerte bereits grau der neue Tag heran. Er zog seine Hose an, entzündete die Laterne, rieb sich ein paarmal kräftig über den Kopf, um richtig wach zu werden, und stieg dann die Leiter zum Stall hinunter. Das Pferd wieherte leise zur Begrüßung und schob den Kopf über das Boxengatter. Joe bot ihm den getrockneten Apfel an, den er am Abend zuvor aus der Küche stibitzt hatte, und Silver nahm ihn behutsam zwischen seine großen gelben Zähne und zermahlte ihn zufrieden. Joe streichelte Silvers weiche Oberlippe mit den steifen Barthaaren, und das Pferd schmiegte seine Schnauze in Joes Hand, in der Hoffnung, noch mehr Äpfel zu finden.

»Kriegst wohl nie genug, du alter Vielfraß«, sagte Joe zärtlich. »Los, mach Platz. Ich bin spät dran. Die werden mit mir schimpfen, wenn ich nicht gleich loslege.« Er schob das Pferd zur Seite und ging in die Box, wo er mit der Heugabel frisches Heu aus dem Ballen herauszupfte und in den Futtertrog füllte. Silver war ein junges Pferd, aber gutartig und folgsam, und

Joe war dankbar dafür. Der große Morgan auf der Farm, seiner ersten Arbeitsstelle in Kanada, war störrisch und unberechenbar gewesen. Einmal hatte ihm das Pferd einen solchen Tritt verpaßt, daß er sich fast den Oberschenkelknochen gebrochen hätte. »Ungeschickter Tölpel«, hatte der Farmer gebrummt und dem Jungen als Dreingabe noch eine Ohrfeige verpaßt.

Joe zitterte, obwohl es in diesem Teil des Stalls warm war. In der Ecke befand sich ein Ölofen, der auf niedriger Flamme brannte, und auch von Silvers massigem Pferdeleib ging Wärme aus. Joes Kammer lag oberhalb des Stalls, auf dem Heuboden. Nur eine dünne Holzwand schützte ihn vor den Launen der Naturgewalten, und die Ritzen darin waren so breit, daß an einer Ecke der Schnee durchrieselte.

Er ließ Silver mit seinem Heu allein und kletterte über die Leiter in seine Kammer zurück. Das Eis am Fenster schimmerte im Licht der aufgehenden Wintersonne wie silberner Filigranschmuck. Hastig stellte er die Laterne auf die Holzkommode, griff unter sein schmales Bett und zog die Blechkiste hervor, mit der er vor drei Jahren aus England nach Kanada gekommen war. Diese Kiste sowie eine Garnitur wollener Unterwäsche und sein marineblauer Anzug waren alles, was ihm an Ausstattung aus Dr. Bernardos Waisenhaus geblieben war. Der Anzug war ihm mittlerweile zu klein geworden. Seine Handgelenke ragten weit aus den Ärmelaufschlägen des Jacketts hervor, und er schämte sich, so herumzulaufen. Die robusten Stiefel besaß er schon lange nicht mehr, hatte sie im Fegan-Heim, das für die Vermittlung arbeitsfähiger Knaben zuständig war, mit einem anderen Jungen gegen ein Buch eingetauscht, das er nun sicher auf dem Grund der Kiste aufbewahrte.

Er hob den Deckel. Die Kiste enthielt seine spärliche Kleidung, bestehend aus einteiliger Flanellunterwäsche, zwei Pullovern und einem Flanellhemd, alles ordentlich zusammengelegt, wie man es ihn gelehrt hatte. Darunter befand sich das kostbare Buch, *Handbuch der Physiologie und Phrenologie.*

Er nahm es heraus, legte es ehrfürchtig neben sich auf das Bett und tätschelte es kurz, als wäre es ein lebendes Wesen. Es gab zwar zahlreiche Worte darin, die ihm unverständlich waren, doch im Waisenhaus hatte man ihm die Grundlagen des Lesens beigebracht, und er las bei jeder sich bietenden Gelegenheit in dem schmalen Band. Er hatte das Buch sogar Therese gezeigt; sie hatten zusammen die Illustrationen betrachtet und kichernd festgestellt, daß die hohe knochige Stirn von Edith Foy ein Kennzeichen für übermäßigen Stolz war und daß John Foys Trunksucht – oder, wie das Buch es ausdrückte, seine Neigung zu alkoholischen Getränken – eindeutig an seiner betonten Jochbeinwölbung abgelesen werden konnte.

Auf der anderen Seite der Kiste, unter einem Pullover verborgen, befand sich ein Knäuel aus Zeitungspapier, das seine gesammelten Schätze enthielt: ein goldener Manschettenknopf, ein Stück eines kaputten Onyx-Ohrgehänges, ein paar Münzen, einschließlich einer Zwei-Schilling-Münze, die er einmal auf einer Londoner Straße gefunden hatte, und ein kleines Holzkruzifix, das er nun feierlich herausnahm.

Als er erfahren hatte, daß Therese Katholikin war, hatte ihm das zunächst einen gewaltigen Schrecken versetzt. Im Waisenhaus war das Wort »Katholik« immer im gleichen Atemzug mit »gottlos«, »verderbt« oder bestenfalls »irregeleitet« verwendet worden. Einmal hatte einer der größeren Jungen einen Neuankömmling dabei ertappt, wie dieser einen Rosenkranz umklammerte, und kurz darauf hatte sich eine Gruppe Heiminsassen versammelt und aufgeregt und pathetisch miteinander getuschelt, als hätten sie den Leibhaftigen persönlich entdeckt. Sie informierten den Heimleiter, und der arme Neuankömmling wurde weggeschickt. »Zu seinem eigenen Wohl«, erklärte der Aufseher. Doch der Zwischenfall hatte alle erschüttert, und man widmete der Seele des fehlgeleiteten Knaben besondere Gebete.

Therese war hinsichtlich ihres Glaubens immer zurückhaltend gewesen, aber einmal hatte er sie dabei beobachtet, wie sie die Glasperlen ihres Rosenkranzes durch die Finger gleiten ließ und dazu etwas in einer fremden Sprache murmelte. Anschließend hatte sie das kleine Holzkreuz geküßt, das an der Perlenschnur herabbaumelte. Sie hatte ihm das Kruzifix gezeigt, den halbnackten Körper von Jesus Christus, der mit ausgestreckten Armen und hängendem Kopf am Kreuz hing. Die Seelenqual, die von dieser winzigen Figur ausging, hatte Joe tief beeindruckt.

Er lehnte das Kruzifix an die Laterne und kniete auf dem harten Boden nieder. Schon öfters hatte er gesehen, wie sich Therese bekreuzigte, und dies ahmte er nun so gut er konnte nach, indem er sich mit ausladenden Bewegungen auf die Brust schlug. Darauf beugte er den Kopf zum Gebet und sagte laut die einzigen lateinischen Wörter, die er sich zusammengeklaubt hatte.

»Ave, Maria. Do minni nos tri.«

Niemand war da, der ihn hören oder verspotten konnte, und so wiederholte er diese Worte wieder und wieder.

Anfang Dezember war er zum ersten Mal in ihr Zimmer geschlichen. In jener Nacht herrschte grimmiger Frost, und die Kälte hatte sich durch seine Decke gebissen, bis er zitternd erwachte und nicht mehr einschlafen konnte. Normalerweise wäre er in den Stall hinuntergegangen und hätte sich in dem Strohhaufen neben Silver verkrochen, doch heute fürchtete er sich davor. Er hatte zwei große braune Ratten gesehen, die im Abfluß in der Mitte des Stalles verschwunden waren, und diese Tiere haßte er wirklich. Er wußte, wozu sie fähig waren. An diesem besonderen Abend waren Therese und er in trauter Eintracht am Küchentisch gesessen, während draußen der Wind an den Fenstern rüttelte. Die Foys waren ausnahmsweise einmal ausgegangen, und Joe hatte diese seltenen Stunden der Wärme und des Friedens genossen und für seine Verhältnisse, wie Tess es ausdrückte, »wie ein Wasserfall« geredet. Sie hatte ihm bald entlockt, unter welchen Bedingungen er lebte.

»Du kannst in meinem Bett schlafen, wenn du möchtest«, hatte sie geflüstert. »Aber das darf niemand erfahren.«

Das hätte sie ihm nicht zu sagen brauchen. Er war sich durchaus bewußt, was geschehen würde, wenn man sie entdeckte. Und so stieg er fortan in kalten Nächten durch das Hinterfenster ins Haus und schlich auf Zehenspitzen die Stiegen zu ihrer Kammer empor; anfangs noch selten und zaghaft und nur dann, wenn die Kälte unerträglich war. Doch sie hieß ihn immer willkommen. Immer, bis vor einer Woche. Als er in jener Nacht zu ihr gekommen war, hatte sie ihn wie einen lästigen Hund weggestoßen, so daß er aus dem Bett gefallen war. Sobald sie seine Miene sah, war sie aufgesprungen, hatte sich neben ihn gekniet und seine Wangen und Hände geküßt.

»Verzeih mir, *mon ami*. Es tut mir leid.«

Sie war wieder ins Bett gegangen, hatte die Decke angehoben und ihn in das warme Nest kriechen lassen.

»Wenn du magst, kannst du deinen Kopf hierhin legen«, hatte sie gesagt und ihn zu dem weichen Kissen ihrer jungen Brüste gelenkt. Das Gefühl war so süß, daß ihm schwindlig wurde und er mit pochenden Lenden zu peinlicher Männlichkeit anschwoll. Erinnerungen an die derben Witze, die er im Heim gehört hatte, drängten sich ihm auf, doch er schob sie beiseite. Nichts sollte die Reinheit seiner Liebe beflecken.

»Du darfst nicht mehr kommen«, hatte sie geflüstert, sein Gesicht mit ihrem warmen Atem umhüllend. Doch sie hatte nicht den Grund dafür genannt, und als er an jenem Morgen noch vor der Dämmerung fortgeschlichen war, hatte sein Körper geschmerzt, als wäre er geschlagen worden.

Wäre er derjenige gewesen, der sie im Schnee gefunden hätte, hätte er sich neben sie gelegt und sie mit seiner eigenen Wärme wieder zum Leben erweckt.

Er schlug die Augen wieder auf. Seine Knie schmerzten, und seine Finger waren vor Kälte ganz taub geworden. In der kleinen Kammer war es völlig still. Die Stimme Gottes hatte nicht zu ihm gesprochen. Die des Teufels allerdings auch nicht. Er hatte zwar den Eindruck, der an dem kleinen Holzkreuz ausgestreckte Christus würde ihn voll Mitleid ansehen, aber ein

Wunder schien nicht zu geschehen. Steif stand er auf. Er wußte nicht, wie lang er vor dem Kreuz gekniet hatte, doch gewiß war es bereits höchste Zeit, das Pferd und die Kutsche für Dr. Rhodes fertigzumachen.

Neben der Falltür stand das Waschgestell mit der Schüssel und dem Krug. In einer Schale befand sich ein Stück Seife und ein Rasiermesser. Kurz nach Joes Ankunft in diesem Haus hatte Foy eine höhnische Bemerkung über den Flaum auf Joes Oberlippe und Kinn gemacht, und Joe hatte sich umgehend ein Rasiermesser besorgt und peinlich darauf geachtet, nie wieder Anlaß zu derartigen Sticheleien zu geben.

Er rollte den Ärmel seines Pullovers hoch und streckte den Unterarm aus. Eine runde weiße Narbe an der Daumenwurzel war ihm als Erinnerung an seine erste Anstellung in Elmvale geblieben. An jenem Tag, wo er versucht hatte, sich vor dem Gürtel des Farmers zu schützen; die Schnalle hatte ein Stück Fleisch an seinem Gelenk herausgerissen.

Er nahm das Rasiermesser in die rechte Hand und zog die Schneide an seinem Arm entlang.

Sofort erschien eine rote Linie, dünn wie ein Pinselstrich. Er biß die Zähne zusammen, aber die Tränen schossen ihm von selbst in die Augen. Er wartete einen Moment, ehe er sich erneut schnitt, diesmal tiefer. Dann ließ er das blutige Rasiermesser in den Wasserkrug fallen. Die dünne Eisschicht auf der Wasseroberfläche zersprang in feine Splitter, und das Wasser färbte sich rosa.

Er rollte den Ärmel wieder herunter. Schweißperlen standen ihm auf der Stirn, und er hatte das Gefühl, gleich ohnmächtig zu werden. Dennoch war der brennende Schmerz in seinem Arm eine Erleichterung, als wäre dadurch jener andere Schmerz, der ihn wahnsinnig zu machen drohte, umgeleitet worden.

Dunkle Rauchfahnen hingen über den hohen Schornsteinen der Brennerei und zogen in der kalten Luft nur langsam und träge weiter. Der alte Sonderling, der am östlichen Seeufer wohnte, betrachtete den Rauch als ein Barometer für die Stimmung Gottes. Waren die Rauchwolken weiß und verstreut, bedeutete es, daß Gott glücklich war und daß ein Aufenthalt im Freien angenehm sein würde. War der Rauch dunkel und reglos, so wie er sich an diesem Morgen in der bleichen Dämmerung abzeichnete, dann war Gott zornig, und Sein Atem würde einem brennend über das Gesicht streichen. In solchen Zeiten mußte man aufpassen, Ihn nicht noch mehr zu erzürnen.

Und so machte er sich voll Unbehagen auf den Weg, um entlang des Ufers nach Brennholz zu suchen.

Auf dem zugefrorenen See erspähte er in einigen Metern Entfernung etwas, das wie ein Bündel Kleider aussah. Als er näher ging, um es genauer zu betrachten, entdeckte er die Frau.

Er umkreiste sie einmal, zweimal und stieß sie dann vorsichtig mit seinem Stock an. In der Nacht war Schnee auf den Körper der Frau gefallen, und sie lag mit ausgestreckten Armen und angewinkelten Beinen unter ihrer kalten Decke. Selbst der Sonderling mit seinem verwirrten Geist spürte, daß hier etwas ganz entsetzlich falsch war. Mit einem angstvollen Stöhnen taumelte und schlitterte er über den vereisten, gefurchten Boden zurück zur Hütte seines nächsten Nachbarn. Die Witwe, Maria Jenkins, war taub und mißtrauisch, und er hatte Schwierigkeiten, sie aufzuwecken. Als sie schließlich die Tür öffnete, vollführte er wilde Gesten und hüpfte von einem Bein auf das andere wie eine ängstliche Taube. Soviel sie verstand, teilte er ihr mit, daß ein Engel vom Himmel gefallen war.

Als Murdoch später Alices Gesicht sah, konnte er sich nicht erklären, weshalb der alte Mann so etwas gesagt haben sollte.

Donalda war schon seit fast einer Stunde wach, aber sie blieb in ihrem warmen Bett liegen und wollte nicht aufstehen. Sie hatte wieder schlecht geschlafen und geträumt, sie müsse ertrinken. Immer wieder und wieder war sie aus diesem entsetzlichen Traum hochgeschreckt, als würde sie auf einem Wellenkamm emporsteigen, um gleich darauf erneut von den Untiefen verschluckt zu werden. Schließlich hatte sie sich gezwungen, wachzubleiben. Als sie Cyrils Tür klappen hörte, stand sie langsam auf. Sie konnte den Gedanken, allein zu frühstücken, nicht ertragen, selbst die Gesellschaft ihres Mannes war besser als das. Owen würde nicht vor neun Uhr aufstehen, und sie hatte etwas dagegen, ihn unnötigerweise aufzuwecken. Sie schlüpfte in ihren Satin-Morgenrock und ging nach unten.

Der Frühstücksraum war von Sonnenlicht durchflutet, und der Himmel vor dem Fenster strahlte in wolkenlosem Blau. In dem warmen Raum hatte man das Gefühl, es wäre Sommer und nicht ein weiterer kalter Februarmorgen.

Cyril saß in der Fensternische und las die Zeitung. Bei Donaldas Eintreten blickte er überrascht auf.

»Donalda, was hat dich denn so zeitig aus dem Bett geholt?«

»Ich war wach und kam zu dem Entschluß, daß ich es leid bin, nur die vier Wände meines Schlafzimmers anzusehen. Hier unten ist es viel behaglicher.«

»Es gibt keinen Grund, weshalb du dein Frühstück nicht immer hier einnehmen solltest.«

»Da hast du recht. Allein essen kann ich schließlich auch an jedem anderen beliebigen Ort, nicht wahr?«

»Bitte, la-laß uns nicht schon wieder streiten. Du bist schließlich mit meinen Gewohnheiten vertraut und hast entschieden, dich ihnen nicht anzupassen.«

Rastlos ging sie zur Kommode hinüber. Sie wollte heute morgen nicht mit ihm streiten. Energisch zog sie am Klingelzug. Sie spürte Cyrils argwöhnische Blicke auf sich ruhen und versuchte, etwas freundlicher zu sein.

»Hat sich jemand gemeldet, der neue Informationen über Therese hat?«

»Nicht, daß ich wü-üßte. Shepcote hat eine Be-Belohnung ausgesetzt, vielleicht hi-hilft das weiter.«

»Cyril, ich ...«

Es klopfte an der Tür, und Foy kam herein.

»Ich möchte mein Frühstück heute morgen hier einnehmen, Foy.«

»Sehr wohl, Madam. Mrs. Foy hat es gerade zubereitet. Es wird nur einen Moment dauern.«

Donalda dachte bei sich, daß der Butler grau wie altes Spülwasser aussah und fragte sich, ob er vielleicht krank wäre.

»Darf ich Ihnen Tee einschenken, Madam?«

Sie nickte. Foy ging zur Kommode, entfernte den Kannenwärmer von der Teekanne und schenkte den starken, bernsteinfarbenen Tee in eine Tasse ein. Als er ihr die Tasse reichte, bemerkte sie seine fahrigen Bewegungen.

»Sind Sie krank, Foy?«

»Danke, nein, Madam. Nur wieder etwas Magenbeschwerden.«

Ihrer beider Blicke trafen sich, und für einen Augenblick gab es keine Kluft mehr zwischen Herrin und Dienstboten. Sie sah die Angst, die sich in seinen leberkranken Augen spiegelte, aber eine Sekunde vorher auch die tiefe Abneigung. Dann blinzelte er, und der Ausdruck verschwand, als hätte sich die Öffnung einer Kamera geschlossen. Ihr Butler stand wieder gleichmütig und ungerührt vor ihr.

»Ich werde mehr heißes Wasser und den Toast bringen, Madam«, sagte er und ging mit der Kanne hinaus.

Donalda nahm ihre Tasse zum Tisch mit. Sie überlegte kurz, ob sie Cyril auf Foy ansprechen sollte, doch plötzlich übermannte sie eine unsägliche Trägheit. Es war beinahe so, als wäre sie noch immer in ihrem Traum gefangen und würde sich schwerfällig unter Wasser bewegen. Sie nippte an dem heißen, süßen Tee und blickte zu ihrem Ehemann hinüber. Das helle Licht war nicht vorteilhaft für ihn; es betonte das Grau seines Bartes und seinen lichten Haaransatz. Er wirkte erschöpft und müde. Ihr fiel auf, daß er gar nicht las, sondern irgendeinem Tagtraum nachhing.

»Ein Penny für deine Gedanken, Cyril.«

»Wie bitte?«

»Du warst gerade völlig abwesend. Ich habe dir einen Penny für deine Gedanken angeboten.«

Ausnahmsweise reagierte er einmal nicht gereizt. Er lächelte sogar. »Dafür wäre selbst ein Viertelpenny zuviel.«

»Ist dir eigentlich bewußt, daß wir uns seit Montagabend kaum gesehen haben?«

»Tatsächlich? Hmm, ver-vermutlich hast du recht. Ich hatte höllisch viel Arbeit.« Er faltete die Zeitung zusammen. »Und die habe ich nach wie vor. Ich muß los.«

Hätte er nur die leiseste Neigung gezeigt, noch eine Weile dazubleiben, um mit ihr zu reden und ihr zu erzählen, womit er so beschäftigt war, wäre Donalda in ihrer Einsamkeit ihm gegenüber milde geblieben. Doch seine offensichtliche Eile, endlich das Haus zu verlassen, verletzte sie und bestärkte sie in ihrem Entschluß.

»Cyril, ich habe die Absicht, nach England zurückzukehren.«

Er starrte sie an. »Für eine Urlaubsreise?«

»Nein, ich möchte ganz zurückgehen.«

»Das scheint mir eine sehr plötzliche Entscheidung zu sein, Donalda.«

»Das täuscht. Ich spiele schon sehr lange mit diesem Gedanken, nur fehlte mir bisher der Mut, ihn in die Tat umzusetzen.«

»Verstehe.«

Er sah sie ausdruckslos an, versuchte weder, ihr von diesem Schritt abzuraten, noch ihre Entscheidung zu hinterfragen. Also fuhr sie fort, wobei sie sich bemühte, ihre Bitterkeit im Zaum zu halten.

»Thereses Tod hat für mich den Ausschlag gegeben. Sie war so jung, hatte das ganze Leben noch vor sich. Bestimmt hätte sie gern Kinder und eine Familie gehabt, ich weiß das. Seit ihrem Tod habe ich intensiv über mein eigenes Leben nachgedacht, und ich muß sagen, das Ergebnis stimmt mich nicht besonders froh.«

»Wie mei-meinst du das, Do-Donalda?«

»Es kann doch irgend etwas nicht stimmen, wenn eine Frau in meinem Alter bei ihrem Dienstmädchen Trost suchen muß.«

»Du redest so, weil dich dies alles noch immer bedrückt.

Wa-Was geschehen ist, war für uns alle ein schrecklicher Schock…«

»Ach ja? Nun, wie auch immer, dieses Ereignis hat mich jedenfalls zum Handeln gezwungen.«

»Was ist mit Owen?«

»Ich würde vorschlagen, er wechselt an das Guys Hospital. Das ist ohnehin sehr viel besser. Ich bin überzeugt, daß er und Harriet ein Paar werden. Wir könnten dann nach der Hochzeit abreisen. Keine Bange, wir werden irgendeine erfundene Geschichte in Umlauf setzen.«

»Darüber mache ich mir keine Ge-Ge…, eh, Gedanken.«

»Nein? Dann mußt du dich seit letzter Woche verändert haben. Die öffentliche Meinung schien dir bislang immer sehr wichtig zu sein.« Sie fing seinen Blick auf. »Ich habe dein Geheimnis nicht verraten, Cyril, und wegen Owen bin ich geblieben und habe den Schein gewahrt. Aber ich kann nicht länger so leben. Oh, schau nicht so entsetzt drein, ich habe nicht vor, mich an die Zeitung zu wenden. Ich möchte einfach gern in meine Heimat zurück. Nach einer angemessenen Zeit könnten wir uns vielleicht sogar scheiden lassen. Ich hätte gern die Möglichkeit, den Rest meines Lebens aufrichtig und in Würde zu verbringen.« Leise fügte sie hinzu: »So alt bin ich noch nicht. Es ist nicht unvorstellbar, daß ich noch einmal Liebe finde.«

Zu ihrer Überraschung vergrub Cyril das Gesicht in den Händen. Seine Stimme war so gedämpft, daß Donalda kaum verstand, was er sagte.

»Es tut mir so leid, Donalda.«

Als Foy in die Küche zurückkehrte, war seine Frau gerade damit beschäftigt, Gemüse für das Mittagessen kleinzuschneiden. Heute stand Schmorfleisch auf dem Speiseplan.

»Sie möchte ihren Toast.«

»Er ist fertig. Muß nur noch gebuttert werden.«

»Soll ich das machen?«

»Ich habe schließlich nicht vier Paar Hände, oder?«

Er nahm den Toast vom Rost und beschmierte eine Seite dick mit Butter.

»Das ist zuviel«, herrschte Edith ihn an. »Du weißt, sie mag ihn dünn bestrichen.«

Sein Kopf hämmerte, und er war versucht, ihr eine barsche Antwort zu geben, doch er wußte, daß dies einen großangelegten Streit zur Folge hätte, und dazu war er im Moment nicht fähig. Er kratzte etwas von der Butter ab und leckte sie vom Messer. Edith schnitt mit beunruhigender Energie Karotten in Scheiben.

»Sie ist heute morgen in einer ziemlich bedrückten Stimmung«, sagte er.

»Dazu hat sie auch jedes Recht, wenn du mich fragst. Pah, ich an ihrer Stelle wäre nicht bedrückt, sondern rasend.«

»Wie meinst du das?«

»Er. Kommt mitten in der Nacht nach Hause, geradeso, wie es ihm gefällt.«

»Dr. Rhodes?«

»Genau der.«

»War es bei ihm gestern abend spät?«

Edith zerhackte eine Pastinake und warf die Stücke in den Wassertopf auf dem Herd. »Spät! Genauso gut könnte man sagen, es war früh! Zwei Uhr morgens! Ich habe gehört, wie er Joe herausgeklopft hat, damit er die Kutsche unterstellt.«

»Ich habe nichts gehört.«

»Nein, wie solltest du auch?«

Foy zuckte zusammen, ging aber nicht darauf ein. »Dann war er wohl bei einem Patienten?«

»Ha! Komisch, daß er immer samstags und mittwochs länger zu tun hat! Wirklich gut dressiert, seine Patienten!«

Foy war etwas irritiert, doch er hatte das Gefühl, daß es besser war, sich ruhig zu verhalten. Edith legte ein rohes Stück Fleisch auf das Schneidebrett und begann es in Stücke zu hacken.

»Sieh dir das Fett an! Und ich habe beste Qualität verlangt! Der Mann ist ein Betrüger, wenn du mich fragst!«

»Der Metzger?«

Sie bedachte ihn mit einem vernichtenden Blick. »Männer!«

Foy ordnete den Toast auf dem silbernen Servierteller an, so wie Donalda es mochte.

»Ein Glück für Master Owen«, fuhr Edith fort, »daß sein Vater die Haustür nicht verriegelt hat. Sonst hätten wir dasselbe erlebt wie letzten Samstag.«

»War er ebenfalls aus?«

»Ja. Er kam kurz nach dem Doktor hereingewankt.«

Foy empfand zwar keine wirkliche Zuneigung für Owen, doch nun fühlte er sich bemüßigt, für ihn in die Bresche zu springen. »Er ist ein junger Kerl. Will sich vermutlich die Hörner abstoßen, solange dazu noch Gelegenheit ist.«

Grimmig hackte Edith das Fleisch in kleine Stücke.

»Männer!«

Owen Rhodes war klar, daß er sich jetzt ankleiden mußte, wenn er pünktlich zu seiner Vorlesung erscheinen wollte, doch jede Bewegung fiel ihm unsäglich schwer. Er starrte in seinen Kleiderschrank, unfähig zu entscheiden, was er anziehen sollte. Courtney war gestern in einem blauen Matrosenpullover aufgetaucht. Er sagte, es sei praktisch, angesichts der Arbeit, die vor ihnen lag. Der Dozent war außer sich gewesen und hätte ihn wohl, wäre er jemand anderer gewesen, vom Unterricht ausgeschlossen. Aber Courtneys Vater und Großvater waren beide Direktoren an der Lehranstalt, und so war Courtney mit einer Rüge davongekommen. Owen besaß keinen Matrosenpullover, doch er könnte seinen braunen Fahrradpullover anziehen. Gestern war ihm beim Sezieren Blut auf die Ärmelmanschetten gelangt, und krank vor Ekel hatte er das Hemd weggeworfen.

Eine weibliche Leiche in der Farbe von Schweineschmalz war für die Studenten auf dem Seziertisch bereitgelegen. Eine alte Frau, betrachtete man ihre verwelkten Gliedmaßen und die grauen Haare, doch laut Auskunftskarte war sie fünfundvierzig, nur zwei Jahre älter als Owens Mutter. Krankheit und

Armut hatten sie frühzeitig altern lassen. Dr. Gavin, der Demonstrator, war aufgeregt. Zum ersten Mal hatte die Klasse Gelegenheit, sich ein Beispiel von galoppierender Schwindsucht aus nächster Nähe anzusehen; deren »verheerende Auswirkungen«, wie er es nannte. Owen hatte sich halb hinter seinem Freund, McDonough, versteckt, damit er die Sektion nicht aus nächster Nähe verfolgen müßte, doch Dr. Gavin ließ ihn vortreten. Obwohl Dr. Gavin seine Aufforderung in scherzhaftem Ton formulierte, konnte Owen die dahinterliegende Bosheit spüren. Der Demonstrator mochte ihn nicht und ergriff jede Gelegenheit, ihn zu schikanieren.

Dr. Gavin schob die schlaffe Brust beiseite, deren Haut gedehnt und vom jahrelangen Stillen vieler Kinder gezeichnet war, schnitt dann entlang des Brustbeins und zog die Haut beiseite, so daß die blutig roten Rippen enthüllt wurden. »Nehmen Sie die Zange, Rhodes, und weiten Sie für mich die Rippen.«

Owen biß die Zähne zusammen, fest entschlossen, sich nicht zu übergeben oder, schlimmer noch, wie ein unerfahrenes Mädchen in Ohnmacht zu fallen. Die Frau war tot. Er kannte weder ihren Namen noch ihre Geschichte. Er wußte nicht, wer um sie trauerte, falls überhaupt jemand um sie trauerte. Sich innerlich einen Ruck gebend, stemmte er die Rippen des Brustkorbs auseinander, und Gavin ging mit seiner Schere hinein und trennte die Arterien und das venöse System der rechten Lunge ab. Dann zog er kräftig an, und das Organ kam mit einem schmatzenden Geräusch heraus, als wäre es in Schlamm vergraben. Blut rann über Owens Finger, und er kämpfte mit aller Gewalt gegen seine Übelkeit an. Aus den Augenwinkeln bemerkte er flüchtig, daß sich Hugh in die hintere Reihe der Gruppe geschlichen hatte. Keiner der Studenten gab einen Mucks von sich.

»Sehen Sie die Löcher, die der Bazillus verursacht hat? Die Frau muß rasch gestorben sein«, sagte Dr. Gavin. Er hielt die schwammige Masse in die Höhe und betrachtete sie bewundernd. Der Brustkorb der Frau klaffte offen. »Wir werden jetzt nachsehen, ob es Spuren in den Eingeweiden und Knochen gibt. Also, Gentlemen, arbeiten Sie paarweise. Jeder nimmt sich eine Extremität vor. Sie haben eine Stunde Zeit.«

Der Oberarmknochen, der weiß in seinem Bett aus roten Muskeln lag, wies keine Anzeichen von Krankheit auf, doch dafür entdeckten Owen und sein Partner, daß die Brustwirbel befallen und löchrig waren und daß der Knochen bei Berührung krümelig zerfiel. Feverell taufte die Leiche »Tb-Tilly«, und alle Studenten lachten. Ihren wahren Namen würden sie nie erfahren, weil er nicht auf der Auskunftskarte stand.

Owen entschied sich für seinen marineblauen Anzug aus Merinowolle und zog sein Nachthemd aus. Der Schrankspiegel warf das Bild seines bleichen, nackten Körpers zurück. Einen Moment starrte er sein Spiegelbild an, musterte prüfend die zartknochigen Schultern und Hüften. Er wünschte sich oft, er wäre größer und kräftiger, seinem Vater nicht ganz so ähnlich. Zögernd strich er mit dem Finger über seine Lippen. Noch immer konnte er den Kuß fühlen, die weiche Zunge, die sich zärtlich vorangetastet hatte. Er nahm den Ärmel seines Nachthemds, spuckte darauf, um den Stoff anzufeuchten, und wischte sich damit fest über die Lippen, bis sein Mund brannte.

13

Donnerstag, 14. Februar

Die Witwe Jenkins hatte einen Nachbarn wachgerüttelt, der sie holen sollte. Der Mann, Jimmy Gallagher, nicht mehr der Jüngste, rannte so schnell er konnte den Pfad zur Mill Street hoch. Die Aufregung verlieh ihm die Kraft, als er halb schlitternd, halb stapfend durch den tiefen Schnee eilte, doch bis er die Parliament Street erreicht hatte, war seine Brust zum Bersten eng, und er mußte stehenbleiben, um Atem zu schöpfen.

Ein Mann in einer Brotkarre holperte vorbei, und da Gallagher ihn kannte, lief er vor das Pferd und brachte den Wagen zum Halten. Unter Keuchen berichtete er, was vorgefallen war, aber der Mann, Taylor, zeigte sich nicht gerade begeistert davon, ihn zur Polizeiwache zu bringen.

»Rosie ist nicht mehr so rüstig, und ich werde mein Pferdchen nicht wegen einer fremden Dirne zu Tode schinden.«

»Sie wissen gar nicht, ob die arme tote Frau so eine war«, sagte Gallagher.

»Klar war sie das. Warum läßt sie sich sonst unten am See umbringen? Außerdem muß ich meine Ware ausliefern.«

»Jesus, Maria und Josef, die Leute werden doch wohl eine Stunde warten können!«

»Ha! Und wer wird es mir danken, wenn ich meine Arbeit verliere?«

Nach einigem Hin und Her erklärte er sich schließlich aber doch bereit. Gallagher stieg neben ihn auf den Kutschbock, und Rosie ließ sich dazu bewegen, in raschem Kanter über die Parliament Street zur Polizeiwache zu traben. Crabtree war gerade zu seiner Schicht angetreten, und Murdoch befand sich in der Schreibstube und brühte sich einen Tee auf. Sobald der Ire seine Geschichte hervorgestoßen hatte, organisierte Murdoch in den angrenzenden Ställen eine Polizeikutsche, und sie galoppierten zum See. Gallagher saß im Inneren der Kutsche und hielt sich krampfhaft fest. So viel Aufregung hatte er schon lange nicht mehr erlebt.

Am Ende des Pfads, wo der Weg in das von Eis zerborstene Ufer überging, hielt Crabtree die keuchenden Pferde an. Die Gegend war wie ausgestorben. Keiner der Anwohner war aus den windschiefen Hütten herausgekommen, sei es aus Angst oder aus Gleichgültigkeit. Nur Mrs. Jenkins und der verrückte Alte erwarteten sie. Mrs. Jenkins saß am Ufer auf einem Fels und hatte sich in einen breiten grauen Schal gewickelt. Der Sonderling stand neben ihr, schwankte vor und zurück und murmelte irgend etwas vor sich hin. Murdoch ging zu der alten Frau hinüber.

»Mrs. Jenkins? Ich bin Detective Murdoch.«

Sie nickte. »Wir sitzen schon ewig in dieser Eiseskälte herum. Aber ich dachte, ich halte mal lieber Wache.«

»Vielen Dank. Das war sehr umsichtig. Ist das der Mann, der die Leiche gefunden hat?«

Sie legte die Hand ans Ohr. »Hä? Was haben Sie gesagt?«

Er wiederholte die Frage.

»Ja, das ist er.«

»Wie lautet sein Name?«

»Nennt sich selbst Zephanja. Ist wohl nicht sein wirklicher Name, den hat er wahrscheinlich schon vergessen. Etwas schwer von Begriff, der Gute, wenn Sie verstehen, was ich meine.«

Die weißen, verfilzten Haare des alten Mannes hingen ihm auf den Rücken hinunter, und sein grauer Bart reichte ihm bis zum Bauch. Um den Kopf hatte er einen wollenen Turban gewickelt, und sein fleckiger, zerrissener Mantel stammte aus früheren Armeebeständen. Bei Murdochs Nahen wimmerte er und wich zurück. Er war vor einem knappen Monat wegen Landstreicherei eingesperrt worden und reagierte auf die Polizei wie ein geschlagener Hund auf einen Knüppel.

»Sie liegt dort draußen«, erklärte Mrs. Jenkins und deutete auf den zugefrorenen See.

Plötzlich stieß der Sonderling mit schriller Stimme hervor: »Ich will heimsuchen die Söhne des Königs, spricht der HERR... Das ganze Krämervolk ist dahin...«

»Mr. Zephanja...«

»Ein Geschrei vom Fischtor her... ein großer Jammer von den Hügeln... ein Tag der Finsternis und des Dunkels...« Er verdrehte die Augen, und aus seinem Mund spritzte Speichel. »Ihr Blut soll vergossen werden, als wäre es Wasser, und ihre Eingeweide sollen weggeworfen werden, als wären sie Kot...«

»Könnten Sie ihn vielleicht vorläufig in Ihr Haus mitnehmen?« fragte Murdoch. »Ich werde später vorbeikommen und noch einmal kurz mit Ihnen sprechen.«

»Hä?«

Er brüllte ihr seine Worte ins Ohr. Steifbeinig stand sie auf und nahm den Alten am Ellbogen.

»Sie will auf den HERRN nicht trauen...«

Den geifernden Zephanja mit sich schleifend, trottete Mrs. Jenkins zu ihrer Hütte zurück.

Gallagher stellte sich hinter Crabtree. »Soll ich Ihnen mit der Trage helfen, Officer?«

»Mal sehen. Wir müssen noch auf den Leichenbeschauer warten. Vielleicht können Sie schon mal nach seiner Kutsche Ausschau halten. Ja, das beste wäre, Sie würden hier warten und dafür sorgen, daß sich niemand dem Gebiet nähert.«

Der alte Mann salutierte, und Murdoch und Crabtree machten sich auf den Weg zur Leiche.

Der Himmel war von gleißendem Blau, und die Eisbrocken funkelten in der hellen Sonne wie Glas. Von Sträuchern, die vor dem Eis im See ertrunken waren, reckten sich da und dort schwarze Zweige mit verzweifelt gekrümmten Fingern nach oben. Eine Spur aus Fußabdrücken zeichnete sich deutlich im frisch gefallenen Schnee ab. Murdoch bückte sich. Ein Paar Fußstapfen war breit und flach und stammte wohl von dem Sonderling, der Holzschuhe trug; die anderen kleineren Abdrücke, die sich teilweise mit den ersten überlappten, gehörten zweifellos der Witwe Jenkins. Er sah genauer hin. Unter den Abdrücken war der Schnee zu einem früheren Zeitpunkt in breiten Streifen glattgefegt worden.

»Halten wir uns ein Stück seitlich davon«, sagte er zu seinem Constable. Eine Windbö peitschte ihnen ins Gesicht und wirbelte den Schnee zu einem feinen Nebel auf, der wie eine Wolke aus Diamantsplittern glitzerte. Murdoch zog sich den Schal über die Nase, um sie gegen die beißende Kälte zu schützen.

Erst als sie etwa drei Meter von der Leiche entfernt waren, erkannte Murdoch, daß er Alice Black vor sich hatte. Es gab keinen Zweifel: die auffällige rotschwarz gestreifte Jacke, der alberne, überreich dekorierte Hut. Jäh verspürte er einen Stich.

Es lag keine Würde in ihrem Tod. Ihr brauner Strohhut war zur Seite gefallen, und eine der schäbigen gelben Federn lag, in der Mitte geknickt, auf ihrer bleifarbenen Wange. Ihre geschwollene Zunge ragte aus dem Mund heraus, und die Blutgefäße in ihren Augen waren geplatzt, so daß die Augenhöhlen in Blut zu schwimmen schienen. Murdoch kniete sich neben sie, während Crabtree nervös von einem Bein auf das andere trat. Er war an diese Art von Leichen nicht gewöhnt.

»Scheußlich, Sir«, sagte er.

»Ja. Der Strick wurde so fest angezogen, daß er fast ins Fleisch gedrungen ist.«

Murdoch empfand den Anblick ebenfalls als quälend, doch er hatte sein zur Abhärtung erforderliches Quantum an Leichen bereits hinter sich. Einmal hatte ein norwegischer Trawler in der Nähe der Küste Schiffbruch erlitten, und man hatte einen jungen blonden Matrosen gefunden, der zwischen den Felsen klemmte. Ein Stück Tau war eng um seinen Hals gewickelt, und er hatte ähnlich ausgesehen wie Alice.

»Wenigstens können wir sicher sagen, daß sie keines natürlichen Todes gestorben ist«, bemerkte der Constable.

Murdoch nickte. »Nur allzu wahr. Gehen Sie zum Ufer zurück und kennzeichnen Sie sämtliche Wagenspuren oder Fußabdrücke, die Sie finden.«

»Was mag sie wohl hier draußen gesucht haben, Sir?«

»Das interessiert mich weit weniger als die Frage, wie sie hierhergelangt ist. Da, sehen Sie!«

Alice trug an den Füßen lediglich Strümpfe, und die schwarze Wolle war an den Sohlen durchgescheuert. Man konnte darunter die Verletzungen sehen, die das Eis in ihre Haut geschnitten hatte.

»Ich bezweifle, daß sie den ganzen Weg hierher ohne Schuhe zurückgelegt hat.«

Er blickte zu den wenigen, verstreut liegenden Hütten hinüber. Im Westen war die Silhouette der Gooderham-Brennerei zu erkennen, deren Schornsteine sich scharf gegen den blauen Himmel abzeichneten.

»Nun, sie könnte in einer dieser Hütten gewesen sein, um ihrem Gewerbe nachzugehen«, sagte Crabtree.

»Möglich, obgleich das ziemlich weit von ihrem eigentlichen Territorium entfernt ist. Ich neige eher zu der Ansicht, daß sie in einer Kutsche gekommen ist. Vielleicht wollte jemand einen Winterausflug machen. Wie auch immer, lassen Sie uns erst die Spuren sichern, und anschließend die Fragen stellen.«

»Ja, Sir.« Crabtree blickte zu Alices Leiche hinunter.

»Falls sie Hilfe gesucht haben sollte, war sie in der falschen Richtung unterwegs.«

Er deutete auf die weiße Fläche des Sees, die sich bis zum Horizont erstreckte. In der Nähe hatte sich ein Schwarm Möwen mit schneeweiß gefiederten Bäuchen und grausam gekrümmten gelben Schnäbeln versammelt.

Ein wilder Schrei von Zephanja durchschnitt die Stille. Gallagher sah, wie die beiden Polizisten aufmerksam zu ihm hinüberblickten, und salutierte als Antwort.

»Könnte der Verrückte sie umgebracht haben?« fragte Crabtree.

»Er kommt mir zu schwach vor, aber wahrscheinlich dürfen wir ihn als Täter nicht gänzlich ausschließen. Ich frage mich eher, ob dieser Mord nicht irgend etwas mit Therese Laporte zu tun haben könnte.«

»Sie meinen, man wollte Alice zum Schweigen bringen, Sir?«

»Vielleicht. Andererseits... bei Frauen wie diesen, wer weiß? Sie könnte genausogut Ärger mit einem Kunden bekommen haben.«

Crabtree nickte, und eine Zeitlang starrten beide stumm auf die tote Frau hinunter, ein jeder seinen eigenen Gedanken nachhängend. Schließlich salutierte der Constable und stapfte davon, um den Küstenstreifen abzusuchen. Murdoch begann mit einer sorgfältigen Überprüfung der Leiche.

Bis auf die fehlenden Schuhe war Alice vollständig bekleidet, der Schlüpfer intakt, die Kleidung nicht erkennbar beschädigt. Sie trug braune Lederhandschuhe, alt und säuberlich ausgebessert. Ihre Jacke war offen, aber weder fehlten Knöpfe, noch waren die Knopflöcher aufgerissen. Auf der Vorderseite ihrer rosafarbenen Taftbluse befanden sich dunkle, bräunliche

Flecken. Sie hatte sich tief in die Unterlippe gebissen, und am Kinn klebte getrocknetes Blut. Ihre Gesichtsfarbe war bläulichgrau, ohne äußere Anzeichen von Verletzungen. Um zu erfahren, ob sich an ihrem Körper irgendwelche Male oder Wunden befanden, würde er den Obduktionsbericht abwarten müssen.

Etwas glitzerte in der Sonne auf, und Murdoch schob das Jackenrevers zur Seite und entdeckte eine Halskette aus grünen Perlen. Nein, falsch, das war keine Halskette, eher ein Rosenkranz. Das Kruzifix fehlte, aber dennoch war die Kette leicht als das, was sie war, identifizierbar. Behutsam streifte er sie über den steifen Kopf und verstaute sie in seiner Innentasche.

»Mr. Murdoch! Ich habe etwas gefunden, Sir. Abdrücke einer Kutsche. Und Pferdeäpfel. Frische.«

Murdoch brüllte zurück: »Markieren Sie die Stelle! Und passen Sie auf, daß Sie keine Spuren vernichten!« Er wartete, bis der Constable sich vorsichtig zurückgezogen hatte und zu einem Busch ging, um einen Zweig abzubrechen, mit dem er die Stelle markieren konnte.

Langsam richtete Murdoch sich wieder auf. Aus dem Tatort ließen sich vorerst keine weiteren Erkenntnisse herausholen. Wer immer Alice umgebracht hatte, er hatte sich jedenfalls die Mühe gemacht, die Fußspuren zu löschen und den Schnee im Umkreis der Leiche glattzufegen.

Er schlug ein Kreuz über Alices Kopf.

»Möge Gott deiner Seele gnädig sein, Alice Black.«

»Sie glauben also nicht, daß dieser Mann ein Matrose war?« fragte Murdoch Bernadette. Ihr Gesicht war angespannt und blaß, aber sie weinte nicht. Murdoch saß mit ihr in der Küche ihres Wohnhauses.

»Ich habe es gleich erkannt. Seine Hände waren weich wie das Hinterteil eines Säuglings. Und ich mochte seinen Ausdruck nicht.« Sie hielt inne und starrte eine Weile ins Leere. »Ich habe ihr gesagt, sie soll nicht mit ihm gehen, aber sie wollte nicht hören. Als sie nicht nach Hause kam, wußte ich, daß etwas Schlimmes passiert ist. Ich habe nämlich von Spinnen geträumt, wissen Sie. Sie liefen an den Wänden hoch. Das ist ein sicheres Omen dafür, daß man Nachricht über einen Todesfall erhält.« Sie stand auf und ging zum Herd hinüber. »Möchten Sie eine Tasse?« Sie gab Teeblätter in eine rissige Kanne, kippte kochendes Wasser darüber und ließ den Tee ziehen.

Murdoch holte sein Notizbuch heraus. »Ich war natürlich im O'Neil und habe mich erkundigt, ob jemand diesen Kerl kennt, aber ich muß auch die Namen all der anderen Männer erfahren, mit denen Alice in letzter Zeit zu tun gehabt hat. Wissen Sie, ob sie schon einmal in der Mill Street tätig war?«

Ettie schüttelte den Kopf. »Nie. Das brauchte sie nicht. Die Männer, mit denen sie zu tun hatte, waren alles Stammkunden.«

»Hat sie die Männer hier getroffen?«

»Nein, in der Regel in deren Wohnungen oder in den oberen Räumen des Hotels.«

Sie war von dem Märchen, daß Alice ihren Lebensunterhalt mit dem Reparieren von Handschuhen verdiente, völlig abgekommen. »Sie werden aber Jimmy deswegen keine Schwierigkeiten machen, oder?«

Rein gesetzlich müßte der Hotelinhaber wegen illegaler Führung eines Bordells angezeigt werden.

»Vorerst nicht.«

Er sah, wie sie erleichtert die Schultern senkte. Wenn er den Hotelinhaber zur Rechenschaft ziehen würde, bräuchte sich Ettie dort nicht mehr blicken zu lassen.

Die Teekanne stand noch unangetastet auf dem Herd. Ettie begann gedankenverloren in einem Emailletopf zu rühren, der sich auf einer der Kochplatten befand.

»Ich habe gestern eine Hammelkeule gekauft. Für unsere gemütliche Teestunde. Sie mochte Hammeleintopf sehr gern.«

Ein abgehacktes Schluchzen entrang sich ihrer Kehle, und Murdoch erwartete, daß sie jeden Moment in Tränen ausbrechen würde. Doch sie gab keinen Laut mehr von sich, sondern rührte nur etwas heftiger in dem Topf herum. Er wartete eine Weile, ehe er dann in die Tasche griff und den unvollständigen Rosenkranz herausholte.

»Alice trug das um den Hals. Wissen Sie, woher sie es hatte?«

Ettie drehte sich um, und als sie sah, was er in der Hand hielt, zuckte sie zurück. Ihr Körper erstarrte, und in ihre Augen trat ein wachsamer Ausdruck.

»Das hat sie auf der Straße gefunden.«

»Wann?«

»Weiß nicht. Vor ein paar Tagen.«

»Wo genau?«

»Weiß nicht. Ich glaube, sie sagte, vor dem O'Neil.«

Murdoch sah sie durchdringlich an, doch sie wandte den Blick ab und konzentrierte sich wieder auf den Topf. »Wußten Sie, daß dies ein Rosenkranz ist?«

»Was ist das denn?«

»Menschen katholischen Glaubens benutzen zum Beten einen Rosenkranz. Jede Perle bedeutet ein Gebet. Dieser Rosenkranz hier gehörte vermutlich Therese Laporte.«

»O Gott, Sie werden doch nicht schon wieder damit anfangen?«

»Wie kommt er in Alices Besitz?«

»Herrgott noch mal, Sie scheinen ein kurzes Gedächtnis zu haben! Ich habe es Ihnen doch gerade erzählt. Sie hat dieses Ding gefunden. Wahrscheinlich hat es das Mädchen verloren.«

Murdoch stand auf, ging zu Ettie hinüber, packte sie bei den Schultern und zwang sie, ihn anzusehen. Unter dem dünnen Stoff ihres Morgenmantels konnte er ihre Knochen spüren.

»Ettie, hören Sie mir jetzt bitte genau zu. Alice wurde ermordet. Brutal ermordet. Therese Laporte ist unter mysteriösen, unnatürlichen Umständen ums Leben gekommen. Es ist möglich, daß die beiden Todesfälle miteinander in Verbindung stehen.«

Sie wich vor seiner Berührung zurück, als hätte sie sich verbrüht. »Wie sollten sie das?«

»Das müssen *Sie* mir erzählen. Im Hotel taucht ein fremder Mann auf. Er verschwindet mit Alice, und dann ist sie plötzlich tot. Vielleicht kannte der Mann Therese. Sie war immerhin in anderen Umständen. Vielleicht war er dafür verantwortlich und wollte nicht, daß jemand etwas darüber erfährt. Oder vielleicht hat Alice etwas beobachtet, als sie am Samstagabend nach Hause ging.«

Ettie zuckte abermals zusammen, wenn auch kaum merklich. »Unsinn, hat sie nicht.«

»Vielleicht hat sie beim Entkleiden der Leiche etwas Verdächtiges bemerkt.«

»Verdammt, lassen Sie mich endlich mit diesem Quatsch in Frieden!«

»Ettie, dieser Rosenkranz gehörte Therese Laporte und wird zufällig von Alice vor dem O'Neil gefunden. Und Thereses Kleider finden sich ganz zufällig in Ihrem Außenabort. Jetzt rücken Sie, verdammt noch mal, endlich mit der Wahrheit heraus!«

In seiner Hilflosigkeit brüllte er sie an, wodurch sie nur noch bockiger und verstockter wurde.

»Zum Teufel, wie oft muß ich es Ihnen denn noch sagen? Sind Sie taub oder einfach nur schwer von Begriff? Alice hat die verdammte Kette gefunden.«

Er atmete tief durch, um sich wieder zu beruhigen. Mit Brüllen kam er auch nicht weiter. »An einem Rosenkranz hängt immer ein Kruzifix. Wissen Sie, was das ist?«

»Nein.«

»Das ist ein Kreuz mit der Figur Jesu daran. Das Kreuz zu diesem Rosenkranz könnte aus Silber oder Messing sein. Haben Sie es gesehen?«

Sie schüttelte nachdrücklich den Kopf. »Nein.«

»Sind Sie sicher?«

»Die Kette war genauso, wie sie jetzt ist. Kein Jesus.«

»Könnte Alice das Kruzifix entfernt und irgendwo anders aufbewahrt haben?«

»Nein.«

»Wieso sind Sie sich da so sicher? Womöglich hat sie es Ihnen nicht erzählt. Weil sie dachte, daß Sie es dann für sich haben wollen.«

»Quatsch! Wir waren wie Schwestern. Ich würde nichts von ihren Sachen wegnehmen. Und genausowenig sie von meinen. Jetzt glauben Sie mir endlich – an diesem Ding war kein verdammtes Kreuz.«

Er versuchte eine andere Taktik. »Hat Alice erwähnt, daß sie Therese vor deren Tod gesehen hat?«

Ein Anflug von Argwohn huschte über ihr Gesicht. »Worauf wollen Sie hinaus?«

»Das Mädchen ist ganz in der Nähe gestorben. Alice sagte, sie sei am Samstagabend gegen zehn nach Hause gekommen. Vielleicht hat sie das Mädchen gesehen? Oder sogar mit ihr gesprochen? Ja? Hat sie das?«

Ettie schüttelte den Kopf.

»Verstehen Sie doch, Ettie, ich möchte Sie warnen. Wenn ich denke, daß dicke Freundinnen wie Sie und Alice sich alles erzählen, denkt sich das der Mörder womöglich ebenfalls. Sie könnten in Gefahr sein.«

»Hören Sie schon auf!« knurrte sie. »Ich kann gut auf mich selbst aufpassen.«

»Das sagten Sie über Alice auch, trotzdem …«

In diesem Moment wurde der Vorhang zur Küche beiseite geschoben, und Samuel Quinn kam herein, dick eingemummelt in einen langen Mantel, Mütze und Wollschal. Prinzessin war ihm dicht auf den Fersen, gefolgt von einem anderen Hund, den Quinn an einer festen Lederleine mit sich führte. Es war ein großer, schwerer Hund, weiß mit braunen Flecken. Er hatte einen breiten Schädel, lange Schlappohren und traurige Augen. Bei Etties Anblick stieß Prinzessin ein paar freudige Japser aus, während der andere Hund ein tiefes Bellen von sich gab und sich unter reichlichem Gesabber setzte. Als Quinn Murdoch gewahrte, blieb er abrupt auf der Schwelle stehen.

»Eh, Verzeihung. Ich wußte nicht … eh …«

Ettie bückte sich und ließ sich von Prinzessin das Gesicht ablecken. »Gutes Mädel. Hast du mich vermißt?«

Murdoch erhob die Stimme: »Können Sie einen Moment bleiben, Mr. Quinn?«

Quinn wirkte verlegen. »Eigentlich bin ich gerade auf dem Sprung in die Arbeit, Sergeant, eh...«

Ettie brachte die aufgeregt winselnde Prinzessin zum Schweigen, indem sie ihr ein paar Brotrinden hinlegte. Darauf wandte sie sich dem anderen Hund zu und tätschelte ihm die breite Schnauze.

»Bist ja ein richtiger Prachtbursche. Wo hat er dich denn aufgetrieben?«

»Gehört meinem Kumpel«, erklärte Quinn. »Soll die nächsten Tage auf ihn aufpassen.«

»Wieder ein Freund in den Flitterwochen?«

»Was?«

»Bei dem letzten Hund, auf den Sie aufpassen sollten, sagten Sie, der Besitzer befinde sich auf Hochzeitsreise.«

»Oh, richtig. Hatte ich ganz vergessen.«

Quinn zwirbelte an den Enden seines breiten Schnurrbarts.

»Wie heißt er denn?« erkundigte sich Murdoch.

»Titch. Sein Name ist Titch.«

Der riesige Hund leckte sich das sabbernde Maul, so daß sein Speichel auf den Boden spritzte.

»Was gibt's?« fragte Quinn.

Weiterhin den Hund streichelnd, sagte Ettie: »Alice wurde ermordet, Sam.«

»Was?«

»Deshalb ist er hier.«

»Wann? Ermordet...?«

»Ihre Leiche wurde heute morgen gefunden«, mischte sich Murdoch ein. »Draußen bei der Gooderham-Brennerei.«

»Was hatte sie denn in dieser gottverlassenen Gegend zu tun?«

»Das wissen wir auch noch nicht. Irgendeine Idee?«

»Was? Nein, eh, nein. Verdammt, es tut mir so leid, Ettie. Gott steh mir bei, aber ich weiß nicht, was ich sagen soll.«

»Waren Sie gestern abend im John O'Neil?« fragte ihn Murdoch.

»Ja, war ich.«

»Kennen Sie den Mann, mit dem Alice weggegangen ist? Den Matrosen? Er nannte sich Jack.«

»Kenne ich nicht. Habe ihn noch nie zuvor gesehen. Wieso fragen Sie? Hat er Alice umgebracht?«

»Das wissen wir nicht. Wir wissen nur, daß er einer der letzten Menschen war, der Alice lebend gesehen hat. Ettie sagt, sie mochte seinen Gesichtsausdruck nicht. Was ist Ihre Meinung?«

»Da fällt mir nicht viel ein. Schien ein ziemlich ruhiger Bursche zu sein. Er ist nur kurze Zeit am Tisch gesessen und dann mit Alice verschwunden.«

»Können Sie den Mann beschreiben?«

»Sicher. Blond, kurzer Haarschnitt, ein ziemlich ramponiertes Gesicht, eigentlich eine richtige Schlägerfresse.«

»Er war so häßlich wie der Teufel am Arsch, wenn sie mich fragen«, unterbrach Ettie. »Augen wie ein toter Fisch.«

»Eines ist mir aufgefallen, Mr. Murdoch«, warf Quinn ein. »Er hatte ziemlich schicke Klamotten an. Feinste Kammwolle, würde ich sagen – meinst du nicht auch, Ettie?«

Sie nickte. »Das war auch ein Grund, weshalb ich ihm die Matrosengeschichte nicht abgenommen habe. Woher sollte er das Kleingeld haben, sich solche Sachen zu kaufen?«

Murdoch wandte sich an Quinn. »Wo waren Sie letzte Nacht? Nachdem Sie das O'Neil verlassen haben?«

»Ich? Na, wo ich immer bin.« Er fingerte an seinem Schnurrbart. »Ich war die ganze Nacht auf Arbeit. Um elf habe ich angefangen. Und bis heute morgen durchgearbeitet. Sie können das nachprüfen.«

»Verflucht, der Tee wird schwarz wie Hölle sein!« rief Ettie. Sie holte die Teekanne und stellte drei angeschlagene Tassen auf den Tisch. Ohne zu fragen, schenkte sie auch Quinn eine Tasse des starken, schwarzen Gebräus ein. Dann setzte sie sich, und er kam zu ihr herüber und legte die Hand auf ihren Arm.

»Es tut mir schrecklich leid, Ettie«, sagte er noch einmal. »Kann ich irgend etwas für dich tun?«

Sie zuckte die Schultern. »Was gibt's da noch groß zu tun? Sie ist nicht mehr da.« Jählings knallte sie ihre Tasse auf den Tisch, so daß ihr der heiße Tee auf die Hand spritzte. Sie steckte ihre verbrühten Finger in den Mund. »Verdammt, verdammt«, sagte sie. Dann ballte sie die andere Hand zur Faust, begann auf den Tisch zu schlagen und wiederholte unentwegt: »Verdammt! Verdammt!«

Mrs. Kitchen gab einen Löffel Zucker in den Tee und reichte Murdoch Tasse und Untertasse. Vorsichtig nippte er daran. »Wunderbar, Mrs. Kitchen, wie immer.« Sie strahlte. Es machte ihr große Freude, den Tee genau so zuzubereiten, wie er ihn mochte.

»Bereit für dein Stärkungsmittel, Arthur?« fragte sie ihren Gatten.

»Jetzt?«

»Du hast erst sieben Stück gehabt. Mindestens zwei sollten wir dir heute abend schon noch einflößen.«

Auf der Kommode stand ein Krug und daneben eine Schüssel mit Eiern. Beatrice schüttete aus dem Krug dickflüssigen Rahm in ein Glas, schlug ein Ei hinein und rührte die Masse kräftig durch. Sie reichte die gelbliche Mixtur ihrem Mann, der sie mit wenigen Schlucken hinunterkippte und sich anschließend mit der Rückseite seines Ärmels genüßlich die Lippen abwischte.

»Arthur«, schalt sie ihn, »nimm dein Taschentuch. Wo bleiben deine Manieren?«

Murdoch grinste. »Das Zeug sieht so verlockend aus, daß ich es am liebsten selbst einmal probieren möchte.«

»Nur zu«, zwinkerte Arthur. »Das wird Ihnen guttun. Man merkt den Unterschied tatsächlich. Nach nur zwei Tagen.«

Der heitere Tonfall klang etwas aufgesetzt und ließ die darunterliegende Verzweiflung ahnen. Arthur Kitchen litt schon so lange unter seiner zunehmenden Kraftlosigkeit und der Gewißheit eines qualvollen Todes. Murdoch hoffte aus ganzem Herzen, daß diese neue Behandlung anschlug.

Wie üblich saßen sie unter ihren Decken, und Murdoch berichtete von den Ereignissen des Tages. Beatrice hatte ihm zuliebe das Kaminfeuer entfacht, doch er bestand darauf, das Fenster offenzulassen, da Arthurs Fieber heute abend bedenklich hoch war.

Beatrice setzte sich wieder. Sie hatte mit der Verzierung einer neuen Schachtel begonnen, und der angenehme Geruch nach Leim und Lack hing in der Luft.

»Was tun Sie da, Mrs. Kitchen?«

Sie strich gerade schwarzen Lack über eine ihrer Muscheln und begutachtete sie kritisch. »Mrs. Lewis meinte, es herrsche Nachfrage nach Trauerkästchen, deshalb fertige ich für sie ein schwarzes an. Mal sehen, ob es funktioniert. Der Lack haftet nicht besonders gut… Aber erzählen Sie weiter, Mr. Murdoch.«

»Eigentlich gibt es nicht mehr viel zu erzählen. Niemand scheint den Mann zu kennen, mit dem Alice das Hotel verlassen hat.« Er schob den Ärmel seiner Strickjacke hoch, um die folgenden Worte zu veranschaulichen. »Er hat eine Tätowierung um Handgelenk und Unterarm. Eine Schlange. Im Grunde ein gutes Erkennungszeichen, aber dennoch behaupten alle, den Mann nie zuvor gesehen zu haben.«

»Die ihre Hände dem Bösen übergeben, werden am Bösen zugrunde gehen.« Beatrices Ausspruch war etwas unklar, ihre Miene freilich ganz und gar nicht. Murdoch nahm einen Schluck Tee. Er wußte, was für eine gütige Frau Mrs. Kitchen im Grunde ihres Herzens war, doch wenn es um gewisse unmoralische Verhaltensweisen ging, war sie absolut kompromißlos. So hatte sie beispielsweise für Alice Black keinerlei Mitgefühl bekundet.

»Wir haben auch alle Leute im Umkreis von einer Meile des Seeufers befragt, aber immer das Gleiche. Niemand hat etwas gesehen.«

»Sind diese Leute denn glaubwürdig?« erkundigte sich Arthur.

Murdoch nickte. »Ich denke ja. Ihre Freundin, Ettie, schwört, daß Alice niemanden aus dieser Gegend kannte und nie dort gewesen ist. Aller Wahrscheinlichkeit nach ist sie in einer Kutsche zum See gebracht worden. Ihre Jacke war teilweise aufgeknöpft, und Ettie behauptet, sie habe einen Schal getragen, doch der ist genauso wenig auffindbar wie die Schuhe.«

Murdoch blickte ins Feuer. Die tanzenden Flammen kamen gegen die Kälte, die durch das Fenster hereinströmte, zwar nicht an, aber sie übten eine beruhigende Wirkung aus. Morgen würde er zu den Rhodes gehen und ihnen den Rosenkranz zeigen. Dafür hatte er heute keine Zeit mehr gehabt.

»Wie war Euer Hochwohlgeboren?« fragte Arthur.

»Ein echtes Ekelpaket. Er wetterte ständig gegen Polizisten, die sich vor jeder Arbeit drücken wollen. Am liebsten hätte ich ihm erwidert, er solle mal meine eiskalten Füße fühlen.

Arthur lachte. »In den Weichteilen, was?«

»Arthur!« rief seine Gattin, doch sie lächelte ebenfalls.

»Genau. Er drängt mich, den Verrückten zu verhaften, aber wir haben nichts gegen ihn in der Hand, außer der Tatsache, daß er die Leiche gefunden hat. Erschwerend kommt hinzu, daß er keine Fragen beantwortet. Er kreischt lediglich Zitate aus der Heiligen Schrift.«

Beatrice unterbrach für kurze Zeit ihre Arbeit an dem Muschelkästchen. »Der Sohn der Cousine meiner Mutter hat das auch gemacht. Nicht mit Bibelzitaten, sondern mit Kinderreimen. Der arme Kerl wurde als kleiner Junge von einem durchgegangenen Pferd überrannt, und das hat sein Gehirn geschädigt. Danach war er nicht mehr derselbe. Gleichgültig, was man zu ihm sagte, er rasselte nur einen Kinderreim herunter. Anfangs verstand ihn niemand, doch seine Mutter war ihm sehr zugetan und merkte schließlich, daß er in Rätseln sprach. Das arme Kind lebte nicht lange. Gott in seiner Gnade holte ihn zu sich in den Himmel, als er gerade zwölf Jahre alt war.«

»Was meinen Sie damit – er sprach in Rätseln?«

»Nun, wenn die Mutter zum Beispiel sagte: ›Was willst du essen?‹ antwortete er: ›Sieben Sachen.‹ Was bedeutete, daß er Kuchen wollte. Oder wenn er Huhn sagte, wollte er ein Ei.«

Arthur schnaubte. »Wie gut, daß seine Mutter ihn verstanden hat. Bei mir wäre der arme Tropf wohl verhungert.«

»Falls der Alte gleichfalls in Rätseln spricht, so sehe ich, offen gestanden, keinen tieferen Sinn dahinter«, sagte Murdoch. »Er erzählt, daß wir alle verdammt sind und unsere Strafe erhalten werden, und das kommt mir eigentlich ganz simpel vor.« Der Detective gähnte. »So, für mich ist es jetzt höchste Zeit. Ich muß morgen zeitig aufstehen.«

»Fast hätte ich es vergessen, Will!« rief Arthur. »Sie haben mich neulich wegen eines kleinen Hundes gefragt, eines Pekinesen …«

»Oder ein King Charles«, unterbrach Beatrice.

»Es war ein Pekinese, Mutter. Jedenfalls ist mir dazu eine Zeitungsnotiz eingefallen, und so habe ich die letzten Ausgaben der *News* durchgeblättert. Da, hören Sie sich das an. Es stand in der Samstagsausgabe.« Er schlug eine der neben ihm liegenden Zeitungen auf und las vor:

»HUND VERMISST. Mein Hund ist am Freitag auf unserem üblichen Spaziergang im Bereich von Church und Queen Street abhanden gekommen. Es ist ein reinrassiger Pekinese. Hellbeige mit großen Augen. Er hört auf den Namen Bartholomew. Großzügige Belohnung für Hinweise, die zur Wiederauffindung führen. Wenden Sie sich bitte an Mrs. Shaw, Melita Avenue.«

»Ich werde mir das notieren. Wenn wir schon einmal beim Thema sind: Welcher Hund kann das sein – groß wie ein Pony, weißes Fell mit braunen Flecken, lange Schlappohren und solche Augen?« Er zog die Unterlider so weit herunter, daß der rote Innenrand zu sehen war.

»Oh, das ist bestimmt ein Neufundländer. Gute Hunde, wenn sie nur nicht so sabbern würden.«

»Genau, das trifft zu. Falls Sie in der Zeitung auf eine Anzeige stoßen sollten, die so einen Hund betrifft, lassen Sie es mich doch bitte wissen.«

Arthur schmunzelte zufrieden. »Das werde ich sicher. Es sind ziemlich wertvolle Hunde.«

»Ich verstehe nicht«, mischte sich Beatrice ein.

»Ich habe den Verdacht, daß der gute Mr. Quinn gar nicht der große Hundeliebhaber ist, als der er sich ausgibt«, erklärte Murdoch.

»Sie sagten doch, er hat einen eigenen Hund, nicht wahr?« fragte Arthur.

»Ja, einen argen Kläffer. Er veranstaltet einen Höllenlärm.«

»Das muß ein Weibchen sein.«

»Arthur! Was fällt dir ein!«

»Nein, nein, Mutter, ich will damit nur sagen, daß der gute Mann offenbar den alten Trick benutzt.«

»Was für einen Trick?« fragte Beatrice.

»Wenn du einen Hund klauen willst und ihn wegen der Belohnung eine Weile behalten möchtest, wartest du, bis er von der Leine losgebunden wird, und läßt dann deine Hundedame vor ihm herlaufen. Zu bestimmten Zeiten ist sie, eh... unwiderstehlich. Nur von dem einen Gedanken besessen, rennt der Hund also los, und der Besitzer bleibt händeringend zurück und ist bereit, dem freundlichen Finder jede Belohnung zu zahlen, wenn er ihm nur seinen Wuschel oder Puschel oder wie immer er heißen mag wieder zurückbringt.«

Murdoch lachte. »Sie haben es genau erfaßt, Arthur. Andererseits laufen wir Polizisten Gefahr, vor lauter Eifer die eigene Mutter zu verdächtigen. Vielleicht hat er tatsächlich Freunde, die ihm ihre teuren Hunde in Obhut geben.«

»Na, ich werde trotzdem nach Vermißtenanzeigen Ausschau halten.«

Murdoch zog seine Decke beiseite und stand auf. »Ich gehe schlafen. Gute Nacht.«

Er gab beiden die Hand und ging nach oben in sein Zimmer. Einen Moment überlegte er, ob er noch ein Pfeifchen rauchen sollte, doch er war zu müde. Also entkleidete er sich rasch und schlüpfte ins Bett. Er zitterte, als er mit dem kalten Laken in Berührung kam. Verdammt, er hatte vergessen, seine Tanzschritte zu üben. Und den Unterricht hatte er diese Woche ebenfalls versäumt. Er sollte morgen lieber eine Stunde nehmen, sonst müßte sich der Professor bei seinem Abendempfang für ihn schämen.

Die Vorstellung, eine junge Frau in den Armen zu halten, machte ihn wieder unruhig, und um sich abzulenken, schüttelte er kräftig sein Federkissen auf. Dennoch stahl sich ungebeten die Erinnerung an eine zarte Schulter in sein Gedächtnis, die sich erregend heiß unter seiner Hand angefühlt hatte. Er drehte sich um und boxte noch einmal wütend in sein Kissen. Solche Gedanken brachten ihn nicht weiter. Er sollte sie lieber aus seinem Kopf verbannen.

14

Freitag, 15. Februar

Inspector Brackenreid schob den Schilfrohrvorhang vor Murdochs Dienststube zur Seite und trat ein. Murdoch stand von seinem Schreibtisch auf.

»Was kann ich für Sie tun, Sir?«

»Bringen Sie mich auf den neuesten Stand in dieser verdammten Dienstmädchen-Affaire. Der Chief Constable hat persönlich ein Telegramm geschickt mit der Bitte um genaue Hintergründe.«

Murdoch zupfte an seinem Schnurrbart. Wenn Colonel Grasset Genaueres wissen wollte und Brackenreid sich aus seinem eigenen Büro herauswagte, dann mußte es jemanden geben, der den beiden Dampf machte. Vermutlich der Ratsherr, Godfrey Shepcote. Er kam Murdoch wie ein Mann vor, dem jeder Grund recht war, um ein Riesengezeter zu veranstalten.

»Ich habe nicht viel Neues zu berichten, Sir. Wir gehen nach wie vor den Reaktionen auf den Zeitungsartikel nach, doch bisher hat sich nichts Brauchbares ergeben.«

»Und jetzt haben wir auch noch diese andere Hure am Hals.«

»Ihr Name war Alice Black, Sir.«

»Wen, zum Teufel, schert das? Haben Sie noch etwas aus dem Verrückten herausbekommen?«

»Nein, Sir. Aber ich bezweifle, daß er der Mörder ist. Zephanja ist ein alter Mann. Ich kann mir nicht vorstellen, daß er imstande ist, eine junge Frau wie Alice zu überwältigen.«

»Seien Sie sich da nicht zu sicher, Murdoch. Wahnsinnige können, wenn nötig, die Kraft von zehn Leuten haben. Wie auch immer, mich beunruhigt etwas ganz anderes.«

Er nickte zur Wand hinüber, die der Detective als Tafel benutzte. »Was haben Sie denn da?«

»Das ist eine Skizze des Gebiets, das mit dem Tatort in Zusammenhang steht, Sir.«

»Ich hoffe, die Kreide läßt sich wieder wegwischen.«

»Wenn nicht, werde ich persönlich die Wand neu streichen.«

Brackenreid trat etwas näher vor die Wand. »Erklären Sie es mir, Murdoch.«

»Das ist die Stelle, wo Therese Laportes Leiche gefunden wurde, in der St. Luke.« Er nahm sein Lineal und tippte, während er weitersprach, auf die jeweiligen Orte. »Genau hier hat Karotte, der Zeitungsjunge, das Mädchen gesehen. Er selbst befand sich an der Ecke Church und Gerrard Street, und seiner Aussage zufolge ging das Mädchen die Gerrard in östlicher Richtung an ihm vorbei.«

»Aber was hatte sie da zu suchen? Ich denke, sie wollte in ihr Heimatdorf zurückkehren. Dann hätte sie doch in Richtung Bahnhof gehen müssen. Und der liegt am Ende der Yonge Street.«

»Damit haben Sie recht, Inspector, aber ich glaube, ich weiß, was sie vorhatte.«

Plötzlich erwachte in Murdoch der Ehrgeiz, Brackenreid den Fortschritt seiner Ermittlungen zu demonstrieren. »Die gestrichelte Linie hier, das ist der Weg, den sie, meiner Ansicht nach, von Birchlea aus genommen hat. Als Karotte sie sah, muß es ungefähr neun Uhr zwanzig oder fünfundzwanzig gewesen sein. Jimmy Matlock, ein anderer Zeitungsjunge, behauptet, sie an der Ecke Queen und Berkeley beim Überqueren der Straße bemerkt zu haben, und er erinnert sich gleichfalls daran, daß sie in östlicher Richtung weiterging. Eine genaue Zeitangabe kann er nicht machen, allerdings sagt er, er habe die St. Paul zur Viertelstunde schlagen hören. Die Strecke von der Stelle, wo Karotte sie sah, bis dorthin, wo Jimmy sie bemerkte, dauert zu Fuß etwa zwanzig Minuten, und das würde mit Jimmys Behauptung, die Uhr habe Viertel nach zehn geschlagen, übereinstimmen. Sie ist Richtung Süden gegangen und hat sich nach Osten weiterbewegt...«

»So? Kommen Sie zur Sache, Murdoch.«

»Ja, Sir.«

Murdoch biß die Zähne zusammen und verkniff sich eine schroffe Erwiderung. Er kannte Brackenreid, wenn er eine seiner Launen hatte.

»Therese war eine junge Frau in Not, und sie war Frankokanadierin. In Zeiten der Not suchen wir wohl alle, wie ich denke, Zuflucht bei etwas Vertrautem – was für uns Familie oder Heimat repräsentiert...« Er zeigte auf eine Markierung in der King Street. »Hier ist die alte Methodistenkirche. Inzwischen wird sie von einer kleinen Gruppe Frankokanadier benutzt, die in der Nähe leben. Ich vermute, sie war auf dem Weg dorthin.«

Murdoch war klar, daß er sich mit dieser Theorie harter Kritik aussetzen würde, und er bedauerte seine Worte, noch während er sie aussprach. Der Inspector gab auch prompt ein abfälliges Schnauben von sich.

»Verdammt dünn, wenn Sie mich fragen, Murdoch. Angenommen, Sie sehen mich in der Bay Street, dann können Sie daraus doch nicht schließen, wo ich hinwill. Was, wenn ich aus einer Laune heraus beschlossen hätte, auf diesem Weg nach Hause zu gehen? Einfach so, zur Abwechslung?«

»Nun, das kommt ganz darauf an, Sir. Wenn Sie die Bay

Street in nördlicher Richtung gingen, würde ich daraus folgern, daß Sie zum National Club wollen.«

»Was? Oh, das wäre vermutlich der Fall, aber damit ist mein Einwand keinesfalls widerlegt.«

»Ich versuche nur, logische Schlußfolgerungen aus den wenigen Informationen zu ziehen, die wir über den Charakter des Mädchens und seine Lebensumstände erfahren haben.«

»Und die einzigen Augenzeugen sind die beiden Gassenjungen?«

»Bisher ja, Sir, aber ich halte sie für glaubwürdig. Beide haben eine gute Beschreibung des Mädchens geliefert.«

»Nun gut. Fahren Sie fort. Erklären Sie mir die weiteren Geheimzeichen Ihrer Wandmalerei.«

»Hier, mit diesen blauen Vierecken, habe ich Owen Rhodes' Wegstrecke markiert. Er verließ Birchlea gegen neun Uhr, um Miss Shepcote nach Hause zu bringen. Er sagte, er sei mit der Kutsche über die Bloor zur Church Street gefahren, weiter in Richtung Gerrard, die Gerrard hinunter, dann die Berkeley in südliche Richtung zum Haus der Shepcotes, das gleich unterhalb der Queen Street liegt. Er gibt an, mit Miss Shepcote dort bis Mitternacht geplaudert zu haben und dann auf demselben Weg nach Hause zurückgefahren zu sein. Sollte das freilich nicht der Wahrheit entsprechen, sollte er Miss Shepcote früher verlassen haben, könnte er leicht Therese begegnet sein und sie in der Kutsche irgendwohin mitgenommen haben.«

»Bestätigt Miss Shepcote sein Alibi denn nicht?«

»Doch, Sir, aber sie schien sich sehr unbehaglich zu fühlen, und ich war mir nicht sicher, ob sie die Wahrheit sagte.«

»Seien Sie nicht albern, Murdoch. Sie ist eine wohlerzogene junge Dame. Wahrscheinlich war sie verlegen, weil die beiden um diese Uhrzeit unbeaufsichtigt zusammen waren. Und ganz abgesehen davon – weshalb sollte sie lügen?«

»Um dem jungen Rhodes ein Alibi zu verschaffen.«

Er wartete darauf, daß sich Brackenreid dazu äußerte, doch der knurrte nur und deutete auf die Skizze.

»Und die Kreise stehen für Dr. Rhodes, nehme ich an.«

»Eigentlich für Mr. Shepcote und Mr. Rhodes. Die beiden haben Birchlea kurz nach neun in Shepcotes Kutsche verlassen, und der Doktor wurde vor seinen Ordinationsräumen, Ecke Church und Carlton, abgesetzt. Er behauptet, er habe bis ein Uhr früh an einem Artikel für irgendeine medizinische Zeitschrift gearbeitet. Da hat er es gern ruhig, wie er sagt. Dann ist er, seiner Aussage zufolge, einen Teil des Wegs zu Fuß zurückgegangen, bis er eine Droschke fand. Ich habe Constable Wicken beauftragt, alle Droschkenfahrer der vergangenen Woche aufzuspüren, damit wir wenigstens diesen Teil von Rhodes' Aussage verifizieren können. Allerdings haben wir außer Rhodes' Zusicherung keinen Beweis dafür, daß er tatsächlich so lange in seinen Arbeitsräumen gewesen ist. Er könnte ein Rendezvous mit Therese gehabt haben. Als Jimmy sie sah, war sie allein, doch wenn der Doktor schnell gegangen wäre, hätte er sie an der Queen Street einholen können. Er könnte natürlich auch eine Droschke gemietet haben. In jedem Fall kann er bei Bedarf mühelos an größere Mengen von Opium herankommen.«

»Herrgott noch mal, Murdoch, Sie greifen wohl nach jedem Strohhalm? Wenn man Ihnen so zuhört, sagt keiner auch nur annähernd die Wahrheit.«

»Mitunter kommt es mir tatsächlich so vor, Sir. Nun, der Zustand des Mädchens ist jedenfalls keine Lüge. Jemand hat sie geschwängert.« Er zeigte wieder an die Wand. »Das ist der Weg, den Mr. Shepcotes Kutsche nach dem Verlassen von Birchlea genommen hat. Nachdem Rhodes abgesetzt wurde, ist Mr. Shepcote in seinen Club in der River Street gegangen. Der Kutscher legte Wert darauf, mir mitzuteilen, daß er via Wilton gefahren ist.«

»Was heißt das, ›er legte Wert darauf‹?«

»Es hatte für mich den Anschein. Ich habe ihn nicht gefragt, er hat es freiwillig geäußert. Jedenfalls bedeutet das, daß sich der Ratsherr in derselben Gegend wie Therese befunden hat, und um dieselbe Zeit. Wenn er tatsächlich über die Queen

Street gefahren ist, könnte er Therese hier, irgendwo zwischen der Berkeley und der River Street, getroffen haben.«

»Gütiger Himmel, Murdoch, Sie glauben doch nicht etwa, daß der Ratsherr mit dieser Sache etwas zu tun hat?«

»Im Moment glaube ich gar nichts, Inspector. Ich versuche lediglich, mir Klarheit über das Tun jener Leute zu verschaffen, die irgendwie mit Birchlea und dem Leben von Therese Laporte in Verbindung standen. Der Clubverwalter hat einem meiner Männer bestätigt, daß sich Shepcote von Viertel nach zehn bis etwa Mitternacht im Club aufhielt.«

Brackenreid beugte sich zur Wand vor und kniff die Augen zusammen. »Was ist das?« Er deutete auf eine kleine Einkerbung am unteren Ende des Plans.

»Das ist einfach nur ein Loch in der Wand, aber ich dachte mir, ich könnte es genausogut mit einbeziehen. Ich habe einen Ballon darum gemalt. Damit will ich anzeigen, daß Therese sich von diesem Punkt an in Luft aufgelöst hat.«

»Sie sind mir eine Spur zu phantastisch, Murdoch.«

Murdoch bemühte sich weiterhin um einen möglichst ungerührten Tonfall. »Das ist die Stelle, wo wir, meiner Ansicht nach, auf einen bedeutenden Hinweis gestoßen sind, Sir. Constable Wicken ist ein sehr talentierter junger Polizist und befragte jeden einzelnen Haushalt in der Queen Street. In Nummer vierhundertfünfundneunzig wohnt eine Frau namens Philips, und die schwört, daß sie in jener Nacht von zehn Uhr bis mindestens Mitternacht am Fenster gesessen ist. Ihr Gatte ist Fuhrmann, und sie erwartete ihn um zehn Uhr von einer Fahrt zurück. Offenbar hat eines seiner Pferde zu lahmen begonnen, so daß er erst sehr viel später heimkehrte. Mrs. Philips sagt, Therese Laporte sei nicht vorbeigekommen. Sie wohnt genau hier, an der südwestlichen Kreuzung, was bedeutet, daß sie jeden gesehen hätte, der von Norden oder Süden in die Sumach eingebogen oder entlang der Queen Street weitergegangen wäre.«

»Ich verstehe nicht, worauf Sie hinauswollen, Murdoch.«

Murdoch konnte den Impuls nicht unterdrücken, den Inspector der Spannung wegen einen Moment zappeln zu lassen.

»Ich werde Ihnen erzählen, weshalb ich dem jungen Wicken so dankbar bin. Die Frau wiederholt also ständig, daß an diesem Abend kein Mädchen vorbeigekommen sein könne. Wicken merkt, daß er so nicht weiterkommt und fragt, ob sie dann vielleicht ein Fahrzeug gesehen habe. Ja, sicher, sagt sie, zwei Fahrzeuge. Eine Fuhrkarre und eine Kutsche. Die Karre ist gegen Mitternacht vorbeigekommen und südlich auf die Sumach gefahren, die Kutsche kam zeitiger, gegen zehn, und fuhr nach Osten über die Queen Street. Leider konnte Mrs. Philips nicht angeben, was für eine Art von Kutsche es war, aber sie meint, es könne eine Mietkutsche gewesen sein. Das Pferd war grau oder weiß.«

»Mir ist nicht klar, was an dieser Aussage so nützlich sein soll. Das ergibt ein Konstrukt, fragiler als ein Spinnennetz.«

»Spinnen können in solch einem fragilen Gebilde eine Menge Fliegen fangen. Mrs. Philips hat nämlich auch zugegeben, daß sie an jenem Abend Alice Black vom Fenster aus gesehen hat. Sie hat das vorher nicht erwähnt, weil sie Alice kannte und nicht danach gefragt worden ist. Wicken hatte ja nur etwas über ein ihr unbekanntes fremdes Mädchen wissen wollen. Jedenfalls ist sie sich sicher, daß Alice kurz nach Erscheinen der Kutsche vorbeigegangen ist.«

Zum ersten Mal wirkte Brackenreid interessiert. Er strich vorsichtig über die Wand.

»Demnach muß die Hure das Laporte-Mädchen gesehen haben.«

»Das ist auch meine Meinung. Alice war um zehn zu Hause, und ihr Heimweg vom O'Neil verläuft über die Queen Street.«

Der Inspektor schwieg einen Moment und seufzte schließlich. »Also stehen die beiden Todesfälle womöglich in Zusammenhang.«

»Ja, Sir. Was das Fuhrwerk betrifft, so habe ich Wicken auf den Markt geschickt, damit er sich erkundigt, ob Samstagnacht ein Farmer irgend etwas angeliefert hat. Einfach nur, um sicherzugehen. Allerdings denke ich nicht, daß das Fuhrwerk für den Fall wichtig ist. Aber die Kutsche unbedingt.«

Brackenreid blickte sich in dem winzigen Zimmer um, als suche er nach irgendeinem Beistand.

»Ihr Diensteifer in Ehren, Murdoch, aber vergessen Sie dabei nicht das Wesen der betreffenden Menschen. Ein guter Polizist ist ein guter Menschenkenner. Sie können Ihre Pünktchen und Pfeile malen bis zum Jüngsten Tag, aber Sie werden unter diesen Menschen keine Mörder oder Entführer finden.«

»Verzeihen Sie, wenn ich widerspreche, Sir. Palmer, Lamson und Pritchard waren alles Ärzte, und der junge Birchall war der Sohn eines Vikars.« Er nahm einen Zirkel vom Schreibtisch. »Laut Dr. Moffat konnte Therese mit der Menge an Opium in ihrem Blutkreislauf nicht sehr weit gekommen sein.« Er streckte die Zirkelspitze in die markierte Stelle, wo Thereses Leiche gefunden worden war. »Wenn ihr das Opium maximal eine halbe Stunde vorher verabreicht wurde, muß sie sich innerhalb von diesem Radius aufgehalten haben.« Er ließ den Zirkel kreisen. Brackenreid fluchte leise, als er das Ausmaß des Gebiets sah, das dadurch abgedeckt wurde.

»Da haben Sie aber einiges zu tun, Murdoch.«

»Ich weiß, Sir. Wir alle.«

Draußen ertönte ein diskretes Hüsteln. Murdoch konnte hinter dem Vorhang den breiten Umriß von Constable Crabtree ausmachen.

»Miss Bernadette Weston möchte Sie sprechen, Sir.«

»Wer ist das noch mal? Der Name kommt mir bekannt vor«, sagte Brackenreid.

»Sie war Alice Blacks Freundin, Sir.«

»Dann gehe ich jetzt mal lieber«, sagte Brackenreid.

Auf der Schwelle blieb er stehen und hielt eine der klappernden Schilfrohrschnüre fest. »Bis heute nachmittag fünf Uhr möchte ich einen vollständigen handschriftlichen Bericht auf meinem Schreibtisch haben ..., aber den Unsinn mit den Pünktchen und Pfeilen können Sie sich schenken. Reden Sie mal mit den Katholen. Irgend jemand muß sie ja an ihre Wäsche gelassen haben. Ich wette, es war derselbe, der ihr das Opium verpaßt hat.«

»Ja, Sir.«

Persönlich sah Murdoch zwar keinen guten Grund, weshalb die beiden Dinge zusammenhängen sollten, dennoch wäre es hilfreich zu wissen, wer Therese verführt hatte. Es war, als würde man ein Puzzle beginnen. Sobald man die Randstücke hatte, ging das Suchen los. Er grinste. Bisher wußte er noch gar nicht, welches Bild entstehen sollte oder ob alle seine Teile zu demselben Puzzle gehörten.

Zeit für eine kleine Pause. Vielleicht konnte Ettie etwas Licht in die Sache bringen. Er ging hinaus, um sie zu holen.

Crabtree hatte ihnen, auf Murdochs Bitte hin, zwei Tassen starken, süßen Tee gebracht, und Ettie spitzte nach dem ersten Schluck anerkennend die Lippen. »Der ist gut.«

Sie war ganz in Trauer gekleidet mit einem langen schwarzen Cheviot-Mantel und einem breiten Schleierhut, wie ihn eine Witwe tragen würde. Ein starker Geruch nach Mottenkugeln umgab sie, und Murdoch vermutete, daß sie sich die Kleidungsstücke, die viel zu groß für sie waren, geliehen hatte.

Sie sah sich flüchtig in der winzigen Stube um und deutete dann auf die Skizze an der Wand. »Was ist das?«

»Ich habe dort die Schritte all jener Menschen aufgezeichnet, die in der Nacht von Therese Laportes Tod unterwegs waren.«

Einen Moment schwieg sie. »Sie nehmen Ihre Arbeit sehr ernst, nicht wahr?«

Er nickte.

»Wofür ist die Medaille?«

»Die habe ich letztes Jahr bei den Polizeiwettkämpfen im Radrennen gewonnen.«

»Wußte gar nicht, daß die so was veranstalten. Ich dachte, Schnüffler seien immer ernst. Nur Arbeit, kein Vergnügen.«

Er lächelte, obwohl sie es nicht scherzhaft gemeint hatte.

»Als Sie gestern gekommen sind, war ich, wie man so sagt, nicht ganz bei Sinnen...«

»Das ist nur natürlich.«

»Sie sagten, Sie wüßten, wie es ist, einen geliebten Menschen zu verlieren ...«

»Ja, das ist richtig.«

Sie runzelte die Stirn. »Wer war es? Ihre Frau?«

»Meine Verlobte. Sie ist vor zwei Jahren an Thyphus gestorben.«

»Was war sie für eine? Eine feine Dame, oder was?«

»Sie war Lehrerin.«

Was immer ihr das bedeutete, was er gesagt hatte, es schien sie jedenfalls zufriedenzustellen. Sie ließ ihre Tasse sinken.

»Ich will nicht ins Kittchen, aber wenn Sie dadurch den Burschen kriegen, der Alice umgebracht hat, werde ich ...«

Murdoch unterbrach sie. »Ettie, sehen wir die Sache einmal so. Ich kann mir gut vorstellen, was geschehen ist. Alice stand auf, um auf den Außenabort zu gehen, und entdeckte gegenüber in der Gasse die Leiche des Mädchens.

Ohne viel Aufhebens davon zu machen ging sie hinüber, stahl die Kleider und versteckte sie im Außenabort. Die Schuhe, den Schlüpfer und den Rosenkranz behielt sie für sich. Sie haben währenddessen friedlich in Ihrem warmen Bett geschlafen. Alice hat allein gehandelt. Habe ich recht?«

Ettie zögerte und sah ihn argwöhnisch an. »Ja, wird wohl so gewesen sein.«

»Nur eine Frage: Hat sie sich Ihnen hinterher anvertraut? Damit meine ich: Hat sie genau geschildert, was das Mädchen anhatte, als sie es fand?«

»Nur das, was Sie in dem Bündel gesehen haben.«

»Keine Jacke oder Handschuhe?«

»Nein. Wir, eh ... ich meine Alice fragte sich, wo die Kleine gewesen ist. Sie hat sie nämlich früher am Abend schon einmal gesehen.«

Unwillkürlich hielt Murdoch den Atem an, als würde er sich im Wald an ein Reh heranpirschen. »Wo?«

»Auf dem Heimweg vom Hotel beobachtete sie, wie das Mädchen in eine Kutsche stieg.«

»Hat Alice erzählt, ob sie den Kutscher oder den Insassen gesehen hat?«

»Nein, die Blenden waren heruntergezogen. Aber sie sagte, die Kutsche sei rötlich gewesen, oder dunkelbraun, und das Pferd hatte eine helle Farbe. Der Kutscher trug einen langen schwarzen Mantel und einen hohen Hut.«

Abwartend sah Murdoch sie an, aber Ettie starrte nur stumm zurück. »Ist das alles?« fragte er schließlich.

»Das genügt doch wohl, oder? Damit sollte es Ihnen gelingen, den Dreckskerl zu schnappen.«

»Ettie, wissen Sie, auf wie viele Kutschen in der Stadt diese Beschreibung zutrifft?«

»Nein, auf wie viele denn?«

»Sicher an die hundert, wenn nicht mehr.«

»Tja, das ist Ihre Aufgabe. Wenigstens wissen Sie jetzt, daß das Mädchen in eine Kutsche gestiegen ist.«

»Das stimmt.«

Ettie sah ihn finster an. »Ich hätte auch zu Hause bleiben können. Ich dachte, Sie würden sich freuen.«

»Natürlich. Ich bin Ihnen sehr dankbar, Ettie.«

»Alice hatte den Eindruck, das Mädchen würde die Person in der Kutsche kennen.«

»Was veranlaßte sie zu diesem Gedanken?«

»Weibliche Intuition. Sie hat das Mädchen auch sofort als Landei eingeschätzt, und das stimmte genau, nicht wahr?«

»Ja. Sie kam von einer Farm in der Nähe von Chatham.«

»Ich habe Al gewarnt, nichts auszuplaudern, aber sobald sie von der Belohnung erfuhr, blinkerte das Dollarzeichen in ihren Augen. Die dumme Gans, das hat sie nun von ihrer Geldgier!«

»Sie glauben, sie wurde umgebracht, weil sie etwas wußte?«

»Na klar. Alice konnte sehr gut auf sich aufpassen. Sie würde niemals einen Kunden so reizen, daß er die Kontrolle verliert und sie umbringt. Auch nicht diesen Teufel von Matrosen. Wenn er der Mörder von Alice ist, handelt es sich bei ihm auch um denjenigen, der das Mädchen auf dem Gewissen hat.«

Sie stand auf und zog den dichten Schleier wieder vor das Gesicht. »Dann werde ich jetzt mal gehen. Ich muß noch einiges für die Bestattung vorbereiten. Sie wissen ja, wo Sie mich finden.«

Sie reichte ihm die Hand zum Abschied. Das Leder ihrer Handschuhe schloß jegliche Empfindung von warmer Haut aus, und er war dankbar dafür.

»Passen Sie auf sich auf, Ettie.«

»Klar. Tu ich doch immer.«

Begleitet von einem leisen Rascheln ihrer steifen Röcke und einer Wolke von Kampfer, ging sie hinaus.

Gedankenverloren beobachtete Murdoch, wie sich die tanzenden Schilfrohrschnüre allmählich wieder beruhigten.

15

Freitag, 15. Februar

Cyril Rhodes schritt in seinem schmalen Ordinationszimmer auf und ab. Er war noch immer tief beunruhigt über Donaldas Ankündigung. Jeder würde wissen, daß es sich um eine eheliche Trennung handelte, und das könnte sich auf seine Arztpraxis sehr nachteilig auswirken. Man brauchte nur zu sehen, was mit Charles Warden passiert war, nachdem sich seine Gattin mit dem jungen Jarrod auf den Weg ins Ausland gemacht hatte. An der Oberfläche hatte man Mitgefühl mit dem gehörnten Ehemann bekundet, doch Wardens Praxis war nach und nach immer mehr geschrumpft, so daß er schon ernsthaft erwogen hatte, die Stadt zu verlassen. Es war sein Glück gewesen, daß Clara bald darauf von einer Krankheit dahingerafft wurde und er in der Lage war, sich wieder zu verheiraten. Dennoch kamen die Patienten nur sehr zögerlich wieder zurück.

So störend dieser Gedanke auch war, mußte er doch einräumen, daß es ihm in letzter Zeit immer schwerer fiel, mit seinen

Einkünften auszukommen. Es war kostspielig, zwei Haushalte zu finanzieren, und er hatte weniger in der Praxis zu tun, als ihm lieb war. Mitunter gab es längere Zeitspannen, in denen er nur dasaß und auf den nächsten Patienten wartete. Da das Land gerade eine schwierige wirtschaftliche Periode durchmachte, kamen immer weniger Menschen über die schmalen Stiegen in seine Ordinationsräume. Sie suchten sich lieber Ärzte, die nicht so teuer waren.

Er blieb kurz am Fenster stehen und blickte auf die Straße hinunter. Links konnte er den schlanken Turm der St. Jameskirche sehen, der sich scharf gegen den trüben Himmel abzeichnete. Rechts gegenüber befand sich das schöne neue Somerset Hotel. Ein zerlumpter Junge schippte eifrig Schnee, um auf dem schneebeladenen Bürgersteig einen Durchgang zu schaffen. Trotz emsiger Beamter, die nach Schulschwänzern Ausschau hielten, gelang es vielen Jungen in der Stadt, die Schule zu umgehen, da entweder sie selbst oder die Eltern ihr mageres Einkommen benötigten, um überleben zu können. Dieser Junge verdiente sich sein Geld, indem er Päckchen trug, die Kutschpferde festhielt, wenn es erforderlich war, und indem er sommers wie winters die Fahrbahn von Dung reinigte, damit den Hotelgästen beim Überqueren der Straße kein peinliches Malheur widerfuhr. Es war ein guter Posten, und Cyril hatte gelegentlich den Jungen auf dieselbe Art seinen Bereich verteidigen sehen, wie wilde Tiere es tun, wenn sie andere hungrige Eindringlinge vertreiben.

Cyril konnte das nachempfinden. Dieser Abschnitt der Church Street, von der Gerrard zur Carlton, wurde in der Branche scherzhaft als »Witwensteg« bezeichnet. An der Westseite gab es sieben Witwen, an der Ostseite fünf, und alle waren sie wohlhabend und lebten in großen Häusern. Als sich die Gelegenheit geboten hatte, inmitten dieser möglicherweise einsamen Damen eine Praxis zu mieten, hatte er sofort zugegriffen, wiewohl es ihm nicht den erhofften Kundenstamm gebracht hatte. Anfangs waren sie aus purer Neugierde in Scharen zu ihm geströmt und hatten irgendwelche Wehwehchen erfunden, um ihn ins Visier nehmen zu können, doch das hatte nicht angedauert. Es war sein Fehler, er wußte es. Bei Frauen einer bestimmten Gesellschaftsschicht fühlte er sich unbehaglich und stotterte – trotz oder wegen aller Bemühungen, es zu vermeiden – noch mehr als sonst. Um das zu kompensieren, benahm er sich reserviert und unpersönlich. Und das war der falsche Stil bei diesen Damen, die alle umhätschelt und umschmeichelt werden wollten und die von ihm erwarteten, daß er einen beträchtlichen Teil seiner Zeit darauf verwandte, ihnen zuzuhören. Im Lauf der Jahre waren sie nach und nach verschwunden, und jetzt kam der Großteil seiner Patienten aus der Arbeiterklasse. Diese Menschen erwarteten von ihrem Arzt ein unnahbares Auftreten und betrachteten sein Stottern als Zeichen seiner Überlegenheit.

Plötzlich beugte sich Cyril vor und rückte seinen Kneifer zurecht. Gütiger Gott, das war doch nicht etwa Martha? Nicht hier! Sie würde es nicht wagen, hierherzukommen!

Eine stämmige Frau in einem dunklen Pelzcape und einem breitkrempigen Hut spazierte, den Rock unschicklich weit über die Stiefel gehoben, die gegenüberliegende Straße entlang. Neben ihr ging ein Mädchen mit einer leuchtendroten Schottenmütze und einem dazu passenden Mantel. Rasch trat Cyril vom Fenster zurück und zog die Rolläden herunter, ließ jedoch einen kleinen Spalt offen, um hindurchsehen zu können. Er stöhnte. Es war Martha! Sie und ihre Tochter schlenderten ziemlich langsam an seiner Praxis vorbei in Richtung Carlton Street.

Mit angehaltenem Atem beobachtete er, wie sie an der Ecke stehenblieben. Was hatte sie vor? Sie wollte doch sicher nicht ins Hotel gehen? Der livrierte Türsteher öffnete schon erwartungsvoll die Tür, doch mit einem hochmütigen Zurückwerfen ihres Kopfes drehte sich die Frau um und blickte aufmerksam die Straße hinunter. Cyril wich noch weiter zurück, obwohl nichts in ihrem Benehmen darauf hindeutete, daß sie ihn gesehen hatte. Sie konzentrierte sich auf die elektrische Straßenbahn, die auf den Gleisen zwischen ihnen entlangschaukelte, und signalisierte ihr mit einem Winken, anzuhalten. Der Junge fegte ein letztes Mal demonstrativ seinen freigeschaufelten Durchgang, doch die Frau nahm ihre Tochter bei der Hand und eilte, ohne ihn eines Blickes zu würdigen, an ihm vorbei. Als sie in die Straßenbahn kletterten, blickte sich das Mädchen noch einmal nach dem Jungen um. Ermutigt rannte er auf die Straßenbahn zu, aber der Schaffner beugte sich von seiner Plattform herunter und verscheuchte ihn mit einen Handbewegung.

Cyril sah der Straßenbahn nach, bis sie außer Sicht war. Sein Herz hämmerte, und er fühlte sich elend. Ihm war schon seit langem klar, daß sich diese Situation nicht endlos aufrechterhalten ließe, nur rückte die Stunde der Wahrheit nun entsetzlich nah. Es wurde immer schlimmer und schlimmer, ein grauenvoller Auftritt folgte auf den nächsten. Wenn ihr die Nachricht von Donaldas Abreise zu Ohren käme, würde alles nur noch schwieriger werden.

Er zog sein Taschentuch heraus und wischte sich über die Stirn. Vor lauter Panik war ihm tatsächlich der Schweiß ausgebrochen.

Langsam ging er zu seinem Schreibtisch und setzte sich. Auf dem Schreibtisch stand ein Foto von Donalda und ihm, aufgenommen am Tag ihrer Hochzeit. Er strahlte, und sie sah bezaubernd aus, erfüllt von einer inneren Freude.

Unwillig drehte er das Foto um.

Ein schrilles Pfeifen aus der Sprechanlage schreckte ihn auf. Er nahm sein Notizheft und schlug es auf, obwohl Mrs. Stockdale, seine Krankenschwester, nicht im Traum daran denken würde, unangekündigt in sein Zimmer zu kommen.

»Mr. Shepcote ist am Telefon, Doktor. Soll ich ihn durchstellen?«

»Ja.«

Er zog das Telefon zu sich heran und nahm den Hörer ab.

»Rhodes am Apparat.«

Die Stimme am anderen Ende der Leitung war so leise und rauh, daß er sie nicht als die von Shepcote erkannt hätte.

»Rhodes, ich muß den Empfang heute abend absagen. Das kommt mir im Moment etwas ungelegen …«

Cyril stöhnte innerlich auf. Er hatte Charlotte eine Begegnung mit der berühmten Schauspielerin Flo Wortley versprochen, und er wußte, wie eisig die Stimmung sein würde, wenn er Mutter und Tochter mitteilte, daß der Empfang ausfiel. Das Mädchen würde keine Probleme machen – das machte es nie –, aber Martha umso mehr.

»Rhodes?«

»J-ja, entschuldigen Sie. Ich war ga-ganz in Ge-Gedanken. Vielleicht ein a-ander Mal …«

»Ja, vielleicht«, wisperte Shepcote. Cyril hörte das Klicken des Hörers. Shepcote hatte aufgelegt.

Was für entsetzliche Manieren, keinerlei Schliff. Man hätte zumindest eine Erklärung erwarten können, überlegte er. Vielleicht gab es ja etwas, was er statt dessen tun könnte, überlegte er. Gedankenverloren kritzelte er mit dem Füllfederhalter in seinem Notizheft herum. Als er gewahr wurde, was er da zeichnete, hätte er beinahe laut aufgelacht. Eine Reihe von Strichmännchen, die alle an Galgen baumelten. O Gott, was war nur mit ihm los?

Aus der Sprechanlage pfiff es abermals.

»Ja?«

»Mr. Latimer ist mit seinem Vater da, Doktor.«

»Lassen Sie mir noch ein paar Minuten Zeit. Ach, Mrs. Stockdale, noch etwas: Ist Mrs. Spoffard telefonisch erreichbar?«

»Ich glaube ja, Doktor.«

»Dann rufen Sie sie bitte an und sagen Sie ihren Termin ab. Fragen Sie nach, ob sie morgen kommen kann.«

»Ja, Doktor. Was soll ich ihr sagen?«

»Wie bitte?«

»Welchen Grund soll ich ihr für die Terminverschiebung nennen?«

»Ich muß dieser Frau doch nicht meine Beweggründe erläutern.«

»Ja, Sir, natürlich nicht. Es ist nur, weil ...«

Ihre Stimme, die sich durch die Sprechanlage dünn und blechern anhörte, verlor sich.

Mrs. Spoffard war eine sehr einflußreiche Frau, und Rhodes wußte, wie schnell sie ungehalten wurde.

»Sagen Sie ihr, ich müßte mich um einen Notfall kümmern.« Das trifft, weiß Gott, auch zu, dachte er.

»Ja, Sir. Soll ich jetzt Mr. Latimers Krankenakte bringen?«

»In zwei Minuten.«

Er zog sein Notizheft wieder heran und tauchte die Federspitze ins Tintenfaß. Als schließlich die Krankenschwester anklopfte und eintrat, war er mit Aufzeichnungen beschäftigt.

Mrs. Mary Stockdale war eine große, gertenschlanke Frau mit hellem Haar, das sie unter ihrer weißen gestärkten Haube zu einem straffen Knoten hochgesteckt hatte. Sie trug eine graue Hemdbluse und einen grauen, etwas dunkleren Wollrock. An ihre Bluse war eine silberne Uhr geheftet und eine unauffällige silberne Brosche mit einer sich emporringelnden Schlange, was darauf hindeutete, daß sie Absolventin der Königlichen Schwesternschule war. Sie hatte im Krankenhaus von Toronto gearbeitet, bis sie dann heiratete und gehen mußte. Verheiratete Frauen waren nicht erwünscht. Vier Jahre später hatte sie sich mit zwei Kindern und einem leider nutzlosen Ehemann wiedergefunden und sich gezwungen gesehen, wieder zu arbeiten. Sie war effizient, pünktlich und unsichtbar. Rhodes wußte nichts über ihr Privatleben und war auch nicht neugierig darauf.

Sie knickste kurz, reichte Rhodes eine büffellederne Aktenmappe und führte den Patienten herein. Mr. Latimer war ein gebeugter alter Mann, gekleidet in einen langen, übelriechenden Ziegenledermantel. In schreiendem Kontrast dazu thronte auf seinem Kopf ein Zylinder, dessen abgewetzter grüner Samt von besseren Tagen kündete. Hinter dem Alten ragte ein grobknochiger Mann auf mit dem wettergegerbten Gesicht eines Farmers.

Rhodes gab vor, seine Aufzeichnungen noch zu beenden, während Mrs. Stockdale ruhig neben der Tür stehenblieb. Schließlich blickte er über seinen Kneifer hinweg auf.

»Nehmen Sie Platz, Gentlemen.«

Die Krankenschwester stellte zwei Stühle vor den Schreibtisch, und der jüngere Mann schob seinen Vater mit sanfter Gewalt auf einen davon. Er hatte einen Schnauzbart, der nach unten hing und an den Spitzen gelblich verfärbt von Tabaksaft war. Rasch stopfte er sich nun einen Priem in die Backentasche. Mr. Latimer senior war klein und dürr mit langem weißem Bart und Backenbart. Der Blick aus seinen blassen blauen Augen wirkte trübe und abwesend; ohne Rhodes anzusehen, kauerte er zusammengesunken auf seinem Stuhl.

»Na, w-wie geht es uns heute, Walter?«

Der alte Mann schnüffelte, sagte jedoch nichts, und so antwortete sein Sohn: »Es ging uns einige Tage besser, aber jetzt haben wir wieder Probleme.«

»Das war zu erwarten. Hat er die Arznei eingenommen?«

»Ja, Sir. Genauso, wie Sie es angeordnet haben.«

Der alte Mann brummte: »Sie versucht immer noch, mich zu vergiften.«

»Dad, das bildest du dir bloß ein.«

Mr. Latimer griff sich zwischen die Beine und kratzte sich. »Ha! Das sagst du nur, weil sie dich am Piephahn hat wie einen Hund an der Leine. Sie hat mir was in den Tee getan. Habe ich selbst gesehen.«

Das Gesicht seines Sohns verfärbte sich noch röter. »Meine Gattin ist eine gute Frau, Doktor, und sie liebt meinen Dad. In letzter Zeit ißt er kaum noch etwas, und da dachte sie, es würde ihm helfen, wenn sie ihm ein Stärkungsmittel gibt. Damit er wieder zu Kräften kommt. Völlig harmlos. Sie hat es aus dem Katalog, Sir. Wir nehmen es alle, und es hilft uns. Aber Dad beharrt auf seiner Meinung und läßt sich durch nichts davon abbringen.«

Der alte Mann zupfte an seinem Bart. »Sie schlägt mich auch.«

»Ach ja? Das ge-gefällt mir aber gar nicht. Was ist passiert, Latimer?«

Der Farmer rutschte unbehaglich auf seinem Stuhl umher und drehte seinen Filzhut in den Händen. »Es blieb ihr keine andere Wahl, Sir ... Nun, sehen Sie, die Wahrheit ist, mein Dad hat sie wohin gekniffen, wo er nicht sollte.«

»Verstehe. Walter, Sie haben sich also wieder einmal schlecht benommen ... Nein, nicht hierhin spucken! Verdammt! Mrs. Stockdale, seien Sie b-bitte so freundlich.«

Der alte Mann lachte wiehernd und entblößte schwarz verfärbte Zahnstümpfe. Die Krankenschwester eilte hinaus, um einen Lappen zu holen. Rhodes stand auf und ging zu dem Alten hinüber.

»Nun gut, dann lassen Sie uns mit der Behandlung fortfahren. Mr. L-Latimer, würden Sie sich bitte hinter Ihren Vater stellen. Vergessen Sie nicht, während der Sitzung darf es keine Unterbrechung geben.«

Er zog den anderen Stuhl direkt vor den alten Mann und setzte sich so, daß seine Knie fast die des Alten berührten und seine Füße zwischen dessen Beinen standen.

»Erinnern Sie sich, was wir neulich gemacht haben? Der animalische Magnetismus? Sie sind dadurch ruhiger geworden, nicht wahr?«

Latimer zuckte die Schultern, gab jedoch keine Antwort.

»Geben Sie mir Ihre Daumen. So, sehen Sie.«

Rhodes machte es vor, indem er die Hände zu lockeren Fäusten ballte und die Daumen nach oben streckte. Der alte Mann tat es ihm nach, und Cyril umfaßte mit jeder Hand einen Daumen.

»Schließen Sie die Augen und entspannen Sie sich. Sie sind hier ganz sicher und geborgen.«

Die schwieligen Hände des Alten waren kalt, und Rhodes wartete, bis er fühlte, daß sich die Temperatur seiner Handflächen den Daumen des Alten angeglichen hatte. Dann ließ er die Daumen los, drehte die Hände um, hob die Arme über den Kopf des Mannes und ließ die Hände in einer gleitenden Bewegung an Schultern und Armen hinabgleiten, dicht an seinem Körper, aber ohne ihn zu berühren.

»Sie werden jetzt in einen tiefen Schlaf sinken, einen tiefen und erquickenden Schlaf. Sie sind schon ganz müde. Ganz müde und ganz schwer.«

Seine Stimme war klar und kräftig. Wenn er die Patienten in heilmagnetischen Schlaf versetzte, verlor sich seltsamerweise sein Stottern.

Erneut vollführte er die gleitende Bewegung. Hoch über dem Kopf und dann an den Armen hinunter und weiter entlang der Oberschenkel zu den Waden und wieder hinauf bis zum Bauch.

»Schlafen. Tief schlafen.«

Er wiederholte diese Worte und ließ dabei die Hände am Körper des alten Mannes entlanggleiten, bis etwa zwanzig Minuten verstrichen waren. Der Sohn lehnte mittlerweile an der Wand und sah aus, als wäre er ebenfalls hypnotisiert. Mrs. Stockdale stand nach wie vor neben der Tür und wartete geduldig. Schließlich gab Latimer einen kurzen Schnarchlaut von sich, und sein Kopf fiel ihm auf die Brust.

»Walter Latimer, Sie hören mir jetzt genau zu. Wenn Sie aus diesem Schlaf erwachen, werden Sie sehen, daß all Ihre Sorgen verschwunden sind. Sie sind verflogen wie die Flocken von Pusteblumen im Wind. Sie werden gut gelaunt sein, glücklich und zufrieden. Sie leben bei Ihrer Familie, die Sie liebt und von der sie nichts zu fürchten haben. Ich wiederhole, wenn Sie aufwachen, werden sich all Ihre Sorgen verflüchtigt haben und nicht wiederkehren …«

Er wiederholte diesen Befehl zweimal.

»Jetzt werde ich Sie aufwecken. Wenn ich bis drei gezählt habe, werden Sie eine sanfte Brise auf Ihrem Gesicht spüren und werden völlig wach sein.«

Rhodes streckte der Krankenschwester die Hand entgegen, und sie reichte ihm eine lange Feder.

»Eins … zwei … drei.« Er beugte sich vor, strich mit der Feder zart über die Stirn des Mannes und blies ihn dabei leicht an. Latimer öffnete die Augen, die bereits klarer und wacher wirkten.

»Wo bin ich?«

»In der Praxis von Dr. Rhodes«, antwortete Mrs. Stockdale mit ihrer frischen Stimme.

Der Mann drehte sich zu ihr um und entdeckte dabei seinen Sohn.

»Dickie! Was machst du denn hier?«

»Ich habe dich zum Doktor gebracht, Dad.«

»Mir ging es wohl wieder schlecht?«

»Ja, das stimmt, Dad.«

»Jetzt fühle ich mich kerngesund.«

Zufrieden stand Rhodes auf. Mesmerismus war ihm die liebste Behandlungsmethode. Sie funktionierte fast immer, linderte Schmerzen und Angstzustände besser als jede Medizin. Er wandte sich an den Sohn des Alten.

»Verabreden Sie für Ihren Vater einen neuen Termin für nächste Woche. Mrs. Stockdale wird Ihnen noch etwas Medizin zusammenstellen.«

Dickie ergriff Cyrils Hand und schüttelte sie begeistert. »Ich kann Ihnen gar nicht genug danken, Doktor.«

Rasch entzog ihm Cyril seine Hand und wich ein Stück zurück. »D-das ist mein B-Beruf. Mrs. Stockdale, geben Sie ihm noch ein Fläschchen Laudanum. Zwei Gramm Opium, in etwas Kirschsaft aufgelöst.« Er nickte zu dem Sohn hinüber. »Sollten die Wahnvorstellungen Ihres Vaters vor nächster Woche wiederkehren, geben Sie ihm einfach eine zusätzliche Dosis, zusammen mit einem Gläschen Brandy. Sie haben doch Brandy im Haus?«

»Nein, Sir, wir sind Abstinenzler.«

»Auch gut. Das Laudanum wird genügen.«

Der Vater lächelte seinen Sohn liebevoll an. »Gibt es hier einen Abort, Dickie?«

»Warte, bis wir draußen sind.«

Mrs. Stockdale nahm den alten Mann am Arm. »Kommen Sie, Sir.«

Folgsam trottete er neben ihr her, blieb an der Tür jedoch stehen und blickte sich nach Rhodes um.

»Frauen machen einen fertig, wann immer sie eine Möglichkeit dazu haben«, sagte er.

»Dad!«

Dickie scheuchte seinen Vater aus dem Zimmer, und Rhodes begab sich wieder an seinen Schreibtisch zurück.

Und wie sie einen fertigmachen, dachte er.

16

Freitag, 15. Februar

Die Kerzen und Lampen in den Häusern entlang der Lowther Street waren an diesem trüben Tag bereits nachmittags entzündet worden. Nur Birchlea wirkte dunkel und abweisend. Die Vorhänge waren zugezogen, und keine der Außenlaternen brannte.

Wie die anderen Häuser in der Straße, vermittelte auch Birchlea den Eindruck von Gediegenheit und Wohlstand. Das hinter einem schmiedeeisernen Zaun liegende Gebäude war ein Stück von der Straße zurückversetzt und von immergrünen Hecken eingerahmt, die jetzt mit Schnee beladen waren. Zwei Blautannen standen wie Wächter zu beiden Seiten der Tür, und die hohen Erkerfenster lockerten die Fassade harmonisch auf. Selbst die dunkelgrünen Zierleisten der Dachgauben und Fenster wiesen denselben Farbton auf wie die Nadeln der umstehenden Kiefern.

Murdoch stampfte auf der Veranda, so gut es ging, den Schnee von den Stiefeln und wartete, daß jemand auf sein Klopfen reagierte. Schließlich wurde die Tür geöffnet, und John Foy stand vor ihm. Murdoch bemerkte das jähe Aufflackern von Angst in seinen Augen.

»Ich würde gern mit Mrs. Rhodes sprechen.«

»Ich werde nachfragen, ob sie Zeit hat.«

Er zögerte, war sich unschlüssig, ob er die Tür schließen und Murdoch draußen warten lassen, ob er ihn in den Vorraum bitten oder ob er ihn zum Hintereingang schicken sollte. Murdoch löste dieses Problem für ihn, indem er einfach einen Schritt vortrat.

»Ich werde drinnen warten, wenn es Ihnen recht ist.«

Foy verschwand in den Tiefen der Eingangshalle und überließ es Murdoch, sich um seinen Hut und Mantel zu kümmern. Als er beides an die Eichengarderobe hängte, musterte er sich kurz in dem ovalen Spiegel. Er strich sein Haar zurück, schalt sich, keinen frischen Kragen umgelegt zu haben, und zupfte seinen Schnurrbart zurecht, der etwas zu weit über die Oberlippe hing.

Der Vorraum war fast so groß wie das Wohnzimmer des Hauses, in dem er aufgewachsen war, und an den burgunderrot tapezierten Wänden hingen mehr Ölgemälde, als es im ganzen Dorf gegeben hatte. Die meisten stellten Landschaften dar, voller jagender Wolken und niedriger Bäume, und waren vom Stil her eindeutig englischer Herkunft. Ein kleineres Bild betrachtete er genauer. Eine junge Frau stand an einem verlassenen Strand und blickte auf das aufgewühlte Meer hinaus. Sie hatte einen Schal um den Kopf geschlungen, den sie gegen den stürmischen Wind festhielt, und an ihren Röcken hing ein Kind mit lockigem Haar. In der Ferne erklomm ein Rettungsboot kühn die Rückseite einer riesigen Welle, während es auf die Spiere eines Schiffs zusteuerte, das in dem wellengepeitschten Meer kaum zu sehen war. Auf einer Messingplatte am unteren Rahmen stand der Bildtitel: *Trauer*. Murdoch zog eine Grimasse. Im Alter von zwölf hatte er sein erstes Wrack gesehen, und er erinnerte sich noch deutlich an den Schmerz der Frauen. Es mußten gut ein Dutzend Frauen gewesen sein, von jungen Bräuten bis zu alten Weibern, deren Söhne auf dem unglückseligen Trawler gesegelt waren. Sie hatten sich dicht aneinandergedrängt, als Schutz gegen den Wind und gegen die Angst, die in ihrer aller Herzen lauerte. Und es war auch das Meer gewesen, das ihm die Mutter geraubt hatte. Sie war eine zierliche Frau gewesen, viel zu dünn und ganz und gar nicht der jungen Frau auf dem Gemälde ähnlich. Man hatte sie am felsigen Strand in einem seichten Becken ertrunken aufgefunden. Sein Vater hatte verbreitet, sie sei beim Muschelsammeln auf einem Felsen ausgeglitten, aber Murdoch war mit einem bitteren Verdacht aufgewachsen. Er hatte lebhafte Erinnerungen daran, wie sich seine Mutter hinter der Tür verkroch, um den sintflutartig hereinbrechenden Rasereien seines betrunkenen Vaters zu entkommen. Sie waren damals drei Kinder. Suzanna, so süß wie das Kind auf dem Gemälde, aber nervös und viel zu still, und Albert, dem man, obwohl er kaum laufen konnte, seine seelische Not bereits ansah. Aus Erfahrung wußten sie, wie sinnlos es gewesen wäre, sich an die Röcke der Mutter zu klammern. Sie konnte sie nicht beschützen.

Er strich mit der Fingerspitze über das Messingschild. *Trauer*.

Langsam setzte er seinen Rundgang fort. Ein Stück weiter stieß er auf ein japanisches Lacktischchen, auf dem ein Silbertablett für Visitenkarten stand. Unwillkürlich mußte er lächeln. Seine Schwester hatte es als Kind geliebt, »Besuch« zu spielen. Als Visitenkarten hatten Blätter hergehalten, und als Tablett eine Blechdose. Er seufzte. Jetzt brauchte sie gewiß kein Tablett mehr für Visitenkarten. Mit knapp sechzehn war sie von zu Hause weggelaufen und einem Klosterorden in Montreal beigetreten. Einmal im Jahr durfte er sie im Kloster besuchen, und selbst dann konnte er sich mit ihr nur durch ein mit einem Vorhang verhülltes Gitter unterhalten. Der Priester meinte zwar, er solle sich freuen, daß sie ein Leben mit Christus gewählt habe, aber Murdoch bedauerte das zutiefst. Er hatte sich immer vorgestellt, wie sie später einmal eigene Familien hätten und wie ihre Kinder mit den seinen spielen könnten. Nun machte er sich unentwegt Vorwürfe, weil er nicht in der Lage gewesen war, sie rechtzeitig von dem jähzornigen Vater wegzuholen.

»Detective Murdoch ...« Foy stand vor der Tür zum Salon. »Madam würde sich freuen, Sie zu empfangen.« Er warf einen Blick zur Garderobe, entschuldigte sich jedoch nicht für sein unaufmerksames Verhalten. »Mrs. Rhodes und Mr. Owen nehmen gerade ihren Tee ein.«

»Wunderbar, so bleibt es mir erspart, mich zu wiederholen.«

»Hier entlang, bitte.«

Er bewegt sich, als hätte er einen Besenstiel verschluckt, dachte Murdoch, während er Foy in den Salon folgte.

Donalda Rhodes und Owen saßen neben dem Kamin, und Edith servierte ihnen vom Teewagen aus. Der Stallbursche, Joe, legte im Kamin gerade frische Kohle nach. Er drehte sich nicht um, dafür aber die anderen drei Personen, und alle wirkten sie beunruhigt. Donalda faßte sich freilich sofort wieder und setzte eine höflich zuvorkommende Miene auf.

»Mr. Murdoch, treten Sie doch näher.« Sie deutete auf den Servierwagen. »Darf ich Ihnen eine Tasse Tee anbieten?«

»Nein, danke, Ma'am.«

Er wollte es lieber nicht ausprobieren, ob er gleichzeitig mit einer zerbrechlichen Tasse nebst Untertasse, einem Kuchenteller und seinem Notizheft zu Rande käme.

»Haben Sie noch irgendwelche Wünsche, Madam?« fragte Foy, bereit zum Rückzug.

Bevor Mrs. Rhodes antworten konnte, sagte Murdoch: »Wenn es Ihnen nichts ausmacht, so möchte ich gern, daß alle Anwesenden hierbleiben.«

»Auch die Dienstboten?«

»Ja, bitte. Das erleichtert mir die Arbeit, weil ich dann nicht alles zweimal fragen muß.«

Es war außerdem eine gute Möglichkeit, die Leute in Zugzwang zu bringen und somit ein vollständigeres Bild zu erhalten. Murdoch staunte immer wieder, wieviel die Menschen vergaßen. Wenn sie ihre Aussage jedoch in Gegenwart anderer Menschen machten, hatte das oftmals eine anregende Wirkung auf ihr Gedächtnis und auf ihr Gewissen.

»Selbstverständlich, wenn Sie das wünschen.«

»Wir sind knapp an Personal, Madam«, wandte Edith ein. »Ich muß noch Näharbeiten erledigen.«

»Es wird nicht lange dauern«, sagte Murdoch.

Mißmutig rollte Edith den Servierwagen vom Kamin weg. Foy blieb neben der Tür stehen, und Murdoch erhaschte den kurzen, warnenden Blick, den er mit seiner Gattin wechselte.

Murdoch holte den Rosenkranz aus seiner Tasche. »Erkennt jemand von Ihnen dies hier wieder?«

Owen beugte sich vor. »Eine eigenartige Kette.«

»Das ist ein Rosenkranz. Wir glauben, daß er Therese Laporte gehörte. Das Kruzifix fehlt allerdings.«

Die Haushälterin kam näher und beäugte den Rosenkranz. »Stimmt, das ist ihrer. Ich habe sie ein-, zweimal damit gesehen. Habe aber nicht verstanden, was sie damit macht. Ich selbst bin Methodistin.«

Murdoch warf einen fragenden Blick in die Runde. Owen lehnte wieder in seinem Stuhl und schnipste abwesend an den Seidenfransen des Lampenschirms. Der Junge hatte sich umgedreht, rührte sich aber nicht von der Stelle und starrte auf den Boden. Den hin und her baumelnden Rosenkranz in der Hand, näherte sich Murdoch dem Jungen. Joe sah auf und streckte die Hand aus, um die grünen Perlen zu berühren. Murdoch hatte sich absichtlich zwischen den Jungen und die anderen Anwesenden gestellt, und so bemerkte nur er den Ausdruck nackten Verlangens im Gesicht des Stallburschen.

»Wo haben Sie ihn gefunden?« fragte Donalda.

Murdoch drehte sich zu ihr um. »Um die Wahrheit zu sagen, Ma'am, er hing um den Hals einer Frau, die gestern morgen tot aufgefunden wurde. Was auch der Grund für mein Kommen ist.«

Alle starrten ihn ungläubig an. *Das hat sie ein wenig aufgeweckt,* dachte er. Owen ließ abrupt die Lampe in Ruhe.

»Was ist mit ihr passiert?« erkundigte er sich.

»Sie wurde ermordet. Stranguliert.«

»Nein! Wie schrecklich!«

»Ja, es ist schrecklich.« Murdoch zog Füller und Notizheft heraus. »Ich möchte jetzt von jedem von Ihnen wissen, wo er am Mittwochabend gewesen ist.«

»Wie bitte? Diese Geschichte hat doch sicher nichts mit uns zu tun!« rief Donalda.

»Das hoffe ich, Mrs. Rhodes.«

Fassungslos sah sie ihn an. Die anderen hörten dem Gespräch stumm und reglos vor Anspannung zu.

»Die Tote war eine Prostituierte. Mittlerweile wissen wir, daß sie es war, die Therese Laportes Kleider gestohlen hat.«

»Hat sie ihr auch die Droge verabreicht?« fragte Mrs. Rhodes.

»Das bezweifle ich.«

Wieder trat Stille ein. John Foy lehnte am Türpfosten und wirkte eindeutig angetrunken. Edith hatte sich wie eine Wache neben dem Servierwagen postiert. Ihre Miene war finster und verkniffen. Und was den Jungen anbetraf, so hätte ihn Murdoch beinahe vergessen, weil er so still war. Er kauerte neben dem Kamingitter und gab keinen Mucks von sich.

»Besteht ein Zusammenhang zwischen den beiden Todesfällen, Mr. Murdoch?« fragte Donalda schließlich.

»Im Moment kann ich das noch nicht genau sagen, Ma'am, aber ich habe den starken Verdacht, daß es so ist.«

Unvermittelt sprang Owen auf und ging mit seiner Tasse und Untertasse zum Servierwagen. »Wollen Sie nicht doch eine Tasse Tee, Mr. Murdoch?«

»Nein – aber vielen Dank.«

Murdoch sah den schwarzen Krepp, der um den Kaminsims befestigt war, und das schwarze Band um die Bilder. Trauerschmuck. Ein jäher Zorn erfaßte ihn. Jeder einzelne von ihnen verheimlichte etwas. Er konnte es förmlich riechen. Und so wartete er weiter.

Plötzlich brach ein Stück Kohle funkensprühend in sich zusammen. Alle Blicke richteten sich auf den Kamin, als gäbe es da ein Feuerwerk zu beobachten. Murdoch ließ ihnen noch einige Sekunden Zeit, ehe er sagte: »Mr. Foy, beginnen wir mit Ihnen. Wo waren Sie Mittwochabend?«

»Ich? Tja, nun, ich bin in der Tat den ganzen Abend fort gewesen. Ich hatte ein Freimaurertreffen, und Mrs. Rhodes gab mir freundlicherweise den Abend frei. Ich war im Tempel in der Yonge Street, und ich kann Ihnen fünfzig Leute nennen, die das bestätigen werden.«

Foys sonst farblose Stimme hatte einen auffällig aggressiven Unterton.

»Fünf reichen aus. Mit Adressen, wenn möglich.«

Der Butler ratterte fünf Namen und Adressen herunter, die sich Murdoch notierte.

»Mrs. Foy, können Sie die Aussage Ihres Gatten bestätigen?«

»Natürlich. Er ging, kurz nachdem das Abendessen serviert worden war, gegen sechs Uhr dreißig.«

»Wann sind Sie zurückgekehrt, Mr. Foy?«

Edith antwortete für ihn. »Punkt zwölf. Die Uhr hat Mitternacht geschlagen. Ich bin wach geworden.«

Wieder kniff sie die Lippen zusammen, und Murdoch konnte sich lebhaft vorstellen, welchen Empfang sie Foy bereitet hatte, als er voll wie eine Haubitze ins Bett getorkelt war.

»Und Sie selbst waren zu Hause, Mrs. Foy?«

»Selbstverständlich!«

Murdoch wandte sich um. »Joe, mein Junge?«

Überrascht blickte er auf.

»Waren Pferd und Kutsche im Stall?«

Joe zögerte einen Moment und schüttelte schließlich kaum merklich den Kopf.

»Wer hat sie denn benutzt?«

»Ich glaube nicht, daß Sie viel aus ihm herausbekommen, Officer«, mischte sich Edith ein. »Er ist schwer von Begriff. Oder wenigstens tut er so.«

Joe senkte den Kopf, und sein Gesicht nahm wieder einen stumpfsinnigen Ausdruck an.

»Joe?«

Der Junge wich zurück, als wollte er sich vor lauter Schreck in den Kamin flüchten.

»Also, wer hat die Kutsche benutzt? War es Dr. Rhodes?«

Donalda ergriff das Wort. »Mein Gatte benutzt abends nie die Kutsche, Mr. Murdoch. Die Dauer seiner Sprechzeiten läßt sich nicht vorhersagen. Joe bringt ihn morgens zu seinen Ordinationsräumen, und wenn er abends fertig ist, nimmt er sich eine Droschke.«

Edith trat einen Schritt vor. Ihre Stimme war höflich, doch Murdoch entging nicht der boshafte Zug um ihren Mund. »Ich habe Ihnen etwas mitzuteilen, Sergeant ... schließlich handelt es sich hier um eine polizeiliche Ermittlung ... Also, was ich sagen möchte, ich habe gehört, wie Mr. Owen mit der Kutsche wegfuhr. Gegen zehn Uhr abends. Ich war gerade auf dem Weg in meine Räume.«

Donalda blickte zu ihrem Sohn hinüber. »Stimmt das, Owen?«

»Ja, ich wollte es Mr. Murdoch gerade sagen, aber Edith ist mir zuvorgekommen.«

»Sie waren Mittwochabend also unterwegs, Sir?«

»Ja. Ich mußte noch einige Versuche nachholen. Also bin ich ins Labor gefahren und habe bis spät in die Nacht gearbeitet. Meine Prüfungen stehen demnächst an.«

»War jemand bei Ihnen?«

»Ja, ein paar Kameraden.«

»Und wer sind diese Kameraden? Dürfte ich deren Namen erfahren?«

Owen wirkte ausgesprochen verlegen. »Gütiger Gott, nein! Was rede ich denn da? Ich war allein. Ich habe das mit anderen Abenden verwechselt. Wie dumm von mir! Tut mir leid, keine Kameraden.«

»Gibt es vielleicht andere Zeugen? Zum Beispiel einen Nachtwächter?«

»Eh ... das bezweifle ich. Der alte Grant, wie wir ihn nennen, ist tatsächlich alt. Soweit ich mich entsinne, hat er geschlafen.« Er lachte ein wenig gezwungen. »Ha, da hätte eine ganze Diebesbande hereinkommen können, und er wäre nicht aufgewacht. Nicht, daß es dort irgend etwas zu stehlen gäbe. Wer will schon eingelegte Embryonen?«

Du bist einer der schlechtesten Lügner, die mir je über den Weg gelaufen sind, dachte Murdoch, *aber im Moment habe ich nicht die leiseste Ahnung, weshalb du lügst.*

»Um wieviel Uhr waren Sie wieder zurück in Birchlea, Sir?«

»Puh, ich weiß nicht. So gegen eins, schätze ich.«

Murdoch wandte sich Donalda zu. »Und Sie waren zu Hause, Ma'am?«

»Ja.«

»Und Dr. Rhodes?«

»Ich kann für meinen Gatten nicht antworten, Mr. Murdoch. Nach dem Abendessen habe ich mich in mein Zimmer zurückgezogen. Ich weiß nicht, ob er da war oder nicht.«

»Er war nicht da, Madam«, erklärte Edith. »Der Doktor hat kurz nach Master Rhodes das Haus verlassen. Ich glaube, er ist erst in den frühen Morgenstunden zurückgekehrt.«

»Vater verbringt gerne mal eine Nacht in seinem Club«, warf Owen ein.

»Das weiß ich auch, Master Rhodes. Ich bemühe mich nur, dem Officer korrekte Auskünfte zu geben.«

Unvermittelt nahm Murdoch einen Kurswechsel vor, um zu sehen, ob sie die Segel streichen oder mit dem Wind weitersegeln würden.

»Welche Farbe haben Ihre Kutsche und Ihr Pferd, Mrs. Rhodes?«

»Verzeihung?«

»Wir haben Beweise, daß Therese kurz vor ihrem Tod in eine Kutsche gestiegen ist. Es soll sich um eine burgunderrote oder dunkelbraune Kutsche mit hellem Pferd handeln.«

Unerschrocken erwiderte Donalda seinen Blick. »Unsere Kutsche ist walnußbraun, und das Pferd ist ein Grauschimmel.«

Murdoch ging weiter auf Konfrontationskurs. »Hat jemand von Ihnen jemals einen Mann mit einer Schlangentätowierung an der rechten Hand gesehen? Kräftig gebaut, kurzes blondes Haar, brutales Gesicht. Er behauptet, er sei Matrose.«

Verständnislose Blicke waren die Antwort, und Murdoch hatte den Eindruck, daß ihre Verwirrung echt war. Er klappte sein Notizheft zu.

»Ist das alles, Mr. Murdoch?«

»Nicht ganz, Ma'am. Da ist immer noch Therese Laportes Schwangerschaft. Wenn wir dieses Geheimnis lüften könnten, würde uns das bei der Aufklärung beider Fälle vermutlich ein Stück weiterbringen.«

»Ich kann nur wiederholen, was ich Ihnen bereits gesagt habe. Therese hatte keine Verehrer, und offen gestanden auch gar nicht die Zeit, sich mit jemandem zu treffen.«

»Wenn das der Fall ist, Ma'am, müßte ihr Verführer in der häuslichen Umgebung zu finden sein, meinen Sie nicht auch?«

Donalda straffte ihren Rücken noch mehr. »Was soll ich darauf erwidern? Ich kann Ihre Schlußfolgerung nachvollziehen.«

Edith Foy stieß einen seltsamen Laut aus, eine Mischung zwischen Schnauben und Husten.

»Gibt es etwas, das Sie sagen möchten, Edith?«

»Ja, Madam.«

»Herrgott noch mal, dann reden Sie schon!« rief Donalda gereizt.

Ediths Gesicht wurde noch verkniffener. »Sie brauchen nicht weit zu gehen, um den Schuldigen zu finden. Da ist er!« Sie deutete auf Joe Seaton, der während des ganzen Gesprächs still am Rand des Kamingitters gesessen hatte. »Er hat das Mädchen in Schwierigkeiten gebracht, glauben Sie mir!«

Joe wich zurück und hielt die Arme vor den Kopf, als wollte er Schläge abwehren.

»Das ist eine sehr ernste Anschuldigung, Mrs. Foy«, sagte Murdoch. »Können Sie sie beweisen?«

»Er ist ein Gassenjunge, und die ändern sich nie, egal, wieviel Gutes man ihnen erweist. Außerdem ist er zurückgeblieben. Kennt den Unterschied zwischen christlichem Recht und Unrecht nicht besser als ein streunender Köter.«

Um ein Haar hätte Murdoch zu einer scharfen Erwiderung angesetzt. Sein jüngerer Bruder war geistig zurückgeblieben gewesen und früh gestorben. Während ihrer Kindheit hatte Murdoch den Jungen immer wieder gegen ähnlich dumme Vorurteile in Schutz nehmen müssen. Er ging zu Joe hinüber und versuchte, ihm den Arm wegzuziehen, damit er sein Gesicht sehen konnte. Der Junge jaulte vor Schmerz.

»Was ist, Joe? Habe ich dir am Arm weh getan?«

Heftig schüttelte Joe den Kopf. So sanft wie möglich schob Murdoch den Ärmel des Jungen zurück. Zwei bösartige rote Linien verliefen über seinen Arm.

»Großer Gott, was ist denn da passiert?«

Edith trat näher und sagte, als sie den Arm des Jungen sah: »Jemand hat ihn gekratzt, das wird passiert sein. Wahrscheinlich war es Therese, als sie um ihr Leben gekämpft hat. Das ist ein Beweis.«

Murdoch beachtete sie nicht. Die Schnitte waren zu absichtlich gesetzt, als daß sie von einem Kampf herrühren konnten.

»Woher hast du diese Wunden, Joe?«

Der Junge wollte ihn nicht ansehen, schüttelte nur unentwegt den Kopf.

Murdoch ging in die Hocke, damit er auf derselben Höhe war und Joe nur ihn im Blickfeld hatte.

»Sag mir die Wahrheit, mein Junge. Stimmt es, was Mrs. Foy behauptet? Daß du intime Beziehungen zu Therese Laporte hattest?«

Joe starrte ihn an, als würde er nichts begreifen. Murdoch verließ der Mut. Er hoffte um Joes willen, daß Mrs. Foys Anschuldigungen falsch waren.

»Sehen Sie, er gibt es praktisch zu«, gab nun auch Mr. Foy seinen Kommentar ab. »Die beiden waren wie geschaffen füreinander. Ein Paar Bastarde, die keinerlei Gewissensbisse hatten, weitere Bastarde in die Welt zu setzen.«

Murdoch bemerkte, daß Mund und Kinn des Jungen zitterten und Tränen in seinen Augen standen.

»Joe?«

»Genausogut könnten Sie zu einer Wand sprechen«, schnaubte Edith verächtlich. »Der Junge ist ein einfältiger Tropf.«

»Wenn Sie ihm weiterhin so zusetzen, werden wir gar nichts aus ihm herausbekommen«, wies Donalda sie scharf zurecht und wandte sich dann mit sanfter Stimme an Joe. »Antworte dem Polizisten, Joe. Wenn du unschuldig bist, hast du nichts zu fürchten.«

Joe reagierte auf sie wie ein Gefangener auf einen Priester, der gekommen ist, um ihm die Sterbesakramente vorzulesen. Den Blick fest auf Donalda geheftet, sagte er: »Ich hab' nichts Böses mit der Tess gemacht.«

Seine Stimme war leise und zittrig, als hätte er sie lange nicht benutzt, und er sprach mit schwerem Cockney-Akzent, doch die Worte waren unmißverständlich. Die anderen waren so überrascht, daß man meinen könnte, ein Pferd habe gesprochen.

»Hmm... Und ich dachte, du hättest deine Zunge verschluckt. Verschlagenes Miststück. Tust die ganze Zeit so, als könntest du nicht sprechen«, fauchte Edith.

Murdoch hatte nun endgültig genug. »Ich wäre Ihnen dankbar, wenn Sie Ihre eigene Zunge im Zaum halten würden, Mrs. Foy. Oder meinethalben verschlucken. Dies ist eine polizeiliche Ermittlung. Vergessen Sie das nicht. Und Sie, Mrs. Foy, behindern den ordnungsgemäßen Verlauf.« Er trat zurück und berührte Joe leicht an der Schulter. »Fahr fort, mein Junge.«

Joe konzentrierte sich weiterhin einzig auf Mrs. Rhodes.

»Tess kann nicht Briefe schreiben, Missus.«

»Was soll das heißen?«

»Ich hab' gehört, daß Tess an Ihre Schwester geschrieben hat, aber das geht ja gar nicht, Missus. Sie konnte nicht lesen und schreiben. Ich weiß das, weil ich sollte ihr das beibringen, aber sie ist nur bis zu den Buchstaben gekommen.«

Murdoch blickte zu Edith hinüber. »Mrs. Foy – Sie haben doch den Brief im Zimmer des Mädchens gefunden, nicht wahr?«

»Ja, und er war völlig richtig geschrieben. Keine Ahnung, worüber der Junge da faselt.«

»Haben Sie den Brief noch?«

»Ich habe ihn ins Feuer geworfen. Er schien mir nicht mehr wichtig zu sein.«

Joes Stimme senkte sich zu einem Wispern. »Tess ist nicht aus Heimweh weggelaufen.«

Donalda nickte ihm ermutigend zu. »Warum denn dann?«

Er warf einen kurzen Blick zu Foy hinüber, lenkte seine Aufmerksamkeit aber sofort wieder auf Donalda zurück. »Es war wegen ihm. Er war hinter Tess her. Er wollte es die ganze Zeit mit ihr machen.«

»Du verdammter kleiner Lügner!« kreischte Foy. Ehe Murdoch ihn aufhalten konnte, war er schon bei Joe und schlug ihm fest ins Gesicht. Der Junge fiel nach hinten und knallte mit dem Kopf gegen das Kamingitter. Seine Augen verdrehten sich nach oben, und er blieb still liegen. Mit einem Aufschrei sprang Owen auf, um Hilfe zu leisten, während Murdoch den Butler am Arm packte und unsanft wegzerrte.

»Hören Sie auf! Benehmen Sie sich, oder ich werde Sie wegen Behinderung der Justiz verhaften!«

Außer sich brüllte Foy: »Der Junge ist durch und durch verdorben, Mrs. Rhodes! Ich wußte gleich, daß er nichts taugt. Kerle wie der ändern sich nie.«

Edith zog ihren Gatten am Ärmel. »Laß das bleiben, hörst du? Du schadest dir nur selbst.«

Murdoch deutete auf einen freien Stuhl. »Setzen Sie sich dorthin«, befahl er, wobei seine Stimme an Lautstärke die des Butlers noch übertraf. »Und rühren Sie sich nicht von der Stelle, außer ich gestatte es Ihnen.«

Er schob Foy auf den Stuhl zu. Der Butler hatte offenbar jede Kontrolle über sich verloren. Er zitterte am ganzen Leib, und sein Gesicht war dunkelrot vor Wut. Edith krallte die Finger in seine Schultern.

»Versuche ja nicht, dich noch mehr zum Narren zu machen, als du es bereits getan hast«, zischte sie ihm ins Gesicht.

Murdoch wartete, bis Foy Platz genommen hatte, behielt ihn aber weiterhin im Auge.

»Ist der Junge in Ordnung?« fragte er Owen, der neben Joe kauerte.

»Er war kurz ohnmächtig, aber inzwischen hat er sich wieder einigermaßen erholt.« Er legte Joe den Arm um die Schultern. »Komm, Joe. Ich helfe dir hoch.«

Er lehnte Joe gegen das Kamingitter. Donalda, die sitzengeblieben war, sprach Foy nun direkt an. Ihr Ton war eisig. »Stimmt es, was Joe gesagt hat?«

»Nein, Madam, nein«, wiederholte er. Doch die Schuld war ihm in sein rotes Gesicht geschrieben.

Donalda wandte sich Edith zu. »Wie können Sie einen Brief gefunden haben, der von einer Analphabetin geschrieben wurde?«

»Wahrscheinlich hat ihn der Junge gefälscht.«

»Joe? Kannst du sprechen?«

Ein roter Abdruck war auf seiner Wange zu erkennen, und sein Gesicht hatte die Farbe von Brotteig, aber er erwiderte Donaldas Blick.

»Ich hab' keinen Brief geschrieben. Aber Missus Foy hat genau gewußt, was da passiert. Ich hab' gesehen, wie sie Tess ständig beobachtete. Bestimmt hat sie Tess zum Weglaufen gezwungen.«

»Madam, ich hoffe, Sie werden das Wort eines solchen Bengels nicht gleichsetzen mit dem ehrbarer Bürger, wie es mein Gatte und ich sind.«

»Offen gestanden, Edith, weiß ich nicht, was ich glauben soll. Ich kann nur sagen, daß ich Foys Verhalten zutiefst mißbillige. Ich werde so etwas nicht tolerieren.« Sie drehte sich zu ihrem Sohn um. »Owen, was meinst du dazu?«

»Ich persönlich würde Foy nicht über den Weg trauen.«

Edith sprang für ihren Mann in die Bresche. »Wie einfach für die Mächtigen, die Schuld auf diejenigen zu schieben, die vom Schicksal weniger begünstigt wurden. Lieber soll die ganze Welt meinen Gatten für einen Bösewicht halten, als daß auch nur der Schatten eines Verdachts auf Ihren Sohn fällt, Mrs. Rhodes.« Sie wirbelte zu Murdoch herum. »Warum fragen Sie ihn denn nicht?« Sie deutete auf Owen. »Ich habe beobachtet, wie er das Mädchen angehimmelt hat. Am Abend ihres Todes ist er wahrscheinlich mit ihr zusammen gewesen.«

»Mr. Owen Rhodes' Aussage zufolge hat er den ganzen Abend mit Miss Shepcote verbracht.«

»Diese graue Maus würde sogar einen Pakt mit dem Teufel schließen, wenn Owen Rhodes sie darum bittet!« ereiferte sich Edith. Sie kannte nun keine Skrupel mehr und war bereit, alle Brücken hinter sich abzubrechen. »Er hat dem Hausmädchen den Hof gemacht, glauben Sie mir. Und an jenem Samstagabend ist er bis in die frühen Morgenstunden unterwegs gewesen. Dasselbe gilt für den Mittwoch. Vermutlich war er mit dieser Dirne zusammen, die Sie gefunden haben.«

»Edith, bezähmen Sie sich!« schrie Donalda.

»Vielleicht hat er sie sogar umgebracht. Damit sie nichts mehr ausplaudern kann.«

Owen erbleichte, und Donaldas Miene gefror zu Stein.

»Mrs. Foy, ich werde diese Verleumdung nicht länger dulden. Sie sind entlassen. Sie beide. Sie werden auf der Stelle Ihre Sachen packen und gehen.«

»Erwarten Sie aber nicht von mir, daß ich schweige. Da können Sie noch so sehr versuchen, alles zu vertuschen, die Wahrheit bleibt die Wahrheit. Ihr Sohn hatte ein Verhältnis mit diesem Mädchen, und das werde ich jedem erzählen, der es hören will.«

Nun schaltete sich Murdoch ein. »Mr. Rhodes, trifft diese Beschuldigung zu?«

»O Gott, nein, natürlich nicht.«

Für Edith gab es jedoch kein Halten mehr. »Er ist ein junger Mann, oder nicht? Und man sieht es ihm an, wie eitel und eingebildet er ist. Er hat sie herumgekriegt, darauf können Sie wetten.«

»Mrs. Foy, würden Sie jetzt bitte damit aufhören? Ich hatte keinerlei wie auch immer geartetes Verhältnis mit Therese Laporte.«

»Warum habe ich Sie dann aus ihrem Zimmer kommen sehen? Vor ungefähr einem Monat?«

»Das ist eine Lüge!«

»Edith, es reicht«, versuchte Donalda die geifernde Frau zu

stoppen. »Mrs. Foy lügt, um ihren Gatten zu schützen«, sagte sie, an Murdoch gewandt. »Sie hat bereits einen Brief gefälscht. Jetzt hat sie nichts mehr zu verlieren und schleudert Schmutz in alle Richtungen.«

»Im Moment, Ma'am, steht Mrs. Foys Wort gegen das von Mr. Owen, und die Beweislage ist noch unklar.«

»Ich versichere Ihnen, daß er in jener Nacht nicht mit einer Prostituierten zusammen war, genauso wie ich Ihnen versichere, daß er nicht der Vater von Thereses Kind ist.«

Mit gequälter Miene lauschte Owen den Ausführungen seiner Mutter. »Mutter, das ist nicht nötig...«

»Verzeihen Sie, Ma'am, aber Sie sind seine Mutter, und es ist nur natürlich, daß Sie ihn verteidigen, aber ich brauche Beweise. Mr. Rhodes, gibt es denn niemanden, der bezeugen kann, wo Sie Mittwochabend waren?«

»Nein, bedaure...«

»Owen, bist du wahnsinnig? Erzähl es ihm!«

»Mutter, da gibt es nichts zu erzählen. Ich war allein.«

Ein bitterer Zug trat in Donaldas Gesicht. »Das ist nicht der richtige Zeitpunkt, um irgendwelche schuljungenhaften Vorstellungen von Ehre zu demonstrieren.«

»Nenn es von mir aus so...«, erwiderte Owen.

In diesem Moment ging die Tür auf, und Cyril Rhodes trat ein.

»Was um alles in der Welt ist hier los? Was bedeutet dieses Geschrei?« Als er Murdoch entdeckte, hielt er inne.

Donalda wirbelte zu ihm herum. »Was für ein perfektes Timing, Cyril! Joe hat Foy beschuldigt, mit Therese Laporte intim gewesen zu sein. Edith besteht allerdings darauf, daß der wahre Schuldige unser Sohn ist. Sie behauptet, Owen dabei beobachtet zu haben, wie er aus Thereses Zimmer kam.«

»Ach...!«

»Ja, ach. Und Mr. Murdoch ist hier, um den Mord an einer anderen jungen Frau zu untersuchen. Er möchte von uns allen wissen, wo wir am Mittwochabend gewesen sind. Offenbar war die Tote eine Prostituierte. Vielleicht kannst du ihm weiterhelfen?«

»W-was soll das heißen? Wie sollte i-ich ihm weiterhelfen können?«

»Ach, komm, Cyril, ich bezweifle, daß sich dein Geschmack so sehr verändert hat. Vielleicht war sie jemand aus deinem Bekanntenkreis?«

17

Freitag, 15. Februar

Auf der Straße atmete Murdoch erleichtert die frische Luft ein. Im Salon war es stickend heiß geworden, und zwar in mehrfacher Hinsicht. Er beschloß, zunächst Foys Alibi zu überprüfen. Zwar zweifelte er nicht an dessen Wahrheitsgehalt, wollte sich aber ein besseres Bild von dem Mann machen. Vielleicht könnte er durch seine Kameraden etwas Neues erfahren.

Der graue Nachmittag war nahezu unmerklich in den Abend übergegangen, und in diesem Außenbezirk der Stadt gab es keine Straßenbeleuchtung. Während er durch den Schnee stapfte, war sich Murdoch überdeutlich bewußt, daß dies die Straße war, über die vor gar nicht langer Zeit Therese geflohen war. Viele der großen Häuser waren erleuchtet, und dort, wo die Vorhänge offen waren, konnte man schön eingerichtete Salons erkennen, mit schön gekleideten Menschen darin. Hatte sie sich einsam gefühlt, als Außenseiterin? Mit einem unehelichen Kind unter dem Herzen mußten ihr ihre Zukunftsaussichten in der Tat düster erschienen sein. Wer war der Vater? Er tippte auf Foy, aber er war zu erfahren, um sich von persönlicher Abneigung leiten zu lassen, und so blieb für ihn die Frage nach dem Schuldigen vorerst noch ungeklärt.

An der Church Street warf er einen prüfenden Blick auf seine Uhr. Er hatte zehn Minuten für die Strecke gebraucht, bei mäßigem Tempo. Also hielt wenigstens seine zeitliche Berechnung einer Überprüfung stand. Trotzdem war er nicht in der Stimmung, den ganzen Weg abzulaufen. Für heute war er lang genug auf Schusters Rappen unterwegs gewesen. Er sah eine Straßenbahn kommen und trat vor, um ihr ein Zeichen zum Anhalten zu geben.

Einer der Männer, die John Foy genannt hatte, war ein Metzger, der in der Parliament Street wohnte, gleich neben der medizinischen Hochschule. Ihn wollte Murdoch als erstes besuchen. Feine Schneeflocken fielen herab, die im Gesicht kitzelten, und es wehte ein eisiger Wind. Er war an der Gerrard aus der Straßenbahn gestiegen, hatte ein paar Worte mit Karotte gewechselt, der ihn freudig von seinem Posten am Bürgersteig aus begrüßte, und war dann in östliche Richtung weitergegangen, wobei er sich wieder bewußt wurde, daß er Thereses Schritten folgte. Die Wohnhäuser entlang der Gerrard Street waren vornehm und gut erhalten. Etliche ruhten inmitten weitläufiger Grundstücke und waren von Ärzten bewohnt, wie die Messingschilder an den Eisentoren verkündeten.

Kurz hinter der Kreuzung zur Sherbourne Street befand sich ein Fürsorgeheim für in Not geratene Mädchen unter vierzehn Jahren. Alle Lampen brannten, und Murdoch konnte in den vorderen Raum hineinsehen. Ein halbes Dutzend Mädchen, alle in grauen Kleidern mit ordentlichen weißen Schürzen darüber, saßen um eine Orgel. Ihre Münder öffneten und schlossen sich wie die Schnäbel hungriger Vogelkinder, woraus Murdoch folgerte, daß sie sangen. Vermutlich Hymnen, ihren ernsten Mienen nach zu urteilen. Eine beleibte Matrone dirigierte den Chor mit linkischen Bewegungen. Therese Laporte war nicht viel älter als diese Mädchen gewesen.

Das Geschäft von Fred Vose lag oberhalb der Gerrard, an der Westseite der Parliament Street. Es war das letzte von drei Reihenhäusern, die mit ihrem eleganten Ziegelrosa ziemlich neu wirkten. Das an den Metzgerladen angrenzende Geschäft war unbewohnt und die Fensterläden geschlossen, das erste Haus hingegen war schwach erleuchtet, so daß Murdoch das schlichte, vornehme Schild lesen konnte: J. CARVETH, MEDIZINISCHER BUCHHANDEL. Wie ein Spatz, der einen

Schwarm Krähen verfolgt, in der Hoffnung, daß diese etwas von ihrer Beute fallenlassen, hatte sich Mr. Carveth in bequemer Nähe zur medizinischen Hochschule niedergelassen, und er schien nicht nur über einen guten Geschäftssinn, sondern auch über eine ordentliche Portion Humor zu verfügen. Im Schaufenster befand sich ein Skelett, das mit knöchernem Finger auf eine mit purpurnem Samt dekorierte Trittleiter deutete. Auf jeder Leiterstufe lag ein dicker Wälzer, der im Zusammenhang mit dem von Dr. Osler propagierten Grundwissen für Studenten stand, darunter auch, was Murdoch besonders gefiel, ein umfangreicher Band mit Shakespeares gesammelten Werken. Er blieb eine Zeitlang stehen, um die anderen Titel zu lesen, die der berühmte Arzt für die seelische und geistige Gesundheit eines Medizinstudenten für notwendig erachtete. Da war natürlich das Alte und Neue Testament, Plutarchs *Griechische Heldenleben* und verblüffenderweise Cervantes' *Don Quichotte*. Murdoch verspürte einen Anflug von Neid auf die reichen jungen Männer, die es sich leisten konnten, volle fünf Jahre ungestört mit ihren Studien zu verbringen. Hätte er die Chance gehabt, wäre er liebend gern auf die Universität gegangen, doch das kam für jemanden, der über kein Geld verfügte, bis auf das, was er mit seiner Hände Arbeit verdienen konnte, nicht in Frage. Er ging weiter.

Mr. Voses Ladenfenster war mit diversen Tierkadavern dekoriert. Und zerlegte Schweine, deren durchschnittene Kehlen wie Mäuler aufklafften, baumelten an riesigen Haken herunter, zusammen mit blutigen Hasenleichen und gigantischen Rinderschlegeln. Dahinter waren verschiedene Tabletts mit grauen Kutteln, dunkelroter Leber und Nieren ausgestellt. Genau dazwischen thronten zwei gehäutete, augenlose Kalbsköpfe.

Als er eintrat, bimmelte die Ladenglocke. Er sah sich um. Nur ein Wandleuchter brannte, so daß die Ecken des Ladens wie dunkle Tümpel waberten, in denen er gerade noch die Säcke mit Sägemehl für den Boden und einige Wannen mit Salzlake erkennen konnte, in denen Schweinsfüße schwammen. Plötzlich teilte sich der Perlenvorhang hinter der Theke, und ein Mann tauchte aus dem Hinterzimmer auf. Er war kräftig, mit breitem rotem Gesicht und muskulösen Armen, die sich unter dem blauen Flanellhemd wölbten. Seine Schürze war mit Blut befleckt. Er rauchte eine lange Tonpfeife, und der beißende Tabakqualm mischte sich mit dem Geruch von Blut und rohem Fleisch.

»Was kann ich für Sie tun, Captain? Die Missus verzehrt sich nach einem hübschen kleinen Braten, stimmt's?«

Ehe Murdoch antwortete, schüttelte er den Schnee vom Mantel und wickelte seinen Schal ab. »Sind Sie Fred Vose?«

»Der bin ich, es sei denn, meine Mutter hat mich belogen.«

»Ich bin Detective William Murdoch. Wenn es Ihre Zeit erlaubt, würde ich Ihnen gern ein paar Fragen stellen.«

»Ach Gottchen, legen Sie schon los, Captain!«

»Sie sind ein Bekannter von John Foy?«

»Klar doch, bin ich. Worum geht's? Hat John was ausgefressen?« Seine Augen funkelten vor Neugier.

»Er steht nicht unter Anklage, wenn Sie das meinen, aber ich führe eine Ermittlung durch und brauche Sie, um seine Aussage zu verifizieren.«

»Hat es mit dem armen toten Hausmädchen zu tun, das erfroren ist? Die Kleine war in Birchlea beschäftigt, nicht wahr?«

»Das ist richtig.« Murdoch beschloß, ihn reden zu lassen und Alice Black vorerst nicht zu erwähnen.

»John war ganz erschüttert vom Tod des Mädchens. Als meine Frau und ich die Nachricht in der Zeitung gelesen haben, sind wir sofort zu ihm gegangen.«

»Was meinte er dazu?«

»Er konnte nicht verstehen, warum sie auf diese Weise gestorben ist. Unter uns gesagt, Captain, irgendwann hat er geflennt wie ein Weib. So habe ich ihn noch nie zuvor erlebt.«

Foy schien seinen Ordensbrüdern eine zarte Seite seines Wesens zu zeigen, die Murdoch bislang noch nicht in ihm wahrgenommen hatte.

»Wenn Sie mich fragen«, fuhr Vose fort, »so war Johnny viel

betroffener als Edith… nun, sie ist ja eher von der hartgesottenen Sorte, wenn Sie wissen, was ich meine. Aber ich kann Johnny gut verstehen. Das Mädchen war ja fast noch ein Kind. Wenn man freilich davon ausgeht, daß sie ein Mischling war, braucht man sich eigentlich nicht zu wundern.«

»Sie war Frankokanadierin und nicht gemischter Abstammung, soweit mir bekannt ist.«

»Oh… Na, wie auch immer, jedenfalls war sie Katholikin, und bei denen weiß man ja nie, was für komische Dinge sie als nächstes anstellen.«

»Ich kann Ihrer Logik nicht folgen, Mr. Vose.«

»Warum, glauben Sie, war sie draußen in der Kälte und hat sich zu Tode frieren lassen?« Selbstgefällig sah er Murdoch an.

»Wie lautet Ihre Theorie, Mr. Vose?«

»Ich wette, sie hat das getan, was bei denen als Buße bezeichnet wird. Wissen Sie, was das ist?«

»Ja.«

»Schmerz ist es, Schmerz. Ich habe gehört, daß sie Nonnen und Priester dazu bringen, stundenlang ausgestreckt auf dem Kirchenboden zu liegen. Die glauben, das ist gut für ihre Seelen.« Er fuchtelte wichtigtuerisch mit dem Zeigefinger.

»Manche schlagen sich sogar selbst.«

Murdoch fühlte sich nicht gemüßigt, die Praktiken seiner Kirche zu rechtfertigen.

»Mich würden die nie zu so was bringen«, sagte der Metzger.

»Was ich eigentlich von Ihnen wissen wollte, betrifft einen anderen Fall. Können Sie Foys Aussage bezüglich seines Verbleibs letzten Mittwoch bestätigen? Er behauptet, er war an diesem Abend auf einer Logenversammlung.«

Vose war damit beschäftigt, seiner Pfeife Zug zu verschaffen, und saugte heftig an dem langen Stiel. Schließlich hatte er Erfolg und paffte zufrieden vor sich hin.

»Mittwoch… Aber sicher. Ich kann Ihnen zuverlässig und aufrichtig bestätigen, daß er den ganzen Abend neben mir gehockt ist. Tim Winter saß zu meiner Rechten, John Foy zu meiner Linken.«

Übergangslos legte er die Pfeife auf die Theke und wischte sich die rechte Hand energisch an der Seite seiner Schürze ab. »Bitte um Verzeihung, Captain, ich habe Sie noch gar nicht anständig begrüßt.«

Er streckte seine breite Hand aus, und leicht verdutzt schüttelte Murdoch sie. Als er wieder losließ, bemerkte er einen enttäuschten Ausdruck in Voses Augen, und ihm dämmerte, daß es offenbar einen geheimen Freimaurerhandschlag gab, den Vose an ihm überprüfen wollte. Aber er hatte keine Ahnung, auf welche Weise.

Vose widmete sich wieder seiner Pfeife.

»Hat Foy den Raum irgendwann verlassen?« fragte Murdoch.

»Das war kaum zu vermeiden. Zweimal. Zum Wasserlassen.«

»Ist er allein hinausgegangen?«

»Nein. Ich bin mit ihm raus. Aber ich kann bezeugen, daß er sich keinen Meter über die Bordsteinrinne wegbewegt hat.«

»Er trinkt ganz schön, was?«

Voses Brauen schossen vor Verblüffung nach oben. »Nicht mehr als die anderen Brüder.«

»Wie verträgt er, Ihrer Ansicht nach, den Alkohol? Wie ein Mann oder wie ein Indianer?«

Vose paffte wieder an seiner Pfeife und stieß eine würzige Rauchwolke aus, die in Murdoch den Wunsch erweckte, seine Powhattan herauszuziehen.

»Die meisten Brüder werden lustig, wenn sie sich ein paar hinter die Binde gekippt haben«, sagte Vose. »Foy ist da nicht anders, soweit ich das bisher erlebt habe.«

»Hatte er jemals Streit oder Händel mit den Brüdern?«

»Nix da. Er ist eher unser Friedensstifter. Bobby Reynolds und Tim Winter haben ein paarmal die Köpfe gegeneinandergeknallt, und John hat sie durch gutes Zureden jedesmal wieder besänftigen können.«

Murdoch änderte die Richtung. »Sind Sie je einer Frau namens Alice Black begegnet?«

»Nein.«

»Hat Foy den Namen irgendwann erwähnt?«

Wieder schüttelte Vose energisch den Kopf. »Nie. Wer ist das?«

»Wer *war* das trifft die Sache wohl eher. Sie wurde heute früh ermordet aufgefunden.«

Vose stieß einen Pfiff aus. »Großer Thor. Sie glauben doch nicht etwa, daß John etwas damit zu tun hat?«

»Hoffen wir es.«

»Tut mir leid, ich kann Ihnen da nicht weiterhelfen, Captain. Ich habe ihn nie über ein Mädchen mit diesem Namen sprechen hören. Wie ist sie denn gestorben?«

»Man hat sie erwürgt. Ihre Leiche wurde auf dem See, nicht weit von der Brennerei gefunden.«

»Eieiei. War sie eine Dirne?«

»Ja.«

Vose schwieg und konzentrierte sich wieder ganz auf seine Pfeife. Murdoch glaubte nicht, daß hier noch mehr zu holen war. Er begann, seinen Schal umzuwickeln.

»Nicht so hastig, Captain. Offen gestanden, das ist das Aufregendste, was ich diese Woche gehört habe. Ich war nicht immer Metzger, müssen Sie wissen. Früher hatte ich eine Schmiede, oben neben dem alten Schlagbaum in der Yonge Street, und glauben Sie mir, Captain, das geht mir ganz schön ab. Ich habe die Pferde der Reisenden beschlagen, und Sie können sich nicht vorstellen, was für ein buntes Völkchen bei mir vorbeigekommen ist. Geschichten haben die erzählt, unglaublich! Wo sie überall gewesen sind, was für unterschiedliche Menschen sie getroffen haben. Ein Mann hat sogar mit eigenen Augen die Königin gesehen, ganz aus der Nähe. Er meinte, sie sei ein ziemlich schmales Ding. Und bildhübsch. Das war natürlich noch vor der Tragödie.«

Er zog kräftig an seiner Pfeife, so daß der Tabak rot aufglühte. »Nicht nur das, ich vermisse auch die Pferde. Schöne Tiere, die Pferde. Manche Leute behaupten ja, es sind dumme Tiere, aber das stimmt nicht. Sie haben lediglich eine andere Art von Intelligenz als unsereiner. So wissen sie zum Beispiel immer, wem sie vertrauen können. Ich will mich ja nicht brüsten, aber ich konnte bisher noch jedes scheue Pferd beruhigen. Wollen Sie wissen, wie ich das gemacht habe?«

Der Metzger sah ihn so sehnsüchtig an, daß Murdoch nicht nein sagen konnte. Er nickte.

»Ich habe ihnen leise zugepfiffen. So...« Vose begann zart durch die Zähne zu pfeifen. Es war ein süßes, vogelartiges Trillern, und Murdoch konnte sich gut vorstellen, daß ein wildes Pferd dadurch besänftigt wurde.

»In jungen Jahren habe ich mal in einem Holzfällercamp in der Nähe von Huntsville gearbeitet«, erzählte Murdoch weiter. »Da gab es einen Mann namens Farqueson, der zwei Percheronpferde zu betreuen hatte, und er hat sie behandelt, als wären sie seine Söhne. Hat sie gekämmt und mit einem Seidentuch gestriegelt, bis ihr Fell schimmerte wie bei Revuepferden. Und diese Mähnen! Man hatte das Gefühl, über Frauenhaare zu streichen.«

Er fügte nicht hinzu, daß Farqueson seinen Pferden auch mal einen raschen Peitschenhieb verpaßt hatte, wenn eine Fuhre herunterzufallen und ihn zu erschlagen drohte. Aber das lag in der Natur des Menschen.

Vose strahlte. »Ja. Das verstehe ich sehr gut. Ich hätte meine Schmiede nie verkauft, wenn mein Rücken vom vielen Bücken und Heben nicht ruiniert wäre. Ich mußte aufhören. Außerdem war der Frau die Schmiede zu weit entfernt. Der Laden hier war ihre Idee. Aber die Arbeit ist nicht viel leichter. Diese Rindviecher wären sogar für Herkules eine Herausforderung.« Zur Unterstreichung seiner Worte wedelte er mit der Pfeife. »Ich verkaufe natürlich kein Pferdefleisch, auch wenn andere das tun. Für mich wäre das so, als würde ein Freund am Fleischerhaken hängen.«

Murdoch bewegte sich auf die Tür zu. »Ich mach mich mal wieder auf den Weg. Die Arbeit ruft.«

»Warten Sie einen Moment!« rief Vose. Er legte seine Pfeife weg und wickelte rasch ein Stück Speck in braunes Papier.

»Da, für Sie. Geht auf Kosten des Hauses.«

Murdoch bedankte sich.

»Schauen Sie mal wieder vorbei. Nächste Woche habe ich frische Hühner. Selbst im Hinterhof aufgezogen.«

Er folgte Murdoch zur Tür. »Da wäre noch etwas, was vielleicht wichtig sein könnte, Captain, obwohl ich es wahrscheinlich nicht erzählen sollte.«

Murdoch blieb stehen.

»Auf einem unserer Logentreffen hat Foy einmal etwas über irgendwelche häuslichen Probleme angedeutet. Ich habe ihn gefragt, was für Probleme er meint. ›Die Frau benimmt sich in letzter Zeit schrecklich eifersüchtig‹, sagte er. ›Hat sie denn einen Grund dazu?‹ wollte ich wissen. Er blinzelte mir zu und meinte nur: ›Kann sein.‹ Darauf ich: ›Das ist nicht gut, John.‹ Und er weiter: ›Wer wird schon einem saftigen Stück Frischfleisch widerstehen, wenn er jahrelang nur gepökeltes Schweinefleisch bekommen hat?‹«

»Was, glauben Sie, meinte er damit?«

»Ich habe den Verdacht, daß er sich an süßen, aber verbotenen Früchten labte.«

»Das Hausmädchen?«

»Mehr als wahrscheinlich.«

»Danke, Mr. Vose. Sollte Ihnen noch irgend etwas einfallen, dann kommen Sie doch im Revier vorbei. Station Nummer vier in der Wilton. Sie wissen, wo das ist?«

»Klar. Sie haben dort ein paar feine Pferdchen stehen, aber dieser braune Wallach schont sein Hinterbein zu sehr. Sie sollten ihn mal untersuchen lassen.«

»Ich werde das an den verantwortlichen Wachmann weitergeben.«

Die Schneeflocken fielen nun dichter und bedeckten den Boden mit einer feinen Schicht Pulverschnee. Murdoch ging zur Gerard Street zurück und bog in östliche Richtung zur medizinischen Hochschule ab.

Er war über das, was Vose gesagt hatte, nicht überrascht, es machte ihn eher wütend. Therese hatte sich Foy bestimmt nicht freiwillig hingegeben. Sehr wahrscheinlich hatte Foy ihr Gewalt angetan, und auch wenn Therese letztlich an der Kälte gestorben war, so war Foy dennoch indirekt dafür verantwortlich. Er würde sich den aalglatten Butler noch einmal vorknöpfen. Mal sehen, wie vertraut er mit Opium war.

Ein Lakai geleitete Owen Rhodes nach unten in das Billardzimmer. Der Rauch von Hugh McDonoughs zahllosen Zigaretten hing wie Herbstnebel über der weichen grünen Tuchbespannung; ein glimmender Stumpen balancierte bedenklich an der Ecke der ledernen Einfassung.

Hugh machte sich gerade für seinen nächsten Stoß bereit, doch als Owen eintrat, richtete er sich auf und hob das Queue zu einem scherzhaften militärischen Salut.

»Roddy, was führt dich bei diesem gräßlichen Wetter nach draußen? Gott, du siehst ja ganz erfroren aus. Soll ich dir ein paar Happen und einen Drink zum Aufwärmen bringen?«

»Nein, im Moment will ich nichts. Ich muß mit dir reden. Sind wir hier ungestört?«

»Absolut. Was ist los?«

Owen berichtete in knappen Worten über die jüngsten Geschehnisse sowie über Murdochs Besuch am frühen Nachmittag und den Grund hierfür.

»Er wollte wissen, wo ich Mittwochabend gewesen bin.«

Hugh erstarrte. »Und was hast du ihm erzählt?«

»Daß ich den ganzen Abend im Labor verbracht habe.«

»Gute Idee.«

»Und selbst wenn er das überprüft, der alte Grant ist so ein Wirrkopf, er würde sich nicht einmal daran erinnern, wenn Prinz Bertie persönlich bei ihm vorbeikäme.«

»Und wenn er sich doch erinnern kann, was dann? Was willst du dem Polizisten dann erzählen?«

»Keine Ahnung. Soweit habe ich noch nicht vorausgedacht.«

Betont sorgfältig rieb Hugh sein Queue mit Kreide ein. »Vielleicht solltet du das lieber tun, Roddy.« Er gab Owen mit dem

Ende des Queues einen nicht gerade sanften Stoß in die Rippen. »Du denkst doch nicht an ein großes Geständnis oder etwas in der Art, Roddy?«

Owen runzelte die Stirn. »Glaubst du, ich bin verrückt? Natürlich denke ich nicht an so etwas.«

»Das ist gut.« Hugh lächelte. »Komm, laß den Kopf nicht hängen. Du siehst aus wie ein verängstigtes Kaninchen.«

»Ehrlich gesagt, fühle ich mich auch so. Der Fuchs schnuppert bereits an der Tür.«

»Quatsch. Er wird es nicht herausfinden. Und wenn – was kann schlimmstenfalls denn passieren?«

Owen starrte ihn an. »Ich nehme doch an, daß diese Frage nicht ernst gemeint war.«

Murdoch war schon fast am Krankenhausgelände vorbeigegangen, bevor er den Mann bemerkte, der unter dem Torbogen kauerte. Er saß vornübergebeugt, mit dem Kopf auf den Knien. Im ersten Moment war sich Murdoch nicht sicher, ob der Mann noch lebte, doch dann hob er den Kopf, und Murdoch entdeckte, daß er noch jung war, kaum zwanzig Jahre alt. Er trat näher.

»Sie können hier nicht bleiben.«

Der junge Mann rappelte sich mühsam hoch. »Ja, ich habe mich nur kurz ausgeruht.«

»Wo wohnen Sie?«

»Nirgendwo, mein Herr. Sör.«

»Sie sind Deutscher?«

»Jawohl, Sör.«

»Wie lange sind Sie schon in Toronto?«

»Vor zwei Wochen angekommen.«

»Haben Sie Arbeit?«

»Noch nicht.« Er rang sich ein gequältes Lächeln ab. »Es gibt genug andere Männer, die Arbeit suchen. Niemand will einen Fremden haben.«

Wie viele Immigranten war er auf das unwirtliche Klima überhaupt nicht vorbereitet. Er hatte ein Stück Sackleinen gefunden, um sich darin einzuwickeln, aber er besaß weder Handschuhe noch Mütze und zitterte vor Kälte.

»Sie werden sich den Tod holen, wenn Sie hier bleiben«, sagte Murdoch. Er griff in die Tasche und holte sein Notizheft heraus. Als er zu schreiben begann, fiel der Schnee in dichten Flocken auf das Papier.

»Gehen Sie mit dieser Nachricht zur Polizeiwache und fragen Sie nach Sergeant Seymour. Sie können sich die Nacht über dort aufhalten. Morgen werden wir sehen, ob wir eine Arbeit für Sie finden.«

Er riß das Blatt heraus und gab es dem jungen Mann. Dann nahm er ihn beim Arm und drehte ihn in Richtung der Sackville Street.

»Gehen Sie die Straße entlang, bis Sie zur Wilton gelangen, dann biegen Sie rechts ab. Da hinunter.« Er zeigte mit der Hand die Richtung an. »Und dann immer geradeaus, bis Sie die Polizeiwache sehen. Über der Tür leuchtet ein grünes Licht. Haben Sie das verstanden?«

»Ja, danke schön, Sör, danke schön.«

Um sicherzugehen, daß er den richtigen Weg einschlug, sah Murdoch ihm nach, bis er im Schneegestöber verschwand. Ein Stück von Murdoch entfernt entfachte gerade ein Laternenanzünder mit seinem langen Stab die Gaslaterne an der Ecke. Der matte Lichtschein zeigte freilich kaum Wirkung, da entlang der Gerrard die Laternen in weitem Abstand voneinander standen. Murdoch wünschte, er hätte seine eigene Laterne mitgenommen. Tief in seinen Mantel vergraben und den Hut in die Stirn gezogen, stapfte er weiter.

Seymour würde sich gut um diesen Deutschen kümmern, überlegte er. Der Junge war kein gewohnheitsmäßiger Landstreicher, das war offensichtlich, und würde im Revier eine wohlwollende Behandlung erfahren. Es waren die chronisch Armen, die als Schandfleck für die Stadt betrachtet wurden und die den Stadtrat dazu veranlaßt hatten, das Betteln auf den Straßen mit Nachdruck zu verbieten. Vor kurzem hatten Mitglieder des Verbands der Kommunalsteuerzahler vorgeschlagen, vom

High Park ein zwanzig Hektar großes Gebiet als landwirtschaftliche Nutzfläche abzuteilen, wo Arme und Landstreicher zusammen leben und arbeiten könnten. Murdoch selbst hielt diese Idee für undurchführbar. Man konnte nicht alle Bedürftigen in einen Topf werfen. So müßte man beispielsweise eigene Unterkünfte für Leute mit Kindern einrichten. Wenn man Kinder dem Einfluß der Verzweifelten und Gestrandeten aussetzte, würden sie zwangsläufig in deren Fußstapfen treten. Abgesehen davon war er kein Anhänger einer Was-ich-nicht-sehe-gibt-es-nicht-Philosophie. Er vergaß nie, daß er alles, was er erreicht hatte, einzig Gottes Gnade verdankte.

Bis er an der Medizinischen Hochschule angekommen war, hatte sich die Straße geleert, da alle zum Fünf-Uhr-Tee nach Hause geeilt waren. Nur ein Pferdeschlitten war mit Glockengebimmel vorbeigefahren, gelenkt von einem jungen Mann, der unter den Felldecken kaum noch zu sehen war und in Anbetracht der schlechten Sicht- und Straßenverhältnisse viel zu schnell fuhr. Vermutlich war er auf dem Weg zu einer Schlittenparty. Das Pferd keuchte unter der Last, sein Nacken war angespannt, seine Schritte ungleichmäßig. Murdoch haßte es, wenn Tiere so geschunden wurden.

Die Hochschule war von einem schmiedeeisernen Zaun umgeben, und die Gebäude dahinter ein gutes Stück zurückversetzt. Ein breiter Zufahrtsweg, der bereits ziemlich zugeschneit war, führte dorthin. Murdoch konnte die Silhouette des zentralen Kirchturms erkennen. Er ragte nicht so weit in den Himmel empor wie der Turm der St.-James-Kathedrale, der größten in ganz Kanada, aber er erinnerte doch daran, daß auf dieser Stätte der Gelehrsamkeit auch Gott zu Hause war. Zu beiden Enden des Hauptgebäudes befand sich jeweils ein Türmchen, in das sich eifrige Studenten zum Lernen zurückziehen konnten, ein, zwei Lichter flimmerten durch das Schneegestöber hindurch.

Rechts von dem hohen Tor lag die aus Backstein erbaute Pförtnerloge. Murdoch konnte den weichen Schimmer eines Kerzenlichts erkennen, der durch das Fenster sickerte. Das Tor war nicht verschlossen, und so schob Murdoch es auf, ging zur

Pförtnerloge hinüber, wischte den Schnee vom Fenster und spähte durch die Scheibe:.

Der Raum war karg eingerichtet: in der Ecke ein Ölofen, daneben ein Holzstuhl und in der Mitte ein Tisch. An der Rückwand war ein Brett mit Messingglocken befestigt. Ein uniformierter Mann saß in sich zusammengesunken am Tisch und schlief. Als Murdoch ihn beobachtete, sank der Mann zur Seite, schreckte, ohne wach zu werden, hoch und setzte sich wieder gerade hin.

Murdoch trat ein. Der Pförtner war grauhaarig, dünn und ausgemergelt. Sein Alter ließ sich schwer schätzen; er konnte vierzig, genausogut aber auch siebzig sein. Sein Unterkiefer hing ihm herunter, und Murdoch sah, daß er nahezu zahnlos war. Die blaue Uniformjacke war am Hals aufgeknöpft und voller Flecken, und seine Kappe war nach hinten gerutscht. Neben ihm stand ein zinnerner Humpen; süßlicher Aledunst hing im Raum.

»Mr. Grant?«

Mit einem Schnarchlaut öffnete er die Augen. »Was…? Wo…? Wer sind Sie?«

»Detective William Murdoch von der Polizei Toronto.«

In Grants Gesicht spiegelte sich Erschrecken. »Entschuldigen Sie, ich… ich bin gerade etwas eingedöst. Passiert mir normalerweise nie, aber… eh, ich hab' in letzter Zeit kaum Schlaf abgekriegt.«

Hastig rückte er seine Kappe zurecht und nestelte an seinen Uniformknöpfen.

»Ich bin wegen eines Falls hier«, beruhigte ihn Murdoch, »und möchte Ihnen einige Fragen stellen, die einen Studenten der Hochschule betreffen.«

Grant atmete hörbar auf. »Gott sei Dank. Im ersten Moment dachte ich schon, man würde mich feuern. Dumm von mir. Die schicken einem doch deswegen nicht die Polizei vorbei.«

»Es sei denn, Sie hätten gegen das Gesetz verstoßen.«

»Was? Nein, nein. Ich erfülle meine Pflicht wie ein Soldat. War nur ein wenig müde, das ist alles.«

Sie wußten beide, daß er gefeuert werden könnte, wenn man ihn wegen unerlaubten Trinkens während der Dienstzeit melden würde, aber wie Murdoch annahm, war Grant täglich vierundzwanzig Stunden im Dienst und hatte vielleicht, wenn überhaupt, einen einzigen freien Tag im Monat. Murdochs Meinung nach ging diese Angelegenheit nur den Pförtner und dessen Arbeitgeber etwas an, und wenn der alte Mann sich hin und wieder ein kleines Vergnügen gönnte, seinen Segen hatte er jedenfalls.

»Sie sagten, es handelt sich um einen der Studenten? Was haben die Burschen denn jetzt wieder angestellt?« fragte Grant.

»Was würden Sie denn vermuten?« erkundigte sich Murdoch neugierig.

»Einen Streich, was sonst? Erzählen Sie mir bloß nicht, die haben schon wieder einen Schneemann gebaut.«

»Wäre das so schlimm?«

»Beim letzten Mal war es eine Katastrophe. Kurz vor Weihnachten haben sich ein paar zum Baptistenseminar in der Jarvis Street verdrückt. Und einen drei Meter großen Schneemann gebaut, der genau wie der Priester aussah. Muß zugeben, gut gemacht. Sie haben ihm aus gefärbter Schafswolle einen roten Backenbart hingezaubert, ihm eine Brille auf die Nase gesetzt und all die Kleinigkeiten eben.«

»Das klingt doch recht harmlos.«

Der Pförtner kicherte. »Oh, ja, soweit schon, aber dann haben sie ihm einen langen rosa Gummischlauch verpaßt. Sie ahnen bestimmt, an welche Stelle. Skandalös war das. Bei all den jungen Ladies, die da täglich vorbeigingen.«

Murdoch grinste beifällig.

»Dieser Student, über den Sie etwas wissen wollen, hat wohl gegen das Gesetz verstoßen, ja?«

Murdoch wußte um die zersetzende Kraft von Gerüchten, und er wollte Owen Rhodes gegenüber fair bleiben.

»Sagen wir einfach so, ich muß überprüfen, wo er sich zu einer bestimmten Zeit aufgehalten hat.«

Grant wirkte verlegen, und Murdoch erinnerte sich wieder daran, was Owen über dessen Unzuverlässigkeit geäußert hatte.

»Ist es den Studenten gestattet, die Laboratorien auch nach den Unterrichtsstunden zu benutzen?« fragte er.

»Ja, davon macht allerdings kaum einer Gebrauch. Leider sehen einige der jungen Gentlemen ihre Ausbildung als eine Art Jux an. Die armen Patienten, kann ich da nur sagen. Aber so ist die Jugend heutzutage. Gedankenlos und nur auf ihr Vergnügen bedacht.«

Murdoch folgerte daraus, daß besagte junge Männer Grant das Leben ziemlich schwer machten. An der Wand befanden sich sechs Glocken, und er konnte sich vorstellen, wie der Mann ständig wegen irgendwelcher Nichtigkeiten angebimmelt und herumgehetzt wurde.

»Sie kennen die meisten, nicht wahr?«

»Oh, ja. Ich sehe sie das ganze Jahr über hinein- und hinausgehen.«

»Müssen sich die Studenten nicht irgendwie eintragen, wenn sie nach dem Unterricht hierherkommen?«

»Das sollten sie – aber, na ja, sie sind jung. Denken an alles mögliche, nur nicht daran. Wenn ich für jeden Burschen, der sich nicht eingetragen hat, einen Nickel bekommen hätte, wäre ich jetzt ein reicher Mann.«

»Dürfte ich mir das Verzeichnis einmal ansehen?«

»Selbstverständlich.«

Er holte ein großes Buch aus der Tischschublade, schlug es auf und drehte es in Murdochs Richtung. Was die Gewissenhaftigkeit der Medizinstudenten anbelangte, so hatte Grant recht gehabt. Für Donnerstagabend gab es lediglich vier Eintragungen, für Mittwochabend kümmerliche zwei. Owens Name war nicht dabei.

»Kennen Sie Mr. Owen Rhodes?«

»O ja, Sir, den kenne ich wohl.«

»Er behauptet, er sei den ganzen Mittwochabend im Laboratorium gewesen. Können Sie das bestätigen?«

»Gewiß. Er ist einer der fleißigen Sorte. Jetzt ist er auch hier. Schon seit heute morgen.«

»Verstehe. Wie sieht er denn aus?«

»Nicht besonders groß, stämmig, schwarze Haare, Backenbart. Ach ja, und er trägt eine Brille.«

»Sind Sie sicher, daß Sie Mr. Rhodes meinen?«

»Natürlich. Den kenne ich wie meinen eigenen Sohn. Gehört schließlich zu meiner Aufgabe, die Studenten zu identifizieren. Was hat er angestellt? Scheint mir ein braver Bursche zu sein. Nicht so ein Quälgeist wie einige andere. Aber, wie gesagt, sie sind jung und…«

Murdoch fiel ihm ins Wort. »Der Owen Rhodes, den ich meine, ist mittelgroß, schlank, hat kupferfarbenes Haar, keinen Backenbart, nur einen schmalen Oberlippenbart. Und er hat ein Faible für auffällige bunte Westen.«

»Ha, das haben sie doch alle. Ist heutzutage Mode bei den jungen Gentlemen. Bei denen, die den nötigen Zaster haben. Und die meisten hier stinken förmlich vor Geld.« Er tippte auf seinen Nasenrücken. »Werden von ihren Vätern maßlos verwöhnt. Oder wahrscheinlich eher von ihren Müttern. Tja, aber Sie sagten, der Bursche ist ein Rotschopf? Vielleicht meinen Sie Mr. Beresford. Der hat rote Haare. Ist allerdings ziemlich groß und bullig. Ißt für sein Leben gern.«

»Mr. Grant, seien Sie ehrlich. Ich wette, diese Grünschnäbel führen Sie ganz schön an der Nase herum, wenn sie in Stimmung sind.«

»Das ist leider so.«

»Sie sehen die jungen Männer scharenweise ein- und ausgehen. Da ist es manchmal sicher schwierig, sie auseinanderzuhalten.«

Grant wirkte unschlüssig wie eine Maus, die den Käse wittert, aber die Falle ahnt.

»Oh, nein, Sir. Es gehört zu meinen Pflichten, jeden einzelnen Studenten zu kennen. Ich muß immer auf dem laufenden sein. Gelegentlich kann ich mich mal täuschen, aber nein, Sir, ich kenne sie alle.«

»Und Sie sind sicher, daß der schwarzhaarige Mr. Rhodes, der sich auch jetzt in der Hochschule aufhält, den ganzen Mittwochabend hier gewesen ist?«

»Absolut.«

»Haben Sie etwas dagegen, wenn ich mich ein wenig umsehe?«

»Ganz und gar nicht, Sergeant. Außer Mr. Rhodes ist niemand anwesend. Sie sind heute alle früh nach Hause gegangen. Wegen des Wetters. Na ja, die Jugend – denen ist jede Ausrede recht.«

»Ich habe da etwas über gewisse Eskapaden der Studenten erfahren. Vor gar nicht allzu langer Zeit sollen einige von ihnen doch mit Lachgas experimentiert haben, nicht wahr? Wie ich hörte, hat einer zuviel erwischt und ist für ein, zwei Wochen in der Irrenanstalt gelandet.«

Grant lächelte mit der Boshaftigkeit des gedemütigten Opfers. »Das ist richtig. Letzten November war das. Die Studenten sollten die Wirkungsweise von Äther kennenlernen. Sie probieren es immer an sich selbst aus. Finde ich gut. Dann können sie später als Ärzte besser damit umgehen. Sollten sie mal ein wenig mit Amputation beschäftigten, wenn Sie mich fragen.« Er kicherte über seinen eigenen Witz. »War nicht böse gemeint, Sergeant. Wir sind alle mal jung gewesen, nicht wahr?«

»Wissen Sie, ob manche Studenten Opium benutzen?«

»Würde mich nicht überraschen. Die haben alle möglichen Arzneien herumliegen. Eine Menge brauen sie auch selbst zusammen.«

Es hatte wenig Sinn, noch weiter in Grant zu dringen. Grant war ein nervöser Zeuge, hin- und hergerissen zwischen der Angst, seinen Posten zu verlieren, und dem gehässigen Verlangen, den Studenten eins auszuwischen. Schließlich veranlaßte Murdoch ihn dazu, ihm das Hauptgebäude zu zeigen. Der Rundgang dauerte fast eine Stunde. Der Pförtner hatte den einsamen Studenten richtig beschrieben. Er war dunkelhaarig und strebsam, doch sein Name war Llewellyn, und er war walisischer Herkunft, was nicht nur ein Trällern in der Stimme bewies. Murdoch wünschte ihm im stillen ein erfolgreiches Studium.

Als er sich schließlich von Grant verabschiedete und wieder in die stürmische Nacht hinausging, war sich Murdoch in einem Punkt sicher. Falls sich Owen Rhodes am Mittwochabend in der Hochschule aufgehalten haben sollte, könnte das leicht ohne Grants Wissen und ohne andere Zeugen geschehen sein. Sein Alibi war demnach weder bewiesen noch unbewiesen.

18

Sie ging nur selten in sein Arbeitszimmer, und wenn, hatte sie noch nie etwas Verdächtiges bemerkt. Darauf achtete er. Nur heute morgen nicht. Er hatte die Fotos auf seinen Schreibtisch zurückgelegt, aber nicht ins Geheimfach. Er hatte es auch versäumt, den Deckel zu schließen, und das war das erste, was ihr auffiel. Sie trat näher. Da, auf der Schreibunterlage, waren die Fotos. Vier Stück, zwei von Frauen, eines von einem Mann und einer Frau, und das vierte mit drei Menschen. Zunächst erkannte sie nicht, was für Fotos das waren, da sie so etwas noch nie gesehen hatte, doch als es ihr dann klar wurde, knickten ihr die Beine ein, und sie mußte sich setzen. Gallige Flüssigkeit stieg ihr in den Mund, und sie spuckte in ihr Taschentuch. Deshalb hörte sie auch nicht, wie die Tür aufging, ahnte nicht, daß sie nicht allein war, bis er neben ihr stand. Er beugte sich vor, legte ihr den Finger unter das Kinn und zwang sie, zu ihm hochzublicken. Seine Hemdsärmel waren bis zum Ellbogen hochgerollt, und sie starrte die grellgrüne und rote Tätowierung an, die sich an seinem Unterarm bis zum Handgelenk hinzog. Eine nackte, blutende Frau steckte im Maul einer flachköpfigen Schlange. »Weißt du nicht, daß Neugierde tödlich enden kann?« flüsterte er ihr ins Ohr.

Donalda schritt in ihrem Schlafzimmer unruhig auf und ab. Murdochs Besuch hatte sie so aufgewühlt, daß sie nicht still sitzenbleiben konnte. Wieder und wieder spulte sie in Gedanken die Geschehnisse ab. Die Foys packten ihre Sachen zusammen, und das war gut so. Sie war überzeugt, daß John Foy Therese Gewalt angetan hatte, und damit trug er für sie auch die Schuld am Tod des Mädchens. Therese war vor ihm weggelaufen und umgekommen.

»Hättest du es mir doch erzählt!« brach es laut aus ihr hervor, doch sie wußte, daß Therese zuviel Angst gehabt hatte, um sich ihr anzuvertrauen.

Wütend stocherte sie im Feuer herum, zerstieß die Kohleklumpen zu stiebenden Funken. Sie konnte sich freilich nicht vorstellen, daß Foy dem Mädchen Opium verabreicht hatte. Aber wer dann? Und das war die erschreckendste Frage von allen.

»Verdammt!« rief sie wieder laut. Sie bedauerte ihre zornigen Äußerungen in Gegenwart des Detectives. Er hatte sich natürlich wie ein Raubvogel auf ihre Worte gestürzt, aber ausnahmsweise hatten Cyril und sie einmal zusammengehalten. Sie hatte darauf beharrt, ihre Bemerkung sei unüberlegt gewesen, ohne jede Bedeutung, und Cyril hatte jegliche Beziehung zu – wie er es nannte – »Frauen der Nacht« vehement abgestritten.

War das die Wahrheit? Allein der Gedanke daran verursachte ihr Übelkeit und erinnerte sie an jene Zeit vor vielen Jahren, als er in ihrem Schoß geweint hatte.

»Es wird nie wieder geschehen«, hatte er gestammelt und wie ein Schuljunge geschluchzt. Doch sie blieb unnachgiebig. Ihre Liebe für ihn war zusammen mit dem ungeborenen Kind gestorben, diesem winzigen Klumpen Fleisch, den ihr die Hebamme, auf ihr wildes Drängen hin, gezeigt hatte. Es war dieselbe Hebamme gewesen, die, ihrem Blick nervös ausweichend, den wahren Grund für die Fehlgeburt angedeutet hatte. Dr. Pollard hatte es widerstrebend bestätigt, und nach einer stürmischen Konfrontation war Cyril zusammengebrochen und hatte alles gestanden. Der Umgang mit Prostituierten war ihm an der Medizinischen Hochschule zu einer Gewohnheit geworden, die er während ihrer ganzen Ehe, bis zur zweiten Schwangerschaft, beibehalten hatte. Sie war im vierten Monat, voller Freude bei dem Gedanken an ein weiteres Kind. Aber er kam vom Bordell direkt in ihr Bett und infizierte sie mit Gonorrhöe. Der Fötus starb, sie war vier Wochen krank und seitdem unfruchtbar.

Er bat um Vergebung, doch sie konnte sie ihm nicht gewähren. Der Riß in ihrer Beziehung war zu gewaltig, als daß man ihn hätte kitten können.

Donalda stand auf und rang die Hände in einer unbewußten Gebetsgebärde. Letzten Sommer hatte auch Owen geweint; sein Gesicht war von Tränen verschmiert gewesen, und aus seiner Nase war der Rotz gelaufen, als wäre er wieder fünf Jahre alt. Er hatte dieselben Worte gebraucht – »Es wird nie wieder geschehen« –, aber sie wußte es besser. Dennoch wollte sie die Wahrheit verdrängen, redete sich ein, daß eine Heirat mit Harriet Shepcote alles ins rechte Lot rücken würde, doch im Anschluß an den heutigen Nachmittag mußte sie sich eingestehen, daß sie sich getäuscht hatte.

Plötzlich empfand sie ein so tiefes Bedürfnis nach Trost, daß sich ihr Herz zusammenkrampfte. Owen hatte Murdoch als Schutzschild gegen ihren Zorn benutzt und zeitgleich mit ihm das Haus verlassen. Cyril war ebenfalls irgendwohin gegangen, war in die Winternacht hinausgeeilt, als könne ihm die Dunkelheit Linderung verschaffen. Das bleiche Gesicht des Stalljungen stieg vor Donalda auf, und geleitet von dem blinden Instinkt, ihren eigenen Schmerz durch die noch schlimmere Qual eines anderen Menschen zu betäuben, beschloß sie, zu ihm zu gehen.

Einen Schal als Schutz gegen die bittere Kälte um den Kopf gewickelt, eilte sie über den schneebedeckten Hof. Seit letzten Sommer war sie nicht mehr imstande gewesen, einen Fuß in den Stall zu setzen, und als sie nun eintrat, rief der Geruch nach Pferd und Stroh die Erinnerung wieder in ihr wach.

Als sie vom sonnigen Hof in den Stall gekommen war, mußten sich ihre Augen erst an das dunkle Licht gewöhnen. Dann sah sie die beiden. Sie lagen im frischen Heu, ihre nackten Körper schimmerten weiß im Halbdunkel. Anfangs mißdeutete sie die Laute und glaubte, sie stöhnten vor Schmerz. Plötzlich wurde Owen ihrer gewahr und blickte sich, die Augen weit aufgerissen vor Entsetzen nach ihr um.

Sie hob ihre Laterne hoch, und als das Licht den Kopf des Pferdes streifte, glühten seine Augen golden auf. Das Tier kaute friedlich sein Heu, stampfte aber mit dem Hinterbein auf und wich zur Seite. Sie zögerte einen Moment, ehe sie nach Joe rief.

Joe? Joe, bist du hier? Ich bin es, Mrs. Rhodes.«

Über ihr ertönte ein Rumpeln, danach der Klang von Schritten, und gleich darauf erschien Joes Gesicht in der Luke am oberen Ende der Leiter. Er sah so verängstigt aus, daß Donalda Mitleid verspürte. Mit sanfter Stimme sprach sie ihn an.

»Joe, ich möchte gern mit dir reden. Ich bin hier, um mich nach deinem Befinden zu erkundigen.«

Er drehte sich um, weil er die Leiter herunterklettern wollte, doch Donalda hielt ihn auf.

»Warte. Ich komme hoch.«

Er schüttelte den Kopf.

»Warum nicht?«

Hilflos begann er mit den Händen zu gestikulieren.

»Du kannst sprechen, Joe. Das hast du vorhin bewiesen.«

Er schluckte, und sprach dann so leise, daß sie ihn kaum verstand.

»Es ist nicht aufgeräumt oder so...«

»Sei nicht albern. Ich bin nicht die Heimaufseherin.«

Joe wich zurück.

»Komm, halte die Laterne für mich«, sagte sie wieder sanfter.

Er kletterte ein paar Sprossen hinunter, und sie reichte ihm die Laterne. Dann schürzte sie ihren Rock, kletterte unbeholfen die Leiter hinauf, blieb auf der obersten Sprosse stehen und schob den Kopf durch die Luke. Joe bewegte sich rückwärts zur Wand hin. Die Laterne schaukelte in seiner Hand. Er mußte den Kopf einziehen, um aufrecht stehen zu können, da es keine richtige Kammer war, sondern lediglich ein freier Zwischenraum unter dem Dachgesims. Ein schmales, ordentlich gemachtes Bett stand darin, daneben eine kleine Holzkiste und ein Korbstuhl. Der Raum war nicht größer als eine kleine Speisekammer. Bestürzt sah sich Donalda um. Wie war es nur möglich, daß sie nicht gewußt hatte, wie er lebte?

»Du hältst dein Zimmer sehr sauber, Joe.«

»Ich mach's so, wie wir's gelernt haben. Ma'am.«

Die Laterne warf lange Schatten an die Wände, und sein Gesicht blieb im Dunkeln, doch seine Angst lag schwer wie Morast in dem beengten Raum.

»Hilf mir hinauf, Joe.«

»'s ist nicht viel Platz.«

»Das ist schon in Ordnung. Ich werde mich hinsetzen.«

»Ich komm lieber runter, Missus.«

Er wedelte mit den Händen auf die Art, wie man Hühner verscheucht.

»Was hast du zu verbergen?«

»Nichts, Missus.«

»Komm her.« Sie kauerte unbequem am Rand der Falltür. Langsam kam er auf sie zu, wobei an der Wand hinter ihm eine metallgefaßte, viereckige Kiste sichtbar wurde. Darauf lehnte, wie auf einem Altar, ein winziges Kreuz.

»Was ist das?« fragte sie, auf die Wand deutend.

»Nichts, Missus.«

»Leuchte mal mit der Laterne hin.«

»'s ist nichts.«

»Tu, was ich dir sage, Joe.«

Widerstrebend gehorchte er und senkte die Laterne.

»Gib mir das Kreuz.«

Mit zitternden Händen reichte er es ihr.

»Hat das Therese gehört?«

»Ja, Missus.«

»Woher hast du es?«

Stumm zeigte er nach unten.

»Gebrauch deine Stimme, Joe.«

Er senkte den Kopf und murmelte: »Kann's nicht sagen.«

»Sieh mich an. Komm, heb den Kopf. Ja, schon besser. Und jetzt hör mir zu. Ich verspreche, daß du nicht bestraft wirst. Ich weiß, daß du nichts Böses getan hast.«

Sie redete voll Zuversicht, fühlte sich aber elend dabei. Das Kruzifix lag kühl und schwer in ihrer Hand. Die Christusfigur war aus Silber gefertigt, das Kreuz aus Ebenholz. Joe bemerkte ihre innere Qual und wurde noch ängstlicher. Mühsam versuchte sie ein Lächeln, um ihn zu beruhigen.

»Du mußt es mir erzählen, Joe. Wo hast du es gefunden?«

Wieder deutete er nach unten und flüsterte: »In der Kutsche.«

»Was? Ich verstehe nicht.«

»Sachen fallen raus, Münzen und Kleinigkeiten, deshalb schau ich immer in den Sitzen nach. Verzeihung, Missus, ich hätte nicht ...«

»Mach dir darüber jetzt keine Gedanken. Welche Kutsche? Wem gehört sie? Wessen Kutsche ist es, Joe?«

19

Keiner der beiden bemerkte sie. In der Tür zwischen der Butler-Anrichte und dem Speisezimmer war ein Guckloch, damit die Dienstboten die Abfolge der einzelnen Gänge beobachten konnten. Die schwere Eichentür war mit Stoff ausgekleidet, um Geräusche abzudämpfen, und so verstand sie kaum, was die beiden sagten. Doch was sie sah, bereitete ihr Übelkeit und flößte ihr eine so tiefe Angst ein, daß sie erstarrte, an den Platz gebannt wie ein Kaninchen, das sich einem Frettchen gegenübersieht.

Seine Hemdsärmel waren hochgerollt, und er hatte einen Gürtel um seinen Oberarm gezurrt. Der andere Mann stand mit dem Rücken zu ihr, doch sie wußte, um wen es sich handelte. Er hielt eine Spritze in die Höhe und überprüfte die Menge der darin enthaltenen bräunlichen Flüssigkeit. Dann beugte er sich vor, stieß die Nadel in die hervorquellende Vene in der Armbeuge des Mannes und grinste, als dieser zusammenzuckte.

Als die Spritze leer war, zog er die Nadel zurück, und der andere Mann löste die enge Armbinde und rollte seinen Ärmel herunter.

»Glaubst du, die Nutte hat jemandem erzählt, daß sie gesehen hat, wie wir das Mädchen mitgenommen haben?« fragte er, während er seinen Arm anspannte, um die Wirkung der Droge zu beschleunigen.

»Klar hat sie das. Das einzige, was eine Hure noch weiter aufreißt als ihre Fotze, ist ihr Maul. Wie ich die dumme Kuh einschätze, hat sie alles brühwarm ihrer Stubengenossin weitererzählt.«

»Was sollen wir tun?«

»Ich kümmere mich darum.«

Der andere Mann hatte bereits Schwierigkeiten, sich zu konzentrieren, da nun das Opium zu wirken begann.

»Wa-was hast du vor?« lallte er mit schwerer Zunge.

Der zweite Mann gab keine Antwort, sondern richtete seine Aufmerksamkeit ganz auf das Spritzenbesteck, das er in einem blauen Samtkästchen *verstaute.*

»Süße Träume«, sagte er schließlich.

»Wohin... gehst du?«

»Mich um das kümmern, was getan werden muß.«

»Nein... warte... du darfst nicht...«

»Nein? Höre ich richtig? Hat mein Dickerchen ein Gewissen?« Er blickte auf den Mann hinunter, dessen Kopf schlaff auf die Brust herabhing. »Mach dir keine Sorgen, ihr beide werdet euch bald im Paradies treffen. Genauso, wie du es dir immer gewünscht hast.«

Er grinste über seinen Witz.

Während ihn die Droge in die Schattenwelt hinabzog, ver-

stand der andere. Er hob matt die Hand, konnte aber nichts tun. Es war zu spät.

Der Mann drehte sich zum Gehen um, schneller als sie sich bewegen konnte, schneller als sie erwartete, so daß die Tür beim Öffnen gegen sie stieß.

Er packte sie am Arm, ehe sie weglaufen konnte.

»Hab' ich dir nicht gesagt, daß Neugierde mitunter tödlich sein kann?« spie er ihr entgegen und krallte sich so fest in ihren Arm, daß sie aufschrie.

»Tja, mein kleines Hühnchen, diesmal hast du dich wirklich in die Bredouille gebracht, nicht wahr?«

Freitag, 15. Februar

Der Yeoman Club war weder protzig, noch gut gelegen wie manch andere Clubs und Logen in der Stadt. Die Oddfellows, Mitglieder eines geheimen Wohltätigkeitsordens, besaßen ein schloßartiges Gebäude in der Carlton Street, das der ganzen Welt stolz von ihrem Reichtum künden sollte. Der National Club verfügte über eine feine Adresse in der Bay Street. Der Yeoman Club dagegen hatte nichts von beidem vorzuweisen. Er war vor fünfzehn Jahren von einem reichen Brauer, der am südlichen Ende der River Street ein billiges Grundstück erworben hatte, gegründet worden. Trotz seiner Lage hatte der Club eine beträchtliche Anzahl von Mitgliedern vorzuweisen, die seinen exzellenten Weinkeller, seine aufwendige, luxuriöse Einrichtung und vor allem die vollkommene Privatsphäre schätzten.

Das dreistöckige Gebäude wies nur eine schmucklose Backsteinfassade auf, die einzige Verzierung bildeten ein paar gelbe Ziermedaillons unter dem Dachsims und zwei Säulen aus teurem italienischem Marmor, die zu beiden Seiten der Tür standen.

Als Murdoch schließlich vor dem Club ankam, hatte er wunde Füße und sein Gesicht brannte vor Kälte. Ein eisiger

Wind wehte, und auf den Gehsteigen türmte sich der Schnee und erschwerte das Vorankommen. Die River Street befand sich in einem eher dünn besiedelten Arbeiterviertel, und die Dunkelheit war nur von einigen wenigen Lichtern gesprenkelt. Vor dem Yeoman Club leuchtete eine niedrige Gaslaterne, doch die Fenster waren mit Vorhängen abgeschottet und wirkten abweisend. Außer den Eingeweihten würde sich niemand hierher verirren.

Er zupfte am Klingelzug, und sofort wurde die Tür von einem livrierten Lakai geöffnet. Unschlüssig sah er Murdoch an, versuchte seinen gesellschaftlichen Status einzuschätzen. Kein Händler, aber auch kein Gast oder angehendes Mitglied. Murdoch war an derlei Situationen zwar gewöhnt, konnte sich jedoch nie damit anfreunden. Er erwiderte den Blick des Lakaien und zückte betont kühl seinen Ausweis.

»Ich würde mich gern mal mit dem Verwalter unterhalten.«

»Mit Mr. Keene? Er ist in seinem Arbeitszimmer.«

»Ich werde drinnen auf ihn warten. Es ist mörderisch kalt hier draußen.«

Widerstrebend trat der Lakai zur Seite, um ihn einzulassen. Den Ausweis mit den Fingerspitzen haltend, als wäre er in Kot getaucht, marschierte er davon.

Neugierig schaute sich Murdoch in dem weiträumigen Vestibül um. In dem großen Kamin flackerte ein Holzfeuer, davor standen zwei edle Brokatsessel, zu deren Füßen ein Tigerfell lag, der wilde Kopf unversehrt und die langen Zähne gebleckt, als warteten sie nur darauf, den Unachtsamen zu beißen. Der Boden war mit einem dicken Perserteppich belegt, die Wände mit Tapeten in rotem und grünem Flockdruck verkleidet, und mehrere Porzellanleuchter sorgten für weiches Licht. In respektvollem Abstand umrundete Murdoch den Tigerkopf, um seine Hände am Kaminfeuer zu wärmen. Über dem Kaminsims hingen zwei gerahmte Bilder. Das eine stellte Ihre Majestät dar, mit Reichsapfel und Zepter in den Händen, das andere war die Daguerreotypie eines stämmigen Mannes mit Backenbart und kleinen Augen. Dem Messingschild zufolge handelte es sich um

Mr. Lothar Reinhardt, den großzügigen Gründer und Förderer des Yeoman Clubs. Neben seinem Porträt befand sich eine gedruckte Inschrift, die Ziele und Inhalte des Clubs nannte:

... um unsere Heimat gegen das Übergreifen von ungebührlichen Einflüssen seitens unserer südlichen Nachbarn, als da sind die Vereinigten Staaten von Amerika, zu verteidigen und zu schützen. Um unsere unverbrüchliche Loyalität gegenüber dem Thron von England, Ihrer Majestät Königin Victoria und deren Nachfahren aufrechtzuerhalten und zu stärken.

Er drehte sich mit dem Rücken zum Feuer und hob den Mantel an, um auch sein kaltes Gesäß ein wenig anzuwärmen. In der Mitte des Vestibüls stand auf einem Ebenholzsockel eine weiße Marmorstatue. Sie stellte Diana dar, wie sie mit nackten Brüsten, halb Frau, halb Hirschkuh, vor ihren eigenen Jagdhunden flieht. Das in das Gesicht der Göttin gemeißelte Entsetzen rief in ihm unwillkürlich das Bild von Alice hervor. Wie sie über den zugefrorenen See geflohen war.

»Mr. Murdoch? Womit kann ich Ihnen behilflich sein?«

Der Lakai war in Begleitung eines großen Mannes mit eisgrauem, kurzgeschnittenem Haar zurückgekehrt. Der Mann trug einen schwarzen Cut, eine graue Hose und um den Hals eine blütenweiße Krawatte. Er trug die steife Haltung eines Soldaten zur Schau, was durch den leeren linken Jackenärmel, der an seine breite Brust geheftet war, betont wurde. Murdoch starrte ihn mit offenem Mund an; er hatte ihn sofort wiedererkannt, doch ehe er etwas sagen konnte, kam ihm der Verwalter zuvor.

»Mein Name ist Keene. Ich denke, wir sollten uns besser in meinem Arbeitszimmer unterhalten. Forsyth, sorgen Sie dafür, daß man uns nicht stört.«

»Ja, Sir.« Die Miene des Lakaien war ausdruckslos wie das einer Puppe. Einzig das neugierige Funkeln in seinen Augen verriet ihn. Er postierte sich wieder bewegungslos am Eingang.

»Hier entlang«, sagte der Verwalter, und Murdoch folgte ihm

in einen breiten Korridor, der zu beiden Seiten mit geschlossenen, ledergepolsterten Türen gesäumt war. Alle waren mit protzigen Mahagonitafeln gekennzeichnet, auf denen, je nachdem, BIBLIOTHEK, RAUCHERZIMMER, BILLARDZIMMER stand. Der Mann öffnete eine Tür mit der Aufschrift VERWALTER und bat Murdoch hinein.

Es war weniger ein Arbeits-, als ein Wohnzimmer, luxurös ausgestattet mit einem türkischen Diwan aus weichem Velours und zwei braunen Ledersesseln. Die Vorhänge waren aus Chenille und der Axminsterteppich dick genug, um darauf schlafen zu können. Der massive Walnußholzschreibtisch an einer Wandseite war das einzig sichtbare Zugeständnis an das Geschäftsleben. Auch hier brannte ein Feuer im Kamin.

Der Verwalter schloß die Tür, und die Männer wandten sich einander zu. Beide brachen in ein freudiges Lachen aus.

»Willie, Junge, wie schön, dich wiederzusehen!«

Murdoch drückte den Mann an sich und klopfte ihm kräftig auf den Rücken. »Da hatte ich vorhin aber einen ganz anderen Eindruck. Was sollte dieser Quatsch von wegen ›Mein Name ist Keene‹?«

»Tut mir leid, Will. Ich wollte dich ganz bestimmt nicht kränken. Aber es war ein gewaltiger Schock, als ich plötzlich deinen Dienstausweis in Händen hielt, das kannst du mir glauben.« Sein irischer Akzent war vor Aufregung noch breiter geworden. »Die Wahrheit ist, ich habe meinen Namen aus praktischen Gründen geändert. Mir behagte dieser Laden, und irgendwie dachte ich mir, daß ein Mann namens John Keene, Methodist, bei den reichen Säcken besser ankommt als Sean Kelly, verstockter Katholik.«

Murdoch zog eine Grimasse. »Gemessen an dem, was ich bisher gesehen habe, hattest du vermutlich recht.«

Kelly trat zurück und boxte Murdoch freundschaftlich in den Arm. »He, du bist gut in Form. Und jetzt gib mir erstmal deinen Mantel und Hut. Vielen Dank übrigens, daß du so schnell geschaltet und nichts verraten hast. Forsyth ist ein übler Speichellecker. Er hätte mich bestimmt verpfiffen.«

Lächelnd musterte Murdoch seinen alten Freund. »Und jetzt laß dich mal begutachten.«

Kelly hatte breite, flache Züge und ein vernarbtes Gesicht, was von einer Pockenerkrankung in der Kindheit herrührte. Der allgemeine Eindruck war der eines ziemlich finsteren Gesellen, Murdoch wußte jedoch, daß er, seinem Aussehen zum Trotz, ein sehr loyaler und ehrenhafter Mann war. Sie hatten sich vor zwölf Jahren im Holzfällercamp kennengelernt, wo Kelly als Verwalter und Murdoch als junger Holzhacker beschäftigt war.

»Du hast dich kein bißchen verändert.«

Kelly grinste. »Wenn du das glaubst, dann müssen deine Augen deutlich schlechter geworden sein.« Er tätschelte seinen Bauch. »Fünfzehn Pfund mehr. Ich habe letztes Jahr eine Witwe geheiratet, und sie gibt sich alle Mühe, mich zu mästen, als wäre ich ein prämiierter Ochse, der mit jedem Pfund an Wert gewinnt. In dieser stattlichen Wampe stecken Unmengen von Brot und Kartoffeln.

»Dann bist du letztlich doch in die Fänge der holden Weiblichkeit geraten?«

»Warum auch nicht? Im Alter braucht der Mann ein wenig Trost. Sie ist ein liebes Ding, rund und süß wie eine Pflaume, und obendrein mit einem hübsch gefüllten Sparstrumpf.« Er zog einen Sessel für Murdoch heran. »Ich habe im Camp erfahren, daß du zu den Schnüfflern gegangen bist.«

»Hat dich das erstaunt?«

»Nein, gar nicht. Einige Holzfäller meinten zwar, du würdest dein Mäntelchen nach dem Wind hängen, aber diejenigen, die dich besser kannten, darunter auch ich, fanden es gut, daß ein aufrechter Mann wie du für Gesetz und Ordnung sorgt.«

Murdoch freute sich über das Kompliment. Er hatte immer viel auf die Meinung des älteren Mannes gegeben. »Du siehst halb erfroren aus, Willie. Darf ich dir ein Gläschen zum Aufwärmen anbieten? Ich habe nur die allerbesten Spirituosen.«

Er ging zu einem hohen Bücherschrank, der sich über eine

ganze Wandseite erstreckte, und entfernte eine zusammenhängende Reihe aus Buchattrappen, hinter der sich ein kleines Barfach befand.

»Gehe ich richtig in der Annahme, daß du wegen der Kleinen hier bist, die letzte Woche umgekommen ist? Vor einigen Tagen war schon einmal ein junger Bursche bei mir, der ein paar Fragen gestellt hat.«

Murdoch nickte. »Es gab noch einen Vorfall… Schon mal von einer Frau namens Alice Black gehört?«

»Nie.«

Kelly nahm eine Flasche Glenmorangie, klemmte sie unter den Arm und zog den Korken mit den Zähnen heraus. Dann holte er ein Kristallglas und schenkte Murdoch einen Fingerbreit von dem Whisky ein.

»Du trinkst nichts?«

»Nein. Minnie hat mich vor der Hochzeit dazu gedrängt, dem Alkohol abzuschwören. Was soll's? Als ich noch getrunken habe, war ich der reinste Hitzkopf. Ohne geht es mir besser.«

Er schnupperte an dem Whisky wie ein vernarrter Mann an den Kleidern seiner Geliebten. »Wunderbar! Aber erzähl weiter, Will.«

»Alice Black war Prostituierte. Wir haben sie am Donnerstagmorgen erwürgt in der Nähe des Cherry Beach gefunden.«

»Hat man Töne! Das ist ja grauenvoll!«

Murdoch hob sein Glas. »Auf daß du deinen Weg immer vor Augen hast und den Wind im Rücken!« Er nippte an seinem Glas und rollte die samtige Flüssigkeit eine Weile auf der Zunge, ehe er sie schluckte.

»Alice könnte auch einem wütenden Freier zum Opfer gefallen sein, aber ich denke, das wäre ein zu großer Zufall. Sie war es nämlich, die der toten Therese die Kleider gestohlen hat. Ich bin mir ziemlich sicher, daß sie etwas wußte, was sie nicht wissen durfte, und deshalb gleich für immer zum Schweigen gebracht wurde.«

»Wie kann ich dir helfen, Will?«

»Zwei der Männer, die mit dem ersten Mädchen in Verbindung standen, sind Mitglieder des Yeoman Club.«

»Einer davon ist Ratsherr Shepcote. Über den hat mich bereits dein Constable ausgefragt. Shepcote ist an jenem Samstagabend hier gewesen. Ich habe ihn selbst gesehen. Ist gegen zehn gekommen und um zwölf gegangen. Wer ist der andere Bursche?«

»Dr. Cyril Rhodes. Kennst du ihn?«

»Klar. Ein kleiner Kerl. Stolpert beim Reden immer über die eigene Zunge.«

»Genau. Er behauptet, er war Mittwochabend hier.«

»Ja? Ich selbst habe ihn nicht gesehen, aber wir können Forsyth fragen. Er könnte eines der Privatgemächer gemietet haben.«

»Was ist das denn?«

»Vier Räume im rückwärtigen Teil, wo die Mitglieder sich aufhalten können, wenn sie zu müde oder zu blau sind, um nach Hause zu gehen. Oder wenn sie sich ungestört unterhalten wollen.«

»Leichte Mädchen?«

»Gelegentlich. Nicht immer. Können auch Geschäftsgespräche sein.«

»Ist der Doktor der Typ Mann, der für sein Vergnügen bezahlt?«

Kelly zögerte. »Ich bin erst seit einem Monat hier, Willie. In derlei Dinge habe ich keinen Einblick.«

»Seine Gattin hat es behauptet, hat gekeift wie ein Fischweib, aber gleich darauf haben sich beide wieder in ihre Schneckenhäuser zurückgezogen. ›Oh, das war nicht so gemeint‹, sagte sie. Und er: ›Oh, so etwas Schändliches würde ich nie tun.‹ Ich sage, die lügen beide. Wie auch immer, jedenfalls behauptet der Doktor, er sei in der Nacht von Alices Ermordung hier gewesen, und an dem Abend, als Therese Laporte starb, in seinen Ordinationsräumen.« Er stellte sein leeres Glas ab. »Wie wäre es, wenn du mir diese netten Privatgemächer einmal zeigst?«

Kelly nickte. »Wir können hinten herum gehen.«

»Die Mitglieder sollen ja nicht auf einen Polizeibeamten stoßen, nicht wahr? Was würden sie dann denken?«

Kelly grinste verlegen. »Das ist nun mal die traurige Wahrheit, Will. Es wäre schlecht fürs Geschäft und damit auch für mich.«

Er geleitete Murdoch den Korridor hinunter und weiter durch eine schwere Tür in einen schmalen, schmucklosen Durchgang ohne Teppich. An dessen Ende war eine zweite Tür, die wieder in einen breiteren Korridor hinausführte, der mit dicken Teppichen und erlesenen Tapeten ausgestattet war. An der einen Seite befanden sich vier Türen.

Kelly öffnete die erste. Zu Murdochs Überraschung wirkte der Raum auf den ersten Blick völlig schlicht. Erst wenn man näher hinsah, bemerkte man die erlesene Qualität der Einrichtung. Um einen Marmorkamin waren zwei Armsessel und ein Sofa drapiert, alle aus weichem braunem Wildleder. Die Tische und Kommoden bestanden aus Kirschbaumholz, die Lampen aus feinem Porzellan. Über dem Kamin hing ein großer Spiegel mit vergoldetem Rahmen und daneben ein weiteres Porträt Ihrer Majestät Königin Victoria. An den Wänden hingen Reproduktionen berühmter Ölgemälde mit Darstellungen aus dem öffentlichen Leben der königlichen Familie: die weiß gekleidete junge Königin hält eine Rede vor dem Parlament; die Hochzeit des Prinzen von Wales mit Prinzessin Alexandra von Dänemark und ähnliches. Gegenüber gab es einen beigefarbenen Filzvorhang, rechts eine Lamellentür und links eine Flügeltür.

Murdoch deutete auf die Türen. »Wo führen die hin?«

Kelly ging zur Flügeltür und machte sie auf. Dahinter war ein Wandbett.

»Soll ich es herunterziehen?«

»Nein, nicht nötig. Und dort?«

»Das ist das Scheißhaus. Pardon, das Wasserklosett.«

Murdoch ging hinein, um sich umzusehen. In dem kleinen Alkoven befand sich ein Waschbecken mit Messinghahn, eine tiefe Badewanne und ein Wasserklosett aus Eichenholz.« Neugierig zog Murdoch an der Kette und beobachtete, wie das Wasser in die Porzellanschüssel rauschte, herumwirbelte und verschwand.

»Die Mitglieder finden hier alle modernen Annehmlichkeiten vor, was?«

»Dafür zahlen sie auch.

Murdoch ging zu dem Filzvorhang hinüber. »Ist das die Hintertür?«

»Richtig geraten.«

Er zog den Vorhang zurück, der stark nach Zigarren roch. Dahinter war eine Tür, in deren Schloß ein Eisenschlüssel steckte. Als er sie öffnete, schlug ihm ein Schwall kalter Luft entgegen. Die Tür führte direkt auf eine Gasse hinaus; sie wirkte gerade breit genug für eine Kutsche und wurde offenbar häufig benutzt, da auf dem Boden etliche einander überlagernde Radspuren zu erkennen waren. Als er sich herausbeugte, entdeckte er auf der linken Seite einen Stellplatz, wo Händler ihre Lastkarren deponieren konnten.

Er schloß die Tür, ließ den Vorhang darüberfallen und ging, sich die Schneeflocken von den Schultern fegend, ins Zimmer zurück.

»Die Mitglieder können also über die Gasse unbemerkt kommen und gehen.«

»Das ist die Absicht, die dahinter steckt.«

»Kann man irgendwie herauskriegen, ob Rhodes dieses Zimmer benutzt hat?«

Kelly dachte eine Weile nach und schlug sich dann auf die Stirn. »Soll mich der Teufel holen, was bin ich nur für ein Idiot… Wir machen keine sofortige Barabrechnung. Den Mitgliedern ist es lieber so. Sie unterschreiben für die genossenen Speisen und Getränke und zahlen dann alles zusammen am Ende des Monats. Jede Rechnung ist abgestempelt. Das erleichtert die Abrechnung mit den Kellnern. Ich hole die Rechnungen. Bin gleich wieder da.«

Murdoch nutzte die Zeit, um das Zimmer etwas genauer in Augenschein zu nehmen. Die Bücher hinter der Glastür des

Walnußholzschranks waren moralisch einwandfrei und erbaulich. Es gab einen wunderbar illustrierten Band von *Künstlergedanken in Lyrik, Prosa und Zeichnung,* den er erst kürzlich in McKenneys Buchhandlung gesehen und am liebsten gekauft hätte. Behutsam stellte er das Buch zurück und öffnete die Türen der Walnußholzkommode. Sie enthielt nichts, außer zwei neuen Päckchen Karten und einem leeren Schreibblock. Im ersten Moment war er enttäuscht, mahnte sich jedoch zur Vernunft. Was hatte er erwartet? Eine Kiste mit pikanten Briefen? Spritzen? Eine Opiumpfeife?

Das Badezimmer gab ebenfalls nichts Persönliches preis. Die einzigen Utensilien waren ein Rasiermesser, eine Seifenschale, ein Rasierpinsel und dicke Handtücher aus Seidendamast, die wohl vom Haus zur Verfügung gestellt wurden. Nirgendwo in diesem geschmackvoll eingerichteten Privatgemach fand sich auch nur der kleinste Hinweis auf jene Aktivitäten, die Kelly angedeutet hatte.

Er ließ sich in einen der weich gepolsterten Armsessel fallen und lehnte sich behaglich zurück. Lächelnd stellte er sich vor, wie er als Gast hier säße, neben sich ein Kristallglas mit Glenmorangie und auf dem Schoß die ledergebundenen *Künstlergedanken*.

Kelly kehrte zurück. »He, Willie, Junge, scheinst dich ja richtig zu Hause zu fühlen. Vielleicht wirst du eines Tages auch ein Yeoman.«

»Klar. Und eines Tages werden wir auf dem Mond leben. Aber Spaß beiseite, hast du etwas Brauchbares gefunden?«

Der Verwalter hatte einen Stapel Zettel dabei, die auf einen Metallstift aufgespießt waren. Er zog die Hälfte davon herunter und reichte sie Murdoch.

»Du übernimmst die. Das sind alle Rechnungen der letzten Woche. Die vier Privaträume werden unter der Rubrik »Kabinett« aufgeführt. Dieser Raum wird als der *Gladstone* bezeichnet. Die anderen als *Peel, Wellington* und *Disraeli* Manchmal notieren die Kellner, in welchem Raum sie serviert haben, und manchmal nicht.«

Er hob die Zettel mit dem Daumen an und begann, sie Stück für Stück durchzublättern. Murdoch tat es ihm nach. Viele Unterschriften stammten von bekannten Bürgern. Ganz offensichtlich gewährte der Yeoman Club nur Menschen aus besten Kreisen den Zutritt.

Nach einigen Minuten sagte Kelly: »Meinst du, daß du mit deinen Zetteln heute noch fertig wirst? Ständig murmelst du ›Ooh‹ und ›Aah‹, wie ein Dienstmädchen bei einem Bankett.«

»Es interessiert mich als Polizist... Ratsherr Blong hat vier Magnumflaschen Champagner geordert?«

»Er hatte seine Ratskollegen eingeladen.«

»Wenn wir schon mal beim Thema sind – da ist eine Rechnung von McDonough. Er ist unser Polizeiarzt.«

»Ein guter Mann?«

»Sagen wir mal so – der Colonel mag ihn, weil er sehr gründlich ist.« Er ahmte den Arzt nach, wie er sein Ohr auf die Brust eines Patienten legt. »›Hm, Constable das klingt ja wie der Don River. Aber keine Bange. Ich möchte einen jungen, kräftigen Burschen wie Sie nicht um den Polizeidienst bringen. Reiben Sie sich die Brust mit Gänseschmalz ein und ziehen Sie ein Flanellunterhemd drüber. Der Nächste!‹«

Kelly lachte. »Die Sorte kenne ich. Im Camp war es pures Glück, wer zuerst durch die Tür kam, der Arzt oder der Leichenbestatter. Aber diese Rechnung gehört Hugh McDonough, dem Sprößling des Arztes. Er ist hier Stammgast. Er und seine Freunde.«

In Kellys Stimme schwang ein merkwürdiger Unterton mit.

»Magst du ihn nicht?«

Kelly zuckte die Schultern. »Der Liebe Gott hat vielerlei Getier für seine Arche erschaffen.«

»Er war am Samstag in einem der Privaträume«, sagte Murdoch. »Und er muß Gäste gehabt haben, es sei denn, er will als dickster Mann der Welt auf dem Jahrmarkt auftreten. Zwei Magnumflaschen besten Champagners und zwei Pfund Austern. Nein, zweimal zwei Pfund.«

»Eigentlich ist er immer in Gesellschaft. Er hat eine Leidenschaft für das Kartenspiel und verbringt ganze Nächte hier. Ich frage mich, wann er überhaupt lernt. Er studiert nämlich Medizin. Arme Patienten, kann ich da nur sagen.«

»Der junge Rhodes studiert dasselbe. Ist er hier Mitglied?«

»Nein. Nur sein Vater.«

»Vielleicht hast du den Jungen mal gesehen. Rothaarig, eher schmächtig gebaut, modisch gekleidet.«

»Nicht, daß ich wüßte.« Plötzlich sprang Kelly auf. »Na also! Dr. Rhodes hat am Mittwochabend ein Glas Harvey's Cream Sherry geordert. Mal sehen, ja, Humphrey hatte Dienst, also war es am frühen Abend. Der gute Mann ist wegen eines Verdauungsproblems früher nach Hause gegangen. Ich vermute ja, daß er heimlich trinkt, aber bisher habe ich ihn noch nicht dabei ertappt.«

»Wen? Rhodes?«

»Quatschkopf, den Kellner Humphrey natürlich.«

»Rhodes sagt, er war gegen sieben Uhr hier. Betreten die Kellner den Raum, wenn sie die Getränke bringen?«

»Nicht ohne Erlaubnis. Sie haben die Anweisung, anzuklopfen und das Tablett vor der Tür abzustellen.«

»Also wissen wir nicht, ob der Doktor allein war?«

»Nein, es sei denn, der Kellner hat von draußen jemand gehört. Du denkst vermutlich an eine Frau?«

Murdoch nickte. Er hatte alle Rechnungen durchgesehen. »Sonst finde ich nichts mehr. Rhodes behauptet, er war vom frühen Abend bis zum nächsten Morgen hier. Aber was hat er gegessen? Schnee?«

»Leider hat das nichts zu bedeuten. Vielleicht war er im Speisesaal und wurde von jemandem eingeladen.«

»Hast du ihn gesehen?«

»Nein, aber ich war meist in meinem Arbeitszimmer.«

»Sean, ich werde nicht umhinkommen, die Mitglieder zu befragen.«

»Das wird ihnen gar nicht gefallen. Sei vorsichtig, mein Freund. Dies ist nicht die zwielichtige Klientel, mit der du sonst zu tun hast. Das sind rechtschaffene Bürger. Du mußt dir sehr sicher sein, andernfalls wirst nämlich du derjenige sein, der ans Messer geliefert wird.«

»Dessen bin ich mir bewußt.« Murdoch seufzte. »Leider sind wir nicht sehr viel weitergekommen. Gut, laut Rechnung war Rhodes am Mittwochabend im Club, aber es gibt keinen Beweis, daß er die ganze Nacht hier verbracht hat. Und selbst wenn, wäre es ihm möglich gewesen, sich zwischendurch unbemerkt aus diesen Privaträumen davonzustehlen. Er könnte Alice Black getroffen und sie umgebracht haben und dann wieder zurückgekommen sein, um sich gemütlich aufs Ohr zu hauen, ohne daß irgend jemand etwas spitzgekriegt hätte. Über Shepcote haben wir nichts erfahren, aber er sagte ohnehin, er sei den ganzen Abend zu Hause gewesen.«

Murdoch lehnte sich in seinem Sessel zurück und verschränkte die Hände hinter dem Kopf. Er war müde und hatte den ganzen Tag nichts gegessen. Vielleicht könnte Sean ihm eine Portion Austern oder Rostbraten spendieren? Sein Freund mußte seine Gedanken gelesen haben.

»Laß uns in mein Büro zurückgehen. Um diese Zeit ist es im Club immer ziemlich ruhig. Ich kann uns Lammkoteletts bestellen. Unsere Küche ist ausgezeichnet.«

»Gern. Aber vorher möchte ich mir noch kurz die anderen Räume ansehen.«

»Wonach suchst du?«

»Weiß ich selbst nicht. Vielleicht nach einem Gespenst, das mir etwas enthüllt.«

Kelly spießte die Rechnungen wieder auf die Metallnadel und führte Murdoch in das benachbarte Zimmer. Auf dem Türschild stand WELLINGTON, doch der Raum unterschied sich von dem ersten lediglich in der Tapete, die braun war, und den Gemälden, die militärische Szenen darstellten: den Zuluangriff auf die Garnison am Roke's Drift; General Gordons letzte Gefechtsstellung in Khartum.

Aufmerksam ging Murdoch herum, doch der Raum offenbarte nichts.

»Zufrieden?« fragte Kelly.

Er nickte und machte sich schon zum Umkehren bereit, als sein Blick von der Flügeltür angezogen wurde, hinter der sich das Bett befand. Die Türflügel schlossen nicht richtig, und als er sie öffnete, entdeckte er, daß auch das Bett nicht glatt an der Wand anlag.

»Wie bekomme ich das herunter?«

Kelly gesellte sich ihm zu und zog an einem Seitenhebel. Mit einem Ruck senkte sich das Bett nach unten.

Die Stoffreisetasche fand sich hineingestopft unter der Matratze. Murdoch ließ die Tasche aufschnappen. Frauenkleider. Auf einer grauen Jacke lag eine Bibel, und er nahm sie heraus. Auf der Innenseite befand sich eine Inschrift. *A ma sœur, Therese Laporte, Avec amour. Claudette.*

Kalte Wut packte ihn.

»Sean, ich möchte wissen, wer letzten Samstag in diesem Zimmer war. Wenn es sein muß, werde ich jeden einzelnen wohlanständigen Scheißkerl befragen, und wenn es mich den eigenen Arsch kostet.«

Als Murdoch die Kleider in die Reisetasche zurücklegte, ertönte ein scharfes Klopfen an der Tür. Kelly machte auf. Es war Forsyth. Er versuchte, über Kellys Schulter in das Zimmer zu spähen, doch Kelly verbaute ihm die Sicht.

»Verzeihen Sie die Störung, Sir, aber da ist eine Dame, die Sie sprechen möchte. Sie sagt, es sei äußerst wichtig. Ich habe mir die Freiheit erlaubt, die Dame in Ihr Arbeitszimmer zu führen, Sir. Damit die Mitglieder … eh, nicht zufällig … eh, in der Eingangshalle auf sie stoßen.«

Frauen durften die geheiligten Innenräume des Clubs unter keinen Umständen betreten.

»Hat sie angedeutet, worum es geht?«

»Nein, Sir.«

»Wer ist sie?«

»Sie sagt, ihr Name ist Rhodes, Mrs. Cyril Rhodes.«

20

Freitag, 15. Februar

Donalda Rhodes stand vor dem Kamin und wärmte sich die Hände, drehte sich aber sofort um, als die beiden Männer hereinkamen. Bei Murdochs Anblick stutzte sie und riß erschrocken die Augen auf. Kelly richtete als erster das Wort an sie.

»Mrs. Rhodes, ich bin der Verwalter, John Keene. Was kann ich für Sie tun?«

»Ich würde gern meinen Gatten sprechen.«

Nun mischte sich Murdoch ein. »Er ist nicht hier, und offen gestanden würde ich ihn ebenfalls gern sprechen.«

»Aber weshalb, Mr. Murdoch? Ich dachte, Sie hätten alle Informationen erhalten, die Sie haben wollten.«

Sie gab sich herablassend, und obwohl er wußte, daß dies nur eine Fassade war, ärgerte er sich darüber. Irgendwie hatte er die Nase gestrichen voll von diesem reichen Pack.

»Mrs. Rhodes, wir haben Therese Laportes Reisetasche gefunden. Sie war in einem der Privatzimmer versteckt.«

»Verstehe.«

»Sie können sicher die Bedeutung dieser Entdeckung ermessen. Entweder wurde Therese in den Club gebracht, oder, wenn wir vom günstigsten Fall ausgehen, ein Mitglied dieses Clubs war die letzten Stunden ihres Lebens mit ihr zusammen.«

Einen Moment lang schien sie nach irgendeiner Ausrede zu suchen, einer Erklärung, die die Gefahr von ihrem eigenen Haus abwenden könnte. Dann setzte sie sich neben dem Schreibtisch auf die Stuhlkante, den Rücken stocksteif gerade, als müsse sie sich von innen her stützen. Sie nahm das Ebenholzkreuz aus ihrem Geldbeutel und reichte es Murdoch.

»Ich glaube, das stammt von Thereses Rosenkranz.«

»Woher haben Sie es, Ma'am?«

»Joe hat es in einer Kutsche gefunden. Er sucht die Sitze

immer nach verlorenen Münzen ab, und dabei hat er es entdeckt.«

»Und in wessen Kutsche war es, Ma'am?«

Donalda blickte unschlüssig zu Kelly hinüber, der etwas verlegen neben der Tür stand.

»Wünschen Sie, daß ich gehe?« fragte er.

Nachdenklich sah sie ihn an. »Im Grunde spielt es keine Rolle mehr. Es wird ohnehin bald alles bekanntwerden.«

»Also, wessen Kutsche, Ma'am?« wiederholte Murdoch.

»Die von Miss Harriet Shepcote. Sie war zuletzt am Dienstag in Birchlea, und da hat er es gefunden.« Sie sah Murdoch fest an. »Er hat es mir eben erst gezeigt... Und ich bin überzeugt, daß er die Wahrheit sagt, Mr. Murdoch.«

Er strich kurz über das auf seiner Handfläche liegende Kruzifix. »Warum sind Sie in den Club gekommen, Mrs. Rhodes, und nicht direkt zur Polzeiwache?«

»Ich hatte gehofft, meinen Gatten hier anzutreffen. Offen gestanden war mir viel daran gelegen, mit ihm zu sprechen. Bitte glauben Sie mir, ich hatte durchaus die Absicht, Sie zu informieren, aber Sie können meine Besorgnis sicher nachempfinden. Miss Shepcote ist eine enge Bekannte unserer Familie... Wir hoffen auf eine Verlobung zwischen ihr und meinem Sohn.«

Murdoch verstand das sehr gut. Donalda wollte auf einen möglichen Skandal vorbereitet sein, der ihre ganze Familie in Mitleidenschaft ziehen konnte. »Das Mädchen würde sogar einen Pakt mit dem Teufel schließen, wenn Owen Rhodes sie darum bittet«, waren die Worte, die Edith Foy gebraucht hatte.

Donalda stand auf. »Darf ich Ihnen meine Kutsche anbieten, Mr. Murdoch? Sie wartet draußen. Ich bin sicher, Sie wollen dringend mit Miss Shepcote sprechen.«

Sie hatte recht. »Danke, Ma'am. Ihr Angebot ist sehr hilfreich.«

»Ich werde Sie begleiten. Nein, bitte, Mr. Murdoch, meine Anwesenheit könnte von Vorteil sein.«

Auch in diesem Punkt mußte er ihr recht geben. Eine junge

Dame ohne Aufsichtsperson aufzusuchen, war eine heikle Sache, vor allem, wenn man sie vielleicht festnehmen mußte.

Hinter Donalda begann Kelly aufgeregt zu zappeln. »Darf ich kurz was sagen?«

Murdoch ging zu ihm.

»Willie, laß mich mitkommen. Du könntest Hilfe brauchen.«

»Sean, das geht nicht. Das ist Polizeiarbeit.«

»Du hast doch gar keine Zeit, Verstärkung anzufordern, und wer weiß, was dich dort erwartet? Willst du etwa riskieren, daß dir der Schuldige durch die Finger schlüpft?«

»Und was ist mit dem Club?«

»Jetzt ist praktisch meine Essenspause. Ich kann für eine Weile verschwinden.«

Kellys vernarbtes Gesicht glühte vor Eifer wie das eines kleinen Jungen. Murdoch lächelte.

»Na schön. Haben Sie etwas dagegen, Mrs. Rhodes, wenn uns Mr. Keene begleitet?«

»Ganz und gar nicht, nur beeilen Sie sich, bitte.«

Die Kutsche der Rhodes wartete am Eingang des Clubs, und Joe Seaton saß, in eine dicke Decke vermummt, auf dem Kutschbock. Er war bereits mit Schnee bestäubt, was den jämmerlichen Ausdruck in seinem kleinen, bleichen Gesicht noch verstärkte. Während Donalda mit Kelly ins Innere der Kutsche stieg, kletterte Murdoch neben Joe auf den Sitz.

»Weißt du, wo das Haus der Shepcotes ist?«

Joe nickte.

»Dann mal los, so schnell du kannst. Fahr über die Queen Street. Die ist geräumt.«

Joe ließ die Peitsche knallen, und der Graue setzte zu einem eleganten Kanter an.

Binnen zehn Minuten hatten sie die Berkeley Street erreicht. Das Haus war das letzte von vier Gebäuden, alle mit hübschen Giebeln und tiefen Erkerfenstern. In den ersten drei Häusern brannte Licht, doch das Shepcote Haus lag völlig im Dunkeln. Murdoch wollte gerade vom Kutschbock springen, als Joe ihn am Ärmel festhielt.

»Ich möcht was für die Tess tun.«

»Das glaube ich dir, mein Junge...«

Joe fiel ihm ins Wort. »Ich kämpf gegen jeden, wenn's nötig ist.«

Murdoch tätschelte seine Hand. »Das beste, was du im Moment tun kannst, ist, hier mit der Kutsche zu warten, während wir im Hause sind. Falls du jemanden herauskommen siehst, egal ob Mann oder Frau, dann lauf rein und sag es mir.«

»J-ja, Sir.«

Die beiden anderen standen bereits auf dem Bürgersteig, und als Murdoch sich ihnen zugesellte, rief Donalda: »Sehen Sie nur, die Tür steht offen!«

»Bitte warten Sie draußen, Ma'am.«

Sie schüttelte den Kopf. Murdoch wollte keine Zeit mit Diskutieren vergeuden, doch Kelly rettete die Situation, indem er Donalda am Arm nahm und sagte: »Dann bleiben Sie bitte hinter mir.«

Wegen seines fehlenden Arms trug Kelly ein langes Cape, ein dramatisch wirkendes Ding aus schwarzer Wolle. Er hatte beide Enden über die Schulter geworfen, um den Arm frei zu haben. Murdoch bemerkte, daß er seinen linken Ärmel von der Brust gelöst hatte, so daß er seitlich herunterhing. Er war bereit zur Tat.

Auf der Türschwelle zog Murdoch an der Glocke, die in dem stillen Haus überlaut zu hören war. Gleichzeitig schob er die Tür weiter auf. Sie führte in eine breite, dunkle Diele. Einen Moment warteten sie noch, doch es regte sich nichts.

Murdoch zog eine Schachtel Streichhölzer aus der Tasche und entzündete die Kerze im Wandleuchter. Sie gab genügend Licht, um rechts den mit Samt drapierten Durchgang zum Salon und weiter vorne ein Treppenhaus zu erkennen. Die geschlossene Tür am hinteren Ende führte zweifellos in die Küche.

»Was ist da los?« flüsterte Donalda. »Warum ist niemand zu Hause?«

»Bitte bleiben Sie hier, Mrs. Rhodes. Kelly, du kommst mit mir.«

Diesmal gehorchte sie. Sie sah ängstlich aus.

Auf einem der Dielentische stand eine Öllampe, die Murdoch nun ebenfalls entzündete und hochhielt.

Im Salon angekommen, zog Murdoch die schweren Vorhänge zurück.

Das Licht fiel auf die reglose Gestalt von Harriet Shepcote, die bäuchlings auf dem Sofa lag. Sofort eilte Murdoch zu ihr. Zu seiner Erleichterung war das Mädchen nicht tot, wie es zunächst den Anschein gehabt hatte, sondern nur halb betäubt. Ihre Atmung war flach, aber nicht mühsam, und als er ihr Gesicht berührte, fühlte sich die Hauttemperatur normal an. Dafür verströmte sie einen starken Alkoholgeruch. Behutsam begann er sie an der Schulter zu rütteln.

»Miss Shepcote, Miss Shepcote... ich bin es, Detective Murdoch.«

Sie bewegte sich nicht, nur ihre Augenlider bebten.

»Sean, hilf mir, sie aufzusetzen.«

Er legte den Arm um das Mädchen, und in diesem Moment kam Donalda herein.

»Ich konnte einfach nicht... Was fehlt ihr?«

»Ich glaube, sie hat eine Alkoholvergiftung. Vielleicht sollten Sie das Mädchen mal ansprechen.«

Mit Kellys Hilfe setzte er Harriet auf, doch ihr Kopf fiel wieder nach hinten zurück. Donalda kniete sich neben sie.

»Harriet! Harriet, wachen Sie auf.«

Die junge Frau bewegte sich ein wenig, öffnete jedoch nicht die Augen. Entschlossen atmete Donalda tief durch, holte aus und schlug Harriet fest auf die Wange. Harriet keuchte vor Schreck und riß die Augen auf.

»Harriet, sehen Sie mich an!«

Die Augenlider der jungen Frau flatterten, und ihr Kopf fiel wieder zurück. Donalda schlug abermals zu.

»Wachen Sie auf, Harriet. Sie müssen aufwachen!«

Diesmal nahm sie die drei Menschen um sich herum wahr.

Sogleich verzog sie das Gesicht und begann zu weinen, ein leises, wimmerndes Klagen wie das eines Babys. Sie versuchte, sich Kellys stützendem Arm zu entwinden.

»Ich werde sie halten«, sagte Donalda. Sie setzte sich auf das Sofa und legte die Arme um das Mädchen. Harriet zitterte und stöhnte, und ihre Stimme war kaum hörbar:

»Lassen Sie mich schlafen. Ich bin müde. Lassen Sie mich schlafen.«

»Miss Shepcote«, sagte Murdoch sanft, »haben Sie keine Angst. Sie sind in Sicherheit. Was ist geschehen? Wo ist Ihr Vater?«

Die Frage schien sie noch mehr zu ängstigen; sie schmiegte sich an die Brust der älteren Frau und vergrub ihr Gesicht darin wie ein kleines Mädchen, das mütterlichen Trost sucht. Donalda strich ihr besänftigend über die Haare. Murdoch war froh, daß sie darauf bestanden hatte, mitzukommen. Was immer auch mit Harriet Shepcote geschehen sein mochte, er hatte nicht den Eindruck, daß sie an Alkohol gewöhnt war. Er bedeutete Donalda, das Mädchen weiter zu befragen.

»Harriet, erzählen Sie uns, was los ist.«

»Sie dürfen nicht zulassen, daß er mich heiratet, Mrs. Rhodes. Bitte, ich kann nicht...« Ihre Stimme stieg hysterisch an.

Donalda wirkte erschrocken, doch sie sagte freundlich: »Natürlich müssen Sie niemanden heiraten, wenn Sie es nicht wollen, Liebes.«

Harriet erschauderte und schluckte ein Schluchzen hinunter. »Er hat mich zum Trinken gezwungen... um unsere Hochzeit zu feiern. Er sagte... er sagte...«

Sie konnte nicht weitersprechen. Donaldas Miene war finster und entschlossen.

»Wo ist Owen jetzt?«

Verwirrt blickte Harriet zu ihr auf. »Owen?« Ich weiß nicht... Oh, Mrs. Rhodes, ich meine doch nicht Owen!«

»Wen dann, Harriet? Über wen reden Sie?«

Sie sprach so leise, daß Murdoch sie kaum verstand.

»Canning...«

»Ihr Kutscher?« fragte Donalda fassungslos.

Harriet konnte nur nicken.

Murdoch beugte sich zu ihr und fragte sie so behutsam, wie es ihm möglich war: »Miss Shepcote, wo ist Ihr Vater?«

»Im... Speisezimmer... Oh, Mrs. Rhodes, was soll ich nur tun?« Erneut schwoll ihre Stimme an.

Donalda drückte sie an sich und wiegte sie sanft im Arm. Trotz ihrer Sorge um Harriet stand ihr die Erleichterung deutlich ins Gesicht geschrieben. »Es ist ja gut, mein Kind. Er wird Ihnen nichts tun. Wir werden das nicht zulassen. Beruhigen Sie sich.«

Murdoch gab Kelly ein Zeichen und erklärte Donalda: »Wir werden Mr. Shepcote suchen gehen, Mrs. Rhodes.«

Ein Bogengang mit einem Chenillevorhang führte vom Salon ins Speisezimmer. Sie zogen den Vorhang auf und gingen hinein.

Das Speisezimmer war von einer einzigen tropfenden Kerze auf dem Tisch matt erleuchtet, und die Scheite des heruntergebrannten Kaminfeuers überzogen das ohnehin schon gespenstische Halbdunkel mit einem rötlichen Glühen. Ein Mann saß zusammengesackt auf dem Armsessel neben dem Kamin. Es war Shepcote.

Er atmete schwer, und seine Arme hingen schlaff zu beiden Seiten herunter. Murdoch leuchtete ihn mit der Öllampe an und sah seine fahle Gesichtsfarbe und die bläuliche Verfärbung um die Lippen.

»Was ist los mit ihm, Willie? Ist er betrunken?« fragte Kelly.

Murdoch deutete auf die leere Phiole auf dem Beistelltisch und die offene Spritzenschatulle.

»Nein, betrunken nicht.«

»Er sieht nicht sehr gesund aus.«

Murdoch hielt die Lampe dicht an Shepcotes Gesicht und hob das rechte Augenlid an. Die Pupille war enorm erweitert.

»Verdammt! Sean, geh in die Küche und bereite ein Brechmittel zu. Schnell, beeil dich!«

Rasch löste Murdoch die Kerze, die auf dem Tisch stand,

und hielt Shepcote den Docht unter die Nase. Der beißende Geruch erfüllte das Zimmer, doch der Mann rührte sich nicht. Murdoch schlug ihm fest auf beide Wangen und schüttelte ihn. Nichts. Ein Speichelfaden rann ihm aus dem Mundwinkel.

Donalda kam durch den Vorhang. Ihre Stimme war gepreßt vor Erregung.

»Mr. Murdoch, ich habe Harriet einen Teil der Geschichte entlocken können. Sie sagt, daß sie ein Gespräch zwischen ihrem Vater und Canning belauscht hat. Canning hat die Frau ermordet, die auf dem vereisten See gefunden wurde. Shepcote war sein Komplize.«

Kelly kam mit einem Glas Senfwasser zurück.

Murdoch bog Shepcotes Kopf nach hinten und öffnete ihm den Mund, damit Kelly ihm das Brechmittel einflößen konnte. Shepcote schluckte automatisch, doch ein Großteil der Flüssigkeit lief an den Mundwinkeln wieder heraus. Steif vor Anspannung und Zorn stand Donalda neben ihm.

»Canning erzählte Harriet, daß ihr Vater für Thereses Tod verantwortlich ist.« Sie starrte Shepcote an. »Ich könnte ihm etwas antun! Ich möchte, daß er genauso leidet wie sie.«

Plötzlich packte sie Shepcote an den Schultern und schüttelte ihn heftig. Murdoch wollte schon einschreiten, doch sie hörte von selbst auf.

»Es hat sowieso keinen Sinn. Dadurch wird sie auch nicht wieder lebendig.«

»Das Gesetz wird ihn seiner gerechten Strafe zuführen… falls er bis dahin überlebt.«

Jählings hielt sie Murdoch am Ärmel fest. »Harriet sagte irgend etwas darüber, daß Canning hinter einer anderen Frau her ist, einer Freundin der Toten…«

»Ettie!«

»Können Sie ihn aufhalten?«

»Ich werde es versuchen. Würden Sie Mr. Keene helfen? Shepcote muß wieder zu Bewußtsein kommen. Wie immer Sie das auch anstellen.«

Sie schüttelte den Kopf. »Ich muß mich um Harriet kümmern.«

Das war ihre Art der Rache.

»Geh nur, Willi. Ich komme schon zurecht«, sagte Kelly. Er verabreichte Shepcote einen weiteren Schluck Senfwasser.

Murdoch überließ die anderen sich selbst und rannte nach draußen zur Kutsche. Mit einem Satz sprang er zu Joe auf den Kutschbock.

»Fahr so schnell du kannst, Joe, St. Luke's Street. Los!«

Der Junge knallte mit der Peitsche, und sie stürmten im Galopp davon. Mit einer Hand hielt sich Murdoch fest, mit der anderen hängte er die Seitenlaterne ab und schwenkte sie hin und her.

»Ich wünschte, ich hätte eine Glocke, aber das muß genügen!« brüllte er Joe zu. Er stellte sich auf den wild schaukelnden Kutschbock, schwenkte seine Laterne und brüllte aus Leibeskräften…

»Aus dem Weg! Polizei! Aus dem Weg!«

Silver streckte den Nacken und galoppierte wie nie zuvor, während Murdoch lautlos ein Ave Maria sprach und betete, daß das Pferd nicht stolpern und sie rechtzeitig bei Ettie eintreffen würden.

21

Freitag, 15. Februar

Bernadette Weston gähnte und streckte sich. Ihre Schultern waren steif und ihre Augen müde. Feine Näharbeiten bei Kerzenlicht waren nicht einfach, aber sie hatte Mr. Webster um zusätzliche Arbeit angefleht, damit sie Alices Bestattung bezahlen konnte. Alice sollte stilvoll beerdigt werden. Schwarze Pferde für den Leichenwagen, ein ordentlicher Sarg, schwarzer Krepp für das Haus, Leichenschmaus für die Trauergäste. Einige Stammgäste des O'Neill hatten einen Hut herumgehen lassen, aber alles, was dieser Haufen von Pißnelken zustande gebracht hatte, waren gerade mal zwei Dollar und zehn Cent gewesen. Vielleicht sollte sie von hier wegziehen. Irgendwo noch einmal ganz neu beginnen. Wer weiß, vielleicht könnte sie sogar den Absprung aus der Branche schaffen und sich einer Musiktruppe anschließen. Alle meinten, sie hätte eine wunderbare Stimme.

Sie nähte den letzten Stich und biß den Faden mit den Zähnen ab. In den letzten zwei Tagen hatte sie ein halbes Dutzend Handschuhe ausgebessert. Mr. Webster war ein griesgrämiger alter Kauz, doch vielleicht würde er ihr ein paar Dollar Vorschuß auf die nächste Lieferung geben.

Die Hornochsen vom Bestattungsamt hatten sich einverstanden erklärt, daß sie die Kosten in Raten abbezahlen könne. Und gemessen an dem, was sie verlangten, konnte man das auch erwarten. Alice und sie hatten über einen Beitritt in die Sterbegeldversicherung geredet, waren aber leider nie dazu gekommen, entsprechende Schritte zu unternehmen. Ettie spürte einen Kloß im Hals. Sie vermißte Alice wirklich sehr. Mit wem sollte sie jetzt herumalbern?

Gemütlich bei einer Tasse Tee die Zeit verplaudern? Sie biß die Zähne zusammen, um das Schluchzen zu unterdrücken, das in ihr aufzusteigen drohte. Wenn sie die Handschuhe abgegeben hatte, würde sie auf einen Gin ins O'Neill gehen, um für eine Weile Vergessen zu finden.

Sie zog den Handschuh von dem Holzmodell und verstaute ihn zusammen mit den anderen in ihrer Tasche. Dann stand sie auf und gähnte erneut. Sie sollte sich lieber beeilen. Mr. Webster hatte gesagt, er würde bis acht Uhr auf die Handschuhe warten, und er blieb nie auch nur eine Minute länger. Verflucht, jetzt war es Viertel vor.

Sie schnappte Jacke und Schal vom Haken, blies die Kerze aus und klemmte ihre Tasche unter den Arm.

Vor Quinns Zimmer blieb sie einen Moment stehen, doch unter der Tür drang kein Licht hervor, und auch von Prinzessin war nichts zu hören. Sie mußten unterwegs sein.

Draußen schneite es in leichten, gleichmäßigen Flocken, und der Hof war sauber und weiß. Ettie wickelte den Schal fest um Kopf und Schulter, während sie den Pfad entlang zur Gasse stapfte. Schon von weitem sah sie das Absperrungsseil der Polizei, das leise im Wind schaukelte und nach wie vor die Stelle kennzeichnete, wo Therese Laporte gestorben war. Was Alice und sie getan hatten, war nicht richtig gewesen, und man sah ja, wohin es sie gebracht hatte. Die Kleider hatte man ihnen weggenommen, und Alice war tot. Vielleicht gab es dort oben tatsächlich einen zornigen Gott, der die Menschen bestrafte, wie es die Prediger an den Straßenecken gellend verkündeten.

Sie ging, so rasch sie konnte, doch der frischgefallene Schnee erschwerte das Vorankommen. Mist! Webster wartete nie. Sie bog in die Sackville Street ein.

»Ellie, Ellie, warten Sie!«

In der Dunkelheit der Gasse und tief in ihren Schal vermummt, hatte Ellie den Mann nicht bemerkt, der ihr folgte. Er trug einen langen Mantel und einen breitkrempigen Hut, und erst als er näher kam und den Schal vom Gesicht zog, erkannte sie ihn.

»Sie sind ja das reinste Rennpferd«, sagte er etwas außer Atem. »Wo brennt's denn?«

»Sie! Lassen Sie mich bloß in Ruhe!«

Sie wollte wegrennen, doch er hielt sie am Ärmel fest. »He! Was ist los mit Ihnen?«

»Das wissen Sie verdammt gut. Sie haben Alice umgebracht!«

»Was reden Sie da?«

Sie versuchte sich zu entwinden, doch er hielt sie mit eisernem Griff fest.

»Lassen Sie mich los! Oder ich schreie!«

»Immer mit der Ruhe, gute Frau. Ich verstehe nicht, was Sie da reden.«

»Alice ist neulich abends mit Ihnen weggegangen, und am nächsten Morgen hat man sie erwürgt gefunden.«

Er schüttelte sie heftig. »Ellie! Hören Sie mir zu! Ich habe ihr nichts getan!«

»Warum sollte ich Ihnen glauben?« Sie konnte sich aus seinem Griff nicht befreien.

»Weil es die Wahrheit ist, du dumme Gans!«

»Was erlauben Sie sich? Außerdem heiße ich nicht Ellie, sondern Ettie. Für Sie Bernadette.«

»Bitte um Verzeihung.« Er ließ sie los, blieb aber dicht neben ihr stehen. »Hören Sie mir mal gut zu, Miss Zimperliese, Ihre Freundin ist mit mir mitgegangen, und wir hatten eigentlich vor, eine nette kleine Nummer zu schieben. Dann kam irgendein feiner Pinkel in seiner Kutsche vorbei. Er hielt an, und ohne daß er sie mit einem Blinzeln oder Winken aufgefordert hätte, stieg sie ein, und weg waren sie.«

Ettie starrte ihn an, und versuchte herauszufinden, ob er log oder nicht, doch seinem Boxergesicht war in der Dunkelheit nichts zu entnehmen.

»Was für eine Kutsche war es?«

»Vornehm, rötliche Farbe.«

»Helles Pferd?«

»Ja, ein Schimmel oder ein Grauer. Wieso? Kennen Sie ihn?«

Ettie biß sich auf die Lippe. Die Beschreibung paßte genau auf die Kutsche, die Alice an jenem Samstag gesehen hatte. Es war durchaus vorstellbar, daß es dieselbe war. Verflucht! Konnte Alice tatsächlich so dumm gewesen sein, da einzusteigen? Wahrscheinlich meinte sie, sie könnte aus dem Mann einen Batzen Geld herausholen. Tränen der Wut schossen ihr in die Augen. Was war Alice nur für ein dummes, leichtsinniges Frauenzimmer gewesen.

»Kennen Sie den Fatzke?« wiederholte der Matrose.

Ettie schüttelte den Kopf.

»Hören Sie, sogar die Polizei hat mir geglaubt«, fuhr er fort. »Gestern haben sie mir einen Besuch abgestattet. Offenbar hat mich jeder Schwanz in der Schänke dabei beobachtet, wie ich mit Alice verschwunden bin ...«

»Wie sahen die Schnüffler denn aus?«

»Der eine war der reinste Goliath, mindestens zwei Meter lang. Der Detective war auch groß, mit einem dunklen Schnurrbart. Kam mir ziemlich selbstverliebt vor.«

»Nein, ist er nicht. Er ist für einen Schnüffler schwer in Ordnung.«

»Ha! Vielleicht hätte ich nicht selbstverliebt sagen sollen, sondern Ellie-verliebt. Als ich Ihren Namen erwähnte, leuchteten seine Augen auf wie eine Gaslaterne.«

»Quatsch, diesen Bockmist können Sie jemand anderem erzählen.«

»Es ist die Wahrheit, Ellie. Er ist verrückt nach Ihnen.«

Sie zuckte die Schultern, fühlte sich jedoch insgeheim geschmeichelt. »Mein Gott, was stehe ich da mit Ihnen herum und friere mir den Hintern ab? Ich muß meine Handschuhe abliefern.«

Sie marschierte in Richtung der Queen Street los, und der Mann hielt mit ihr Schritt.

»Es hat mir wirklich leid getan, als ich das mit Alice hörte. Da haben Sie was für die Bestattung.« Er schob ihr eine Fünf-Dollar-Note in die Hand.

Ettie steckte den Schein in die Tasche. »Danke.«

»Darf ich Sie in die Schenke auf ein Öl und ein Fäßchen Zinn einladen, wenn Sie Ihren Auftrag erledigt haben?«

»Auf was?«

»Auf ein Ale und ein Gläschen Gin.«

»Der Herr scheinen es ja mächtig dicke zu haben.«

»Ich weiß nur einen Ort, wo ich mein Geld lieber lassen würde.«

»Und das wäre?«

Er faßte ihr zwischen die Beine. »Direkt in deiner Liebesfalle.«

»Unverschämtheit!«

Er gefiel ihr zwar überhaupt nicht, aber Bettler durften nicht wählerisch sein. Um ihn zu ertragen, müßte sie sich vorher nur ordentlich mit Gin vollkippen.

Sie eilten entlang der Queen Street in westliche Richtung zum

Schneiderladen. Wie Alice fürchtete sich auch Ettie vor dem Friedhof, doch das wollte sie dem Mann nicht zeigen, und so zog sie lediglich ihren Schal tiefer ins Gesicht und ging etwas schneller. Vor dem Laden, der völlig im Dunkeln lag, blieb sie stehen.

»Verdammt, er ist schon weg. Nur wegen dir habe ich ihn verpaßt.« Sie schlug fest gegen die Tür. »Mr. Webster? Mr. Webster? Mist, jetzt krieg ich mein Geld nicht.«

»Vielleicht ist er oben.«

»Bestimmt nicht. Das ist die Werkstatt. Er selbst lebt wie ein feiner Herr in der Jarvis Street.«

Der an die Schneiderei angrenzende Laden stand leer. Daneben befand sich der St.-Pauls-Friedhof, wo der Schnee langsam an den alten Grabsteinen emporkroch.

»Warte«, sagte der Mann. Mit einem raschen Blick auf die menschenleere Straße holte er ein Messer aus der Tasche, klappte es auf und schob die Klinge zwischen Schloß und Türrahmen. Ein kurzer Ruck, und die Tür sprang auf.

»Wieso machst du das?« fragte Ettie.

»Vielleicht finden wir da drinnen Geld. Er schuldet dir etwas.«

Ettie wich zurück. »Ich will keinen Ärger. Er wird wissen, daß ich es war.«

»Nein, wird er nicht. Niemand sieht uns. Komm, Ellie, ich wette, du hättest für die Bestattung gern ein Stück feinen Satin.«

Er schob sie in das dunkle Vorderzimmer des Ladens, in dem Webster seine Kunden empfing. Am Fenster standen einige Schneiderpuppen, die für die Nacht mit weißen Laken verhüllt waren.

»Oi, die sehen aus wie Gespenster«, sagte sie.

»Du brauchst keine Angst vor den Toten zu haben, Ellie, nur vor den Lebenden. So, jetzt wollen wir uns mal umsehen. Wo bewahrt er die Stoffe auf?«

»Oben.«

»Na, dann laß uns hochgehen.« Er legte einen Finger auf ihre

Brust. »Ich möchte dich so sehen, wie dich deine Mutter geboren hat.«

Da wußte Ettie, daß er sie töten wollte.

Joe hielt vor dem Mietshaus an, und Murdoch sprang hinunter.

»Fahr so schnell du kannst zur Wache. Sag ihnen, sie sollen sofort eine Ambulanzkutsche zu Shepcotes Haus schicken und zwei Constables hierher beordern. Wende dich an Sergeant Seymour.«

Joe gab dem keuchenden Pferd die Peitsche und galoppierte davon.

Murdoch betrat den dunklen Hausflur und spitzte wachsam die Ohren. Er wußte nicht, ob Canning hier war und hatte Angst, Ettie durch überstürztes Handeln in Lebensgefahr zu bringen. Im Haus herrschte Grabesstille. Während er durch den Flur schlich, hoffte er verzweifelt, daß er nicht zu spät käme. Vor Etties Zimmer blieb er abermals lauschend stehen. Nichts. Die Laterne in die Höhe haltend, öffnete er die Tür und wagte kaum hineinzusehen, aus Angst vor dem, was ihn dort womöglich erwartete. Doch das Zimmer war leer, das Bett ordentlich gemacht. Auf dem Regalbrett stand ein Kerzenstumpf. Murdoch befühlte das Wachs. Es war noch weich. Sie konnte also noch nicht lange weg sein.

In diesem Augenblick ertönten Schritte, und gleich darauf tauchte Quinn, dicht gefolgt von Prinzessin, in der Tür auf.

»He, was ist hier los?« rief der Bäcker alarmiert. »Oh, Detective, Sie sind es.«

»Haben Sie Ettie gesehen?« erkundigte sich Murdoch.

»Nein, ich bin gerade eben erst heimgekommen. Was gibt's?«

»Ich habe guten Grund zu der Annahme, daß sie sich in ernsthafter Gefahr befindet.«

»Allmächtiger! Wie das?«

»Derselbe Mann, der Alice umgebracht hat, will jetzt auch Ettie zum Schweigen bringen...«

»Der Matrose?«

»Er ist kein Matrose, sondern ein Kutscher namens Canning.«

»Der verfluchte ...«

»Ist Ettie vielleicht im O'Neill?«

Quinn blickte sich prüfend im Zimmer um. »Die Tasche ist weg. Sie hat für Mr. Webster, den Schneider, Handschuhe ausgebessert. Wahrscheinlich ist sie zu seinem Laden gegangen.«

»Wo ist der Laden?«

»Queen Street, gleich neben der St. Paulskirche.«

»Kommen Sie mit! Wir müssen uns beeilen. Durch die Hintertür. Die nimmt sie doch immer.«

Sie eilten in den Flur hinaus, doch plötzlich blieb Quinn stehen.

»Halten Sie kurz Prinzessin. Bin gleich wieder da.«

Er drückte Murdoch die Leine in die Hand, stürzte in sein Zimmer und tauchte gleich darauf mit einem anderen Hund wieder auf, den er an einer dicken Lederleine hielt.

»Liebe Zeit, was ist denn das?« rief Murdoch.

»Eine englische Bulldogge. Ich dachte, das Tier könnte ganz nützlich sein. Er ist ein gutartiger Bursche, aber das sieht man ihm nicht an.«

Der Hund blickte zu Murdoch hoch. Aus einem Maul tropfte der Speichel in langen Fäden, seine vorquellenden Augen waren rotgeädert, und die unteren Fangzähne standen aus seinen sabbernden Lefzen hervor. Seine Schnauze sah aus, als wäre er in eine Tür gerannt.

»Da muß ich Ihnen beipflichten«, sagte Murdoch. »Der würde sogar Zerberus einen Schrecken einjagen. Gehört einem Freund von Ihnen, was?«

»Eh ... ja, genau. Er heißt Tsar.«

»Also dann mal los.«

In dem verschneiten Hof waren Etties Spuren deutlich zu erkennen. Die beiden Männer und die Hunde rannten zur Gasse hinüber. Dort konnte man ein weiteres Paar Abdrücke erkennen, größer und breiter. Murdoch folgte den Spuren einige Schritte weit. Canning hatte offenbar im Hinterhalt gestanden und gewartet.

Sie setzten ihren Weg fort. Die Hunde hatten instinktiv die Dringlichkeit der Lage erfaßt und trotteten folgsam neben den Männern her. Tsar röchelte asthmatisch, behielt jedoch ein flottes Tempo bei. Am Eingang zur Sackville Street blieb Murdoch erneut stehen. »Hier hat Canning sie eingeholt.« Er deutete auf die noch immer gut sichtbaren Fußspuren. »Sie sind hier gestanden und haben sich unterhalten. Da, sehen Sie, wie der Schnee in diesem Umkreis geschmolzen ist? Ein Kampf hat nicht stattgefunden. Sie sind zusammen weitergegangen.«

»Aber sie würde doch nicht freiwillig mit ihm gehen?«

»Die Spuren sind nicht verwischt, deshalb bezweifle ich, daß sie genötigt wurde. Zumindest nicht an dieser Stelle. Hier, in der Sackville Street, wäre für ihn die Gefahr zu groß, gesehen zu werden.«

Den Blick auf die Spuren gerichtet, trabten sie zügig die Straße hinunter; die wenigen Passanten drehten sich neugierig nach ihnen um. Nach ein paar Minuten bog die Fährte zur Südseite der Queen Street ab.

»Ich hatte recht. Sie wollte in Websters Laden«, keuchte Quinn.

Als sie sich dem Friedhof näherten, gab Quinn dem Detective einen leichten Klaps auf den Arm.

»Da vorn, das ist der Laden. Der zweite.«

Murdoch verlangsamte seinen Schritt, um Atem zu schöpfen. Die Schneiderei war das mittlere von drei Gebäuden; das erste stand leer und war mit Brettern vernagelt, und das hintere, ein Geschenkartikelladen, war völlig dunkel.

»Ich glaube, ich habe im zweiten Stock ein Licht aufblitzen sehen«, flüsterte Quinn. Murdoch blickte hinauf, konnte aber nichts erkennen. Doch die Spuren, denen sie gefolgt waren, führten direkt zur Tür. Und es kamen keine Spuren heraus. Ettie mußte in diesem Haus sein.

Zwei seiner oberen Backenzähne hatten beachtliche Goldeinlagen, und ihr fiel auf, daß er die Zähne hin und wieder mit zufriedener Miene antippte, als sei er stolz auf seinen Wohlstand. Es erstaunte sie, daß er sich Goldzähne leisten konnte. Auch seine Kleidung war teuer und gut. Doch die Schlangen-Tätowierung, die purpurn und bösartig aus seiner Hemdmanschette hervorlugte, verdarb den Eindruck von rechtschaffener Bürgerlichkeit.

Ettie spürte keine bewußte Angst. Ihr Geist war in einen Zustand emotionsloser Klarheit übergegangen, funktionierte völlig getrennt von ihr, als würde sie sich selbst aus der Ferne beobachten. Eine innere Stimme wurde in ihr laut, die wie ein unbeteiligter Beobachter die Situation kommentierte: *Schreit sie jetzt, dann wird er ihr die Kehle durchschneiden… Niemand ist in der Nähe, der sie hören kann, und selbst wenn, wäre es ihm egal. Er würde es tun und wegrennen. Sie sollte mit ihm reden, ihn so lange wie möglich hinhalten. Das hat sie schon* oft *getan, wenn sie wollte, daß ein Käpt'n Freier einschläft, bevor er sein Beiboot in ihr versenken kann… Er scheint es nicht eilig zu haben. Aber er ist erregt, das riecht sie… sie könnte ihn austricksen. Wenn er denkt, sie ist nichts weiter als ein dummes, williges Pferdchen, läßt er seine Vorsicht vielleicht beiseite.*

Der zweite Stock des Ladens wurde als Lagerraum benutzt, und entlang der hinteren Wand verliefen tiefe Regale, die mit Stoffballen beladen waren. In der Mitte befanden sich zwei lange Tische, an denen die Schneider die Stoffe zuschnitten, und am Ende jedes Tisches stand eine große Öllampe. Eine Lampe zündete Canning nun an.

Jemand wird das Licht sehen, sagte Etties innere Stimme. *Der Wachmann wird es auf seiner Runde bemerken. Sie wird bald in Sicherheit sein. Ehe sie sich versieht, wird sie in ihrem Bett liegen und schlafen.*

Doch Canning zog sofort die Rolläden herunter und befestigte sie.

Er ging zu den Regalen hinüber und befühlte die verschiedenen Stoffballen.

»Wie ist dein wirklicher Name?« fragte sie.

»Den brauchst du nicht zu wissen, Ellie. Jack genügt.«

»Du bist kein Matrose, nicht wahr?«

»Spielen wir jetzt plötzlich Berufe raten?« knurrte er.

Sie zuckte die Schultern. *Vorsicht, bring ihn nicht in Rage,* warnte ihre innere Stimme. »Du bist für einen Matrosen viel zu elegant, das ist alles.«

Das schien ihm zu schmeicheln. »Ich war mal Matrose. Aber jetzt nicht mehr. Jetzt bin ich ein feiner Herr... so etwas Ähnliches jedenfalls.«

Bisher hatte er Mantel und Hut nicht abgelegt, woraus sie Trost schöpfte, doch nun wickelte er seinen Schal auf. Irgendwie sah er anders aus, obwohl sie zunächst nicht sagen konnte, weshalb. Dann nahm er seinen breitkrempigen Pelzhut ab. Statt der kurzgeschorenen Stoppeln, die sie im O'Neill gesehen hatte, zierte seinen Kopf nun eine Fülle schwarzer, glatter Haare.

»Teufel noch mal, du hast Haare!«

»Teufel noch mal, hab ich Haare!« spottete er, riß sich die Perücke herunter und warf sie auf den Boden, wo sie wie ein fremdartiges Tier liegen blieb.

»Verdammt heiß, das Ding«, sagte er. Er zog seinen Mantel aus und warf ihn über die Werkbank. »Mach es dir doch auch etwas gemütlich. Ich habe noch nie etwas davon gehalten, die Dinge zu überstürzen, und das will ich auch jetzt nicht tun.«

»Mir ist kalt.«

»Ich werde dich wärmen... Zieh deine Jacke aus!«

Sein Ton ließ Etties Knie weich werden. Sie leckte sich die Lippen; ihr Mund war trocken wie Wüstensand. »Du hast nicht zufällig einen Schluck zum Entspannen dabei?«

»Stell dir vor, das habe ich tatsächlich.« Er zog eine silberne Taschenflasche aus dem Mantel und reichte sie ihr. »Dir ist wirklich kalt, Ellie.«

»Ettie! Ich habe dir doch gesagt, daß ich Ettie heiße. Von Bernadette.«

»Wenn schon«, erwiderte er.

Sie drehte den Verschluß von der Flasche und nahm einen tiefen Schluck. Es war kein Gin, sondern irgendein anderes hartes Getränk.

»He, laß mir auch etwas übrig! Das ist teurer Scotch, den du da wie Wasser in dich hineinkippst.«

Der Alkohol brannte wie Feuer in ihrem Magen, dafür schienen alle anderen Körperteile noch kälter zu werden. In der Ferne hörte sie einen Hund bellen, doch in dem Zimmer wurde die Stille immer dichter, als würde man ihr die Ohren zuhalten. Er stand breitbeinig da und musterte die Stoffballen. Unvermittelt und gewaltsam riß er plötzlich einen dicken Ballen aus karminrotem Satin herunter. Im schwachen Licht der Lampe schimmerte der Stoff dunkel wie vergossenes Blut.

»Das wird genügen.« Er drehte sich wieder zu Ettie um, die am Tisch auf einem der Holzstühle saß. »Habe ich dir nicht gesagt, du sollst ablegen? Ich hasse Weiber, die nicht zuhören.«

Sie zuckte zusammen und begann mit zitternden Fingern ihre Jacke aufzuknöpfen. Währenddessen rollte er den Satin aus, so daß er den schmutzigen Boden wie ein karminroter Teich bedeckte. Ohne ein weiteres Wort ging er zu ihr, riß ihr mit der einen Hand den Kopf zurück und zerrte mit der anderen an ihrem Blusenkragen. Ein Knopf sprang ab.

»Oh, was machst du da? Das ist meine Sonntagsbluse!« Doch ihrer Stimme fehlte es an Überzeugung. Ihre wunderschöne innere Freiheit verflüchtigte sich, und sie fand sich wieder in dem stickigen Raum, wo sich der Geruch der neuen Stoffe mit ihrer beider Gestank nach Schweiß mischte. Ihre Arme schmerzten, als hätte sie eine schwere Last getragen, und ihren Beinen fehlte jede Kraft. Sein Gesicht war dicht an ihrem. Sie konnte seinen fauligen Atem riechen und die kleine, tiefe Narbe neben seinem Nasenflügel erkennen, die aussah, als würde sie von einer Messerspitze herrühren. Sein Kinn war mit rötlichen Stoppeln bedeckt. Seine bleichen blauen Augen sahen sie an, leer und gleichgültig. Er grinste wieder, und der Goldzahn blitzte auf.

»Ich hab' dir ein Bett bereitet, das einer Königin würdig wäre. Komm, probier es aus.«

Sie wußte, daß sie verloren hatte.

Murdoch löschte seine Laterne und verließ sich auf das flackernde Licht der am nächsten stehenden Gaslaterne. Er durfte nicht riskieren, entdeckt zu werden.

»Gehen Sie hinter das Haus und warten Sie dort«, sagte er zu Quinn.

»Lassen Sie mich mitkommen. Ettie braucht mich vielleicht.«

Murdoch schüttelte den Kopf. Der Mann war völlig durcheinander und in diesem Zustand wahrscheinlich eher hinderlich als nützlich.

»Ich brauche Sie auch, und zwar, um diese Tür zu bewachen.« Er bückte sich und hob einen halben Ziegel auf, der an der Hausmauer lehnte. »Falls er herauskommt, braten Sie ihm damit eins über.«

»Mit Vergnügen.«

Murdoch legte seinen Seehundfellmantel und den Hut ab und plazierte beides im Hauseingang. Er hoffte, die Sachen später noch vorzufinden. »Sie behalten Prinzessin bei sich und sorgen dafür, daß sie still ist. Ich nehme Tsar.«

Quinn nickte und begab sich in Position. Die Bulldogge an der Leine haltend, betrat Murdoch den Vorraum. Der Boden war mit einem dünnen Binsenteppich ausgelegt, der das Geräusch seiner Stiefel dämpfte, aber Murdoch wünschte sich, er hätte irgendeine Waffe. Plötzlich vernahm er über sich ein Rumpeln und gleich darauf schwere Schritte. Sie befanden sich also oben.

Er hielt Tsar die Schnauze zu, um besser hören zu können. Zwei Stimmen konnte er ausmachen, eine männliche und eine weibliche. Eine tiefe Erleichterung durchströmte ihn, denn das bedeutete, daß sie noch am Leben war. Den Hund neben sich, eilte er zur hinteren Tür und hastete so lautlos er konnte die Treppe hinauf.

»Du wirst mich umbringen, nicht wahr?«

Die Worte waren ihr unwillkürlich entschlüpft. Sie fühlte sich benommen, gleichzeitig aber auch erleichtert, endlich die Wahrheit ausgesprochen zu haben. Es erfüllte sie mit einer merkwürdigen Art von Stärke. Er starrte sie an und trat dann einen Schritt zurück, als hätte sie ein unausgesprochenes Tabu verletzt.

»Was bist du doch für ein schlaues Kind, Ellie. Ich habe mich schon gefragt, wann du endlich draufkommen würdest.«

Wilder Zorn durchzuckte sie, der gleich einer Flamme in ihr aufloderte, aber so kurz und wirkungslos war wie ein entfachtes Streichholz.

»Du hast auch Alice getötet, stimmt's?«

»Stimmt genau. Sie war einfach zu schwatzhaft. Bestimmt hat sie dir erzählt, daß wir das Mädchen in der Kutsche mitgenommen haben.«

»Ja.«

»Und jetzt haben wir den Salat, Ettie. Pech für dich.«

Er gähnte wie ein nervöser Hund, und erstmals wurde ihr bewußt, daß auch er Angst hatte.

In diesem Moment vernahm sie ein Geräusch im Treppenhaus, ein Knarren.

Er hörte es ebenfalls.

Auf dem obersten Treppenabsatz blieb Murdoch unschlüssig stehen. Die Stimmen waren verstummt, und es war völlig still. Langsam drehte er am Türknauf. Die Tür war nicht abgesperrt und gab mühelos nach.

Ein inständiges Gebet auf den Lippen, riß er die Tür auf, sprang in den Raum und duckte sich sofort.

Canning hatte schon auf ihn gewartet.

Mit der linken Hand bedeckte er Etties Mund, mit der anderen hielt er ihr ein kurzes Seemannsmesser an die Kehle. Er hatte ihre Haut mit der Messerspitze angeritzt, und ein heller Blutstropfen rann über ihren Hals. Sie wehrte sich nicht, aber ihre Augen waren vor Angst weit aufgerissen und sahen Murdoch flehend an.

»Lassen Sie sie los!«

Canning verzog finster das Gesicht. »Keine Chance. Sie ist mein Fahrschein in die Freiheit. Und jetzt aus dem Weg mit Ihnen. Ich möchte die Treppe hinunter.«

Tsar witterte die aufgeheizte Stimmung. Er leckte sich das Maul und winselte leise.

»Und kommen Sie ja nicht auf die Idee, dieses Scheusal loszulassen, weil ich ihm sofort die Kehle aufschlitzen werde, nachdem ich die von Ettie aufgeschlitzt habe.«

»Kommen Sie zur Vernunft, Mann. Eine Flucht ist aussichtslos.«

»Falsch. Ich war Matrose, vergessen Sie das nicht. Ich kann jederzeit irgendwo unter Deck abtauchen... Sie werden mich niemals erwischen. Und jetzt gehen Sie mir aus dem Weg. Dorthin! Los!«

Ettie schreckte vor seiner Stimme an ihrem Ohr zurück.

»Bitte«, wisperte sie.

Langsam bewegte sich Murdoch zur Seite, alle Sinne darauf konzentriert, den Moment der Schwäche zu erkennen, den kurzen Moment, wenn Canning ihm eine Gelegenheit zum Eingreifen gäbe. Er bedauerte es, den Hund mitgenommen zu haben, der sich sofort keuchend hingesetzt hatte. In der Tat ein sanftmütiger Geselle. Unauffällig ließ er die Leine los.

»Lassen Sie das Mädchen gehen, und ich werde Ihnen genügend Zeit lassen, um zu fliehen.«

»Den Teufel werden Sie tun. Marsch! Rüber in die Ecke. Wenn Sie nicht schneller machen, werde ich die Kleine hier und jetzt abschlachten.«

Die Klinge bohrte sich tiefer. Ellie stöhnte auf.

Plötzlich ertönte aus dem Treppenhaus ein tiefes Bellen. Die Tür knallte gegen die Wand, und Quinn stürzte herein, dicht gefolgt von der laut bellenden Prinzessin. Kurzzeitig abgelenkt, drehte Canning sich um. Ettie nutzte den Moment. Sie wand sich aus seinem Arm, ließ sich sofort auf alle viere fallen und kroch weg. Quinn rannte zu ihr, um ihr zu helfen, doch als er sich bückte, trat ihm Canning mit dem Stiefel gegen den Kiefer, worauf er augenblicklich zu Boden ging. Mit einem Aufheulen stürzte Prinzessin sich auf das feindliche Bein, aber Canning verpaßte ihr einen so kräftigen Schlag in die Seite, daß sie quer durch den Raum flog. Murdoch machte einen Satz nach vorn, um den Gegner zu schnappen, war jedoch nicht schnell genug. Canning sprang hinter eine Nähmaschine und fuchtelte mit seinem Messer vor ihm herum. Ettie stieß mit kreischender Stimme sehr obszöne Flüche aus, während sie, noch immer auf allen vieren, zu dem verletzten Hund hinüberkroch.

Und das war der Augenblick, in dem Tsar erwachte. Er knurrte tief und kehlig, sprang an Murdoch vorbei und jagte wie der Blitz auf Canning zu. Der Matrose versuchte, ihn zu treten, doch der Schlag glitt an der Schulter des Hundes ab. Tsar stürzte sich auf Cannings rechten Arm und packte sein Handgelenk, um das sich sein Maul wie eine Klammer legte. Mit einem Schmerzensschrei boxte Canning auf Tsars Schädel ein, doch was die Wirkung anbelangte, hätte er genauso gut auf ein Kissen eindreschen können. Murdoch erkannte die Chance, auf die er gewartet hatte. Er packte Cannings linken Arm und bog ihn nach hinten, während er sich gleichzeitig mit seinem ganzen Gewicht auf ihn warf.

Die beiden Männer und der Hund verloren das Gleichgewicht, stolperten und rollten zwischen den Nähtischen der Schneiderwerkstatt herum. Weder Tsar noch Murdoch wollten loslassen. Nur vage spürte Murdoch die Schmerzen, als sein Rücken und seine Schienbeine mit Wucht gegen die eisernen Untergestelle der Nähmaschinen prallten. Canning war kein großer Mann, aber er war stark. Murdoch konnte ihn nicht in den Schwitzkasten nehmen, und obendrein verpaßte ihm Canning einen so kräftigen Kopfstoß gegen das Kinn, daß er ihn fast losgelassen hätte. Der Lärm war ohrenbetäubend – Tsar knurrte. Ettie kreischte, und Canning brüllte. Nun mischte sich auch Prinzessin in die Rauferei ein, doch sie unterschied nicht zwischen Freund und Feind und biß Murdoch frech in die Wade. Er versuchte, sich zu schützen und gleichzeitig den Arm um Cannings Hals zu legen, doch mit einem machtvollen Ruck schüttelte ihn sein Gegner ab und rappelte sich hoch. Tsar ließ ihn allerdings nicht los, hing mit seinen dicken Pfoten halb in der Luft. Blut strömte aus Cannings Arm.

»Rufen Sie ihn zurück!« schrie er.

Er wirbelte herum, und Murdoch, der hinter ihm stand, wäre beinahe gegen die Regale geknallt. Einzig die weichen Stoffballen retteten ihn. Jetzt wäre Canning vielleicht die Flucht gelungen, doch in diesem Moment setzte Prinzessin zu einem neuerlichen Angriff an, schnappte nach Cannings Ferse und zerfleischte die Achillessehne. Er sank in die Knie, und Murdoch rollte sich rasch zur Seite. Vom Kämpfen außer Atem schnappte er keuchend nach Luft.

Ettie stand dicht neben Canning. Mit einem Blick erfaßte sie die Situation und trat ihm mit ihrer Stiefelspitze gezielt und kräftig in den Solarplexus. Er wurde weiß und fiel flach auf den Bauch, wie eine Marionette, der man die Schnüre durchtrennt hat.

Ettie hätte ihn noch weiter getreten, doch Murdoch sprang schwer atmend auf und zerrte sie weg.

»Ettie, hören Sie auf! Aufhören. Überlassen Sie ihn mir.«

Sie wehrte sich gegen Murdochs Griff, aber Prinzessin eilte ihr zu Hilfe, und so war sie gezwungen, den Hund von Murdoch wegzuziehen. Canning lag ächzend und japsend auf dem Boden. Murdoch ging zu ihm, zog die Handschellen heraus und ließ sie um seine Handgelenke zuschnappen.

Cannings Beine hatten sich in dem karminroten Satin verheddert, und sein Blut verteilte sich in langen Streifen über den Boden.

Epilog

Sonntag, 16. März

Sogar nach einem Monat stank der Salon noch nach Kerosin. Als Murdoch damals schließlich heimgehumpelt war, hatte die geschockte Beatrice Kitchen Flanellappen in Kerosin getränkt und sie auf die mannigfachen Prellungen an seinen Armen und Beinen gelegt. Den Hundebiß hatte sie mit einer Lösung aus Karbolsäure behandelt, eine schmerzhafte, aber lohnende Prozedur, da sich hinterher nichts entzündet hatte. Canning war da weniger Glück beschieden gewesen.

Die Kitchens und Murdoch hatten sich nach der Sonntagsmesse in den Salon zurückgezogen. Zum ersten Mal seit gut einem Jahr war auch Arthur in die St. Paulskirche mitgekommen. Die Kur der Eierverkäuferin schien anzuschlagen, und obgleich er nach wie vor erschöpft aussah, war er insgesamt kräftiger geworden. Klaglos schlang er jeden Tag seine zwölf Eier mit Rahm hinunter.

Beatrice schenkte Murdoch Tee nach. Er sah ihr an, daß sie darauf brannte, ihm etwas mitzuteilen, doch mit dem Instinkt einer geborenen Geschichtenerzählerin sparte sie sich ihre Neuigkeiten für den richtigen Zeitpunkt auf.

»Was haben Sie auf dem Herzen, Mrs. Kitchen?« fragte er schließlich. Sie stellte ihre Teetasse ab und sah ihn mit vor Aufregung funkelnden Augen an.

»Ich will Ihnen schon die ganze Zeit über meine kleine Begegnung erzählen, die ich gestern hatte, aber es fand sich bisher einfach keine Gelegenheit dazu. Sie waren ja unterwegs.«

Murdoch hatte am Vorabend seine zweite Tanzveranstaltung im Kreis von Professor Otrantos Schülern besucht. Und war alles andere als erfolgreich gewesen. Er hatte die samtenen Tanzschuhe einer seiner Partnerinnen praktisch kaputt getreten, was zur außerodentlichen Verstimmung der jungen Dame beitrug.

»Nun, jetzt hast du die Gelegenheit, Mutter«, sagte Arthur.

»Gestern habe ich auf dem Markt die neue Haushälterin der Rhodes getroffen«, begann Beatrice. »Ihr Name ist Doris Winn. Sie stammt aus dem Osten, aus Ihrer Heimat, Mr. Murdoch. Wir kamen ins Gespräch – Sie wissen ja, wie das so ist. Nun, sie war sehr erstaunt, daß ich über die tragischen Ereignisse in der Familie Bescheid wußte. Ich habe selbstverständlich nichts von mir aus gesagt, sondern mich lediglich nach Mrs. Rhodes Gesundheit erkundigt.«

Sie warf Murdoch einen etwas ängstlichen Blick zu, doch er lächelte beruhigend.

»Ich bin sicher, Sie waren absolut diskret, Mrs. Kitchen.«

»Liebe Güte, erzähl schon weiter, Mutter«, warf Arthur ein.

»Dräng mich nicht... Wo war ich stehengeblieben? Ach ja... Miss Winn. Sie teilte mir mit, daß Mrs. Rhodes plane, im Frühjahr nach England zu reisen, und sie ist sich nicht sicher, ob sie jemals wieder nach Kanada zurückkehren will. Ihr Sohn und dessen Verlobte werden nachkommen, sobald Miss Shepcote ihr Trauerjahr hinter sich hat. Und Mrs. Rhodes nimmt den Stalljungen, Joe, mit. Nach allem, was man hört, soll sie ihn ziemlich verhätscheln.«

»Das freut mich sehr für ihn.«

»Ja, armes Würstchen. Aber jetzt kommen die Neuigkeiten. Der Doktor ist von zu Hause ausgezogen! Vor zwei Wochen stand eine Frau an der Tür und wollte ihn sprechen. Doris war noch völlig neu und wollte nichts falsch machen. Sie dachte, es sei vielleicht eine Patientin, und ließ sie ein. Und dann kam es zu einer grauenhaften Szene. Die Frau war keineswegs eine Patientin, sie erklärte vielmehr, sie sei seit über zwei Jahren mit dem Doktor als Mann und Frau zusammen. Können Sie sich das vorstellen?«

Arthur blickte zu Murdoch hinüber. »Wußten Sie etwas darüber, Will?«

»Sagen wir es so, ich bin nicht unbedingt überrascht. Bei dem schlechten Gewissen, das der gute Doktor an den Tag legte, war mir klar, daß er in irgend etwas verstrickt sein muß.«

»Laut Doris Winn ist die Frau schrecklich vulgär. Sie sagte, sie mache die Sache jetzt publik, weil sie möchte, daß das Kind adoptiert wird und ein ordentliches Zuhause erhält.« Beatrice rümpfte die Nase. »Das hört sich recht edel an, aber wie Doris die Frau schildert, ist sie einfach nur raffgierig.«

»Da könnte man ja fast Mitleid mit ihm haben«, sagte Arthur.

»Aber auch nur fast, Vater. Er sollte sich schämen! Ein Mann in seiner Position, der sich eine Geliebte hält... Nun, lassen Sie mich weitererzählen. Mrs. Rhodes war ebenfalls zu Hause, und Doris sagte, sie habe sich die ganze Zeit über vollkommen damenhaft verhalten. Können Sie sich das vorstellen? Ich hätte das nie über mich gebracht, das können Sie mir glauben!« Sie nickte zu ihrem Gatten hinüber. »Zum Glück hat mir Arthur auch niemals einen Anlaß gegeben. Zu guter Letzt forderte Mrs. Rhodes die Frau jedenfalls auf, ihr Haus zu verlassen. Und gleich am nächsten Tag hat der Doktor seine Sachen gepackt.« Sie senkte die Stimme. »Doris meint, es käme vielleicht sogar zur Scheidung. Mir persönlich tut vor allem das Shepcote-Mädchen leid. An Skandalen hat sie wahrlich genug gehabt.«

Sie legte eine Pause ein, und ihrer Miene war deutlich zu entnehmen, daß nun die wirklich schmutzige Wäsche an die Reihe käme. »Doris hat gesagt, daß sie letzte Woche zufällig Mrs. Foy begegnet ist, die alle möglichen schlimmen Dinge über die Familie erzählt hat. Ein Fall von ›ein Esel schilt den anderen ein Langohr‹, wenn Sie mich fragen, nach allem, was ihr Gatte getan hat. Aber wie auch immer – zum Glück ist sie eine vernünftige Frau, diese Doris Winn, und hat es mit Vorbehalt aufgefaßt.« Sie hielt inne, um den Moment auszukosten. »Wovon ich jetzt rede, das betrifft den jungen Rhodes.«

»Was meinst du, Mutter?«

»Mrs. Foy behauptet, er sei nicht ganz... eh, normal. Da gab es irgendeinen Skandal mit einem Stalljungen letzten Sommer. Es wurde alles vertuscht, aber offenbar hat seine Mutter die beiden entdeckt... zusammen. Man munkelt, er verkehre mit bekannten – wie heißt dieses Wort. Arthur...?«

»Du denkst, glaube ich, an Strichjungen, Mutter.«

»Ja, das war es. Na, der junge Mann wird jedenfalls Miss Shepcote heiraten, die ihn ja, wie man hört, anbetet... Das wird ihn sicher wieder auf die rechte Bahn führen. Jungen tun eben manchmal merkwürdige Dinge, was soll's.«

Murdoch mochte den jungen Rhodes wegen seiner Freundlichkeit gegenüber Joe Seaton, und er hoffte gleichfalls, daß die Heirat eine heilende Wirkung auf ihn ausüben würde.

Arthur wechselte das Thema. »Wie geht es Mr. Quinn?«

»Auf dem Weg der Besserung. Gestern habe ich kurz bei ihm vorbeigeschaut. Er nimmt wieder feste Nahrung zu sich.«

»Keine Hundeentführungen mehr, hoffe ich?«

»Nein, diesem Laster hat er abgeschworen. Er weiß, was ihn andernfalls erwarten würde. Ein weiteres Mal könnte ich nicht darüber hinwegsehen.«

»Dem Himmel sei Dank für diese Hunde! Sie hätten getötet werden können, und das hätte uns gar nicht gefallen, nicht wahr, Mutter?«

»Nein, ganz und gar nicht.« Rasch schlug sie über ihrem adrett verhüllten Busen das Kreuzzeichen. »Jedesmal, wenn ich an Sie und diesen Antichrist denke, läuft es mir kalt den Rücken hinunter.«

»Er wird hängen, nicht wahr, Will?«

»Wenn es nach mir geht, ja.«

»Wenigstens hat er gestanden, daß er Shepcote die tödliche Dosis verabreicht hat. Miss Harriet hätte sonst annehmen müssen, ihr Vater habe eine Todsünde begangen«, sagte Beatrice.

Murdoch dachte bei sich, daß Harriet damit wohl noch am ehesten fertig geworden wäre, in Anbetracht all der anderen Vergehen, für die Shepcote verantwortlich war. Laut Canning war es Shepcote gewesen, der Therese gewaltsam das Opium verabreicht hatte. Es war ihr gelungen, aus dem Yeoman Club, wohin die beiden sie gebracht hatten, zu fliehen, doch die Droge und die bitterkalte Winternacht waren ihr zum Verhängnis geworden.

»Eine echte Tragödie. Und was für ein schrecklicher Heuchler dieser Mann war«, sinnierte Beatrice.

»In der Tat.«

Murdoch dachte an die schmutzigen Fotos, die er in Shepcotes Schreibtisch gefunden hatte. Er hatte den Kitchens nichts davon erzählt.

Plötzlich klatschte Beatrice wie ein Kind in die Hände.

»Mr. Murdoch, fast hätte ich vergessen, es Ihnen mitzuteilen. Wir bekommen einen neuen Untermieter. Eine Dame. Sie ist die Nichte von Doris. Eine Witwe mit einem siebenjährigen Sohn, und sie braucht dringend ein nettes Zimmer. Da Arthur nun auf dem Weg der Besserung ist, besteht für andere sicher keine Gefahr mehr. Sie kann das hintere Zimmer haben. Ihr Name ist Enid – komischer Name, walisisch, glaube ich. Sie ist noch immer eine junge Frau, außerordentlich hübsch, wie ihre Tante sagt.« Beatrice schenkte Murdoch ein durchtriebenes Lächeln. »Als junge Witwe ist sie vermutlich recht einsam. Vielleicht können Sie sie für Ihre Tanzstunden gewinnen?«

»Mutter«, protestierte Arthur, »das hört sich verdächtig nach Kuppelei an! Will ist an so etwas nicht interessiert, stimmt's?«

Murdoch grinste vergnügt. »Ich würde mich freuen, eine Partnerin für die Tanzstunden zu finden. Ich hoffe nur, sie hat eiserne Zehen.«

Nicht erzählen konnte er ihnen, daß er vor allem hoffte, eine passende Frau würde die Erinnerung an eine magere, nicht allzu saubere Prostituierte auslöschen, deren Tränen seine Wange benetzt hatten, als er sie eng umschlungen hielt.